D1325522

Vermist

Harlan Coben bij Boekerij:

Vals spel
Tegenwerking
Vermist
Ontwricht
Schijnbeweging (voorheen *Foute boel*)
Schaduwleven (voorheen *Klein detail*)
Laatste kans (voorheen *Oud zeer*)
Niemand vertellen
Spoorloos
Geen tweede kans
Momentopname
De onschuldigen
Eens beloofd
Geleende tijd
Houvast
Verloren
Verzoeking
Levenslijn

www.boekerij.nl

Harlan Coben

Vermist

ISBN 978-90-225-5721-1
NUR 305

Oorspronkelijke titel: *Fade Away* (Dell, Random House)
Vertaling: Nienke van der Meulen
Omslagontwerp: Wil Immink
Omslagbeeld: Heather Pauline Photography / Getty Images
Zetwerk: Mat-Zet bv, Soest

© 1996 by Harlan Coben
© 2011 voor de Nederlandse taal: De Boekerij bv, Amsterdam

Published by arrangement with Lennart Sane Agency AB

*Voor Larry en Graig. De coolste broers die een man
zich maar kan wensen. Als je me niet
gelooft, moet je het hun maar vragen.*

I

'Als je je maar gedraagt.'

'Ik?' zei Myron. 'Ik ben altijd braaf.'

Calvin Johnson, de nieuwe algemeen directeur van de New Jersey Dragons, leidde Myron Bolitar door de gang van het in duisternis gehulde Meadowlands-stadion. De hakken van hun nette schoenen klikten op de tegels en het geluid weergalmde tussen de verlaten etenskraampjes, de ijscokarretjes, de pretzelstalletjes en souvenirwinkeltjes. De geur van sportevenementen-hotdogs – dat rubberachtige, chemische maar toch verrukkelijke, weemoedige luchtje – hing tussen de muren. De stilte slokte hen op; niets is zo hol en levenloos als een leeg sportstadion.

Calvin Johnson bleef staan voor een deur die toegang gaf tot een skybox. 'Het lijkt misschien allemaal een beetje raar,' zei hij. 'Laat het maar gewoon over je heen komen, goed?'

'Prima.'

Calvin pakte de deurkruk vast en haalde diep adem. 'Clip Arnstein, de eigenaar van de Dragons, wacht ons achter deze deur.'

'En toch ben ik helemaal niet zenuwachtig,' zei Myron.

Calvin Johnson schudde zijn hoofd. 'Gedraag je en doe geen stomme dingen.'

Myron wees op zijn borst. 'Ik heb nota bene een das omgedaan.'

Calvin Johnson deed de deur open. De skybox lag recht boven de middenlijn. Een aantal terreinknechten was bezig de basketbalvloer over de ijshockeyvloer heen te leggen. De Devils hadden de vorige avond gespeeld. Vanavond waren de Dragons aan de beurt. Het was gezellig in de box. Vierentwintig gestoffeerde stoelen, twee grote televisieschermen. Aan de rechterkant een met hout afgetimmerd buffet voor de hapjes, gewoonlijk gebraden kip, hotdogs, aardappelkoekjes, saucijzenbroodjes, dat soort dingen. Links een koperen wagentje met een goed gevulde bar en een kleine koelkast. De box had ook een eigen toilet, zodat de bobo's niet tussen het klootjesvolk hoefden te pissen.

Clip Arnstein stond met zijn gezicht naar hen toe. Hij droeg een donkerblauw pak met rode das. Hij was kaal, op een paar plukjes grijs haar boven zijn oren na. Het was een forse man, zijn borst was nog breed al was hij dik in de zeventig. Zijn grote handen waren overdekt met bruine vlekken en blauwe aderen, dik als tuinslangen. Niemand zei iets, niemand bewoog. Clip staarde Myron enkele seconden strak aan, nam hem van top tot teen op.

'Leuke das, hè?' zei Myron.

Calvin wierp hem een waarschuwende blik toe.

De oude man bewoog niet en stak geen hand uit. 'Hoe oud ben je nu, Myron?'

Interessante openingsvraag. 'Tweeëndertig.'

'Speel je nog wel eens?'

'Af en toe,' zei Myron.

'Is je conditie op peil?'

'Moet ik een paar kniebuigingen maken?'

'Nee, dat is niet nodig.'

Niemand bood Myron een stoel aan en niemand ging zelf zitten. Natuurlijk waren de enige stoelen in de skybox de rij stoelen om naar de wedstrijd te kijken, maar toch voelde het raar om in een zakelijk gesprek waarbij je eigenlijk zou moeten zitten, te blijven staan. Dat werd opeens heel lastig. Myron was gespannen. Hij wist niet wat hij met zijn handen moest doen. Hij pakte een pen uit zijn zak en hield die vast, maar dat voelde helemaal verkeerd. Te veel als een mislukte politicus. Hij stak zijn handen in zijn zakken en bleef een beetje krom staan, als zo'n nonchalante jongen in een folder van Sears.

'Myron, we willen je een interessant voorstel doen,' zei Clip Arnstein.

'Een voorstel?' Altijd scherp blijven doorvragen.

'Ja. Ik ben degene die jou heeft gecontracteerd, nietwaar.'

'Klopt.'

'Tien, elf jaar geleden, toen ik nog bij de Celtics zat.'

'Klopt.'

'Bij de eerste ronde van de NBA-draft.'

'Dat weet ik toch allemaal wel, meneer Arnstein.'

'Je was veelbelovend, Myron. Ongelooflijk. Je had inzicht. Je had een onvoorstelbare balbehandeling. Je stikte van het talent.'

'Ik had het helemaal kunnen maken,' zei Myron met een dik Italiaans accent.

Arnstein fronste zijn wenkbrauwen. Die frons was beroemd, ontwikkeld tijdens ruim vijftig jaar profbasketbal. De frons had zich voor het eerst gemanifesteerd toen Clip nog voor de inmiddels opgeheven Rochester Royals speelde, in de jaren veertig. Hij kreeg bekendheid toen hij de Boston Celtics naar hun talloze kampioenschappen coachte. En de frons werd een legendarisch handelsmerk toen Clip als directeur al die beruchte aankopen deed, waarmee hij de competitie 'clipte', als het ware kaalschoor. Daar had hij zijn bijnaam aan te danken. Drie jaar geleden was Clip de grootste aandeelhouder geworden van de New Jersey Dragons, en de frons zetelde nu in East Rutherford, vlak bij afslag 16 van de New Jersey Turnpike. Clips stem klonk korzelig: 'Probeer je Brando na te doen?'

'Griezelig goed, hè? Alsof Marlon zelf hier in de skybox staat.'

Clip Arnsteins trekken verzachtten plotseling. Hij knikte langzaam en keek Myron vaderlijk en trouwhartig aan. 'Je probeert de pijn weg te grappen,' zei hij ernstig. 'Dat begrijp ik wel.'

Op-en-top de psycholoog.

'Wat wilt u eigenlijk van mij, meneer Arnstein?'

'Je bent toch nooit in het betaald basketbal uitgekomen, hè, Myron?'

'Nee, dat weet u best.'

Clip knikte. 'Je eerste wedstrijd in het voorseizoen. Derde kwart. Je had al dertien punten gescoord, niet gek voor een groentje bij zijn eerste echte wedstrijd. En toen sloeg het noodlot toe.'

Het noodlot in de gedaante van Big Burt Wesson van de Washington Bullets. Een botsing, een brandende pijn, en daarna niets meer.

'Vreselijk,' zei Clip.

'Jawel.'

'Ik heb het altijd heel erg gevonden wat jou overkomen is. Ontzettend zonde.'

Myron keek even naar Calvin Johnson. Calvin stond met over elkaar geslagen armen en een ondoorgrondelijke uitdrukking op zijn gladde, zwarte gezicht de andere kant op te kijken. 'Jawel,' zei Myron weer.

'En daarom wil ik je een nieuwe kans geven.'

Myron was er zeker van dat hij het verkeerd verstaan had. 'Wat zegt u?'

'We hebben nog een plekje vrij in het team. Ik wil jou daar graag hebben.'

Myron zweeg. Hij keek naar Clip. Toen keek hij naar Calvin Johnson. Geen van beiden lachten. 'Waar is-ie?' vroeg Myron.

'Wat?'

'De camera. Dit is natuurlijk zo'n programma met een verborgen camera, hè? Banana Split misschien? Daar ben ik een grote fan van.'

'Het is geen grap, Myron.'

'Het kan toch niet níét een grapje zijn, meneer Arnstein! Ik heb in geen tien jaar competitie gespeeld. Mijn knie was kapot, weet u nog?'

'Jazeker. Maar zoals je al zei, dat was tien jaar geleden. En ik weet dat je bent gerevalideerd.'

'U weet ook dat ik heb geprobeerd een comeback te maken. Zeven jaar geleden. Maar de knie hield het niet.'

'Toen was het nog te vroeg,' zei Clip. 'Je zei zonet nog dat je weer speelde.'

'Ja, in het weekeind op straat. Dat is toch net even iets anders dan bij de NBA.'

Clip maakte met een wuivend handgebaar een einde aan de discussie. 'Je bent in vorm. Je bood zelfs aan een paar kniebuigingen te doen.'

Myron kneep zijn ogen samen, keek van Clip naar Calvin Johnson en toen weer naar Clip. Hun gezichtsuitdrukking verried niets.

'Waarom heb ik het gevoel,' zei Myron, 'dat ik iets niet helemaal begrijp?'

Nu glimlachte Clip eindelijk. Hij keek naar Calvin Johnson. Die lachte gedwongen mee.

'Misschien moet ik een beetje minder…' Clip zweeg even, op zoek naar het juiste woord, '… ondoorzichtig zijn.'

'Dat is misschien wel handig, ja.'

'Ik wil je bij het team hebben. En het kan me weinig schelen of je speelt of niet.'

Myron wachtte weer af. Toen niemand verder iets zei, merkte hij op: 'Het is nog steeds een beetje ondoorzichtig.'

Clip zuchtte diep. Hij liep naar de bar, trok de kleine koelkast open en haalde er een blikje Yoo-Hoo uit. Ze hadden dus Yoo-Hoo in voorraad. Hm, Clip had zich duidelijk voorbereid. 'Drink je die rommel nog steeds?'

'Ja,' zei Myron.

Hij wierp Myron het blikje toe en vulde daarna twee glazen uit een karaf. Hij gaf er een aan Calvin Johnson en gebaarde naar de stoelen voor het grote raam. Recht voor de middenlijn. Heel plezierig. Ook plezierig veel beenruimte. Zelfs Calvin, die twee meter drie was, kon ze enigszins strekken. De drie mannen zaten naast elkaar, allemaal met hun gezicht dezelfde kant op, wat voor een zakelijk gesprek opnieuw heel vreemd voelde. Je moest tegenover elkaar zitten, en het liefst aan een tafel of bureau. Maar in plaats daarvan zaten ze schouder aan schouder en keken toe hoe de terreinknechten de vloer op zijn plaats drukten.

'Proost,' zei Clip.

Hij nam een slokje whisky. Calvin Johnson hield zijn glas vast maar dronk niet. Myron schudde volgens de instructies op het blikje zijn Yoo-Hoo.

'Als ik me niet vergis,' ging Clip verder, 'ben je nu advocaat.'

'Ik ben jurist,' zei Myron. 'Ik zit niet in de advocatuur.'

'Je bent agent voor sporters.'

'Inderdaad.'

'Ik vertrouw agenten niet.'

'Ik ook niet.'

'Het zijn over het algemeen bloedzuigers.'

'Wij zeggen liever "parasitaire wezens",' zei Myron, 'dat is politiek correcter.'

Clip Arnstein keek opzij, zijn blik hield die van Myron vast. 'Hoe weet ik of ik jou vertrouwen kan?'

Myron wees op zichzelf. 'Door mijn gezicht,' zei hij. 'Dat ziet er verschrikkelijk vertrouwenwekkend uit.'

Clip glimlachte niet. Hij boog zich wat meer naar Myron toe. 'Ik ga je iets vertellen wat onder ons moet blijven.'

'Oké.'

'Wil je me beloven dat je je mond houdt?'

'Ja, hoor.'

Clip aarzelde, keek even naar Calvin Johnson, verschoof op zijn stoel. 'Je kent Greg Downing natuurlijk.'

Natuurlijk. Myron was opgegroeid met Greg Downing. Vanaf het moment dat ze in de zesde klas tegen elkaar hadden gespeeld in de competitie van een stadje minder dan dertig kilometer verwijderd van de plek waar Myron nu zat. Ze waren van meet af aan rivalen van elkaar. Toen ze naar de middelbare school gingen, verhuisde de familie van Greg naar een plaatsje in de buurt, Essex Fells, omdat Gregs vader niet wilde dat zijn zoon in dezelfde basketbalschijnwerper zou staan als Myron. Op dat moment nam de rivaliteit tussen hen echt een hoge vlucht. Ze speelden op de middelbare school acht keer tegen elkaar, en ze wonnen allebei vier wedstrijden. Myron en Greg werden de gewildste spelers van New Jersey en ze schreven zich in bij twee grote basketbaluniversiteiten, die ook een geschiedenis van onderlinge rivaliteit kenden: Myron bij Duke, Greg bij North Carolina.

De rivaliteit onderling rees de pan uit.

Tijdens hun studiejaren hadden ze twee keer samen op de cover van de *Sports Illustrated* gestaan. Beide teams wonnen twee keer de ACC, maar Myron behaalde een nationaal kampioenschap. Zowel Myron als Greg werd uitgekozen voor het eerste All-American Team, allebei in de positie van guard. Tegen de tijd dat ze afstudeerden, hadden Duke en North Carolina twaalf keer tegen elkaar gespeeld. Het team van Duke had met Myron acht keer gewonnen. Bij de NBA-draft werden ze allebei in de eerste ronde gekozen.

De onderlinge rivaliteit clashte.

Myrons carrière eindigde met zijn botsing met de grote Burt Wesson. Greg Downing ontliep het noodlot en werd een van de belangrijkste guards van de NBA. Tijdens zijn tienjarige carrière bij de New Jersey Dragons was Downing acht keer genoemd voor het All-Star Team. Hij was twee keer topscorer van driepunters in de league. Vier keer had hij de meeste punten gemaakt vanuit een vrije worp en één keer had hij de meeste assists gehad. Hij had drie keer op de *Sports Illustrated* gestaan en een NBA-kampioenschap gewonnen.

'Ja, ik ken hem,' zei Myron.

'Heb je nog wel eens contact met hem?' vroeg Clip Arnstein.

'Nee.'

'Wanneer heb je hem voor het laatst gesproken?'

'Dat weet ik niet meer.'

'De afgelopen dagen nog?'

'Ik geloof dat ik hem in geen tien jaar gesproken heb,' zei Myron.

'O,' zei Clip. Hij nam nog een slok whisky. Calvin had zijn drankje nog steeds niet aangeroerd. 'Maar goed, je hebt vast van zijn blessure gehoord.'

'Iets aan zijn enkel,' zei Myron. 'Een doorsneeblessure. Hij traint apart.'

Clip knikte. 'Dat is ons verhaal voor de pers. Maar het is niet helemaal waar.'

'O?'

'Greg is niet geblesseerd,' zei Clip. 'Hij wordt vermist.'

'Vermist?' Weer even scherp doorvragen.

'Ja.' Clip nam weer een slok. Myron nam ook een teug, niet zo gemakkelijk als je een Yoo-Hoo drinkt.

'Sinds wanneer?' vroeg hij.

'Al vijf dagen.'

Myron keek naar Calvin. Calvin vertrok geen spier, maar dat lag aan zijn gezicht. Toen hij nog speelde was zijn bijnaam het IJskonijn, omdat hij nooit emoties toonde. Die bijnaam maakte hij op dit moment meer dan waar.

Myron deed een nieuwe poging. 'U zegt dat Greg vermist wordt... wat...?'

'Hij is weg,' zei Clip kortaf. 'Verdwenen. In rook opgegaan. Spoorloos. Of hoe je het verder ook wilt noemen.'

'Hebt u de politie ingeschakeld?'

'Nee.'

'Waarom niet?'

Clip maakte weer een wuivend gebaar met zijn hand om de discussie af te kappen. 'Je kent Greg, geen conventionele jongen.'

Het understatement van de eeuw.

'Hij doet nooit wat je verwacht,' zei Clip. 'Hij heeft een hekel aan zijn roem. Hij vindt het prettig om op zichzelf te zijn. Hij is er al eens eerder tussenuit geknepen, maar nooit vlak voor de play-offs.'

'Dus?'

'Je hebt best kans dat dit te maken heeft met zijn instabiele natuur,' ging Clip verder. 'Greg is een geweldige basketballer, maar we moeten de feiten onder ogen zien: hij is zo gek als een deur. Weet je wat hij na de wedstrijd doet?'

Myron schudde zijn hoofd.

'Dan is hij taxichauffeur. Jawel, hij rijdt door New York in zo'n stomme gele taxi. Hij zegt dat hij daardoor contact houdt met de gewone man. Greg doet geen commercials. Hij geeft geen interviews. Hij doet zelfs niet aan liefdadigheid. Hij kleedt zich als iemand uit een jarenzeventigsoap. Die vent is knettergek.'

'En dat maakt hem ontzettend populair bij de supporters,' zei Myron. 'Goed voor de kaartverkoop.'

'Inderdaad,' zei Clip. 'Maar dat bevestigt alleen maar wat ik wil zeggen. Als we de politie inschakelen, schaadt dat wellicht Greg en het team. Kun je je het mediacircus voorstellen als dit bekend wordt?'

'Pittig,' gaf Myron toe.

'Inderdaad. En stel dat Greg in French Lick zit, of hoe heet dat gat ook alweer waar hij buiten het seizoen naartoe gaat om te vissen of zo? Jezus, dan zijn we nergens meer. Aan de andere kant... Stel dat hij iets in zijn schild voert.'

'Iets in zijn schild voert?' herhaalde Myron.

'Ja, jezus, ik weet het ook niet hoor. Ik zeg maar wat. Maar ik heb geen trek in een schandaal. Niet nu. Niet nu de play-offs eraan zitten te komen, begrijp je?'

Myron begreep dat niet echt, maar besloot er even niet op door te vragen. 'Wie weten hier nog meer van?'

'Niemand. Alleen wij drieën.'

De terreinknechten rolden de baskets het veld op. Er werden er twee in reserve gehouden, voor het geval iemand à la Darryl Dawkins een backboard aan diggelen zou gooien. Vervolgens zetten ze de extra zitplaatsen neer. Zoals de meeste stadions had Meadowlands meer plaatsen voor basketbal dan voor ijshockey, in dit geval ongeveer duizend meer. Myron nam nog een slok Yoo-Hoo en liet het goedje over zijn tong glijden. Hij wachtte tot het drankje door zijn keel naar beneden gegleden was en stelde toen de voor de hand liggende vraag. 'En hoe pas ik in dit plaatje?'

Clip aarzelde. Hij haalde diep, bijna hijgend adem. 'Ik weet dat je een tijd bij de FBI hebt gezeten,' zei hij uiteindelijk. 'Ik ken de bijzonderheden van je werk daar natuurlijk niet, niet eens de grote lijnen, maar genoeg om te weten dat je ervaring in dit soort zaken hebt. We willen dat jij Greg voor ons opspoort. In het geheim.'

Myron zweeg. Zijn undercoverwerk voor de feds was kennelijk het slechtst bewaarde geheim van alle staten van Amerika. Clip nam een slok whisky. Hij keek naar Calvins volle glas en toen naar zijn gezicht. Calvin nam eindelijk een slokje. Clip richtte zijn aandacht weer op Myron. 'Greg is inmiddels gescheiden. Hij is een einzelgänger. Zijn enige vrienden – of eerder kennissen – zijn zijn teamgenoten. Dat is een soort familie voor hem. Ze steunen hem, zeg maar. Als iemand weet waar hij uithangt, als iemand hem helpt onderduiken, dan is dat een van de Dragons. Ik zeg het je eerlijk: die jongens zijn een ongelooflijk lastig zootje. Verwende diva's die denken dat wij in de wereld zijn om hen te dienen. Maar ze hebben één ding gemeen: ze zien het management als hun vijand. Wij tegen de hele wereld, dat soort flauwekul. Tegen ons zullen ze niks loslaten. Tegen de pers zullen ze niks loslaten. En als jij ze benadert als… eh… "parasitair wezen", dan zullen ze tegenover jou ook niks loslaten. Je moet speler zijn. Dat is de enige manier om binnen te komen.'

'Dus u wilt mij bij het team hebben zodat ik Greg kan opsporen?'

Myron hoorde zelf hoe gekwetst het klonk. Hij had het niet zo bedoeld, maar hij zag dat de twee anderen het ook gehoord hadden. Hij werd rood van verlegenheid.

Clip legde een hand op zijn schouder. 'Ik meende het, Myron. Je had een geweldige sportman kunnen zijn. Een van de grootste.'

Myron nam een grote slok Yoo-Hoo. Ophouden met dat genip. 'Het spijt me echt, meneer Arnstein, maar ik kan niets voor u doen.'

De frons was er weer. 'Wat?'

'Ik heb mijn eigen leven. Ik ben een sportagent. Ik heb mijn cliënten. Ik kan dat niet allemaal zomaar laten vallen.'

'Je krijgt het spelersminimum, naar rato. Dat is tweehonderdduizend dollar minus een beetje. En er zijn nog maar een paar weken te gaan tot de play-offs. We houden je tot dan toe in het team, wat er ook gebeurt.'

'Nee. Ik speel niet meer. En ik ben geen privédetective.'

'Maar we moeten hem vinden. Misschien is hij wel in gevaar.'

'Het spijt me, maar het is en blijft nee.'

Clip glimlachte. 'Stel dat ik er nog wat bovenop doe.'

'Nee.'

'Vijftigduizend dollar bonus als je tekent.'

'Het spijt me.'

'Greg komt misschien morgen alweer boven water en dan mag je dat geld gewoon houden. Vijftigduizend. Plus je aandeel in de verdiensten van de play-offs.'

'Nee.'

Clip leunde naar achteren. Hij keek naar zijn drankje, stak zijn vinger erin en roerde. Zijn stem klonk achteloos toen hij verderging. 'Jij bent dus agent, hè?'

'Ja.'

'Ik sta op zeer goede voet met de ouders van drie jongens die gaan debuteren, toptalenten die bij de eerste ronde gekozen zijn. Wist je dat?'

'Nee.'

'Stel nou,' zei Clip langzaam, 'dat ik jou garandeer dat een van die jongens bij jou tekent?'

Myron spitste zijn oren. Een NBA-debutant, gekozen in de eerste ronde van de draft. Hij probeerde niets te laten merken – net als het IJskonijn – maar zijn hart bonsde in zijn borstkas. 'Hoe kunt u dat regelen?'

'Maak je daar maar niet druk over.'

'Het klinkt niet erg ethisch.'

Clip lachte spottend. 'Kom Myron, hang nou niet de heilige onschuld uit. Als jij mij deze dienst bewijst, krijgt MB SportsReps een NBA-debutant, eerste ronde. Gegarandeerd. Hoe dit gedoe met Greg ook uitpakt.'

MB SportsReps. Myrons bedrijf. Myron Bolitar, vandaar het MB. Het representeerde sportmensen, vandaar het SportsReps. Voeg het samen, dan krijg je MB SportsReps. Myron had dat helemaal zelf bedacht maar hij had nog geen aantrekkelijk aanbod van een reclamebureau gekregen.

'Maak er een bonus van honderdduizend van,' zei Myron.

Clip glimlachte. 'Je hebt een hoop geleerd, Myron.'

Myron haalde zijn schouders op.

'Vijfenzeventigduizend,' zei Clip. 'En daar ga je graag mee akkoord. Dus verder niet pingelen, daar trap ik niet in.'

De twee mannen schudden elkaar de hand.

'Ik heb nog wat vragen over die verdwijning,' zei Myron.

Clip legde zijn handen op de armleuningen van zijn stoel en duwde zich omhoog. Hij boog zich over Myron heen. 'Calvin zal al je vragen beantwoorden,' zei hij met een knikje naar zijn algemeen directeur. 'Ik moet weg.'

'Maar wanneer moet ik beginnen met trainen?'

Clip keek verbaasd. 'Trainen?'

'Ja. Wanneer moet ik beginnen?'

'We spelen vanavond.'

'Vanavond?'

'Natuurlijk,' zei Clip.

'U wilt dat ik vanavond meedoe?'

'We spelen tegen ons oude team. De Celtics. Calvin zal ervoor zorgen dat je op tijd een tenue krijgt. Om zes uur is er een persconferentie om je contract bekend te maken. Zorg dat je er bent.' Clip liep naar de deur. 'En doe die das dan weer om. Staat je goed.'

'Vanavond?' herhaalde Myron, maar Clip was de deur al uit.

2

Toen Clip weg was, kon er bij Calvin Johnson een klein lachje af. 'Ik zei toch al dat het raar zou zijn.'

'Behoorlijk raar,' zei Myron.

'Heb je dat voedzame chocoladedrankje van je op?'

Myron zette het blikje neer. 'Jawel.'

'Kom op, dan maken we je klaar voor je grote debuut.'

Calvin Johnson liep soepel, met een rechte rug. Hij was zwart, slank maar niet mager of slungelachtig. Hij droeg een olijfkleurig pak van Brooks Brothers. Perfect gesneden. Zijn das was perfect geknoopt, zijn schoenen waren perfect gepoetst. Hij werd al een beetje kaal, waardoor zijn voorhoofd opvallend groot en glimmend was. Toen Myron begon bij Duke, zat Calvin al in zijn derde of vierde jaar op North Carolina. Dus moest hij zo'n vijfendertig jaar zijn, hoewel hij er ouder uitzag. Calvin had in ruim elf seizoenen een solide profcarrière opgebouwd. Toen hij drie jaar geleden stopte, wist iedereen dat hij directeur zou worden. Hij begon als assistentcoach, werkte zich op tot technisch directeur en was onlangs gepromoveerd tot vicepresident en algemeen directeur van de New Jersey Dragons. Maar dat waren slechts titels. Clip runde de tent. Algemeen directeuren, vicepresidenten, technisch directeuren, trainers, zelfs de coaches schikten zich naar zijn wil.

'Ik hoop dat je het allemaal een beetje ziet zitten,' zei Calvin.

'Waarom zou ik het niet zien zitten?'

Calvin haalde zijn schouders op. 'Ik heb tegen je gespeeld,' zei hij.

'Nou en?'

'Ik heb nog nooit zo'n competitief ingesteld mannetje meege-maakt als jij,' zei Calvin. 'Je ging over lijken om te winnen. En nu word je een sullige bankzitter. Hoe ga je daarmee om?'

'Ik kan het wel aan,' zei Myron.

'O ja?'

'Ik ben in de loop der jaren wat relaxter geworden.'

Calvin schudde zijn hoofd. 'Dat geloof ik niet.'

'Nee?'

'Je denkt misschien dat je relaxter bent, je denkt misschien zelfs dat je van het basketbal af bent.'

'Ik ben ervan af.'

Calvin zweeg, glimlachte en spreidde zijn armen. 'Ja, natuurlijk. Moet je jezelf zien. Jij zou reclame kunnen maken voor het leven na een sportcarrière. Een prachtig voorbeeld voor je collega-atleten. Je hele carrière was in één klap voorbij, maar je hebt de moed niet laten zakken. Je bent weer gaan studeren, Harvard Law dit keer. Je bent voor jezelf begonnen, hebt een snelgroeiend bedrijf op het ge-bied van sportagentuur opgezet en... Ga je nog steeds met die schrijfster?'

Hij bedoelde Jessica. Myron was altijd enigszins onzeker over hun relatie, maar hij zei: 'Ja.'

'Je hebt de opleiding dus, de baan, en het meisje. Ja, op het oog ben je heel gelukkig en heb je je goed aangepast.'

'Niet alleen op het oog.'

Calvin schudde zijn hoofd. 'Dat geloof ik niet.'

Iedereen hing hier de psycholoog uit. 'Hoor eens, ik heb er niet om gevraagd om bij het team te komen.'

'Nee, maar je hebt ook niet erg tegengestribbeld... behalve om er wat meer geld uit te slepen.'

'Ik ben agent. Het is mijn beroep om er meer geld uit te slepen.'

Calvin zweeg en keek Myron aan. 'Denk je echt dat je in het team moet zitten om Greg te vinden?'

'Clip denkt kennelijk van wel.'

'Clip is geweldig,' zei Calvin, 'maar hij heeft vaak een geheime agenda.'

'Zoals?'

Calvin gaf geen antwoord. Hij liep door.

Ze kwamen bij de lift. Calvin drukte op de knop en de deuren gleden meteen open. Ze stapten naar binnen; de lift zette zich in beweging. 'Kijk me aan,' zei Calvin. 'Kijk me recht in de ogen en zeg dan dat je nooit overwogen hebt opnieuw te gaan spelen.'

'Wie zou dat nou niet overwegen?' kaatste Myron terug.

'Jawel, maar je maakt mij niet wijs dat jij niet een stapje verdergaat. Je maakt mij niet wijs dat je nooit van een comeback hebt gedroomd. Dat als je op tv naar een wedstrijd zit te kijken, het dan niet aan je vreet. Dat je als je naar Greg kijkt, nooit aan al die bewieroking en roem denkt. Je maakt mij niet wijs dat je nooit tegen jezelf zegt "ik was beter dan hij". Want dat is wel zo. Greg is geweldig. Een van de top tien van de league. Maar jij was beter, Myron. Dat weten we allebei.'

'Dat was lang geleden,' zei Myron.

Calvin glimlachte. 'Ja,' zei hij. 'Klopt.'

'Wat wil je nu eigenlijk zeggen?'

'Jij bent hier om Greg te vinden. Als hij gevonden is, dan lig je eruit. Dan is het weer afgelopen. Clip kan gewoon zeggen dat hij je een kans heeft gegeven, maar dat je niet goed genoeg was. Dan is hij nog steeds een aardige jongen met een goede pers.'

'Goede pers,' herhaalde Myron. Hij dacht opeens aan de ophanden zijnde persconferentie. 'Is dat onderdeel van zijn geheime agenda?'

Calvin haalde zijn schouders op. 'Dat doet er niet toe. Wat ertoe doet is dat jij moet begrijpen dat je geen kans maakt. Jij gaat alleen maar spelen als het er niets meer toe doet en we winnen of verliezen zelden met grote cijfers, dus dat zal niet vaak gebeuren. En als het al gebeurt, en zelfs al speel je de sterren van de hemel, dan weten we allebei dat het er in die wedstrijd niet meer toe doet. En je zult niet goed spelen, want jij bent zo'n competitieve klootzak, je speelt alleen maar goed als je weet dat jouw punten het verschil kunnen maken.'

'Ik snap het,' zei Myron.

'Dat hoop ik dan maar, jochie.' Calvin keek omhoog naar de gedimde verlichting. De lampjes weerspiegelden in zijn bruine ogen. 'Dromen sterven niet. Soms denk je dat ze dood zijn, maar dan houden ze gewoon een winterslaap, als een dikke oude beer. En als de droom lang een winterslaap heeft gehouden, dan wordt zo'n beer knorrig en hongerig wakker.'

'Je zou songwriter moeten worden,' zei Myron.

Calvin schudde zijn hoofd. 'Gewoon een waarschuwing aan een vriend, meer niet.'

'Dank je wel. Maar vertel me nu maar eens wat je weet over Gregs verdwijning.'

De lift stopte en de deuren gleden open. Calvin stapte als eerste uit. 'Er valt weinig te vertellen,' zei hij. 'We speelden tegen de Sixers in Philadelphia. Na de wedstrijd is Greg met alle anderen in de spelersbus gestapt. Toen we hier aankwamen is hij met alle anderen uitgestapt. Het laatste wat er van hem is gezien, is dat hij in zijn auto stapte. Dat was het.'

'En hoe kwam Greg die avond over?'

'Prima. Hij speelde goed tegen Philly. Heeft zevenentwintig punten gescoord.'

'En in wat voor stemming was hij?'

Calvin dacht even na. 'Er is me niets vreemds opgevallen,' zei hij.

'En waren er nog nieuwe dingen in zijn leven?'

'Nieuwe dingen?'

'Een verandering of zo.'

'Nou, die scheiding natuurlijk,' zei Calvin. 'Niet erg aangenaam. Ik heb begrepen dat Emily knap lastig kan zijn.' Hij bleef weer staan en glimlachte naar Myron. Een brede grijns, als de glimlach van de Cheshire Cat uit *Alice in Wonderland*. Myron bleef ook staan, maar beantwoordde de glimlach niet.

'Waar denk je aan, IJskonijn?'

De glimlach werd iets breder. 'Emily en jij hebben toch iets met elkaar gehad?'

'Ja, in een vorig leven.'

'Studentenliefjes.'

'Zoals ik al zei, in een vorig leven.'

'Dus,' Calvin kwam weer in beweging, 'je was zelfs met de vrouwen beter dan Greg.'

Myron negeerde die opmerking. 'Weet Clip van mijn zogenaamde verleden met Emily?'

'Clip is heel grondig.'

'Dat verklaart waarom jullie mij hebben uitgekozen,' zei Myron.

'Het was een punt van overweging, maar ik geloof niet dat het erg belangrijk is.'

'O nee?'

'Greg heeft inmiddels een vreselijke hekel aan Emily. Het is ondenkbaar dat hij haar in vertrouwen heeft genomen. Maar sinds de strijd om de voogdij is begonnen, is Greg inderdaad veranderd.'

'Hoe dan?'

'Om te beginnen heeft hij een contract met Forte-schoenen getekend.'

Dat verraste Myron. 'Greg? Een reclamecontract?'

'Het is nog geheim,' zei Calvin. 'Ze gaan het aan het eind van de maand, vlak voor het begin van de play-offs, openbaar maken.'

Myron floot. 'Dat moet ze een smak geld hebben gekost.'

'Een hele dikke smak, heb ik begrepen. Meer dan tien miljoen per jaar.'

'Logisch,' zei Myron. 'Een populaire speler die al meer dan tien jaar weigert reclame te maken… dat is onweerstaanbaar. Forte doet het goed met loop- en tennisschoenen, maar ze zijn vrij onbekend in het basketbalwereldje. Greg geeft ze in één klap geloofwaardigheid.'

'Inderdaad,' knikte Calvin.

'Enig idee waarom hij na al die jaren van gedachten is veranderd?'

Calvin haalde zijn schouders op. 'Misschien besefte hij dat hij er niet jonger op wordt en wilde hij snel geld verdienen. Misschien heeft het met de scheiding te maken. Misschien heeft hij een klap op zijn kop gekregen en is hij wakker geworden met een greintje gezond verstand.'

'Waar woont hij sinds de scheiding?'

'Nog steeds in hun huis in Ridgewood. In Bergen County.'

Myron kende de plaats heel goed. Hij vroeg naar het adres. Calvin gaf het hem. 'En Emily?' vroeg Myron. 'Waar woont die nu?'

'Ze zit met de kinderen bij haar moeder. Ik geloof in Franklin Lakes of zo.'

'Hebben jullie al het een en ander nagetrokken? Gregs huis, zijn creditcards, bankafschriften en zo?'

Calvin schudde zijn hoofd. 'Clip vond deze zaak te serieus om aan een detectivebureau over te laten. Daarom hebben we jou gebeld. Ik ben een paar keer bij Gregs huis langsgereden. Heb een keer aangebeld. Er staat geen auto op de oprit of in de garage. En er brandt geen licht.'

'Maar niemand heeft binnen rondgekeken?'

'Nee.'

'Dus voor hetzelfde geld is hij in de badkuip uitgegleden en met zijn kop op de rand terechtgekomen.'

Calvin keek hem aan. 'Ik zei dat er geen licht brandde. Denk je dat hij in het donker een bad nam?'

'Daar heb je gelijk in,' zei Myron.

'Geweldige speurneus ben jij.'

'Ik kom altijd traag uit de startblokken.'

Ze kwamen bij de kleedkamer. 'Wacht hier,' zei Calvin.

Myron pakte zijn mobiel. 'Kan ik even bellen?'

'Ga je gang.'

Calvin verdween achter de deur. Myron zette zijn mobiel aan en tikte het nummer in. Jessica nam bij de tweede keer overgaan op. 'Hoi?'

'Ik moet onze eetafspraak voor vanavond afzeggen,' zei Myron.

'Dan hoop ik voor je dat je een goed excuus hebt,' zei Jessica.

'Een geweldig excuus. Ik ga profbasketbal spelen voor de New Jersey Dragons.'

'Leuk voor je. Prettige wedstrijd, liefje.'

'Ik meen het. Ik speel voor de Dragons. Nou ja, "spelen" is waarschijnlijk niet het juiste woord. Je kunt beter zeggen dat ik een houten kont ga krijgen bij de Dragons.'

'Ben je nou serieus?'

'Het is een lang verhaal, maar echt, ik ben nu officieel een basketbalprof.'

Stilte.

'Ik heb nog nooit met een basketbalprof geneukt,' zei Jessica. 'Ik voel me net Madonna.'

'Like a virgin,' zei Myron.

'Wauw. Over oude nummertjes gesproken.'

'Ja, nou ja, ik ben nu eenmaal een jarentachtigjongen.'

'En, meneertje Jaren Tachtig, ga je me nog vertellen wat er aan de hand is?'

'Daar heb ik nu geen tijd voor. Vanavond. Na de wedstrijd. Ik laat een kaartje voor je wegleggen bij de kassa.'

Calvin stak zijn hoofd om de hoek van de deur. 'Wat is je taillemaat? Vierendertig?'

'Zesendertig. Of zevenendertig.'

Calvin knikte en verdween weer. Myron belde het privénummer van Windsor Horne Lockwood III, directeur van de prestigieuze investeringsmaatschappij Lock-Horne Investments in Manhattan. Win nam bij de derde keer overgaan op.

'Duidelijk spreken,' zei hij.

Myron schudde zijn hoofd. 'Duidelijk spreken?'

'Ik zei: duidelijk spreken, niet: herhalen.'

'We hebben een opdracht,' zei Myron.

'Hoera,' zei Win met zijn bekakte Main Line Philly-accent. 'Heerlijk. Verrukkelijk! Maar voor ik het in mijn broek doe van blijdschap, moet ik één vraagje stellen.'

'Ga je gang.'

'Is dit weer een van je gebruikelijke liefdadigheidsgevalletjes?'

'Doe het maar in je broek,' zei Myron. 'Het antwoord is nee.'

'Wat? Geen kruistocht voor de goede zaak van de dappere Myron?'

'Dit keer niet.'

'Ongelooflijk. Vertel eens.'

'Greg Downing wordt vermist. Wij moeten hem vinden.'

'En wat krijgen we voor de bewezen diensten?'

'Minimaal vijfenzeventigduizend plus een NBA-debutant, eerste ronde, als cliënt.' Het was niet het geschikte moment om Win op de hoogte te brengen van zijn tijdelijke carrièrestap.

'Tjongejonge,' zei Win tevreden. 'Vertel eens, wat gaan we als eerste doen?'

Myron gaf hem het adres van Greg in Ridgewood. 'We zien elkaar daar over twee uur.'

'Ik neem de Batmobiel wel,' zei Win en hij hing op.

Calvin kwam uit de kleedkamer. Hij hield een paars en turkooiskleurig Dragon-tenue op. 'Pas maar even.'

Myron pakte het niet meteen aan. Hij keek ernaar, terwijl zijn maag vreemde capriolen maakte. Toen hij sprak, klonk zijn stem zacht. 'Nummer vierendertig?'

'Ja,' zei Calvin. 'Je ouwe nummer bij Duke. Ik wist het nog.'

Stilte, die uiteindelijk door Calvin doorbroken werd.

'Pas het nou even aan.'

Myron voelde zijn ogen vochtig worden. Hij schudde zijn hoofd. 'Dat hoeft niet,' zei hij. 'Ik weet zeker dat het goed zit.'

3

Ridgewood was een luxe woonoord, een van die oude stadjes die zich nog steeds een dorp noemen, waar vijf-ennegentig procent van de jeugd naar de universiteit zal gaan en waar niemand zijn kinderen met de andere vijf procent laat spelen. Er stonden een paar blokken met rijtjeshuizen, representanten van de woningbouwexplosie in de voorsteden van de jaren zestig, maar voor het merendeel dateerden de fraaie huizen in Ridgewood uit een eerder, en theoretisch onschuldiger tijdvak.

Myron vond het huis van de Downings zonder enig probleem. Een groot maar elegant herenhuis uit het einde van de negentiende eeuw, met een dak van schitterend verschoten cederhouten pannen. Aan de linkerkant bevond zich een rond torentje met een puntdak. De grote veranda ademde luxe: zo'n dubbele schommel waarop de kinderen op een warme zomeravond gekoelde limonade drinken, een kinderfietsje dat op zijn kant lag, een houten slee, hoewel het in geen zes weken gesneeuwd had. De onontbeerlijke basket hing boven de oprit enigszins roestig te wezen. Op twee bovenramen waren stickers aangebracht om de brandweer erop te wijzen dat er kinderen sliepen. Oude eikenbomen stonden als verweerde wachtposten langs de oprit.

Win was er nog niet. Myron parkeerde zijn auto en liet een raampje zakken. Het was een prachtige dag voor midden maart. De lucht was helder lichtblauw. De vogeltjes zongen zoals ze hoorden te zingen. Hij probeerde zich Emily in deze omgeving voor te stellen, maar dat lukte niet. Het was veel makkelijker haar te zien in een New Yorks appartement of in een van die nouveauxriches huizen die helemaal in het wit zijn ingericht, met bronzen art-decobeeldjes erin en veel te veel spiegels in barokke lijsten. Maar goed, hij had Emily in geen tien jaar gezien. Ze was misschien veranderd. Of misschien had hij haar al die jaren geleden verkeerd beoordeeld. Het zou niet de eerste keer zijn.

Het was grappig om weer eens in Ridgewood te zijn. Jessica was hier opgegroeid. Ze kwam hier niet graag meer terug, maar zijn twee grote liefdes – Jessica en Emily – hadden dus weer iets gemeen: het dorp Ridgewood. Dat kon toegevoegd worden aan het rijtje overeenkomsten tussen de twee vrouwen, dingen als: Myron ontmoeten, achternagelopen worden door Myron, verliefd worden op Myron, Myrons hart verpletteren als een tomaat onder een hoge hak. Dat soort dingen.

Emily was zijn eerste liefde geweest. Als hij af moest gaan op de verhalen van zijn vrienden, was hij aan de late kant toen hij als eerstejaars zijn maagdelijkheid verloor. Maar als er daadwerkelijk een seksuele revolutie had plaatsgevonden onder de Amerikaanse tieners in de late jaren zeventig, vroege jaren tachtig, dan was die aan Myron voorbijgegaan. De meisjes hadden hem altijd graag gemogen, daar ging het niet om. Maar terwijl zijn vrienden tot in de details hun verschillende orgieachtige ervaringen bespraken, leek Myron het verkeerde type meisje aan te trekken. De nette meisjes, die ondanks die revolutie nog steeds nee zeiden. Of die dat zouden zeggen als Myron de moed had kunnen opbrengen (of het voornemen) om iets te proberen.

Dat veranderde allemaal toen hij op de universiteit Emily ontmoette.

Passie. Het is een woord dat te pas en te onpas wordt gebruikt, maar Myron vond dat het in dit geval toch wel de lading dekte. In ieder geval was het grenzeloze, onbeperkte, wellust. Emily was het type vrouw dat door een man 'lekker' genoemd wordt, in plaats van 'mooi'. Als je een echt 'mooie' vrouw ziet, dan wil je er een schilderij van of een gedicht over maken. Als je Emily ziet dan heb je zin om haar zo snel mogelijk de kleren van het lijf te rukken. Ze was één brok seks. Ze was misschien een kleine vijf kilo te zwaar, maar die vijf kilo waren bijzonder goed over haar lichaam verdeeld. Myron en zij waren een explosief koppel geweest. Ze waren allebei nog geen twintig, allebei stonden ze nog maar net op eigen benen en ze waren allebei creatief.

In één woord: bóém!

Myrons autotelefoon ging over. Hij nam op.

'Ik neem aan,' zei Win, 'dat je wilt dat we inbreken bij de Downings?'

'Ja.'

'Dan is het niet zo'n slim idee om voor hun huis te parkeren, hè?'

Myron keek om zich heen. 'Waar zit je?'

'Rij naar de hoek van de straat. Sla links af, neem dan de tweede straat rechts. Ik sta achter het gebouw daar geparkeerd.'

Myron hing op en startte de auto. Hij volgde de aanwijzingen en stopte op de parkeerplaats. Win stond met over elkaar geslagen armen tegen zijn Jaguar geleund. Hij zag er zoals altijd uit alsof hij poseerde voor de *Wasp-Quarterly*, als het prototype van de rijke, conservatieve, blanke Amerikaan. Ieder blond haartje zat op zijn plek. Zijn huidskleur was enigszins blozend, zijn trekken waren verfijnd en een beetje te volmaakt. Hij droeg een kakikleurige broek, een blauw jasje, bootschoenen zonder sokken en een opzichtige das van Lilly Pulitzer. Win zag er precies zo uit als je van iemand die Windsor Horne Lockwood III heette zou verwachten: elitair, egocentrisch, sullig.

Goed, twee uit drie is geen slechte score.

In het pand waren verschillende ondernemingen gevestigd. Een gynaecoloog. Een ontharingssalon, een deurwaarder, een diëtiste, en een fitnessclub alleen voor vrouwen. Win stond natuurlijk vlak bij de ingang van de fitnessclub. Myron liep op hem af.

'Hoe wist jij dat ik voor het huis stond?'

Met zijn blik op de ingang van de club gevestigd, maakte Win een gebaar met zijn hoofd. 'Daar vanaf die heuvel. Met een verrekijker zie je alles.'

Een vrouw van begin twintig in een zwart lycra aerobicspakje kwam naar buiten, met een baby op haar arm. Ze had haar goede figuur wel heel snel weer teruggekregen. Win glimlachte naar haar. De vrouw glimlachte terug.

'Ik ben gek op die jonge moedertjes,' zei Win.

'Je bent gek op vrouwen in lycra,' verbeterde Myron hem.

Win knikte. 'Daar kon je wel eens gelijk in hebben.' Hij zette een zonnebril op. 'Zullen we beginnen?'

'Denk je dat het lastig zal zijn om in dat huis in te breken?'

Win trok zijn 'ik doe net of ik dat niet gehoord heb'-gezicht. Er kwam opnieuw een vrouw uit de fitnessclub. Helaas wekte zij geen Win-glimlach op. 'Vertel,' zei Win. 'En wees zo vriendelijk een pasje opzij te doen. Ze moeten die Jag wel kunnen zien.'

Myron vertelde hem alles wat hij wist. In de vijf minuten die hem dat kostte, kwamen er acht vrouwen naar buiten. Slechts twee van hen viel de Glimlach ten deel. Een van hen droeg een pakje met tijgerstrepen. Zij werd getrakteerd op de Complete Glimlach, de glimlach waaraan Wins ogen bijna meededen.

Win leek niet te reageren op wat Myron zei. Zelfs toen hij hem vertelde dat hij tijdelijk Gregs plek innam bij de Dragons, bleef Win hoopvol naar de deur van de fitnessclub kijken. Gewoon Wingedrag. Myron rondde zijn relaas af met de opmerking: 'Nog vragen?'

Win tikte met een vinger tegen zijn bovenlip. 'Wat denk je, droeg die meid met de tijgerstrepen ondergoed?'

'Dat weet ik niet,' zei Myron. 'Maar ze had absoluut een trouwring om.'

Win haalde zijn schouders op. Dat maakte hem niets uit. Win geloofde niet in liefde voor of een verhouding met iemand van het andere geslacht. Dat zou je als een vorm van seksisme kunnen uitleggen. Maar dat was niet zo. Win zag een vrouw niet als een object. Voor een object kon hij af en toe nog wel respect opbrengen.

'We gaan,' zei Win.

Ze waren ruim een halve kilometer van het huis van de Downings verwijderd. Win was al op onderzoek geweest en had de route uitgestippeld waarop ze het minste risico liepen gezien te worden en achterdocht te wekken. Tussen hen in hing die prettige stilte die kan bestaan tussen twee mannen die elkaar al lang en heel goed kennen.

'Er is nog een interessante bijkomstigheid bij deze zaak,' zei Myron.

Win wachtte af.

'Herinner je je Emily Schaeffer nog?' vroeg Myron.

'Vaagjes.'

'Ik ben twee jaar met haar gegaan toen ik nog op Duke zat.' Win en Myron hadden elkaar op Duke leren kennen. Ze hadden er vier jaar een paar kamers gedeeld. Win was degene geweest die Myron had laten kennismaken met de vechtsport, die hem had geïntroduceerd bij de FBI. Win was nu de topman bij Lock-Horne Investments aan Park Avenue, een vermogensbeheerder. Het bedrijf was direct door Wins familie opgericht toen er een markt was voor dat soort diensten. Myron huurde kantoorruimte bij Win en Win handelde alle geldzaken voor de cliënten van MB SportsReps af.

Win dacht even na. 'Was dat het meisje dat die apengeluidjes maakte?'

'Nee,' zei Myron.

Win leek verrast. 'Wie maakte dan die apengeluidjes?'

'Geen idee.'

'Misschien was het wel een van míjn vriendinnetjes.'

'Wellicht.'

Win dacht hier even over na, haalde zijn schouders op en vroeg: 'En wat is er met haar?'

'Ze was vroeger getrouwd met Greg Downing.'

'Zijn ze dan nu gescheiden?'

'Ja.'

'Nu weet ik het weer,' zei Win. 'Emily Schaeffer. Een flinke meid.'

Myron knikte.

'Ik vond haar niet zo aardig,' zei Win. 'Behalve die apengeluidjes van haar. Die vond ik nogal grappig.'

'Zij maakte die apengeluidjes niet.'

Win glimlachte zachtmoedig. 'Het waren heel dunne muren,' zei hij.

'En jij luisterde?'

'Alleen als je de gordijnen dichttrok, zodat ik niet kon kijken.'

Myron schudde zijn hoofd. 'Wat ben je toch een varken.'

'Beter dan een aap.'

Ze waren aangekomen bij het grasveld voor het huis en liepen naar de deur. De truc was eruit te zien alsof je er hoorde te zijn. Als je het huis haastig en ineengedoken via de achterkant benaderde, trok dat aandacht. Twee mannen in pak en das die naar de voordeur wandelden, wekten niet ogenblikkelijk de associatie met 'dief' op.

Naast de deur hing een metalen toetsenbord met een klein rood lichtje. Het lichtje brandde.

'Een alarm,' zei Myron.

Win schudde zijn hoofd. 'Een nepalarm. Het is een lampje, meer niet. Waarschijnlijk bij een cadeauwinkel aangeschaft.' Win keek naar het slot en maakte afkeurende geluidjes. 'Een slot van de Sleutelkoning als je het salaris van een basketbalprof hebt,' zei hij walgend. 'Dan kun je je deur net zo goed met klei dichtplakken.'

'En het nachtslot?' vroeg Myron.

'Dat is niet afgesloten.'

Win had zijn reepje celluloid al gepakt. Creditcards zijn te stijf. Celluloid doet het veel beter; dat noemen ze het slot 'loiden'. De deur ging net zo snel open als met een sleutel en ze stapten direct de vestibule in. Er zat een brievenbus in de deur en de post lag over de mat verspreid. Myron keek snel naar de poststempels. De afgelopen vijf dagen was er niemand geweest.

Het huis was prettig ingericht. Het meubilair was wat men 'eenvoudig rustiek' noemt: het zag er inderdaad eenvoudig uit maar het kostte een vermogen. Veel hout en riet en antieke meubels en droogboeketten. De geur van potpourri was doordringend.

Ze gingen uit elkaar. Win ging naar boven naar de werkkamer. Hij zette de computer aan en begon alles wat erop stond op floppy's te downloaden. Myron trof een antwoordapparaat aan in het vertrek dat je vroeger de televisiekamer zou noemen, maar dat tegenwoordig de 'kamer voor het hele gezin' heet. Het antwoordapparaat gaf de tijd en de datum van iedere boodschap aan. Erg handig. Myron drukte een knopje in. Het bandje spoelde terug en begon. Bij de eerste boodschap, die volgens de digitale stem om 21.18 uur op de avond dat Greg verdween was ingesproken, had Myron al beet.

Een trillerige vrouwenstem zei: 'Met Carla. Ik zit tot twaalf uur in de achterste cabine.' Klik.

Myron spoelde het bandje terug en luisterde de boodschap nogmaals af. Er was een hoop lawaai op de achtergrond: gepraat, muziek, getinkel van glazen. Het telefoontje was waarschijnlijk vanuit een café of een restaurant gepleegd, vooral omdat ze het over de achterste cabine had gehad. Wie was die Carla? Een vriendin? Waarschijnlijk. Wie anders zou zo laat nog bellen om een afspraakje te maken voor nog later die avond. Maar dit was natuurlijk niet zomaar een avond. Greg Downing was verdwenen tussen het moment waarop dit telefoontje was gepleegd en de volgende ochtend.

Een wonderlijk toeval.

Dus waar hadden ze elkaar getroffen, aangenomen dan dat Greg inderdaad naar het afspraakje in de achterste cabine was gegaan? En waarom had Carla, wie dat ook mocht zijn, zo trillerig geklonken? Of verbeeldde Myron zich dat maar?

Myron luisterde de rest van het bandje af. Geen andere boodschappen van Carla. Als Greg niet was komen opdagen in die achterste cabine, zou Carla dan niet nogmaals gebeld hebben? Waarschijnlijk wel. Dus voorlopig kon Myron veilig aannemen dat Greg Downing Carla enige tijd voor zijn verdwijning nog gezien had.

Een aanwijzing.

Er waren vier berichten ingesproken door Martin Felder, Gregs agent. Bij iedere boodschap leek hij ongeruster. Het laatste bericht luidde: 'Jezus Greg, waarom bel je niet terug? Is het erg met die enkel of hoe zit het? En ik wil niet dat je onbereikbaar bent, zeker niet nu we de Forte-deal moeten afronden. Bel me, ja?' Er waren ook drie telefoontjes van een man die Chris Darby heette en die kennelijk voor Forte Sports Inc. werkte. Ook hij klonk ontdaan. 'Marty wil me niet vertellen waar je zit. Ik denk dat hij een spelletje met ons speelt, Greg, om de prijs op te drijven of zo. Maar wij hadden toch een deal? Ik geef je m'n nummer thuis, Greg. Hoe erg is die blessure trouwens?'

Myron glimlachte. Martin Felders cliënt werd vermist, maar Martin deed er alles aan om er een positieve draai aan te geven. Myron drukte een paar maal de mode-knop op het antwoordapparaat in. Uiteindelijk onthulde het LCD-schermpje het codenummer dat Greg had ingesteld om vanaf elders zijn antwoordapparaat af te luisteren. Nu kon Myron bellen wanneer hij wilde, 317 intoetsen en horen of er nog boodschappen op het apparaat waren achtergelaten. Hij drukte de redial-toets in om te horen wie Greg het laatst gebeld had. Na twee keer overgaan werd de telefoon opgenomen door een vrouw die zei: 'Kimmel Brothers, wat kan ik voor u doen?' Myron wist niet wie de gebroeders Kimmel waren en hing op.

Hij liep naar boven. Win was nog bezig met het kopiëren van computerbestanden en Myron begon de lades te doorzoeken. Dat leverde niets op.

Ze liepen naar de ouderslaapkamer. Het brede bed was opgemaakt. Op de nachtkastjes lagen pennen en sleutels en papieren.

Op allebei de kastjes.

Merkwaardig voor een man die alleen woonde.

Myron keek de kamer rond tot zijn blik op een leesstoel viel die tegelijk dienstdeed als dressboy. Gregs kleren lagen over een van de armleuningen en de rugleuning. Heel gewoon, nam Myron aan; een stuk netter dan bij Myron zelf, hoewel dat weinig zei. Maar toen hij nog eens goed keek, zag hij iets raars op de andere armleuning. Twee kledingstukken. Een witte blouse en een grijze rok.

Myron keek Win aan.

'Misschien van mevrouw Apengeluidje,' zei Win.

Myron schudde zijn hoofd. 'Emily woont hier al maanden niet meer. Waarom zouden haar kleren nog op die stoel liggen?'

Ook de badkamer bleek heel interessant. Rechts bevond zich een jacuzzi, verder een grote stoomdouche, een sauna en een dubbele wastafel. Ze bekeken de wastafels eerst. Op de ene stond een bus scheercrème, een deodorant, een flesje Polo-aftershave en een Gillette-scheerapparaat. Op de andere een openstaand make-uptasje, een flacon parfum van Calvin Klein, babypoeder en een deoroller. Op de vloer voor de wastafel lag een beetje babypoeder. Er lagen twee wegwerp Lady-scheermesjes in het zeepbakje naast de jacuzzi.

'Hij heeft een vriendin,' zei Myron.

'Een basketbalprof die het aanlegt met een lekker stuk,' merkte Win op. 'Wat een ontdekking. Misschien moet een van ons "eureka" roepen.'

'Toch roept het een vraag op,' zei Myron. 'Als haar vriendje plotseling verdwenen was, zou dat lekkere stuk dat dan niet gemeld hebben?'

'Niet,' zei Win, 'als ze samen met hem verdwenen is.'

Myron knikte. Hij vertelde Win over de cryptische boodschap van Carla.

Win schudde zijn hoofd. 'Als ze van plan waren om samen weg te lopen,' zei hij, 'waarom zou ze dan zeggen waar ze hadden afgesproken?'

'Ze zei niet wáár. Ze zei alleen: in de achterste cabine om twaalf uur.'

'Maar toch,' zei Win. 'Dat is toch niet het meest logische om te doen voor je verdwijnt. Stel dat om de een of andere reden Carla en Greg besluiten er een tijdje stilletjes tussenuit te knijpen. Dan wist Greg toch waar ze elkaar zouden treffen?'

Myron haalde zijn schouders op. 'Misschien gaf ze een andere ontmoetingsplaats door.'

'Hoezo andere? Was het eerst de voorste cabine dan?'

'Weet ik veel.'

Ze controleerden de rest van de bovenverdieping. Dat leverde weinig op. De kamer van Gregs zoon had behang met raceauto's en aan de muur hing een poster van zijn vader die een tegenstander passeerde. De kamer van zijn dochtertje was ingericht in Sesamstraat-sfeer. Geen aanwijzingen. In feite vonden ze geen enkele aanwijzing, tot ze beneden in het souterrain kwamen.

Toen ze het licht aandeden zag Myron het meteen.

Het souterrain was in gebruik, het was ingericht als een speelkamer voor de kinderen in vrolijke kleuren. Overal autootjes en grote legobouwwerken en een plastic speelhuis met een glijbaan. Op de muren waren taferelen uit Disney-films aangebracht, zoals *Alladin* en *The Lion King*. Er stonden een tv en een videorecorder. Er waren ook spullen voor als de kinderen wat ouder zouden zijn: een flipperkast en een jukebox. Er stonden minischommelstoeltjes, er lagen matrassen en grote kussens.

Er was ook bloed. Heel veel bloed in druppels op de vloer. En nog eens heel veel op de muur.

Myron voelde de gal in zijn keel omhoogkomen. Hij had al vaak bloed gezien, maar het maakte hem nog steeds misselijk. Win had daar geen last van. Win naderde de bloedvlekken met een bijna geamuseerd trekje op zijn gezicht. Hij boog zich vorover om ze beter te kunnen bekijken. Toen strekte hij zijn rug weer.

'Het goede nieuws is,' zei Win, 'dat je tijdelijke plekje bij de Dragons wellicht een stuk permanenter wordt.'

4

Er was geen lijk. Alleen bloed.

Win verzamelde wat monsters in een paar plastic boterhamzakjes die hij uit de keuken had gehaald. Tien minuten later stonden ze weer buiten en hadden ze het slot van de voordeur weer afgesloten. Een blauwe Oldsmobile Delta 88 reed voorbij. Twee mannen zaten voorin. Myron keek opzij naar Win. Win knikte nauwelijks merkbaar.

'Dat is al de tweede keer,' zei Myron.

'De derde,' zei Win. 'Ik heb ze ook al gezien toen ik hier aankwam.'

'Niet bepaald ervaren knapen,' zei Myron.

'Nee,' beaamde Win. 'Maar natuurlijk wisten ze niet dat dit soort werk ervaring vereist.'

'Kun je het kenteken natrekken?'

Win knikte. 'Ik zal ook Gregs creditcardgegevens en geldopnames natrekken,' zei hij. Hij was bij zijn Jag aangekomen en opende hem. 'Ik neem contact met je op als ik iets heb. Dat moet in een paar uur gepiept zijn.'

'Je gaat terug naar kantoor?'

'Ik ga eerst naar Meester Kwon,' zei Win.

Meester Kwon was hun taekwondo-instructeur. Ze hadden allebei de zwarte band: Myron een tweede dan, Win een zesde dan. Hij was een van de hoogst genoteerde blanken ter wereld. Win was de beste vechter die Myron ooit was tegengekomen. Hij had verschillende vechtsporten beoefend, onder andere Braziliaans jiujitsu, dierstijl-kungfu en Jeet Kune Do. Win als vat vol tegenstrijdigheden. Als je hem zag, dan dacht je dat hij een verwend, bekakt watje was, maar in werkelijkheid was hij een verpletterend goede vechter. Als je Win zag dacht je dat je te maken had met een gewoon, goed aangepast menselijk wezen. In werkelijkheid was hij allesbehalve dat.

'Wat doe je vanavond?' vroeg Myron.

Win haalde zijn schouders op. 'Dat weet ik nog niet.'

'Ik kan je een kaartje voor de wedstrijd bezorgen,' zei Myron.

Win antwoordde niet.

'Wil je naar de wedstrijd?'

'Nee.'

Zonder verder nog iets te zeggen gleed Win achter het stuur van zijn Jaguar, startte, en reed geruisloos weg. Myron keek hem na, en vroeg zich af waarom zijn vriend zo kortaf geweest was. Maar goed, waarom zou het vandaag anders gaan dan andere dagen?

Hij keek op zijn horloge. Hij had nog een paar uur voor de grote persconferentie. Tijd genoeg om naar kantoor te gaan en Esperanza over zijn carrièrestap in te lichten. Zij zou er het meeste last van hebben dat hij voor de Dragons ging spelen.

Hij nam Route 4 naar de George Washington Bridge. Hij kon gewoon doorrijden bij de tolpoortjes. God bestond dus echt. Bij de Henry Hudson Bridge stond het verkeer echter vast. Hij sloeg af bij Columbia Presbyterian Medical Center om Riverside Drive te bereiken. De ruitenwassersjongens – de daklozen die je voorruit 'schoonmaakten' met een mengsel van gelijke delen vet, Tabasco en urine – stonden niet meer bij het stoplicht. Dankzij burgemeester Giuliani, nam Myron aan. Ze waren vervangen door hispanics die bloemen verkochten en iets wat eruitzag als gekleurd tekenpapier. Hij had een keer gevraagd was dat was en had antwoord gekregen in het Spaans. Voor zover Myron het begrepen had rook het papier lekker en was het leuk voor in huis. Misschien gebruikte Greg dat wel als potpourri.

Riverside Drive was betrekkelijk rustig. Myron reed naar de Kinney-parkeergarage aan 46th Street en wierp Mario zijn sleuteltjes toe. Mario parkeerde de Ford Taurus nooit vooraan bij de

Rolls, de Mercedes en Wins Jaguar. Hij slaagde er meestal in hem weg te zetten op een knus plekje onder een nest van duiven met diarree. Autodiscriminatie. Een schreeuwend onrecht, maar wat deed je eraan?

Het gebouw waarin Lock-Horne Investments was gevestigd stond op de hoek van Park Avenue en 46th Street, loodrecht op het New York Central-gebouw. Het hogehurengebied. De straat zinderde van het doen en laten van de grote banken. Verschillende limousines stonden dubbel geparkeerd voor het gebouw. Het lelijke moderne beeldhouwwerk dat het meeste weg had van het menselijk darmstelsel stond triest op zijn vaste plek. Mannen en vrouwen in pak zaten op de treden en aten hun broodje in gedachten verzonken te snel op. Velen praatten in zichzelf, repeteerden voor een belangrijke vergadering die middag, of ze herkauwden een fout van die ochtend. Mensen die in Manhattan werken leren hoe ze te midden van anderen toch volkomen alleen kunnen zijn.

Myron stapte de lobby binnen en drukte op de knop van de lift. Hij knikte naar de drie Lock-Horn-receptionistes, die bij de buitenwacht bekendstonden als de Lock-Horn-geisha's. Het waren allemaal meisjes die eigenlijk actrice of model wilden worden en die ingehuurd waren om de prominenten naar de kantoren van Lock-Horne Investments te begeleiden en er ondertussen heel aantrekkelijk uit te zien. Win had het idee overgehouden aan een reisje naar het Verre Oosten. Myron nam aan dat je nog seksistischer kon zijn, maar hij wist niet precies hoe.

Esperanza Diaz, zijn hooggewaardeerde collega, begroette hem bij de deur. 'Waar hing jij in godsnaam uit?'

'We moeten even praten.'

'Straks. Je hebt tig boodschappen.'

Esperanza droeg een witte blouse, die fantastisch contrasteerde met haar donkere haar, haar donkere ogen en die donkere huid van haar die glansde als de Middellandse Zee in het maanlicht. Esperanza was op haar zeventiende ontdekt door een scout van een modellenbureau, maar haar carrière had een aantal eigenaardige wendingen genomen en uiteindelijk was ze een groot succes geworden in het professionele worstelcircuit. Ja, professioneel worstelen. Ze had bekendgestaan als Little Pocahontas, die dappere indiaanse prinses, de parel van de Fabulous Ladies of Wrestling (FLOW). Haar kostuum was een suède bikini geweest en ze werd altijd als de goeie gecast in het morele spel dat het professionele worstelen in wezen is. Ze was jong, klein, had een strak lichaam en zag er schitterend uit en hoewel ze van Latijns-Amerikaanse afkomst was, was ze donker genoeg om door te gaan voor een indiaanse. Raciale afkomst was belangrijk voor de FLOW. De echte naam van Mrs. Saddam Hussein, het slechte haremmeisje met haar zwarte sluier, was Shari Weinberg.

De telefoon ging over en Esperanza nam op. 'Met MB Sports-Reps. Momentje, hij staat naast me.' Ze sloeg haar prachtige ogen naar hem op. 'Perry McKinley. Zijn derde poging vandaag.'

'Wat wil hij?'

Ze haalde haar schouders op. 'Sommige mensen willen niet met ondergeschikten…'

'Jij bent geen ondergeschikte.'

Ze keek hem strak aan. 'Neem je dat gesprek nu aan of niet?'

Een sportagent moest kunnen multitasken en – om in computerterminologie te spreken – met een enkel klikje van de muis in staat zijn verschillende diensten aan te bieden. Het was niet alleen simpel onderhandelen. Van een sportagent werd verwacht dat hij accountant was, financieel adviseur, vastgoedmakelaar, luisterend oor, personal shopper, reisbureau, gezinstherapeut, relatietherapeut, chauffeur, boodschappenjongen, contactpersoon met de ouders, lakei, kontlikker… wat je maar wilt. Als jij niet bereid was dat alles voor een cliënt te doen, dan was de concurrent dat wel.

Je kon alleen concurreren als je een team had, en Myron vond dat hij een klein, maar bijzonder effectief team had samengesteld. Win bijvoorbeeld handelde alle financiële zaken voor Myrons cliënten af. Hij had voor iedere speler een persoonlijke beleggingsportefeuille samengesteld, sprak ze minstens vijf keer per jaar om ervoor te zorgen dat ze begrepen wat hun geld deed en waarom. Dat Myron Win tot zijn beschikking had gaf hem een enorme voorsprong op de concurrentie. Win was legendarisch in de financiële wereld. Zijn reputatie was vlekkeloos (in die wereld wel), en zijn conduitestaat zonder weerga. Hij had Myron een directe ingang gegeven en volkomen betrouwbaarheid, in een markt waar betrouwbaarheid een zeldzaam en bedwelmend brouwsel was.

Myron was de jurist, Win was de econoom. En Esperanza was de multi-inzetbare onverstoorbare duizendpoot die de voortgang bewaakte. Het werkte.

'We moeten praten,' zei hij weer.

'Dat gaan we ook wel doen,' zei ze beslist. 'Maar neem nu eerst dit telefoontje even aan.'

Myron ging zijn kamer binnen. Hij had uitzicht op Park Avenue. Een prachtig uitzicht. Aan de ene muur hingen posters van Broadway-musicals. Aan een andere stills uit Myrons favoriete films: de Marx Brothers, Woody Allen, Alfred Hitchcock en nog wat klassiekers. Aan een derde muur hingen foto's van Myrons cliënten. Die hing wat minder vol dan Myron wenste. Hij stelde zich voor hoe het eruit zou zien als er een NBA-debutant tussen hing.

Fraai, besloot hij. Heel fraai.

Hij zette zijn headset op.

'Ha, Perry.'

'Jezus christus Myron, ik probeer je al de hele dag te pakken te krijgen.'

'Heel goed, Perry. En hoe gaat het met jou?'

'Hé, ik wil niet ongeduldig zijn, maar dit is belangrijk. Weet je al iets over mijn boot?'

Perry McKinley was een golfer die een beetje naast de baan was geraakt. Hij was prof. Hij verdiende ermee, maar alleen de allergrootste golffans kenden zijn naam. Perry hield van zeilen en hij had een nieuwe boot nodig.

'Ja, ik heb wel iets,' zei Myron.

'Welk bedrijf?'

'Prince.'

Perry leek niet erg enthousiast. 'Hun boten kunnen ermee door,' zei hij op klagende toon, 'maar meer dan ook niet.'

'Je mag je oude boot inruilen voor een nieuwe. Je moet vijf keer komen opdraven.'

'Vijf keer?'

'Ja.'

'Voor een zesmeterjacht van Prince? Dat is veel te vaak.'

'Ze wilden eigenlijk dat je tien keer kwam. Maar het is natuurlijk helemaal jouw beslissing.'

Perry dacht even na. 'Nou ja, vooruit dan maar. Maar ik wil wel zeker weten dat die boot me aanstaat. Een echte zesmeter, toch?'

'Dat zeiden ze tenminste wel.'

'Oké, goed. Bedankt, Myron. Je bent een topper.'

Ze hingen op. Marchanderen: het was een belangrijk onderdeel van het takenpakket van de agent. In dit wereldje betaalde je nooit ergens voor. Er werden gunsten uitgewisseld. Je kreeg producten in ruil voor bewezen diensten. Wil je een gratis shirt? Dan moet je het in het openbaar dragen. Wil je een gratis auto? Dan moet je op een paar autoshows komen opdraven en handjes schudden. De grote sterren konden een serieuze beloning vragen als ze hun gezicht aan een merk verbonden. De minder bekende atleten waren blij met een gratis product.

Myron keek naar het stapeltje memo's op zijn bureau en schudde zijn hoofd. Hoe kon hij in godsnaam voor de Dragons spelen en tegelijkertijd MB SportsReps aan de gang houden?

Hij piepte Esperanza op. 'Kom even hierheen,' zei hij.

'Ik zit midden in...'

'Nu.'

Stilte.

'Goh,' zei ze toen. 'Wat ben jij een macho.'

'Laat me niet lachen.'

'Nee echt, je hebt me de stuipen op het lijf gejaagd. Ik laat alles liggen en sprint naar je toe.'

Ze hing op, kwam binnen rennen terwijl ze net deed of ze buiten adem en angstig was. 'Snel genoeg?'

'Ja.'

'En wat is er dan?'

Hij vertelde het haar. Toen hij zei dat hij voor de Dragons zou spelen, vertrok ook Esperanza tot zijn verbazing geen spier. Dat was raar. Eerst Win, nu Esperanza. Zij waren zijn beste vrienden. Ze vonden het allebei heerlijk om hem voor gek te zetten. Maar nu had geen van beiden toegehapt en de bal ingekopt. Hun zwijgen aangaande zijn 'comeback' was enigszins verontrustend.

'Dat zullen je cliënten niet leuk vinden,' zei ze.

'Onze cliënten,' verbeterde hij.

Ze trok een gezicht. 'Geeft je dat nou een goed gevoel, om iemand terecht te wijzen?'

Myron ging er niet op in. 'We moeten hier een positieve draai aan geven,' zei hij.

'Hoe dan?'

'Dat weet ik niet,' zei hij langzaam. Hij leunde achterover in zijn stoel. 'We kunnen bijvoorbeeld zeggen dat de publiciteit die dit gaat opleveren, ook goed voor hen is.'

'Hoezo?'

'Nou, ik kan nieuwe contacten leggen,' zei hij. Het idee kwam al pratende bij hem op. 'Ik kom dichter bij de sponsors in de buurt, ik kom een hoop over hen te weten. Er zullen meer mensen iets over mij horen en dus indirect over mijn cliënten.'

Esperanza snoof geringschattend. 'En jij denkt dat ze daarin stinken?'

'Waarom niet?'

'Omdat het flauwekul is. "En dus indirect over mijn cliënten". Klinkt als afgeleide economie.'

Daar had ze een punt. 'Maar waar maak je je eigenlijk druk om?' vroeg hij terwijl hij zijn handen ten hemel hief. 'Dat basketbal neemt maar een paar uur per dag in beslag. De rest van de tijd ben ik hier. Ik heb mijn mobiel constant op zak. We hoeven alleen maar te benadrukken dat het slechts tijdelijk is.'

Esperanza keek hem sceptisch aan.

'Wat is er?' vroeg hij.

Ze schudde haar hoofd.

'Nee, ik wil het weten. Wat is er?'

'Niets.' Ze keek hem strak aan, met haar handen in haar schoot. 'En wat zegt de bitch ervan?' vroeg ze toen liefjes.

Haar favoriete betiteling voor Jessica. 'Noem haar toch niet steeds zo.'

Ze trok een 'zoals je wilt'-gezicht en ging er voor deze ene keer niet verder op in. Lang, lang geleden hadden Jessica en Esperanza elkaar in ieder geval getolereerd. Maar toen was Jessica bij Myron weggegaan en Esperanza had gezien wat dat voor Myron had betekend. Sommige mensen vergeven niet makkelijk. Esperanza had haar wrok jegens Jessica geïnternaliseerd. Het maakte niet uit dat Jessica weer terug was gekomen bij Myron.

'Wat vindt zij ervan?' vroeg Esperanza nogmaals.

'Waarvan?'

'Van het vredesproces in het Midden-Oosten, nou goed,' snauwde ze. 'Wat dacht je? Dat je weer gaat spelen, natuurlijk.'

'Ik weet het niet. We zijn nog niet in de gelegenheid geweest het erover te hebben. Hoezo?'

Esperanza schudde haar hoofd weer maar ging er verder niet op door. 'We zullen er hier iemand bij moeten hebben,' zei ze. 'Iemand om de telefoon op te nemen, wat typewerk te doen en zo.'

'Heb je al iemand in gedachten?'

Ze knikte. 'Cyndi.'

Myron verbleekte. 'Big Cyndi?'

'Ze kan de telefoon aannemen en klusjes doen. Ze werkt hard.'

'Ik wist niet eens dat ze kan praten,' zei Myron. Big Cyndi was Esperanza's worstelpartner die onder de naam Big Chief Mama had gevochten.

'Ze doet wat je haar opdraagt. Ze knapt de kutklussen op. Ze heeft geen ambities.'

Myron probeerde zijn afgrijzen te verbergen. 'Maar ze werkt toch als uitsmijter in zo'n striptent?'

'Het is geen striptent. Het is een leerbar.'

'Dom van me,' zei Myron.

'En ze is nu barkeepster.'

'Heeft Cyndi promotie gemaakt?' vroeg Myron.

44

'Ja.'

'Nou, dan vind ik het jammer om haar ontluikende carrière in de knop te breken door haar te vragen voor ons te komen werken.'

'Doe niet zo stom,' zei Esperanza. 'Ze werkt daar alleen 's avonds.'

'Wat?' zei Myron. 'Doen ze bij Leather and Lust niet aan lunchgasten?'

'Ik ken Cyndi. Ze zal het prima doen hier.'

'Ze jaagt de mensen de stuipen op het lijf,' zei Myron. 'Ze jaagt mij de stuipen op het lijf.'

'Ze kan toch in de vergaderkamer blijven zitten? Dan ziet niemand haar.'

'Ik weet het zo net nog niet.'

Esperanza kwam soepel overeind. 'Goed, dan zoek je zelf maar iemand. Jij bent tenslotte de baas hier, jij weet het het best. Ik ben gewoon een domme secretaresse. Ik zou het niet durven vraagtekens te zetten bij de manier waarop jij met ónze klanten omgaat.'

Myron schudde zijn hoofd. 'Dat was onder de gordel,' zei hij. Hij leunde naar voren, zijn ellebogen op het bureau, en legde zijn hoofd in zijn handen. 'Goed, laten we het met haar proberen.'

Myron wachtte. Esperanza keek hem strak aan. Nadat er verscheidene seconden verstreken waren, vroeg ze: 'Moet ik nu gaan juichen en dank je wel zeggen?'

'Nee, niet nodig. Maar ík moet nu wel weg.' Hij keek op zijn horloge. 'Ik moet het voor de persconferentie nog met Clip over die bloedvlekken hebben.'

'Veel plezier.' Ze liep naar de deur.

'Wacht nog even,' riep hij haar na. Ze draaide zich om en keek hem aan. 'Heb je vanavond college?' Esperanza studeerde in de avonduren rechten aan New York University.

'Nee.'

'Heb je zin om naar de wedstrijd te gaan?' Hij schraapte zijn keel. 'Je kunt eh... met Lucy gaan, als je daar zin in hebt.'

Lucy was Esperanza's nieuwste geliefde. Voor Lucy was ze met een man geweest die Max heette. Haar seksuele voorkeur wisselde nogal. 'We zijn uit elkaar,' zei ze.

'O, wat naar,' zei Myron. Hij wist niet wat hij anders moest zeggen. 'Sinds wanneer?'

'Vorige week.'

'Je hebt er niets over gezegd.'

'Misschien omdat het je geen reet aangaat.'

Hij knikte. Daar had ze gelijk in. 'Oké, je kunt een nieuwe, eh, relatie meenemen als je daar zin in hebt. Of je gaat in je eentje. We spelen tegen de Celtics.'

'Bedankt, maar ik ga niet,' zei ze.

'Zeker weten?'

Ze knikte en liep de kamer uit. Myron pakte zijn jasje en liep naar de parkeerplaats. Mario gooide hem zonder op te kijken zijn sleuteltjes toe. Myron nam de Lincoln-tunnel en draaide Route 3 op. Hij reed voorbij de enorme en vrij bekende winkel in elektrische apparaten, Tops. Een reclamebord met een gigantische neus hing boven Route 3. De tekst erop: TOPS BEVINDT ZICH VLAK ONDER UW NEUS. Erg levensecht. Het enige wat eraan ontbrak waren de neusharen.

Myron was al bijna bij Meadowlands toen zijn telefoon overging.

'De eerste resultaten zijn binnen,' zei Win.

'Vertel.'

'De afgelopen vijf dagen is er niets gebeurd met Greg Downings bankrekeningen of creditcards.'

'Niets?'

'Niets.'

'En ook geen geld opgenomen bij de bank?'

'Niet de afgelopen vijf dagen.'

'En daarvoor? Misschien heeft hij een hoop geld opgenomen voor hij verdween.'

'Daar wordt aan gewerkt. Ik weet het nog niet.'

Myron nam de afrit Meadowlands. Hij dacht even na over wat dit kon betekenen. Tot nog toe niet veel, maar het was nou niet bepaald goed nieuws. Het bloed in het souterrain. Geen teken van leven van Greg. Geen activiteiten op het financiële vlak. Dat beloofde weinig goeds. 'Heb je verder nog wat?'

Win aarzelde. 'Misschien weet ik straks waar die brave Greg dat afspraakje met de mooie Carla had.'

'Waar dan?'

'Na de wedstrijd,' zei Win. 'Dan weet ik meer.'

5

'Sport is folklore,' zei Clip Arnstein tegen het zaaltje vol journalisten. 'Het gaat niet alleen om winnen of verliezen. Het gaat om de verhalen die erbij horen. De verhalen over doorzettingsvermogen. De verhalen over wilskracht. De verhalen over keihard werken. Over verdriet. De verhalen over wonderen. De verhalen over triomfen en tragedies. De verhalen over comebacks.'

Clip keek vanaf het podium naar Myron. Zijn ogen waren enigszins vochtig, zijn glimlach bepaald grootvaderlijk. Myron kromp ineen. Hij moest de aanvechting om onder de conferentietafel te duiken bedwingen.

Na een gepaste pauze wendde Clip zich weer tot de verslaggevers. Die zwegen. Af en toe ging er een flitslicht af. Clip slikte een paar keer, alsof hij zichzelf moest vermannen om door te gaan. Je zag zijn adamsappel op en neer gaan. Hij hief zijn vochtige ogen op naar zijn gehoor.

Een beetje theatraal, dacht Myron, maar al met al toch geen slechte voorstelling.

De persconferentie was drukker bezocht dan Myron had verwacht. Er was geen plaatsje vrij en veel journalisten stonden. Komkommertijd, kennelijk. Clip nam uitgebreid de tijd om zich weer te vermannen. 'Iets meer dan tien jaar geleden heb ik een bijzondere jongeman gecontracteerd. Een speler die naar mijn vaste overtuiging voorbestemd was een van de groten te worden. Hij had een fantastisch sprongschot, een scherp spelinzicht, hij was mentaal sterk en bovendien was het een prima jongen. Maar de goden had-

48

den andere plannen met hem. We weten allemaal wat Myron Bolitar is overkomen op die ongeluksavond in Landover in Maryland. Het heeft geen zin om oude koeien uit de sloot te halen. Maar zoals ik al zei toen ik deze persconferentie opende: sport is folklore. Vandaag geven de Dragons deze jonge man de kans om zijn eigen legende bij te schrijven in het dikke boek van de sport. Vandaag geven de Dragons deze jonge man de kans om te proberen datgene te herwinnen wat hem al die jaren geleden zo wreed ontnomen is.'

Myron voelde zich uiterst ongemakkelijk. Zijn wangen werden rood. Hij keek paniekerig om zich heen, op zoek naar een plek om te schuilen, maar die was er niet. Hij besloot dus maar naar Clips gezicht te blijven kijken, zoals de media van hem zouden verwachten. Hij concentreerde zich op een moedervlek op Clips wang, staarde er zo strak naar dat zijn gezichtsveld gelukkig wazig werd.

'Het zal niet gemakkelijk zijn, Myron,' zei Clip. Hij had zich omgedraaid en richtte zich regelrecht tot Myron. Die hield zijn ogen op de moedervlek gericht. Hij wilde Clip niet aankijken. 'Er is je geen enkele belofte gedaan. Ik weet niet hoe het verder zal gaan. Ik weet niet of dit het dieptepunt van je carrière gaat worden of juist het begin van een dapper nieuw hoofdstuk. Maar alle mensen hier die van sport houden, kunnen niet anders dan hopen. Dat is onze aard. Dat is de aard van alle echte sporters en hun fans.' Clips stem brak bijna.

'Dit is de realiteit,' ging hij verder. 'Ik moet je daaraan herinneren, Myron, ook al zou ik dat veel liever niet doen. Uit naam van de New Jersey Dragons heet ik jou, een man van klasse en een man van moed, welkom bij het team. We wensen je het allerbeste. We weten dat je, wat er op het speelveld ook gebeurt, onze club eer aan zult doen.' Hij zweeg, kneep zijn lippen samen en bracht toen snel uit: 'Dank je wel.'

Clip stak zijn hand uit. Myron deed wat er van hem verwacht werd. Hij stond op om Clip de hand te schudden. Clip had echter andere plannen. Hij sloeg zijn armen om Myron heen en trok hem naar zich toe. De camera's flitsen, het leek wel een discostroboscoop. Toen Clip hem eindelijk losliet, veegde hij zijn ogen met twee vingers af. Jezus, Al Pacino was er niets bij. Clip stak zijn arm uit en nam Myron mee het podium op.

'Hoe voelt het om terug te zijn?' riep een verslaggever.

'Eng,' zei Myron.

'Denk je echt dat je het in je hebt om op dit niveau te spelen?'

'Nee, niet echt.'

Het eerlijke antwoord sloeg iedereen met stomheid. Maar niet voor lang. Clip lachte en alle anderen in het vertrek volgden zijn voorbeeld. Ze namen aan dat het een grap was. Myron nam niet de moeite dat recht te zetten.

'Heb je nog steeds dat afstandsschot in je vingers?' vroeg een ander.

Myron knikte. 'Ik kan nog wel van ver schieten,' zei hij. 'Ik weet alleen niet zeker of ze erin gaan.' Die grap was gejat, maar wat kon hem het schelen.

Er werd weer gelachen.

'Waarom kom je nu pas terug, Myron? Wat heeft je ervan overtuigd dat je nu je comeback moet maken?'

'De vereniging van glazenbollenkijkers.'

Clip stond op en maakte met een handgebaar een einde aan de vragenstellerij. 'Sorry, mensen, dat was het voorlopig. Myron moet zich voorbereiden op de wedstrijd van vanavond.'

Myron liep achter Clip aan het zaaltje uit. Ze liepen haastig door de gang naar Clips kantoor. Calvin was er al. Clip deed de deur dicht. Voor hij ging zitten vroeg hij: 'Wat is er aan de hand?'

Myron vertelde hem over het bloed in het souterrain. Clip verbleekte zichtbaar. De vingers van het IJskonijn klemden zich om de stoelleuning.

'Wat wil je nu eigenlijk zeggen?' vroeg Clip kortaf toen Myron was uitgesproken.

'Wat ik wil zeggen?'

Clip haalde overdreven zijn schouders op. 'Ik kan je even niet volgen.'

'Er valt niets te volgen,' zei Myron. 'Greg wordt vermist. Hij is in vijf dagen door niemand meer gezien. Hij heeft geen geld gepind en ook zijn creditcard niet gebruikt. En nu zit er bloed in zijn souterrain.'

'In de speelkamer van zijn kinderen, hè? Dat zei je toch? In de speelkamer van zijn kinderen.'

Myron knikte.

Clip keek Calvin vragend aan en hief zijn handen toen ten hemel. 'Maar wat betekent dat verdomme dan?'

'Dat weet ik niet.'

'Het wil natuurlijk niet zeggen dat er een misdrijf in het spel is, toch?' ging Clip verder. 'Denk even na, Myron. Stel dat Greg vermoord is, waar is het lijk dan? Hebben de moordenaar of de moordenaars het meegenomen? En wat is er volgens jou dan gebeurd? Hebben de moordenaars Greg verrast? In de speelkamer van zijn kinderen waar Greg in zijn eentje met de poppen zat te spelen? En wat is er toen gebeurd? Hebben ze hem daar beneden vermoord en hem het huis uitgesleept zonder een bloedspoor achter te laten, behalve dan in het souterrain?' Clip spreidde zijn armen. 'Dat slaat toch nergens op?'

Myron had het ook een onwaarschijnlijk scenario gevonden. Hij keek even opzij naar Calvin. Die leek diep in gedachten verzonken. Clip kwam overeind.

'Voor hetzelfde geld,' ging hij verder, 'heeft een van Gregs kinderen zich bij het spelen daar beneden gesneden.'

'Dat moet dan wel een behoorlijke jaap geweest zijn,' zei Myron.

'Of een bloedneus. Dan bloed je als een rund. Het kan best een bloedneus zijn geweest, meer niet.'

Myron knikte. 'Of misschien slachtten ze kippen,' zei hij. 'Dat zou ook heel goed kunnen.'

'Ik heb geen behoefte aan sarcasme, Myron.'

Myron wachtte heel even. Hij keek weer naar Calvin. Geen reactie. Hij keek naar Clip. Niets. 'Het wordt hier weer heel ondoorzichtig.'

'Wat zeg je?'

'U hebt me ingehuurd om Greg te vinden. Ik heb een belangrijke aanwijzing gevonden. En toch wilt u daar niet van horen.'

'Als je wilt zeggen dat ik niet wil horen dat Greg misschien iets is aangedaan…'

'Nee, dat wil ik niet zeggen. U bent ergens bang voor, en niet gewoon bang dat Greg iets is aangedaan. En ik zou willen weten waarvoor u bang bent.'

Clip keek naar Calvin. Calvin knikte bijna onmerkbaar. Clip ging weer zitten. Hij tikte met zijn vingertoppen op het blad van het bureau. De grote staande klok in de hoek echode het getik. 'Je moet begrijpen,' zei Clip, 'dat we het beste voorhebben met Greg. Echt waar.'

'Jawel.'

'Weet je wat een vijandelijke overname is?'

'Ik bestond al in de jaren tachtig, hoor,' zei Myron. 'Feitelijk heeft iemand onlangs nog opgemerkt dat ik een typische jarentachtigjongen ben.'

'Nou, dat dreigt mij op dit moment te overkomen.'

'Ik dacht dat u een meerderheid van de aandelen bezat.'

Clip schudde zijn hoofd. 'Veertig procent. Verder is er niemand die meer dan vijftien procent in handen heeft. Maar een stel van die minderheidsaandeelhouders heeft zich aaneengesloten en nu proberen ze mij te lozen.' Clip balde zijn handen tot vuisten en legde ze als twee presse-papiers op zijn bureau. 'Ze zeggen dat ik te veel aan basketbal denk en te weinig aan de zaken. Ze vinden dat ik me alleen nog maar bezig mag houden met de spelers en de wedstrijden. Over twee dagen gaan ze stemmen.'

'Dus?'

'Op dit moment ligt het erg dicht bij elkaar. Met een schandaal hang ik.'

Myron keek naar de twee mannen en wachtte even. Toen zei hij: 'U wilt dat ik dit laat rusten.'

'Nee, nee, natuurlijk niet,' zei Clip snel. 'Dat zeg ik helemaal niet. Ik wil alleen niet dat de pers ontploft over iets wat misschien niets blijkt te zijn. Ik kan het me niet permitteren dat er op dit moment iets onverkwikkelijks aan het licht komt.'

'Onverkwikkelijks?'

'Inderdaad.'

'Zoals?'

'Weet ik veel,' zei Clip.

'Maar Greg is misschien wel dood.'

'Als dat het geval is, dan doet een dag of twee er verder ook niet meer toe... ik weet dat dit harteloos klinkt. En als Greg echt iets overkomen is, dan heeft dat misschien een reden.'

'Een reden?'

Clip wierp zijn handen weer in de lucht. 'Weet ik veel. Als je een lijk optilt, of gewoon een man die zich verscholen houdt, dan komen de maden eronderuit gekropen, als je begrijpt wat ik bedoel.'

'Nee, ik begrijp er niets van,' zei Myron. Maar Clip ging verder.

'Dat kan ik niet gebruiken, Myron. Niet nu. Niet vóór er is gestemd.'

'Dus u zegt dat ik het moet laten rusten,' zei Myron.

'Helemaal niet. We willen alleen geen nodeloze paniek. Als Greg dood is, dan kunnen we toch niets meer voor hem doen. Als hij verdwenen is, dan hebben we met jou de beste jongen in huis om de publiciteit te ontlopen en hem te redden.'

Ze hielden nog steeds iets achter, maar Myron besloot op dat moment niet aan te dringen. 'Hebben jullie enig idee waarom iemand Gregs huis in de gaten zou kunnen houden?'

Clip keek bevreemd. 'Houdt iemand zijn huis in de gaten?'

'Ik geloof van wel.'

Clip keek naar Calvin. 'Calvin?'

'Geen idee,' zei Calvin.

'Ik weet het ook niet, Myron. Wat denk jij?'

'Voorlopig nog niets. Nog een vraagje: had Greg een vriendin?'

Weer keek Clip naar Calvin.

Calvin haalde zijn schouders op. 'Hij ging met een hoop dames uit. Maar ik geloof niet dat er iets serieus bij zat.'

'Ken je vrouwen met wie hij uitging?'

'Ik weet niet hoe ze heetten. Groupies, dat soort gedoe.'

'Waarom vraag je dat?' vroeg Clip. 'Denk je dat hij er met een meid vandoor is?'

Myron haalde zijn schouders op en stond op. 'Ik ga maar eens naar de kleedkamer. De wedstrijd begint bijna.'

'Wacht.'

Myron bleef staan.

'Toe, Myron. Ik weet dat ik zonet gevoelloos overkwam, maar ik geef echt om Greg. Heel veel. Ik wil dat hij gezond en wel gevonden wordt.' Clip slikte. De rimpels in zijn huid leken dieper, alsof iemand erin geknepen had. Hij had een ongezonde teint. 'Als jij me naar eer en geweten zegt dat het het beste is om openbaar te maken wat we weten, dan vind ik dat oké. Het maakt niet uit wat de gevolgen zijn. Denk daarover na. Ik wil doen wat voor Greg het beste is. Ik geef veel om hem. Ik geef om jullie allebei. Jullie zijn prima jongens en dat meen ik. Ik heb een hoop aan jullie te danken.'

Clip zag eruit alsof hij op het punt stond in tranen uit te barsten. Myron wist niet wat hij ermee aan moest. Hij besloot te knikken en niets te zeggen. Hij opende de deur en verliet het vertrek.

Toen hij naar de lift liep hoorde Myron een bekende hese stem die zei: 'Warempel, daar hebben we de Comeback Kid.'

Myron keek op en zag Audrey Wilson staan. Ze droeg haar normale sportverslaggeeftersoutfit: een donkerblauw jasje, een zwart truitje met een col en een gebleekte spijkerbroek. Ze was discreet of helemaal niet opgemaakt, haar nagels waren kort en niet gelakt. Het enige kleurige waren haar gympen: fel turkooizen Chuck Taylor Cons. Ze zag er volkomen onopvallend uit. Er was niets mis met haar gezicht, maar er was ook niets bijzonder goeds aan. Ze had gewoon een gezicht. Haar steile zwarte haar was kortgeknipt in een pagekopje met pony. 'Bespeur ik cynisme in je stem?' vroeg Myron.

Audrey haalde haar schouders op. 'Je gelooft toch niet dat ik hier intrap, hè?'

'Waar intrap?'

'Je plotselinge verlangen om…' ze keek even in haar aantekeningen, 'je eigen legende bij te schrijven in het dikke boek van de sport.' Ze keek op en schudde haar hoofd. 'Clip kletst uit zijn nek, toch?'

'Ik moet me omkleden, Audrey.'

'Waarom vertel je me niet even hoe het zit?'

'Hoe het zit, Audrey? Jeetje, waarom vraag je me niet om een "scoop"? Ik vind het heerlijk als journalisten dat woord in de mond nemen.'

Dat deed haar glimlachen. Het was een prettige glimlach: vol en open. 'Zitten we een beetje in de verdediging, Myron?'

'Ik? Nooit.'

'Maar wat denk je dan van – om een ander cliché te gebruiken – een persverklaring?'

Myron knikte, legde in een dramatisch gebaar zijn hand op zijn borst. 'Een winnaar geeft nooit op, en iemand die opgeeft, wint niet.'

'Lombardi?'

'Felix Unger. In *The Odd Couple*, in die aflevering waarin Howard Cosell een gastoptreden had.'

Hij draaide zich om en liep naar de kleedkamer. Audrey liep achter hem aan. Ze was waarschijnlijk de beste vrouwelijke sportverslaggever van het land. Ze volgde de Dragons voor de grootste krant van de oostkust. Ze had haar eigen radioprogramma op primetime op WFAN met een groot publiek. Ze had een zondagochtend-praatprogramma dat *Talking Sports* heette op ESPN. En toch was haar positie, net als die van de andere vrouwen in deze door mannen gedomineerde wereld, een beetje wankel. Haar carrière was voortdurend slechts één stap verwijderd van een crash, hoe goed ze ook was.

'Hoe gaat het met Jessica?' vroeg Audrey.

'Goed.'

'Ik heb haar al een maand niet gesproken,' zei ze op zangerige toon. 'Misschien moet ik haar eens bellen. Eens afspreken om uitgebreid bij te kletsen.'

'Jeetje,' zei Myron. 'Helemaal niet doorzichtig.'

'Ik probeer het wat gemakkelijker voor jou te maken, Myron. Er is iets aan de hand. En jij weet dat ik ga uitzoeken wat er precies aan de hand is. Dus je kunt het me net zo goed vertellen.'

'Ik weet werkelijk niet waarover je het hebt.'

'Eerst verlaat Greg Downing het team onder mysterieuze omstandigheden...'

'Wat is er mysterieus aan een geblesseerde enkel?'

'... en dan neem jij, zijn oude aartsvijand, zijn plaats in terwijl je al ruim elf jaar niet meer gespeeld hebt. Vind jij dat niet eigenaardig?'

Geweldig, dacht Myron. Hij was nog geen dag aan het werk en nu al was er iemand achterdochtig. Myron Bolitar, de undercoverkampioen. Ze waren inmiddels bij de deur van de kleedkamer aangekomen.

'Ik moet ervandoor, Audrey. We praten later nog wel.'

'Reken maar,' zei ze. Ze glimlachte lief en een beetje spottend naar hem. 'Succes, Myron. Verneder ze.'

Hij knikte, haalde diep adem en duwde de kleedkamerdeur open.

Het was zover.

6

Niemand begroette Myron toen hij de kleedkamer binnenkwam. Iedereen ging door met zijn bezigheden. Er viel geen stilte zoals in een oude western als de sheriff de piepende deur openduwt en nonchalant de bar binnenstapt. Misschien schortte dat eraan. Misschien moest de deur piepen. Of misschien moest Myron wat meer oefenen om nonchalant binnen te komen stappen.

Zijn nieuwe teamgenoten waren over het vertrek verspreid als sokken in de slaapzaal van een campus. Drie hingen op de banken, half gekleed en half in slaap. Twee lagen op de vloer met een opgestoken been dat door assistenten werd opgehouden om de kuit- en dijbeenspieren te stretchen. Een stel anderen dribbelden met een bal. Vier strompelden net ingetapet naar hun lockers. Bijna iedereen kauwde kauwgum. Bijna iedereen luisterde via zijn walkman naar muziek. De kleine speakertjes zaten in de oren en de walkmans stonden zo hard dat het klonk alsof ze elkaar in een audiozaak beconcurreerden.

Myron zag direct wat zijn kastje was. Alle andere lockers hadden een bronzen plaatje met daarop de naam van de speler, behalve die van Myron. Er zat een stukje witte tape op, het soort waarmee je enkels intapet, met de letters M. BOLITAR met zwarte viltstift erop geschreven. Het was niet bepaald een oppepper voor zijn zelfvertrouwen en het straalde ook niet uit dat de club in hem geloofde.

Hij keek om zich heen of er iemand was om mee te praten, maar de walkmans vormden ideale kleedkamerverdelers. Iedereen had zijn eigen plekje. Myron zag Terry 'T.C.' Collins. De beroemde, altijd verongelijkte superster zat alleen in een hoekje. T.C. was bij de media het schoolvoorbeeld van de verwende atleet die de beschaafde sportwereld 'zoals wij die kennen kapotmaakte', wat dat ook mocht betekenen. T.C. had een ongelooflijke fysiek. Hij was twee meter acht, gespierd en pezig. Zijn kaalgeschoren hoofd glansde in het tl-licht. Er werd gezegd dat T.C. zwart was, maar het was moeilijk nog een stukje huid onder het werk van zijn tatoeagekunstenaar te ontwaren. De obscure afbeeldingen bedekten bijna ieder beschikbaar plekje op zijn lichaam. Ook bodypiercing leek bij T.C. eerder een levenshouding dan een hobby. De man zag eruit als een nachtmerrieversie van Mr. Clean.

Myron ving T.C.'s blik op, glimlachte en knikte hem toe. T.C. keek hem woedend aan en wendde toen zijn blik af. Ja, hij kreeg meteen al vriendjes.

Zijn tenue hing waar het moest hangen. Zijn naam was al in blokletters op de rug van het shirt genaaid. BOLITAR. Hij staarde er even naar. Toen trok hij het snel van het hangertje en trok het aan. Alles bezorgde hem een gevoel van déjà vu. Het korrelige katoen tegen zijn huid. De veter in zijn broekje. Het elastiek tegen zijn middel toen hij het aantrok. Het strakke gevoel rond zijn schouders toen hij het shirt aandeed. De geroutineerde manier waarmee hij het shirt bij zijn broekje instopte. Het vastmaken van de veters van zijn schoenen. Het vervulde hem allemaal met een grote weemoed. Hij vond het steeds moeilijker om adem te halen. Zijn ogen moesten iets wegknipperen. Hij ging zitten en wachtte tot het rare gevoel wegebde.

Myron zag dat bijna niemand meer een suspensoir droeg. De meesten hadden de voorkeur voor zo'n strakke lycra boxer. Myron hield zich bij het oude vertrouwde. Meneer Ouderwets. Toen maakte hij het apparaat dat zo luchtig 'kniebrace' wordt genoemd aan zijn been vast. Het voelde meer als een ijzeren dwangbuis. Ten slotte trok hij zijn trainingsbroek aan. Het ding had talloze ritsen zodat een speler hem dramatisch af kon ritsen als hij opeens het veld in moest.

'Hé, jochie, hoe gaat het?'

Myron stond op en schudde Kip Corovan, een van de assistentcoaches, de hand. Kip droeg een geruit jasje dat ongeveer drie maten te klein was. De mouwen kropen op tot halverwege zijn onderarmen. Zijn maag stak brutaal naar voren. Hij zag eruit als een boer op een danspartijtje. 'Gaat prima, coach.'

'Mooi, mooi. En noem me Kip. Of Kipper. De meeste mensen noemen me Kipper. Ga zitten en ontspan je.'

'Oké.' Kipper? Hoe verzonnen ze het.

'Mooi. Fijn dat je bij het team zit.' Kipper trok een stoel bij, zette hem met de rugleuning naar Myron toe en ging er achtstevoren op zitten. De naad van zijn broek leek problemen te hebben met deze houding. 'Ik zal het eerlijk met je spelen, Myron, goed? Donny is hier niet zo blij mee. Dat is niet persoonlijk bedoeld, hoor. Maar Donny wil graag zelf zijn spelers uitzoeken. Hij vindt het niet prettig als de mensen van boven zich ermee bemoeien, snap je?'

Myron knikte. Donny Walsh was de hoofdcoach.

'Mooi. Goed zo. Donny deugt absoluut, hoor. Hij kent je nog van vroeger, hij vond jou een prima jongen. Maar we zitten vlak voor de play-offs. Met een beetje geluk kunnen we het thuisvoordeel voor de verdere play-offs veiligstellen. Het heeft wel even geduurd voor we alle neuzen één kant op hadden. Het gaat om de balans, weet je. De blessure van Greg heeft ons bijna de das omgedaan, maar we hebben de neuzen nu toch weer de goeie kant op. En nu kom jij er opeens bij, snap je. Clip vertelt niet waarom, maar hij staat erop dat jij erbij komt. Mooi, Clip is de baas, dat is gewoon zo. Maar we vinden het lastig om de neuzen weer uit de das te krijgen, snap je?'

De door elkaar gehusselde metaforen maakten Myron duizelig. 'Ik snap het. Ik wil jullie helemaal geen last bezorgen.'

'Dat weet ik.' Hij stond op, zette de stoel met een zwaai terug. 'Jij deugt, Myron. Je hebt het hart op de juiste plek. Dat hebben we nodig. Iemand voor wie het team op de eerste plaats komt, snap je?'

Myron knikte. 'Het hart op de juiste plek en de neus de goeie kant op.'

'Mooi. Goed zo. Dan zie ik je straks wel. En maak je niet druk. Je hoeft niet te spelen tenzij de wedstrijd al beslist is.' Met die woorden hees Kipper zijn broek op en drentelde parmantig de kleedkamer door.

Drie minuten later riep Kipper: 'Verzamelen bij het bord, jongens.' Niemand reageerde. Hij herhaalde het verschillende malen, tikte de spelers die helemaal in hun walkman opgingen op de schouders zodat ze het zouden horen. Het nam tien minuten in beslag om twaalf profspelers zover te krijgen dat ze een kippeneindje van drie meter aflegden. Coach Donny Walsh kwam met veel vertoon binnenmarcheren, ging in het midden staan en begon alle uitgekauwde clichés uit te braken. Dat wilde echter niet zeggen dat hij een slechte coach was. Je speelt meer dan honderd wedstrijden in een seizoen, en het is lastig om steeds iets origineels te verzinnen.

Het peppraatje duurde twee minuten. Sommige jongens namen niet eens de moeite hun walkman af te zetten. T.C. was bezig zijn sieraden af te doen, een karweitje dat zijn volledige concentratie en een groepje geroutineerde assistenten vergde. Er gingen nogmaals twee minuten voorbij en toen ging de deur van de kleedkamer open. Iedereen legde zijn walkman weg en liep naar buiten. Myron besefte dat ze naar het veld gingen.

Het was zover.

Myron ging aan het eind van de rij staan. Hij slikte. Een koude rilling liep langs zijn rug. Toen hij door de spelerstunnel omhoogliep, hoorde hij een stem door de luidspreker galmen: 'En nuuuuu… onze New Jersey Dragons!' De muziek schetterde. Het sukkeldrafje ging in een echte looppas over.

Ze werden met gejuich ontvangen. De spelers verdeelden zich automatisch in twee voorlopige rijen om in te gooien bij de basket. Myron had dit al ontelbare malen gedaan, maar voor het eerst dacht hij echt na over wat hij deed. Als je een ster of een basisspeler was, dan deed je je warming-up achteloos, ontspannen en niet gehaast. Je had geen reden om je erg in te spannen. Je had de hele wedstrijd nog om het publiek te laten zien wat je kon. De bankzitters – iets wat Myron nooit geweest was – draaiden hun warming-up op twee verschillende manieren af. Sommigen gingen er helemaal voor, scoorden met een reserve dunk of een slam dunk, met andere woorden: ze lieten zien wat ze konden. Myron had dat soort gedrag altijd een beetje wanhopig gevonden. Anderen bleven in de buurt van de superstars, speelden hun de bal toe, speelden de rol van verdediger, als een bokser met zijn sparringpartner. Cool omdat de mensen met wie je omging cool waren.

Myron stond nu vooraan in de rij. Iemand gooide hem de bal toe. Als je een warming-up doet, ben je er onbewust van overtuigd dat iedereen in het stadion naar jou kijkt, hoewel de meeste mensen in feite hun plaats nog zochten of iets te eten haalden of keken wie er nog meer in het publiek zaten. En degenen die wel keken, waren totaal niet geïnteresseerd in wat je deed. Myron maakte twee dribbels en scoorde via het bord. Jezus, dacht hij. De wedstrijd was nog niet eens begonnen en nu al wist hij niet wat hij doen moest.

Vijf minuten later vielen de rijen uiteen en begonnen de spelers vrij te werpen. Myron zocht Jessica in het publiek. Ze was niet moeilijk te vinden. Het was alsof er een schijnwerper op haar gericht was, alsof zij naar voren was gestapt en de rest van het publiek een stap naar achteren had gedaan, alsof zij de Da Vinci was, en de rest van de gezichten niet meer dan de lijst vormde. Jessica glimlachte naar hem en hij voelde zich vanbinnen warm worden.

Met een schokje van verrassing realiseerde hij zich dat dit de eerste keer was dat Jessica hem zou zien spelen in iets anders dan een partijtje basketbal op de hoek. Ze hadden elkaar drie weken voor Myrons blessure leren kennen. De gedachte deed hem even stilstaan. De herinneringen kwamen boven. Even werd hij door zijn geest het verleden in getrokken. Schuldgevoel en verdriet overspoelden hem tot een bal van het backboard terugsprong en hem vol in zijn gezicht trof. Maar de gedachte bleef: *Ik sta bij Greg in het krijt.*

De zoemer ging en de spelers liepen naar de bank. Coach Walsh brulde nog een paar clichés en controleerde of iedere speler wist wie hij moest dekken. De spelers knikten zonder te luisteren. T.C. keek nog steeds kwaad. Zijn wedstrijdgezicht, hoopte Myron, maar hij geloofde het zelf niet. Hij hield ook een oogje op Leon White, Gregs kamergenoot als ze uit speelden en zijn beste vriend in het team. De groep ging uiteen. De spelers van beide teams liepen naar de middencirkel en begroetten elkaar met high fives of een handdruk. Vervolgens begonnen ze allemaal om zich heen te wijzen om uit te zoeken wie wie dekte, omdat niemand een halve minuut eerder had opgelet. De coaches van beide teams stonden de verdedigingsopdrachten te schreeuwen tot de bal godzijdank opgegooid werd.

Basketbal is normaal gesproken een spel van plotseling wisselende kansen waarbij de wedstrijd steeds kantelt, en het spannend blijft tot de laatste minuten. Maar die avond was dat niet het geval. De Dragons waren op oorlogspad. Na het eerste kwart stonden ze met twaalf punten voor, halverwege twintig punten, zesentwintig tegen het einde van de derde periode. Myron werd zenuwachtig. Ze stonden zo ver voor dat hij erin kon. Hij had daar niet echt op gerekend. Hij had de neiging om in stilte de Celtics aan te moedigen, in de hoop dat ze zich zo ver terug zouden vechten dat hij op zijn aluminiumstoeltje kon blijven zitten. Maar het had geen zin. Er waren nog vier minuten te spelen en de Dragons stonden achtentwintig punten voor. Coach Walsh keek naar de bank. Negen van de twaalf spelers hadden al speelminuten gehad. Walsh fluisterde iets tegen Kipper. Kipper knikte en liep langs de reservebank, bleef voor Myron staan. Myron voelde zijn hart bonken in zijn borstkas.

'Coach wil de hele reservebank inzetten,' zei hij. 'Hij wil weten of jij wilt spelen.'

'Wat hij wil,' antwoordde Myron, terwijl hij telepathisch de boodschap 'nee, nee, nee' probeerde over te brengen. Maar dat kon hij niet zeggen, dat lag niet in zijn aard. Hij moest zich gedragen als de brave soldaat, meneer 'het team komt op de eerste plaats', meneer 'maak de granaat onschadelijk als de coach dat wil'. Hij wist niet hoe hij het anders moest aanpakken.

Er werd een time-out gevraagd. Walsh keek de bank weer af. 'Gordon! Reilly! Jullie vervangen Collins en Johnson!'

Myron liet zijn adem ontsnappen. Toen werd hij kwaad op zichzelf omdat hij zich zo opgelucht voelde. Wat is dat nou voor instelling? vroeg hij zich af. Wat ben jij nou voor vent dat je op de bank wilt blijven zitten? Toen kwam de waarheid naar boven, en die trof hem als een klap in het gezicht.

Hij was hier niet om basketbal te spelen.

Wat dacht hij wel? Hij was hier om Greg Downing te vinden. Dit was gewoon undercoverwerk, meer niet. Net zoals bij de politie. Als een agent undercover gaat en doet alsof hij drugsdealer is, dan is hij nog niet echt een drugsdealer. En hier werkte het precies zo. Het feit dat Myron deed alsof hij een basketbalspeler was, maakte hem nog niet tot een basketbalspeler.

De gedachte bood weinig troost.

Dertig seconden later begon het, en het vulde Myrons borst met angst.

Een stem zette het in werking. Een lallende stem klonk helder boven alle andere uit. Een stem die net diep genoeg en net anders genoeg was om zich te onderscheiden in de kakofonie van de fans. 'Hé Walsh,' riep de stem. 'Waarom zet je Bolitar niet in?'

Myron voelde zijn maag een duikvlucht maken. Hij wist wat er zou gebeuren. Hij had het eerder zien gebeuren, hoewel hij zelf nooit het lijdend voorwerp was geweest. Hij kon wel door de grond zakken.

'Ja!' schetterde een andere stem. 'We willen die nieuwe zien!'

Er werd instemmend gejoeld.

Het was zover. Het publiek ging achter de underdog staan, maar niet op een goeie manier. Niet op een positieve manier. Het kon gewoon niet neerbuigender en spottender. Wees eens aardig voor de bankzitters. We hebben gewonnen. En nu hebben we zin om te lachen.

Er werd nog een paar keer om Myron geroepen en toen werd het een spreekkoor. Het begon zachtjes maar het klonk steeds luider. 'Wij willen Myron! Wij willen Myron!' Myron deed zijn best om zijn schouders niet te laten hangen. Hij deed net alsof hij het niet hoorde, alsof hij helemaal gefocust was op wat er op het veld gebeurde en hij hoopte dat zijn wangen niet rood werden. Het spreekkoor klonk luider en sneller, en culmineerde uiteindelijk in één woord, dat steeds maar herhaald werd, vermengd met gelach: 'Myron! Myron! Myron!'

Hij moest de lont uit het kruitvat halen. Er was maar één manier. Hij keek op de klok. Nog drie minuten. Hij moest erin. Hij wist dat het daarmee nog niet klaar was, maar het zou het publiek in ieder geval voorlopig tot bedaren brengen. Hij keek langs de bank. Kipper keek terug. Myron knikte. Kipper boog zich naar Coach Walsh en fluisterde hem iets in het oor. Walsh stond niet op. Hij riep alleen maar: 'Bolitar. Erin voor Cameron.'

Myron slikte en kwam overeind. Het publiek barstte uit in sarcastisch gelach. Hij liep naar de scheidsrechterstafel terwijl hij zijn trainingsbroek uittrok. Zijn benen voelden stijf en verkrampt. Hij wees naar de tafelofficial die knikte en op de zoemer drukte. Myron stapte het veld in. Hij wees naar Cameron. Cameron ging op een drafje het veld uit. 'Kraven,' zei hij. De naam van de man die Myron moest dekken.

'Als vervanger voor Bob Cameron komt in het veld,' begon de luidspreker, 'nummer 34, Myron Bolitar!'

Het publiek ging uit zijn dak. Er werd getoeterd, gefloten, gejoeld, gelachen. Je zou kunnen denken dat ze hem succes wensten, maar dat was niet echt het geval. Ze wensten hem succes zoals je een clown in het circus succes wenst. Ze aasden op een blunder en potdomme, daarvoor konden ze bij Bolitar terecht.

Myron stapte het veld op. Dit was, besefte hij plotseling, zijn debuut bij de NBA.

Hij raakte de bal vijf keer voor de wedstrijd afgelopen was. Iedere keer werd er gejuicht en gejoeld. Hij schoot maar één keer op het doel, net binnen de driepuntslijn. Hij wilde eigenlijk niet schieten, omdat hij wist dat het publiek sarcastisch zou reageren, wat er ook gebeurde, maar sommige dingen zijn gewoon een automatisme. Hij dacht er niet bewust over na. De bal ging erin met een prettig zoevend geluid. Ze hadden nog maar dertig seconden speeltijd en godzijdank had bijna iedereen genoeg gezien en was men al op weg naar de auto. Het sarcastische applaus was zwakjes. Maar in die paar korte seconden dat Myron de bal had gevangen, waarin zijn vingertoppen wisten wat ze moesten doen, waarin hij zijn elleboog boog en de bal een centimeter boven zijn handpalm en voorhoofd hield, waarin zijn arm zich soepel strekte tot een rechte lijn, waarin de pols zich boog, waarin de vingertoppen langs het oppervlak van de bal dansten en de ideale backspin creëerden, was Myron alleen op de wereld. Zijn ogen waren gericht op de rand, alleen op de rand, en hij keek geen moment naar de bal terwijl die in een boog zijn weg zocht naar de basket. In die paar seconden bestonden alleen Myron en de rand en de bal en voelde het helemaal goed.

De stemming in de kleedkamer was na de wedstrijd een stuk geanimeerder. Myron slaagde erin met alle spelers een praatje te maken, behalve met T.C. en Gregs kamergenoot Leon White, juist degenen die hij het liefste wilde leren kennen. Kon je nagaan. Hij moest het ook niet al te opzettelijk doen, dat zou een averechts effect hebben. Morgen misschien. Dan zou hij het nog eens proberen.

Hij trok zijn kleren uit. De knie voelde stijf, alsof iemand alle pezen te strak aangetrokken had. Hij legde er een ijspak op en maakte dat vast met een stretchband. Hij hinkte naar de douche, douchte, droogde zich af en was net klaar met aankleden toen hij besefte dat T.C. voor hem stond.

Myron keek op. T.C. had zijn piercings weer allemaal op hun plek zitten. In de oren natuurlijk. Drie in het ene oor, vier in het andere. Een piercing in zijn neus. Hij droeg een zwarte leren broek en een kort zwart nethemdje, zodat je fraai zicht had op de ring in zijn linkertepel en de andere in zijn navel. Myron kon niet goed zien wat T.C.'s tatoeages voorstelden. Het zag eruit als een soort kronkels, meer niet. T.C. droeg een zonnebril, een bril met geïntegreerde poten.

'Je krijgt vast een prachtige kerstkaart van je juwelier,' zei Myron.

T.C. antwoordde door zijn tong uit te steken waardoor er nog een ringetje zichtbaar werd, bij het puntje. Myron kokhalsde bijna. Die reactie leek T.C. plezier te doen.

'Je bent nieuw, hè,' zei T.C.

'Inderdaad.' Myron stak zijn hand uit. 'Myron Bolitar.'

T.C. negeerde de hand. 'Je moet gebonkt worden.'

'Wat zeg je?'

'Gebonkt. Je bent nieuw. Je moet gebonkt worden.'

Een aantal andere spelers begon te grinniken.

'Gebonkt?' herhaalde Myron.

'Ja. Je bent toch nieuw?'

'Jawel.'

'Dan moet je gebonkt worden.'

Nog meer gegrinnik.

'Oké,' zei Myron. 'Gebonkt.'

'Precies.' T.C. knikte, knipte met zijn vingers, wees naar Myron en vertrok.

Myron trok zijn schoenen aan. Gebonkt?

Jessica stond voor de kleedkamer op hem te wachten. Ze glimlachte toen hij eraan kwam en hij glimlachte terug. Hij voelde zich sullig. Ze omhelsde hem en gaf hem een kus. Hij rook haar haren. Ambrosia.

'Aha,' zei een stem. 'Wat schattig, zeg.'

Het was Audrey Wilson.

'Niet met haar praten,' zei Myron. 'Ze is de antichrist.'

'Te laat,' zei Audrey. Ze stak haar hand door Jessica's arm. 'Jess en ik gaan nu samen wat drinken en over vroeger praten en zo.'

'God, wat ben jij schaamteloos.' Hij wendde zich tot Jessica. 'Vertel haar niets.'

'Ik weet niets.'

'Dat is ook zo,' zei Myron. 'En waar gaan we heen?'

'Wíj gaan nergens heen,' zei Jessica. Ze maakte met haar duim een gebaar naar achteren. Win stond tegen de muur geleund, doodstil en volkomen op zijn gemak. 'Hij zei dat je iets te doen hebt.'

'O.' Myron keek naar Win. Win knikte. Myron verontschuldigde zich en liep naar hem toe.

Win kwam meteen ter zake. 'De laatste keer dat Greg geld heeft opgenomen, was bij een automaat om drie minuten over elf op de avond dat hij verdwenen is.'

'Waar?'

'In Manhattan. Een Chemical Bank bij 18th Street West Side.'

'Het klopt wel,' zei Myron. 'Greg krijgt om achttien minuten over negen een belletje van Carla. Carla spreekt met hem af in de achterste cabine. Dus hij rijdt naar de stad en neemt geld op voor hij naar haar toe gaat.'

Win keek hem strak aan. 'Bedankt voor je analyse van de open deur.'

'Het is een gave.'

'Dat weet ik,' zei Win. 'Maar goed, er zijn acht cafés in een straal van vier straten rond deze geldautomaat. Ik heb mijn onderzoek tot die acht beperkt. Van die acht hebben er maar twee iets wat de naam achterste cabine verdient. De andere hebben tafeltjes achterin, geen cabines. Hier heb je de namen.'

Myron vroeg allang niet meer hoe Win het hem flikte. 'Zal ik rijden?'

'Ik kan niet met je meegaan,' zei Win.

'Waarom niet?'

'Ik ga een paar dagen weg.'

'Wanneer?'

'Over een uur vertrekt mijn vliegtuig vanaf Newark,' zei Win.

'Wel onverwacht.'

Win nam niet de moeite het uit te leggen. De twee mannen verlieten het stadion via de spelersuitgang. Vijf kinderen stormden op Myron af en vroegen om zijn handtekening. Myron voldeed aan het verzoek. Een jongetje van een jaar of tien nam het papiertje terug, keek met toegeknepen ogen naar Myrons krabbel en zei: 'Wie is hij nou?'

Een ander jongetje zei: 'Een bankzitter.'

'Hé,' zei Win. 'Meneer bankzitter, graag.'

Myron keek hem aan. 'Bedankt.'

Win maakte een 'het is niets'-gebaar.

Het eerste jongetje keek naar Win. 'Ben jij iemand?'

'Ik ben Dwight D. Eisenhower,' antwoordde Win.

'Wie?'

Win spreidde zijn handen. 'O gezegende jeugd.' Toen liep hij weg zonder een woord te zeggen. Win was niet goed in afscheid nemen. Myron liep naar zijn auto. Toen hij het sleuteltje in het portier stak, voelde hij een klap op zijn schouder. Het was T.C. Hij wees naar Myron met een vinger die stijf stond van de ringen. 'Niet vergeten,' zei T.C.

Myron knikte. 'Gebonkt.'

'Exacto.'

En toen was ook hij verdwenen.

7

Myron was aangekomen bij de MacDouglas Pub, het eerste café op het lijstje van Win. De achterste cabine was leeg dus ging hij daar zitten. Hij wachtte even, in de hoop dat een soort zesde zintuig hem zou vertellen of dit de plek was waar Greg Carla had ontmoet. Hij voelde niets – niets positiefs, niets negatiefs. Misschien moest hij een seance houden.

De serveerster kwam traag naar hem toe gelopen, alsof ze door diepe sneeuw waadde en ze ervoor beloond zou moeten worden. Myron bracht haar in de stemming met een van die glimlachjes waar hij patent op had. Het Christian Slater-lachje, dat vriendelijk maar ook duivels was. Niet te verwarren met het Jack Nicholson-lachje, ook vriendelijk en duivels.

'Hallo,' zei hij.

Ze legde een bierviltje van Rolling Rock neer. 'Zegt u het maar,' zei ze. Ze probeerde het vriendelijk te brengen, maar dat mislukte jammerlijk. Je vindt zelden een aardige serveerster in Manhattan, behalve dan die fanatieke meisjes bij ketens als T.G.I. Friday's of Bennigan's waar ze tegen je zeggen hoe ze heten en aankondigen dat ze jouw serveerster zijn, alsof je ze voor iets anders zou aanzien, je 'juridisch adviseur' bijvoorbeeld, of wellicht je 'medisch begeleider'.

'Hebben jullie Yoo-Hoo?' vroeg Myron.

'Hebben we wat?'

'Laat maar. Haal maar een biertje voor me.'

Ze keek hem uitdrukkingsloos aan. 'Welk merk?'

Met subtiliteiten zou hij hier niets bereiken. 'Hou je van basketbal?' vroeg hij.

Ze haalde haar schouders op.

'Weet je wie Greg Downing is?'

Een knikje.

'Hij heeft me over dit café verteld,' zei Myron. 'Greg zei dat hij hier een paar avonden geleden nog was.'

Ze knipperde met haar ogen.

'Had je afgelopen zaterdagavond dienst?'

Een knikje.

'Dezelfde wijk? Ik bedoel, deze cabine?'

Een sneller knikje. Ze werd ongeduldig.

'Heb je hem gezien?'

'Nee. Ik heb nog andere klanten. Is een Michelob goed?'

Myron keek op zijn horloge en deed net of hij schrok. 'Jee, is het al zo laat! Ik moet ervandoor.' Hij gaf haar twee dollar. 'Bedankt voor de moeite.'

Het volgende café op de lijst heette de Swiss Chalet. Het leek er niet op. Een obscure kroeg. Het behang moest je doen geloven dat het vertrek met hout betimmerd was. Het effect was misschien beter geweest als het papier niet op zo veel plekken had losgelaten. In de open haard lag een flikkerend blok hout met kerstboomlichtjes, dat de zaak nou niet bepaald de gewenste warmte van een skihut gaf. Om de een of andere reden hing er een discobal met spiegeleffect in het midden. Geen dansvloer, geen lichtjes. Alleen die discobal... weer zo'n belangrijk onderdeel van het authentieke Zwitserse chalet, nam Myron aan. In de zaak hing de muffe geur van verschaald bier, vermengd met een vleugje van iets wat kots kon zijn, die stank die alleen in een bepaald type bars en dispuuthuizen hangt, gelegenheden waar de geur tot in de muren is gedrongen, als muizen die daar uiteindelijk sterven en liggen weg te rotten.

De jukebox schetterde 'Little Red Corvette' van Prince uit. Of was het van The Artist Formerly Known As Prince? Zo noemde hij zich tegenwoordig toch? Dus, van wie was het nummer nou? Myron probeerde dit belangrijke vraagstuk op te lossen, maar hij raakte ervan in de war, zoals van de paradoxen in de *Back to the Future*-films, en hij gaf het op.

Het was niet druk. Een vent met een baseballpetje van de Houston Astros en een borstelige snor was de enige klant aan de bar. Er zaten een man en een vrouw min of meer te vrijen aan een tafeltje in het midden van de zaak, feitelijk het meest in het oog lopende tafeltje. Niemand trok zich er iets van aan. Een andere mannelijke klant hing bij de bar rond alsof hij zich in de afdeling porno van de plaatselijke videotheek bevond.

Weer ging Myron in de achterste cabine zitten. Weer begon hij een gesprek met een dit keer heel wat levendiger serveerster. Toen hij bij het gedeelte was dat Greg Downing hem over de Swiss Chalet had getipt zei ze: 'Echt? Ik heb hem hier maar één keer gezien.'

Bingo.

'Was dat zaterdagavond?'

Ze dacht met vertrokken gezicht na.

'Hé, Joe,' riep ze toen tegen de barkeeper. 'Downing was hier zaterdagavond, hè?'

'En wie wil dat weten?' riep Joe terug vanaf zijn plekje achter de bar. Hij zag eruit als een wezel met muizig haar. Een wezel en een muis, leuke combinatie.

'Deze jongen en ik. We hebben het over hem.'

Joe Wezel kneep zijn kleine, fretachtige kraaloogjes dicht. Toen gingen ze wijd open. 'Hé, jij bent die nieuwe, hè? Bij de Dragons. Ik zag het op het nieuws. Met die rare naam.'

'Myron Bolitar,' zei Myron.

'Inderdaad, Myron. Dat was het. Wordt dit jullie vaste café?'

'Dat weet ik niet.'

'We hebben hier best een exclusieve klantenkring van beroemdheden,' zei Joe terwijl hij de bar afnam met een doek die eruitzag alsof hij in een benzinestation gebruikt was. 'Weet je wie hier ook een keer geweest is? Cousin Brucie. De dj. Een stamgast, hè.'

'Jammer dat ik er toen niet was,' zei Myron.

'Nou ja, we hebben hier nog andere beroemdheden gehad, hè, Bone?'

De man met het Astros-petje en de borstelige snor kikkerde op en knikte. 'En die jongen die eruitzag als Soupy Sales? Weet je nog?'

'Inderdaad. Beroemdheden.'

'Maar dat was Soupy Sales niet. Hij leek er alleen maar op.'

'Wat maakt het uit?'

Myron vroeg: 'Ken je Carla?'

'Carla?'

'Het meisje met wie Greg was.'

'Heette ze zo? Nee, ik ben niet voorgesteld. Aan Greg ook niet, trouwens. Hij kwam gewoon even langs. Cognito zal ik maar zeggen. We hebben hem niet lastiggevallen.' Hij liet zijn borst opzwellen, alsof hij van plan was te salueren. 'Bij de Swiss Chalet beschermen we onze beroemdheden.' Hij wees met de theedoek naar Myron. 'Geef dat maar aan je teamgenoten door, goed?'

'Doen we,' zei Myron.

'Weet je, we waren er eerst niet helemaal zeker van of het wel echt Greg Downing was.'

'Net als met Soupy Sales,' zei Bone.

'Precies, net zo. Behalve dan dat het Greg wel echt was.'

'Maar die vent leek precies op Soupy. Geweldige acteur, die Soupy.'

'Leuke bijnaam ook.'

'Supertalent voor alles,' knikte Bone.

Myron vroeg: 'Is hij hier al eens eerder geweest?'

'Die vent die op Soupy leek?'

'Sukkel,' zei Joe. Hij sloeg met zijn theedoek naar Bone. 'Waarom zou hij dat willen weten? Hij heeft het over Greg Downing.'

'Hoe kan ik dat verdomme weten? Zie ik eruit als iemand die helderziend is of zo?'

'Jongens…' zei Myron sussend.

Joe hield zijn hand op. 'Sorry, Myron. Geloof me, dit gebeurt zelden in de Swiss Chalet. We kunnen het gewoonlijk goed met elkaar vinden, hè, Bone?'

Bone spreidde zijn armen. 'Wie heeft er ruzie dan?'

'Precies, dat bedoel ik. En nee, Myron, Greg is geen vaste klant. Hij was er zaterdag voor het eerst.'

'Net zoals Cousin Brucie,' voegde Bone eraan toe. 'Die is ook maar één keer geweest.'

'Jawel. Maar Cousin Brucie vond het hier gezellig. Dat zag je meteen.'

'Hij heeft een tweede drankje besteld. Dat zegt toch wel wat.'

'Inderdaad. Twee drankjes. Hij had er ook één kunnen nemen en dan weer weg kunnen gaan. Het was cola light, maar toch.'

Myron zei: 'En Carla?'

'Wie?'

'De vrouw met wie Greg was.'

'Wat is daarmee?'

'Is zij hier wel eens eerder geweest?'

'Ik had haar nog nooit gezien. Bone?'

Bone schudde zijn hoofd. 'Nee. Dat had ik nog wel geweten.'

'Hoezo?'

Zonder aarzelen zei Joe: 'Enorme tieten.'

Bone maakte een kommetje van zijn handen en hield ze voor zijn borst. 'Hele lekkere jongens.'

'Niet dat ze verder knap was of zo.'

'Helemaal niet,' vond ook Bone. 'En een beetje oud voor zo'n jonge vent.'

'Hoe oud?' vroeg Myron.

'Ouder dan Greg Downing. Da's zeker. Achter in de veertig zou ik zeggen. Bone?'

Bone knikte. 'Maar een geweldig stel prammen.'

'Kolossaal.'

'Jumbo's.'

'Ja, dat heb ik nu wel begrepen,' onderbrak Myron hen. 'En verder?'

Ze keken verbaasd.

'Kleur ogen?' probeerde Myron.

Joe knipperde en keek naar Bone. 'Had ze ogen?'

'Ik zou het niet weten.'

'Kleur haar?'

'Bruin,' zei Joe. 'Lichtbruin.'

'Zwart,' zei Bone.

'Dat zou ook kunnen,' zei Joe.

'Nee. Ik geloof dat het toch wat lichter was.'

'Maar, neem van mij aan, Myron, ze had een voorgevel… onge-looflijk.'

'Een flinke bos hout voor de deur,' zei Bone instemmend.

'Zijn Greg en zij samen weggegaan?'

Joe keek naar Bone, Bone haalde zijn schouders op. 'Ik geloof van wel,' zei Joe.

'Weet je ook hoe laat?'

Joe schudde zijn hoofd.

'Weet jij het, Bones?' probeerde Myron.

De klep van het Astros-petje schoot in de richting van Myron als-of er aan een draadje getrokken was. 'Godverdomme, geen Bones,' gilde hij. 'Bone. Geen s aan het eind. Bone! B-O-N-E! Geen s! En zie ik eruit als iemand die iets weet, Big Ben?'

Joe sloeg weer met de theedoek naar hem. 'Geen beroemdheden beledigen, sukkel.'

'Een beroemdheid? Het is een bankzitter. Hij is Soupy niet. Hij is niemand. Een nul.' Bone wendde zich weer tot Myron. De boos-heid was geheel verdwenen. 'Ik wil je niet beledigen, hoor, Myron.'

'Waarom zou ik me beledigd voelen?'

'Hoor eens,' zei Joe. 'Heb je een foto bij je? Die hangen we dan aan de muur. Draag hem op aan je vrienden bij de Swiss Chalet. We kunnen een *wall of fame* beginnen.'

'Sorry,' zei Myron. 'Ik heb geen foto bij me.'

'Wil je ons er een toesturen? Met je handtekening, bedoel ik. Of neem er de volgende keer een mee.'

'Best, de volgende keer.'

Myron ging door met vragen stellen, maar hij kwam niets nieuws te weten, afgezien van de dag waarop Soupy Sale jarig was. Hij ging weg en liep de straat uit. Hij kwam langs een Chinees restaurant met dode eenden in de etalage. Eendenkarkassen, de ideale appetizer. Misschien moest de Burger King geslachte koeien in de etalage hangen. Dat zou pas kinderen lokken.

Myron probeerde het een en ander met elkaar te combineren. Carla belt Greg en zegt dat hij haar in de Swiss Chalet moet treffen. Waarom? Waarom in godsnaam daar? Wilden ze niet gezien worden? Waarom niet? En wie is die Carla eigenlijk? Hoe valt dit in te passen in Gregs verdwijnact? En hoe zit het met het bloed in het souterrain? Zijn ze samen teruggegaan naar Gregs huis of was Greg alleen? Was Carla zijn vriendin? En zo ja, waarom hadden ze dan hier afgesproken?

Myron was zo in gedachten verzonken dat hij de man niet zag voor hij zowat tegen hem op botste. Het was natuurlijk wel een beetje zwak uitgedrukt om hem een man te noemen. Het was eerder een bakstenen muur, die net deed of hij een mens was. Hij stond Myron in de weg. Hij droeg zo'n geribbeld T-shirt dat je borstkas toont onder een losgeknoopte blouse met een bloemenpatroon. Een gouden hoorntje bungelde in zijn bijna-decolleté. Een gespierde domkop. Myron probeerde hem linksom te passeren. De bakstenen muur versperde hem de weg. Myron probeerde het rechtsom. Bakstenen Muur stapte ook opzij.

'Zeg,' zei Myron. 'Ken je de chachacha?'

Bakstenen Muur reageerde zoals je mocht verwachten van een bakstenen muur. Maar goed, zo geestig was de opmerking nou ook weer niet. De man was werkelijk enorm, zo groot als een gemiddelde maansverduistering. Myron hoorde voetstappen. Een andere man, ook groot, maar in ieder geval nog menselijk, kwam achter Myron aangelopen. Deze droeg een werkbroek in camouflagepatroon, de nieuwste modegril in de stad.

'Waar is Greg?' vroeg Camouflagebroek.

Myron deed net alsof hij schrok. 'Wat? O, ik had je niet gezien.'

'Wat?'

'Die broek,' zei Myron. 'Daardoor ga je helemaal op in de achtergrond.'

Dat vond Camouflagebroek niet leuk. 'Waar is Greg?'

'Greg?' Lekker snauwerig.

'Ja. Waar is-ie?'

'Wie?'

'Greg.'

'Welke Greg?'

'Probeer je geestig te zijn?'

'Wat, vind je dat geestig?'

Camouflagebroek keek naar Bakstenen Muur. Bakstenen Muur zei helemaal niets. Myron wist dat er een reële kans op een fysiek treffen bestond. Hij wist ook dat hij daar goed in was. Hij wist ook – tenminste, hij ging ervan uit – dat deze twee kleerkasten er waarschijnlijk ook goed in waren. Bruce Lee-films willen je anders doen geloven, maar het is bijna onmogelijk voor één man om twee of meer goede tegenstanders te verslaan. Ervaren vechtersbazen zijn niet stom. Ze opereren als een team. Ze vallen nooit alleen aan.

'Oké,' zei Myron. 'Hebben jullie zin in een biertje? Dan kunnen we dit rustig bespreken.'

Camouflagebroek lachte spottend. 'Zien wij eruit als jongens die iets rustig willen bespreken?'

Myron knikte in de richting van Bakstenen Muur. 'Hij wel.'

Er waren drie manieren om ongeschonden uit een dergelijke situatie te ontkomen. Een: de benen nemen, altijd een goede optie. Het probleem was dat zijn twee tegenstanders dichtbij genoeg, maar toch ook weer ver genoeg van hem af stonden om hem beentje te kunnen lichten. Te riskant. Twee: je tegenstanders onderschatten je. Je doet net of je bang bent en wegduikt en dan – *wám!* – verras je ze. Niet erg handig voor Myron. Kleerkasten onderschatten zelden een honderd kilo zware vent van een meter negentig. Drie: je slaat als eerste en je slaat hard. Door dat te doen vergroot je de kans dat je er één uitschakelt voor de ander kan reageren. Maar deze actie luistert zeer nauw. Zolang nog niemand een klap uitdeelt, weet je niet echt zeker of een fysiek treffen niet vermeden had kunnen worden. Maar als je wacht tot de eerste klap wordt uitgedeeld, dan heb je niets meer aan deze optie. Win hield van optie drie. Maar Win vond optie drie ook prima als er maar één tegenstander was.

Myron kreeg de kans niet een keuze te maken. Bakstenen Muur ramde zijn vuist onder in Myrons rug. Myron voelde de klap aankomen. Hij schoof net genoeg opzij om zijn nieren te sparen en ernstige schade te voorkomen. Tegelijkertijd draaide hij zich razendsnel om en gaf Bakstenen Muur een elleboogstoot tegen zijn neus. Er klonk een bevredigend krakend geluid, als bij een vuist die een vogelnestje vastgrijpt.

De vreugde was van korte duur. Zoals Myron al gevreesd had, wisten deze jongens wat ze deden. Camouflagebroek sloeg hem tegelijkertijd, en trof wel doel waar zijn makker het had laten afweten. De pijn explodeerde in Myrons nieren. Zijn knieën knikten maar hij bleef overeind. Hij boog naar voren naar Bakstenen Muur en trapte tegelijkertijd naar achteren, waarbij zijn voet als een zuiger naar buiten schoot. Hij was niet helemaal in balans en daardoor raakte hij Camouflagebroek niet precies waar hij wilde. De voet landde op zijn dij. De trap richtte weinig schade aan, maar de impact was krachtig genoeg om Camouflagebroek naar achteren te duwen. Bakstenen Muur begon bij te komen. Hij greep in het wilde weg om zich heen en kreeg Myrons haar te pakken. Hij vlocht zijn vingers erin en trok. Myron greep de hand met een van zijn eigen handen beet en dreef zijn nagels in de gevoelige drukpunten tussen de gewrichten. Bakstenen Muur gilde het uit. Camouflagebroek was inmiddels weer bij de les. Hij stompte Myron in zijn maag. Dat deed pijn. Erge pijn. Myron wist dat het er slecht voor hem uitzag. Hij liet zich op een knie zakken en veerde toen op, een hand klaar om toe te slaan. Die hand kwam in het kruis van Bakstenen Muur terecht. Zijn ogen puilden uit hun kassen. Hij viel neer alsof iemand een stoel onder hem weggetrokken had. Camouflagebroek raakte Myron met een stevige klap tegen zijn slaap. Zijn schedel vulde zich met watten. Weer kwam er een dreun. Myrons ogen konden niet meer focussen. Hij probeerde overeind te blijven maar zijn benen lieten dat niet toe. Hij voelde een trap in zijn ribben. De wereld begon te tollen.

'Hé! Wat doen jullie nou! Hé, jij daar!'

'Hou op zeg, godverdomme!'

Myron was duizelig, maar hij herkende de stemmen. Joe en Bone van het café. Myron maakte van de gelegenheid gebruik door op handen en voeten weg te kruipen. Dat hoefde niet. Camouflage-broek had Bakstenen Muur al overeind geholpen en samen renden ze nu weg.

Joe en Bone kwamen naar Myron toe en keken op hem neer.

'Alles goed?' vroeg Joe.

Myron knikte.

'Je vergeet toch niet je foto met je handtekening te sturen, hè? Cousin Brucie heeft het wel vergeten.'

'Ik stuur jullie er twee,' zei Myron.

8

Hij overtuigde Joe en Bone ervan dat ze de politie niet hoefden te bellen. Ze lieten zich snel overtuigen. De meeste mensen houden niet van activiteiten waarbij de sterke arm betrokken is. Ze hielpen Myron in een taxi. De taxichauffeur droeg een tulband en had countrymuziek op staan. Multiculti. Myron kon nog net Jessica's adres in Soho ophoesten en toen zakte hij op de kapotte kussens van de achterbank in elkaar. De taxichauffeur had geen behoefte aan een goed gesprek. Houden zo.

Myron liep in gedachten zijn hele lichaam na. Er was niets gebroken. De ribben waren hooguit gekneusd. Daar kon hij mee leven. Zijn hoofd was iets anders. Met paracetamol met codeïne kwam hij de nacht wel door, en dan kon hij de volgende ochtend een ibuprofen nemen. Aan hoofdletsel kon je weinig anders doen dan pijn bestrijden en rust nemen.

Jessica kwam hem bij de deur in haar badjas tegemoet. Hij voelde zich, zoals zo vaak als hij bij haar was, een beetje buiten adem. Ze sloeg de vermanende opmerkingen over, liet het bad voor hem vollopen, hielp hem zich uit te kleden en ging zelf achter hem zitten. Het water voelde heerlijk aan zijn huid. Hij leunde tegen haar aan terwijl ze een dunne handdoek om zijn hoofd wikkelde. Hij zuchtte diep van tevredenheid.

'Wanneer heb jij voor arts gestudeerd?' vroeg hij.

Van achter hem kuste Jessica hem op zijn wang. 'Voel je je al wat beter?'

'Ja, dokter, veel beter.'

'Wil je me vertellen wat er is gebeurd?'

Hij vertelde het haar. Ze luisterde zwijgend terwijl ze met haar vingertoppen zachtjes zijn slapen masseerde. Haar aanrakingen hadden een rustgevend effect. Myron nam aan dat er iets beters bestond dan hier in de badkuip tegen de vrouw van wie hij hield aanleunen, maar op dat moment kon hij met geen mogelijkheid verzinnen wat dat dan wel kon zijn. De pijn begon weg te ebben.

'Wie waren het volgens jou?' vroeg ze.

'Geen idee,' zei Myron. 'Ik denk dat ze door iemand ingehuurd zijn.'

'En ze wilden weten waar Greg was?'

'Daar leek het wel op.'

'Als twee van dat soort types naar mij op zoek waren,' zei ze, 'dan zou ik er misschien ook wel vandoor gaan.'

Die gedachte was ook al bij Myron opgekomen. 'Ja.'

'En wat ga je nu doen?'

Hij glimlachte en sloot zijn ogen. 'Wat? Geen preken? Je gaat me niet vertellen dat het te gevaarlijk is?'

'Dat is me te cliché,' zei ze. 'En trouwens, er speelt hier nog iets.'

'Wat bedoel je?'

'Er is iets in deze zaak wat jij mij niet vertelt.'

'Ik...'

Ze legde een vinger op zijn lippen. 'Vertel me nu maar gewoon wat je nu verder gaat doen.'

Hij ging weer ontspannen liggen. Griezelig, zo goed als ze hem kende. 'Ik moet met wat mensen gaan praten.'

'Met wie dan?'

'Met Gregs agent. Met de jongen met wie hij de hotelkamer deelt als ze uit spelen, Leon White. Met Emily.'

'Emily. Je vriendinnetje van de universiteit?'

'Jawel,' zei Myron. Gauw over iets anders beginnen, anders begon ze weer met hem te doorgronden. 'Hoe was je avondje met Audrey?'

'Leuk. We hebben het vrijwel alleen over jou gehad.'

'Over wat dan?'

Jessica begon zijn borst te aaien. Eerst was haar aanraking geruststellend, maar langzamerhand veranderde dat. Haar vingertoppen streelden hem met vederlichte aanrakingen. Zachtjes. Te zachtjes. Ze betokkelde hem alsof hij een gitaar was.

'Zeg, Jess.'

Ze fluisterde dat hij stil moest zijn. 'Je kontje,' zei ze toen.

'Mijn kontje?'

'Ja, daar hebben we het over gehad.' Om te benadrukken wat ze zei had ze haar hand om een van zijn billen gelegd. 'Zelfs Audrey moest toegeven dat het heel smakelijk was, zoals je ermee over het speelveld rende.'

'Ik ben niet alleen maar lichaam,' zei Myron. 'Ik heb ook hersens hoor, en gevoel.'

Ze bracht haar mond naar zijn oor. Toen haar lippen het lelletje beroerden, ging er een schokje door hem heen. 'Wie kan dat nou wat schelen?'

'Zeg, Jess...'

'Ssst,' zei ze weer terwijl haar andere hand langs zijn borst naar beneden gleed. 'Ik ben de dokter, weet je nog?'

9

Het gerinkel van de telefoon trok aan de zenuwen achter in zijn schedel. Myron knipperde met zijn ogen en opende ze toen. Het zonlicht sneed als een scherp mes door de kier tussen de gordijnen. Hij tastte naast zich in het bed en keek toen opzij. Jessica was er niet. De telefoon bleef rinkelen. Myron nam op.

'Hallo.'

'Dus hier zit je.'

Hij sloot zijn ogen; zijn hoofdpijn werd tien keer erger. 'Hoi, ma.'

'Slaap je niet meer thuis?'

Thuis, dat was het souterrain van het huis van zijn ouders, het huis waar hij was opgegroeid. Steeds vaker bleef hij 's nachts bij Jessica. Dat was waarschijnlijk heel goed. Hij was tweeëndertig; het was vrij normaal. Hij had geld genoeg. Er was geen enkele reden dat hij nog bij pa en ma thuis zat.

'Bevalt de reis?' vroeg hij. Zijn vader en moeder waren op reis in Europa. Zo'n busreis waarmee je in vier dagen twaalf steden bezoekt.

'Dacht je dat ik je vanuit het Hilton in Wenen bel om over ons tripje te kletsen?'

'Nee.'

'Weet je hoeveel het kost om vanuit een hotel in Wenen te bellen? Met al die toeslagen en belastingen en zo?'

'Vast heel veel.'

'Ik heb de lijst voor me liggen. Ik kan je tot op de cent vertellen wat het kost. Wacht eventjes. Al, waar heb ik die lijst met tarieven liggen?'

'Ma, het doet er niet toe.'

'Zonet had ik hem nog. Al?'

'Waarom vertel je het me niet als je weer thuis bent?' opperde Myron. 'Dan heb ik iets om naar uit te kijken.'

'Die gevatte opmerkingen maak je maar tegenover je vrienden, niet tegen mij, ja? Je weet heel goed waarom ik je opbel.'

'Nee, echt niet, ma.'

'Goed, dan vertel ik het je wel. Het gaat om een ander stel in het gezelschap, de Smeltmans, heel leuke mensen. Hij is juwelier. Marvin heet hij. Geloof ik. Ze hebben een winkel in Montclair. We reden er vroeger vaak langs, toen jij nog klein was. Op Bloomfield Avenue, vlak bij die bioscoop. Weet je nog?'

'Jawel.' Hij had geen idee waar ze het over had, maar het was beter om gewoon mee te lullen.

'De Smeltmans hebben gisteravond hun zoon aan de lijn gehad. Hij had hen gebeld, Myron. Hij had hun reisschema. En hij belde zijn ouders om te horen of ze het naar hun zin hadden. Snap je?'

'Jawel.' Ma was op oorlogspad. Ze was niet te stuiten. Ze kon in een oogwenk van de moderne intelligente vrouw zoals hij haar kende veranderen in een wezen uit *Anatevka*. Op dit moment was ze Golde, die het op Yente voorzien had.

'Maar goed, de Smeltmans zitten een beetje op te snijden dat de ouders van Myron Bolitar ook bij het gezelschap zitten. Niks aan de hand, natuurlijk. Wie kent je nu nog? Je hebt in geen jaren gespeeld. Maar de Smeltmans zijn enorme basketbalfans, kun je nagaan. Hun zoon heeft je vroeger zien spelen of zo, ik weet het niet. Maar goed, die zoon – ik geloof dat hij Herb of Herbie of Ralph heet, zoiets in ieder geval – die zegt tegen hen dat je profbasketbal speelt. Dat je een contract bij de Dragons hebt. Hij zegt dat je een comeback maakt of zo. Je vader geneert zich rot. Ik bedoel, complete vreemden hebben het erover en je eigen ouders weten van niets. Wij dachten dat de Smeltmans gek geworden waren.'

'Het zit anders,' zei Myron.

'Wat zit anders?' riep ze meteen. 'Je klungelt wel een beetje met de bal op onze oprit. Goed, dat vind ik prima. Maar ik begrijp het niet. Je hebt ons nooit verteld dat je weer speelt.'

'Ik speel ook niet weer.'

'Lieg niet tegen me. Je hebt gisteravond twee punten gescoord. Je vader heeft de Sporttelefoon gebeld. Weet je wel wat het kost om van hieruit de Sporttelefoon te bellen?'

'Ma, het stelt allemaal niets voor.'

'Hoor eens, Myron, je weet hoe je vader is. De man doet net alsof het niets voorstelt. Hij houdt van je, wat er ook gebeurt, dat weet je. Maar sinds hij dit nieuws gehoord heeft loopt hij met een grote glimlach rond. Hij wil het vliegtuig naar huis pakken.'

'Doe dat nou niet.'

'Doe dat nou niet?' herhaalde ze geërgerd. 'Ga jij dat maar tegen hem zeggen, Myron. Hij is stapelgek, dat weet je. Gestoord. Vertel me nou maar eens wat er precies aan de hand is.'

'Het is een lang verhaal, ma.'

'Maar is het waar? Speel je weer?'

'Tijdelijk, meer niet.'

'Wat betekent dat: tijdelijk, meer niet?'

De telefoon gaf een piepje omdat er een gesprek achter zat. 'Ma, ik moet ophangen. Sorry dat ik jullie niet ingelicht heb.'

'Wat? En dat was het dan?'

'Ik vertel het je later wel.'

Tot zijn verrassing gaf ze het op. 'Voorzichtig met je knie.'

'Doe ik.'

Hij nam het volgende gesprek aan. Het was Esperanza. Ze nam niet de moeite hem te begroeten.

'Het is Gregs bloed niet,' zei ze.

'Wat?'

'Het bloed dat jullie in het souterrain hebben gevonden,' zei ze. 'Het is AB-positief. Greg heeft o-negatief.'

Myron had daar niet op gerekend. Hij probeerde een logische verklaring te bedenken. 'Misschien had Clip gelijk. Misschien was het van een van Gregs kinderen.'

'Onmogelijk,' zei ze.

'Hoezo?'

'Heb je geen biologie gehad op school?'

'In de achtste groep. Maar ik had het te druk met naar Mary Ann Palmiero kijken. Hoe zit het dan?'

'AB is een zeldzame bloedgroep. Als een kind die bloedgroep heeft, moeten zijn ouders A en B hebben. Met andere woorden, als Greg o is, dan kunnen zijn kinderen geen AB hebben.'

'Misschien was het van een vriendje,' probeerde Myron. 'Misschien was er een vriendje of vriendinnetje van zijn kinderen komen spelen.'

'Vast,' zei Esperanza. 'Dat zal het zijn. Er komen vriendjes van de kinderen spelen. Een van hen bloedt de hele boel onder en niemand ruimt het op. En dan, eigenaardig toeval, verdwijnt Greg.'

Myron liet het telefoonsnoer door zijn vingers glijden. 'Dus het is Gregs bloed niet,' herhaalde hij. 'Wat nu?'

Esperanza nam niet de moeite daarop te antwoorden.

'Hoe moet ik deze zaak in godsnaam onderzoeken zonder dat het opvalt?' ging hij verder. 'Ik zal hier en daar toch vragen moeten stellen. Ze zullen willen weten waarom.'

'Ik heb diep medelijden met je,' zei Esperanza op een toon die duidelijk maakte dat dat absoluut niet het geval was. 'Ik moet naar kantoor. Kom je nog?'

'Vanmiddag misschien. Vanmorgen ga ik bij Emily langs.'

'Is dat dat oude vriendinnetje over wie Win het had?'

'Ja,' zei Myron.

'Geen risico nemen. Doe een condoom om.' Ze hing op.

Niet Gregs bloed. Myron begreep er niets van. Toen hij de avond daarvoor in slaap was gedoezeld, had hij een aardige theorie opgesteld, die ongeveer op het volgende neerkwam: de kleerkasten waren op zoek naar Greg. Misschien hadden ze hem tot bloedens toe afgetuigd. Om hem te laten zien dat het menens was. En Greg had erop gereageerd door de benen te nemen.

Dat leek wel zo'n beetje te kloppen. Het verklaarde het bloed in het souterrain. Het verklaarde waarom Greg opeens vertrokken was. Ja, een keurig rekensommetje: een aframmeling plus een bedreiging met de dood is een man op de vlucht.

Maar het bloed in het souterrain was niet van Greg. Dat was een lelijke streep door de rekening. Als Greg in het souterrain in elkaar geslagen was, dan had het zijn bloed moeten zijn, niet dat van een ander. Het was tamelijk ingewikkeld om het bloed van een ander te bloeden. Myron schudde zijn hoofd. Hij had behoefte aan een warme douche. Als hij zo nog even doorging met deduceren, dan zou de geslachtekiptheorie nog een heel eind komen.

Myron zeepte zich in, draaide toen zijn rug naar de douche toe en liet het water over zijn schouders en langs zijn borst stromen. Hij droogde zich af en kleedde zich aan. Jessica zat achter haar pc in de kamer. Hij had geleerd haar niet te storen als hij het geklik op het toetsenbord hoorde. Hij krabbelde gauw een briefje en sloop de deur uit. Hij nam de metro naar het centrum en liep naar de Kinney-parkeergarage aan 46th Street. Mario wierp hem zijn sleuteltjes toe zonder van zijn krant op te kijken. Ten noorden van 62nd Street nam hij de Franklin D. Roosevelt Drive naar de Harlem River Drive. Er werd aan de rechterweghelft gewerkt wat oponthoud opleverde, maar hij arriveerde toch binnen een redelijke tijd bij George Washington Bridge. Hij nam Route 4 door iets wat Paramus heette en dat in wezen een enorm winkelcentrum was, terwijl het net deed of het ook een plaatsje was. Hij nam de afslag naar rechts en reed langs de Nabisco-koekfabriek aan Route 208. Hij hoopte op de biscuitjesgeur, maar vandaag viel er niets te ruiken.

Toen hij bij Emily's huis kwam, werd hij getroffen door een gevoel van déjà vu als door een vaderlijke, corrigerende tik. Hij was hier natuurlijk eerder geweest, tijdens vakanties, toen ze nog met elkaar gingen. Het was een modern, vrij groot huis van baksteen. Het stond aan een nette, doodlopende straat. De achtertuin was met een hek omgeven. Hij wist nog dat er een zwembad achter het huis was. Hij wist ook nog dat er een tuinhuisje was. Hij wist nog hoe hij met Emily in dat tuinhuisje had gevrijd, hun kleren om hun enkels gedraaid, hun huid in de klamme warmte overdekt met een laagje zweet. De zoete herinnering aan zijn jeugd.

Hij parkeerde de auto, haalde het sleuteltje uit het contact en bleef even zitten. Hij had Emily in geen tien jaar gezien. Er was sinds de laatste keer veel gebeurd, maar hij vreesde nog steeds haar reactie als ze hem weer zou zien. Het plaatje van Emily die de deur optrok, 'klootzak' gilde en hem in zijn gezicht weer dichtsloeg was een van de redenen dat hij niet de moed had kunnen verzamelen om haar van tevoren te bellen.

Hij keek uit het raampje van zijn auto. De straat was uitgestorven, maar er stonden ook maar tien huizen. Hij overwoog hoe hij het zou aanpakken, maar kon niets verzinnen. Hij keek op zijn horloge, maar het drong niet echt tot hem door hoe laat het was. Hij zuchtte. Eén ding was zeker: hij kon hier niet de hele dag blijven zitten. Dit was een nette buurt. Het soort buurt waar iemand hem zou zien en de politie zou bellen. Het werd tijd om iets te doen. Hij opende het portier en stapte uit. De huizen in het straatje waren vijftien jaar geleden gebouwd maar alles zag er nog als nieuw uit. De tuinen waren nog een beetje kaal. Er waren nog niet genoeg bomen en struiken. Het gras zag eruit als het haar van iemand die net een haartransplantatie heeft ondergaan.

Myron liep over het klinkerpad naar de deur. Hij keek naar zijn handpalmen. Die waren nat. Hij belde aan. Hij moest terugdenken aan zijn eerdere bezoeken; zijn gedachten dwaalden af bij het lange, vertrouwde klokkenspel van de bel. De deur werd opengedaan. Emily.

'Wel, wel, wel,' zei ze. Myron wist niet of er verbazing of sarcasme in haar stem doorklonk. Emily was veranderd. Ze zag er wat dunner en gespierder uit. Haar gezicht was ook smaller, waardoor haar jukbeenderen meer opvielen. Haar haar was in een kort kapsel geknipt. 'Daar hebben we die schat die ik heb laten ontsnappen.'

'Hoi, Emily.' Meneer Geweldige Openingszin.

'Kom je een aanzoek doen?' vroeg ze.

'Dat heb ik al eens gedaan.'

'Maar dat meende je toen niet, Myron. En ik wilde toen iemand die het serieus meende.'

'En nu?'

'Nu besef ik dat er te veel waarde wordt gehecht aan het serieus menen.' Ze wierp hem een glimlach toe.

'Je ziet er goed uit, Emily,' zei hij. Als Myron eenmaal op dreef is, dan komt er de ene na de andere scherpe opmerking uit.

'Jij ook,' zei ze. 'Maar ik ga je niet helpen.'

'Waarmee?'

Ze trok een gezicht. 'Kom maar binnen.'

Hij liep achter haar aan naar binnen. Het huis was een en al bovenlicht, hoge plafonds en witgeschilderde muren. Luchtig. De hal was voorzien van een dure tegelvloer. Ze ging Myron voor naar de woonkamer. Hij ging zitten op een witte bank. Er lag een beukenhouten vloer. Het was allemaal nog precies hetzelfde als tien jaar geleden. Of ze hadden opnieuw dezelfde banken gekocht, of hun gasten waren buitengewoon netjes. Er zat geen vlekje op. De enige rommel in het vertrek was een stapel kranten in een hoek. Zo te zien bijna allemaal tabloids. De kop op de voorkant van de *New York Post* luidde SCHANDAAL, in enorme 72 punts letter. Inderdaad.

Een oude hond kwam op stijve poten de kamer binnen sjokken. Het leek alsof hij wilde kwispelen, maar het resultaat was een zielig wuiven. Hij slaagde erin Myrons hand met zijn droge tong te likken.

'Kijk nou eens,' zei Emily. 'Benny weet nog wie je bent.'

Myron verstijfde. 'Is dit Benny?'

Ze knikte.

Emily's ouders hadden het overactieve hondje voor haar broertje Todd gekocht toen Myron en Emily net met elkaar gingen. Myron was erbij geweest toen ze met het beestje thuiskwamen van de fokker. De kleine Benny had rond gewaggeld met knipperende oogjes en vervolgens op de vloer, deze beukenhoutenvloer, geplast. Niemand vond het erg. Benny raakte al snel gewend aan mensen. Hij begroette iedereen door tegen ze op te springen in de vaste overtuiging, zoals alleen honden die kunnen hebben, dat niemand hem ooit kwaad zou doen. Benny sprong nu niet meer. Hij zag er heel oud uit. Het leek alsof hij al met een poot in het graf stond. Een triest gevoel overspoelde Myron plotseling.

'Het zag er goed uit, gisteravond,' zei Emily. 'Fijn om je weer terug te zien in het veld.'

'Bedankt.' Er kwam geen einde aan zijn spitsvondige opmerkingen.

'Wil je iets drinken?' vroeg ze. 'Ik heb limonade voor je. Zoals in een toneelstuk van Tennessee Williams. Limonade voor het herenbezoek. Hoewel ik betwijfel of Amanda Wingfield die met Crystal Lightmix maakte.' Voor hij iets kon zeggen verdween ze naar de keuken. Benny keek op naar Myron, probeerde iets te zien met zijn melkwitte staarogen. Myron krabde de hond achter zijn oor. De staart bewoog iets sneller heen en weer. Myron glimlachte droevig naar Benny. Benny kwam wat dichter bij hem staan, alsof hij begreep hoe Myron zich voelde en alsof hij dat gevoel waardeerde. Emily kwam terug met twee glazen limonade.

'Alsjeblieft,' zei ze. Ze gaf hem een glas en ging zitten.

'Dank je wel.' Myron nam een slok.

'En wat staat er verder op je agenda, Myron?'

'Verder?'

'Weer een comeback?'

'Ik begrijp het niet.'

Emily glimlachte weer naar hem. 'Eerst vervang je Greg in het veld,' zei ze. 'Misschien wil je hem straks ook in de slaapkamer vervangen.'

Myron verslikte zich bijna in zijn limonade, maar hij slaagde erin dat geluidloos te doen. Altijd klaar om de wereld te shockeren. Typisch Emily. 'Dat vind ik niet grappig,' zei hij.

'Ach, ik dol je een beetje,' zei ze.

'Ja, dat weet ik wel.'

Ze legde haar elleboog op de rugleuning van de bank en ondersteunde haar hoofd met haar hand. 'Ik heb begrepen dat je een relatie hebt met Jessica Culver,' zei ze.

'Inderdaad.'

'Ik vind haar boeken goed.'

'Dat zal ik doorgeven.'

'Maar we weten allebei hoe het zit.'

'Hoe dan?'

Ze boog nu voorover en nam langzaam een slok uit haar glas. 'Seks met haar is niet zo lekker als het met mij was.'

Weer typisch Emily. 'Weet je dat wel zeker?' vroeg hij.

'Absoluut,' antwoordde ze. 'Ik ben echt niet onbescheiden. Ik ben ervan overtuigd dat die mevrouw Culver van je heel ervaren is. Maar met mij was het nieuw. Het was een ontdekkingstocht. Het was onvoorstelbaar geil. We kunnen geen van beiden ooit nog met iemand anders die vervoering bereiken. Dat is onmogelijk. Alsof je teruggaat in de tijd.'

'Ik maak geen vergelijkingen,' zei Myron.

Met een glimlach en haar hoofd schuin zei ze: 'Flauwekul.'

'Misschien valt zo'n vergelijking voor jou ongunstig uit.'

De glimlach hield stand. 'Kom op nou, Myron. Ik hoef toch niet naar die spirituele onzin te luisteren? Je gaat me toch niet vertellen dat het beter is omdat jullie een diepe, mooie relatie hebben en dat de seks daardoor meer is dan iets louter fysieks? Zoiets past helemaal niet bij jou.'

Myron gaf geen antwoord. Hij wist niet wat hij moest zeggen en hij voelde zich weinig op zijn gemak bij dit gesprek. Hij veranderde van onderwerp. 'Wat bedoelde je zonet eigenlijk?' vroeg hij. 'Toen je zei dat je me niet wilde helpen.'

'Precies wat ik zei.'

'Waarmee wil je me niet helpen?'

Weer die glimlach. 'Ik ben toch nooit stom geweest, Myron?'

'Nee,' zei hij.

'Geloof je nou echt dat ik in dat comebackverhaaltje ben getrapt? Of in dat verhaal dat Greg' – ze vormde aanhalingstekens met haar vingers – 'apart traint omdat hij een geblesseerde enkel heeft? Jouw bezoekje hier bevestigt mijn vermoedens alleen maar.'

'En die vermoedens zijn?'

'Greg wordt vermist. Jij probeert hem te vinden.'

'Waarom denk je dat Greg vermist wordt?'

'Alsjeblieft, Myron, speel nou geen spelletjes. Dat ben je me wel verschuldigd.'

Hij knikte langzaam. 'Weet jij waar hij is?'

'Nee. Maar ik hoop dat die klootzak dood is en ligt weg te rotten.'

'Hou op met die stoere praatjes,' zei Myron. 'Vertel me hoe je je echt voelt.'

De glimlach was dit keer droeviger. Myron had medelijden met haar. Greg en Emily waren verliefd op elkaar geworden. Ze waren getrouwd geweest. Ze hadden twee kinderen. Wat had dat allemaal kapotgemaakt? Was er onlangs iets gebeurd... of was het iets uit het verleden. Iets wat al vanaf het begin niet in orde was geweest? Myron voelde dat hij een droge keel kreeg.

'Wanneer heb je Greg voor het laatst gezien?' vroeg hij.

'Een maand geleden,' zei ze.

'Waar?'

'Bij de rechter, toen de scheiding werd uitgesproken.'

'Kunnen jullie nog samen door één deur?'

'Ik meende wat ik zonet zei. Over dood en wegrotten.'

'Nee dus.'

Emily knikte onverschillig.

'Stel dat hij zich verborgen houdt... heb jij enig idee waar dat kan zijn?'

'Nee.'

'Geen vakantiehuisje? Geen plek waar hij graag naartoe gaat?'

'Nee.'

'Weet je of Greg een vriendin heeft?'

'Nee, maar als dat zo is, heb ik medelijden met haar.'

'Heb je de naam Carla wel eens gehoord?'

Ze aarzelde. Ze tikte met haar wijsvinger op haar knie, een gebaar dat hij zo goed van haar kende dat het bijna pijn deed om het nu weer te zien. 'Woonde er op Duke niet een Carla op dezelfde verdieping als ik?' vroeg ze. 'Ja, Carla Anderson. In m'n tweede jaar, geloof ik. Een mooi meisje.'

'En recenter?'

'Nee.' Ze ging rechtop zitten en sloeg haar benen over elkaar. 'Hoe gaat het met Win?'

'Goed, als altijd.'

'Een van de constanten in het leven,' zei ze. 'Hij houdt van je, wist je dat? Ik vraag me af of het zo'n latente homo is.'

'Twee mannen kunnen van elkaar houden zonder homoseksueel te zijn,' zei Myron.

Ze trok een wenkbrauw op. 'Meen je dat nou?'

Hij liet haar te dichtbij komen. Een grote vergissing. 'Wist jij dat Greg op het punt stond een reclamecontract te ondertekenen?'

Nu was ze een en al aandacht. 'Meen je dat?'

'Ja.'

'Gaat het om veel geld?'

'Ik heb begrepen dat het om een enorm bedrag gaat,' zei Myron. 'Voor Forte.'

Emily's handen verstrakten. Ze zou ze tot vuisten gebald hebben als haar nagels niet zo lang waren geweest. 'Die klootzak.'

'Wat?'

'Hij heeft dus gewacht tot de scheiding erdoor was en ik nul komma nul gekregen heb. En dan ondertekent hij zo'n contract. De klootzak.'

'Hoe bedoel je dat je niets gekregen hebt? Greg was toch sowieso rijk?'

Ze schudde haar hoofd. 'Zijn agent had al zijn geld erdoorheen gejaagd. Althans, dat beweerden ze voor de rechter.'

'Martin Felder?'

'Ja. Hij had geen cent meer. Klootzak.'

'Maar Greg werkt nog steeds met Felder. Waarom zou hij bij iemand blijven die zijn geld erdoor gedraaid heeft?'

'Dat weet ik niet, Myron.' Haar stem klonk afgebeten en geërgerd. 'Misschien loog die klootzak. Dat zou niet de eerste keer zijn.'

Myron wachtte. Emily keek hem aan. De tranen welden op in haar ogen, maar ze vocht ertegen. Ze stond op en liep naar de andere kant van de kamer. Ze stond met haar rug naar hem toe. Ze keek door de schuifpui naar buiten, naar de achtertuin. Het zwembad was afgedekt met een zeil. Hier en daar lagen takjes en bladeren op het lichtblauwe doek. Twee kinderen kwamen in beeld. Een jongetje van een jaar of tien rende achter een meisje aan van ongeveer acht. Ze lachten allebei. Hun gezichten waren open en een beetje rozig, van de kou of van de inspanning. De jongen stond stil toen hij zijn moeder zag. Hij lachte naar haar en wuifde. Emily hief haar hand en wuifde voorzichtig terug. De kinderen renden door. Emily sloeg haar armen om zich heen alsof ze zichzelf troostte.

'Hij wil ze van me afpakken,' zei ze opvallend rustig. 'Hij zal alles doen om ze te krijgen.'

'Wat dan?'

'De goorste dingen, onvoorstelbaar.'

'Hoe goor?'

'Dat gaat je geen reet aan.' Ze zweeg. Ze stond nog steeds met haar rug naar hem toe. Myron kon zien dat haar schouders beefden. 'Ga weg,' zei ze.

'Emily...'

'Je wilt hem helpen, Myron.'

'Ik wil hem vinden. Dat is iets anders.'

Ze schudde haar hoofd. 'Je bent hem niets verschuldigd,' zei ze. 'Ik weet dat jij denkt dat dat wel het geval is. Zo ben je nu eenmaal. Ik zag aan je gezicht dat je je schuldig voelde, lang geleden. En ik zag dat nog steeds toen ik zonet de voordeur opende. Het is voorbij, Myron. Het had niets te maken met ons. Hij is er nooit achter gekomen.'

'Moet ik me hierdoor beter voelen?' vroeg hij.

Ze draaide zich razendsnel om. 'Je hoeft je helemaal niet beter te voelen,' snauwde ze. 'Dit gaat helemaal niet om jou. Ik ben degene die met hem getrouwd was. Ik ben degene die hem bedrogen heeft. Ik vind het onvoorstelbaar dat jij dat jezelf nog steeds kwalijk neemt.'

Myron slikte. 'Hij kwam me in het ziekenhuis opzoeken. Nadat ik die blessure kreeg. Hij kwam bij mijn bed zitten en heeft uren met me gepraat.'

'En daarom is het een toffe peer?'

'We hadden het niet moeten doen.'

'Word toch eens volwassen,' zei ze. 'Het is meer dan tien jaar geleden gebeurd. Het is voorbij en vergeten.'

Stilte.

Nadat er enige tijd verstreken was, keek Myron naar haar op.

'Zou je werkelijk je kinderen kunnen kwijtraken?' vroeg hij.

'Ja.'

'Hoe ver zou je gaan om ze te houden?'

'Zover als nodig is.'

'Zou je doden om ze te kunnen houden?' vroeg Myron.

'Ja.' Geen enkele aarzeling.

'Heb je dat ook gedaan?'

'Nee.'

'Heb je enig idee waarom een stelletje gangsters op zoek is naar Greg?'

'Nee.'

'Jij hebt ze niet ingehuurd?'

'Als ik dat had gedaan,' zei ze, 'dan zou ik je het niet vertellen. Maar als die gangsters Greg kwaad willen doen, dan zal ik er alles aan doen om hen te helpen hem te vinden.'

Myron zette zijn glas neer. 'Ik denk dat ik maar eens op moet stappen.'

Ze bracht hem naar de deur. Voor ze die opende, legde ze haar hand op zijn mouw. Hij voelde haar aanraking door de stof heen branden. 'Het is oké,' zei ze. 'Pieker er maar niet meer over. Greg is er nooit achter gekomen.'

Myron knikte.

Ze haalde diep adem en glimlachte weer. Haar stem klonk weer normaal. 'Goed om je weer eens te zien, Myron.'

'Vind ik ook,' zei hij.

'Kom nog eens langs, goed?' Ze deed haar best achteloos over te komen. Myron wist dat het niet meer dan een act was. Hij had die al eerder gezien. 'Misschien moeten we eens een vluggertje doen, vanwege de goeie oude tijd. Dat kan geen kwaad, toch?'

Een laatste poging om te shockeren. Myron stapte naar achteren. 'Dat zeiden we de vorige keer ook,' zei hij. 'En het doet nog steeds pijn.'

10

'Het was op de avond voor hun bruiloft,' begon Myron. Hij was op zijn kantoor. Esperanza zat voor hem. Ze hield haar blik op hem gevestigd, maar dat wist hij niet. Hij keek strak naar het plafond. Zijn ineengevlochten vingers lagen op zijn borst. Zijn stoel stond in de luie stand. 'Wil je de bijzonderheden horen?'

'Alleen als jij ze me wilt vertellen,' zei Esperanza.

Hij vertelde het haar. Hij vertelde hoe Emily hem had gebeld. Hij vertelde hoe ze naar zijn kamer was gekomen. Hij vertelde dat ze allebei te veel hadden gedronken. Dat laatste was een soort proefballonnetje, maar met een snelle blik op Esperanza zag hij dat dat ballonnetje snel weggeblazen werd. Ze onderbrak hem met één vraag.

'Hoe lang na de NBA-draft speelde dit allemaal?'

Myron glimlachte naar het plafond. Wat was ze toch verdomd scherpzinnig. Hij hoefde geen antwoord te geven.

'Ik neem aan,' ging Esperanza verder, 'dat dit rendez-vous plaatsvond tussen de draft en je blessure.'

'Klopt.'

'Aha,' zei ze met een knikje. 'Even kijken of ik het helemaal snap. Jij zit in je laatste jaar op de universiteit. Je team heeft de NCAA-finals gewonnen. Een punt voor jou. Je raakt Emily kwijt en zij verlooft zich met Greg: een punt voor hem. De draft komt. Greg wordt als zevende gekozen, jij als achtste: een punt voor Greg.'

Myron sloot zijn ogen en knikte. 'Je vraagt je af of ik de gelijkmaker wilde scoren.'

'Dat vraag ik me niet af,' corrigeerde Esperanza hem. 'Het is overduidelijk.'

'Zo help je me niet.'

'Als je hulp wilt, dan moet je naar een psychiater gaan,' zei ze. 'Als je de waarheid wilt horen, kom dan bij mij.'

Ze had gelijk. Hij haalde zijn handen van zijn borst. Met nog steeds ineengevlochten vingers legde hij ze achter zijn hoofd. Hij legde zijn voeten op het bureau.

'Heeft ze jou met hem bedrogen?' vroeg ze.

'Nee.'

'Weet je dat zeker?'

'Ja, ze leerden elkaar kennen toen het tussen ons voorbij was.'

'Jammer,' zei ze. 'Dan had je een mooi excuus gehad.'

'Ja, jammer.'

'Dus daarom voel je je jegens Greg verplicht? Omdat je met zijn verloofde naar bed bent geweest?'

'Dat maakt er deel van uit. Maar er komt meer bij kijken.'

'Zoals?'

'Het klinkt nogal afgezaagd, maar er heeft altijd een band tussen ons bestaan.'

'Een band?'

Myrons blik verplaatste zich van het plafond naar zijn muur met filmstills. Woody Allen en Diana Keaton hadden een Manhattan-momentje in Annie Hall. Bogie en Bergman stonden tegen Sams piano geleund in de dagen dat Parijs nog van hen was. 'Greg en ik waren de ultieme concurrenten van elkaar. Een beetje zoals Magic Johnson en Larry Bird. Je wordt door elkaar gedefinieerd. Zo was het ook tussen Greg en mij. We hebben het er nooit over gehad, maar we wisten allebei dat die band bestond.'

Hij zweeg. Esperanza wachtte in stilte. 'Toen ik mijn knie bles-seerde,' ging Myron verder, 'kwam Greg me in het ziekenhuis op-zoeken. De eerste dag al. Ik werd wakker uit de verdoving en toen zat hij er. Met Win. En ik begreep het meteen. Win moet het ook begrepen hebben, anders had hij hem eruit gezet.'

Esperanza knikte.

'En Greg bleef komen. Hij hielp me met afkicken. Dat bedoel ik met een band. Hij vond het verschrikkelijk toen hij van mijn blessure hoorde, omdat het net was alsof er ook een stukje van hem weg was. Hij probeerde me uit te leggen waarom het zo veel voor hem betekende, maar hij kon het niet onder woorden brengen. Dat deed er niet toe. Ik wist het wel. Hij moest er gewoon zijn.'

'En hoe lang nadat je met zijn aanstaande bruid naar bed was geweest kreeg je die blessure?'

'Ongeveer een maand daarna.'

'En toen je hem steeds zag, hielp dat of deed het juist pijn?'

'Het laatste.'

Ze zei niets.

'Begrijp je het nu?' vroeg hij. 'Begrijp je waarom ik hiermee door moet gaan? Je hebt waarschijnlijk gelijk. Ik ben waarschijnlijk alleen maar met Emily naar bed gegaan om het Greg betaald te zetten dat hij vóór mij gekozen was. Gewoon weer die stomme concurrentie-strijd. Maar wat een rotmanier om je huwelijk te beginnen! Ik ben Greg Downing wat verschuldigd. Zo simpel ligt het.'

'Nee,' zei ze. 'Zo simpel ligt het niet.'

'Waarom niet?'

'Omdat er te veel dingen uit je verleden weer opduiken. Ten eerste Jessica…'

'Begin daar nou niet weer over.'

'Dat doe ik niet,' zei ze rustig. Ze klonk zelden rustig als ze het over Jessica had. 'Ik zeg alleen hoe het is. Jessica heeft je kapotgemaakt toen ze bij je wegging. Je bent er nooit overheen gekomen.'

'Maar nu is ze terug.'

'Basketbal heeft je ook kapotgemaakt toen het voorbij was. Je bent er nooit overheen gekomen.'

'Jawel.'

Ze schudde haar hoofd. 'Eerst ben je drie jaar bezig om iedere mogelijke therapie voor je knie te ondergaan.'

'Ik probeerde gewoon weer te genezen,' onderbrak hij haar. 'Daar is toch niets mis mee?'

'Nee. Maar je was wel ongenietbaar. Daarmee heb je Jessica weggedreven. Ik vergeef haar niet wat ze jou heeft aangedaan. Dat had je niet verdiend. Maar jouw gedrag speelde wel degelijk een rol bij het feit dat ze je verlaten heeft.'

'Waarom haal je dit er allemaal bij?'

Ze schudde haar hoofd. 'Jij bent degene die het erbij haalt. Je hele verleden. Jessica en nu het basketbal. Wil je dat wij rustig toekijken hoe jij dit allemaal weer door moet maken? Dat willen we niet.'

'Wat moet ik doormaken?'

Daar gaf ze geen antwoord op. In plaats daarvan vroeg ze: 'Wil je weten waarom ik gisteravond niet naar de wedstrijd ben gekomen?'

Hij knikte, nog steeds zonder haar aan te kijken. Zijn wangen voelden warm en rood aan.

'Omdat er met Jessica in ieder geval de mogelijkheid bestaat dat je niet opnieuw wordt gekwetst. De mogelijkheid bestaat dat die heks is opgeknapt. Maar met basketbal is er geen enkele kans. Een comeback is uitgesloten.'

'Ik kan het wel aan,' zei hij.

Ze zweeg.

Myron staarde in de verte. Hij hoorde amper dat de telefoon overging. Geen van beiden nam op. 'Denk je dat ik ermee moet stoppen?' vroeg hij.

'Ja. Ik ben het met Emily eens. Zij is degene die hem bedrogen heeft. Jij was slechts het middel. Als datgene wat er gebeurd is op de een of andere manier hun verhouding heeft vergiftigd, dan is dat haar schuld. Het was haar beslissing om met je naar bed te gaan. Jij bent Greg Downing niets verschuldigd.'

'Ook al is dat zo,' zei hij, 'dan hebben we nog steeds die band.'

'Onzin,' zei Esperanza. 'Dat is gewoon pedante machoflauwekul. Door dat te zeggen laat je zien dat ik gelijk heb. Er is geen band meer, als er ooit al een geweest is. Basketbal is al meer dan tien jaar geen onderdeel meer van jouw leven. De enige reden dat je denkt dat er nog een band is, is omdat je weer speelt.'

Er werd hard op de deur geklopt. Het kozijn trilde en gaf bijna mee. Myron ging geschrokken rechtop zitten. 'Wie doet de telefoon?' vroeg hij.

Esperanza glimlachte.

'O nee.'

'Kom binnen,' zei Esperanza.

De deur ging open. Myrons voeten kwamen met een klap op de vloer terecht. Hoewel hij haar al vaak gezien had, viel zijn mond toch weer open. Big Cyndi stapte binnen. Ze was enorm. Een meter drieënnegentig en meer dan honderdvijftig kilo. Ze droeg een wit T-shirt met tot haar biceps afgescheurde mouwen. Hulk Hogan zou nog jaloers zijn op haar armen. Haar make-up was nog opvallender dan in de ring. Ze had paars stekeltjeshaar. Haar mascara was ook paars, maar net een tintje donkerder dan het haar. Haar lippenstift was een knalrode veeg. Cyndi zag eruit als iets uit de Rocky Horror Picture Show. Myron had nog nooit in zijn leven zoiets griezeligs gezien.

'Hoi, Cyndi,' deed Myron een poging.

Cyndi gromde. Ze stak haar middelvinger op, draaide zich om, liep de kamer uit en sloot de deur achter zich.

'Wat nou…'

'Ze zegt dat je lijn 1 moet opnemen,' zei Esperanza.

'Neemt Cyndi de telefoon aan?'

'Ja.'

'Maar ze zegt nooit iets.'

'Als ze tegenover je staat niet. Maar aan de telefoon is ze heel goed.'

'Jezus christus.'

'Neem die telefoon nou op en houd op met jammeren.'

Myron deed wat ze zei. Het was Lisa, hun contact bij New York Bell. De meeste mensen denken dat alleen de politie telefoongegevens kan achterhalen. Dat is niet zo. Bijna alle privédetectives in Amerika hebben een contact bij de lokale telefoonmaatschappij. Het is gewoon een kwestie van geld. Een maand telefoongegevens kost tussen de duizend tot vijfduizend dollar. Myron en Win hadden Lisa leren kennen gedurende hun tijd bij de FBI. Ze nam geen geld aan, maar Win en Myron zorgden er wel voor dat ze op een andere manier schadeloos werd gesteld. 'Ik heb de gegevens waar Win om vroeg,' zei Lisa.

'Laat horen.'

'Het gesprek om achttien over negen 's avonds is gepleegd vanuit een betaaltelefoon in een restaurantje in de buurt van Dyckman Street en Broadway,' zei ze.

'Is dat niet ter hoogte van 200th Street?'

'Ik geloof het wel. Wil je het telefoonnummer?'

Carla had Greg vanuit een restaurant aan 200th Street gebeld? Het werd gekker en gekker. 'Als je dat hebt, graag.'

Ze gaf hem het nummer. 'Ik hoop dat je er iets aan hebt.'

'Ja zeker, Lisa. Bedankt.' Hij hield het papiertje naar Esperanza op. 'Kijk eens wat ik hier heb? Een levensgrote aanwijzing.'

11

Eerlijk is eerlijk: de Parkview Diner maakte zijn naam waar. Je had inderdaad uitzicht op het Lieutenant William Tighe Park aan de overkant van de straat. Het parkje was kleiner dan een gemiddelde achtertuin en de struiken eromheen waren zo hoog dat je het groen erachter niet kon zien. Een hek van draadgaas omgaf het park. Aan het hek hingen op verschillende plaatsen bordjes met in vette letters de tekst: GELIEVE DE RATTEN NIET TE VOEDEREN. Echt waar. In kleinere letters stond de waarschuwing in het Spaans eronder: *No Des Comida a Las Ratas*. De bordjes waren geplaatst door een groepering die zich de Kwaliteit van het Leven Groep noemde. Myron schudde zijn hoofd. Dit kon toch alleen in New York een probleem zijn: mensen die de verleiding niet konden weerstaan om ongedierte te voeren. Myron keek nogmaals naar het bordje en toen naar het restaurant. Ratten. Echt een appetizer.

Hij stak de straat over. Twee verdiepingen boven de Parkview Diner stak een hond zijn kop door het traliewerk van een brandtrap en blafte naar voorbijgangers. De groene luifel van de Parkview was hier en daar gescheurd. De letters erop waren vervaagd en waren bijna onleesbaar geworden en de steunbalk was doorgezakt zodat Myron moest bukken om de deur te bereiken. Er hing een poster van een gyrosbroodje in het raam. De specialiteiten van de dag, volgens een schoolbord in datzelfde raam, waren parmigiana van aubergine en kip à la king. De soep van de dag was rundvleesbouillon. De drank- en horecavergunningen van de gemeente New York waren op de deur geplakt als stickers van de apk-keuring.

Myron ging naar binnen en werd ogenblikkelijk verwelkomd door het vertrouwde maar toch moeilijk te omschrijven aroma van een restaurant in Manhattan. Een vette lucht. Je moest niet te diep inademen, want dan raakten je aders verstopt. Een serveerster wier haar zo heftig geblondeerd was dat het wel stro leek, wees naar een tafeltje. Myron vroeg naar de manager. Met haar ballpoint wees ze over haar schouder naar de man achter de bar.

'Dat is Hector,' zei ze. 'Hij is de eigenaar.'

Myron bedankte haar en pakte een barkruk. Hij overwoog even om erop rond te draaien, maar besloot dat zulk gedrag misschien als onvolwassen zou worden opgevat. Twee krukken verderop, aan zijn rechterhand, zat een ongeschoren man, type dakloze, met zwarte Thom McAn-gympen en een versleten jas. Hij glimlachte en knikte Myron toe. Myron glimlachte en knikte terug. De man wijdde zich weer aan zijn koffie. Hij zat met opgetrokken schouders over zijn kopje gebogen alsof hij bang was dat iemand het midden in een slok van hem zou afpakken.

Myron pakte een vinyl menu met een gescheurde rug op. Hij sloeg het open maar las niet echt. Er zaten een hoop oude systeemkaartjes tussen de beschermende plastic hoezen geschoven waarop de verschillende specialiteiten stonden vermeld. 'Oud' was een goede omschrijving van de Parkview Diner, maar het begrip gaf niet helemaal de algemene indruk weer. Het restaurant had een gastvrije, zelfs schone uitstraling. De bar glom. Het keukengerei en de zilverkleurige milkshakemachine en de frisdrankautomaat eveneens. De meeste klanten zaten een krant te lezen of kletsten met elkaar alsof ze thuis zaten te eten. Ze wisten hoe de serveerster heette, terwijl Myron er wat om zou verwedden dat ze zich niet had voorgesteld toen ze gingen zitten.

De eigenaar, Hector, was bezig met de grill. Het was bijna twee uur. Dat was niet het drukste moment van de lunchpauze, maar toch was de zaak nog behoorlijk vol. Hij blafte in het Spaans een paar bevelen, met zijn blik strak op het vlees op de grill gericht. Toen draaide hij zich met een beleefde glimlach om, veegde zijn handen aan een doek af en vroeg aan Myron wat hij voor hem kon doen. Myron vroeg of hij een openbare telefoon had.

'Nee, meneer, helaas niet,' antwoordde Hector. Hij had een Spaans accent, maar er was duidelijk aan gewerkt. 'Er is een telefooncel op de hoek van de straat. Links.'

Myron keek op het briefje met het nummer dat Lisa hem gegeven had. Hij las het hardop voor. Hector deed verschillende dingen tegelijk. Hij keerde de hamburgers om, vouwde een omelet dicht, keek hoe het met de patat stond. Zijn ogen waren overal: op de kassa, de klanten aan de tafeltjes en de bar, de keuken links.

'O, dat nummer,' zei Hector. 'Die telefoon is achterin. In de keuken.'

'De keuken?'

'Ja, meneer.' Nog steeds beleefd.

'Een openbare telefoon in de keuken?'

'Ja meneer,' zei Hector. Hij was klein van postuur, mager onder zijn witte schort en zwarte polyester broek. Zijn neus was een paar keer gebroken. Zijn bovenarmen zagen eruit als stalen kabels. 'Voor mijn personeel.'

'Hebt u dan geen telefoon in de zaak?'

'Natuurlijk wel.' Zijn stem klonk nu iets hoger, alsof de vraag een belediging was. 'We hebben een grote afhaal- en bezorgservice. Veel mensen bestellen hun lunch bij ons. We hebben ook een fax. Maar ik wil niet dat mijn personeel de lijn bezet houdt. Als je de ingesprektoon krijgt, dan bel je iemand anders, nietwaar? Dus heb ik een betaaltelefoon in de keuken opgehangen.'

'Dat is duidelijk.' Myron kreeg een inval. 'En de klanten gebruiken die telefoon nooit?'

'Nou meneer, als een klant erop zou staan, dan zou ik hem het niet weigeren.' De praktische beleefdheid van een verstandig zakenman. 'De klant is koning bij Parkview. Altijd.'

'En heeft een klant er wel eens op gestaan?'

'Nee, meneer. Ik denk dat de klanten niet eens weten dat die telefoon bestaat.'

'Zou u me kunnen vertellen wie afgelopen zaterdagavond om achttien over negen met die telefoon heeft gebeld?'

Dat schudde hem wakker. 'Pardon?' Myron begon de vraag te herhalen, maar Hector onderbrak hem: 'Waarom wilt u dat in godsnaam weten?'

'Ik ben Bernie Worley,' zei Myron. 'Ik ben productsupervisor bij AT&T, de telefoonmaatschappij.' *Product wat?* 'Iemand probeert ons op te lichten en daar zijn we helemaal niet blij mee.'

'Oplichten?'

'Een Y511'je.'

'Een wat?'

'Een Y511'je,' herhaalde Myron. Wie a zegt moet ook b zeggen. 'Een elektronisch monitorsysteem, ontwikkeld in Hongkong. Pas op de markt, maar we zitten erbovenop. Het wordt op straat verkocht. Iemand heeft achttien over negen op 18 maart van dit jaar zo'n apparaatje op uw telefoon gebruikt. Ze hebben naar Kuala Lumpur gebeld, een gesprek van bijna twaalf minuten. Zo'n telefoontje kost normaal drieëntwintig dollar en tweeëntachtig cent, maar de boete omdat er een Y511 is gebruikt bedraagt ten minste zevenhonderd dollar en maximaal een jaar gevangenisstraf. Bovendien moeten we de telefoon verwijderen.'

Hectors gezicht vertrok tot een masker van pure paniek. 'Wat?' Myron vond het niet leuk wat hij deed – een eerlijke, hardwerkende immigrant op deze manier de stuipen op het lijf te jagen – maar hij wist dat in een dergelijke situatie de angst voor de overheid of voor een flinke boete werkte. Hector draaide zich om en riep iets in het Spaans naar een tiener die precies op hem leek. De tiener nam de grill over. 'Ik begrijp er niets van, meneer Worley.'

'Het is een openbare telefoon, meneer. U hebt zojuist aan een productsupervisor toegegeven dat u een openbare telefoon voor privégebruik aanwendt; dat wil zeggen, alleen voor uw personeel en dat het publiek er geen toegang toe heeft. Dat is een overtreding van onze code, sectie 124B. Ik zou dat normaal gesproken niet rapporteren, maar nu daar het gebruik van een Y511 bovenop komt...'

'Maar ik heb helemaal geen Y511 gebruikt!'

'Dat weten we nog niet, meneer.' Myron speelde de bureaucraat op-en-top. Er is niets waardoor een mens zich machtelozer voelt; er bestaat geen duisterder diepte dan de lege blik van een bureaucraat. 'De telefoon bevindt zich in uw lokaal,' ging Myron op verveelde, lijzige toon verder. 'U hebt net verklaard dat hij alleen door uw werknemers wordt gebruikt...'

'Precies!' kwam Hector ertussen. 'Door mijn werknemers! Niet door mij!'

'Maar u bent eigenaar van dit bedrijf. U bent verantwoordelijk.' Myron keek om zich heen met zijn beste verveelde gezichtsuitdrukking, de gezichtsuitdrukking die hij zich eigen had gemaakt als hij telefonisch in de wacht was gezet bij de dienst Motorrijtuigenbelasting. 'We moeten ook uw werknemers natrekken. Misschien vinden we op die manier de boosdoener.'

Hectors ogen werden groot als schoteltjes. Myron wist dat dit hard aankwam. Er was geen restaurant in Manhattan waar niet minstens één illegale buitenlander werkte. Hectors kaken ontspanden zich langzaam. 'En dit is allemaal,' zei hij, 'omdat iemand met de betaaltelefoon gebeld heeft?'

'Nee, omdat iemand een illegaal elektronisch apparaatje heeft gebruikt, bekend onder de naam Y511. En omdat u, meneer, heeft geweigerd samen te werken met de productsupervisor die dit ernstige vergrijp onderzoekt.'

'Geweigerd samen te werken?' Hector klemde zich vast aan de reddingsboei die Myron uitgeworpen had. 'Nee, meneer, dat hebt u mis. Ik wil samenwerken. Graag zelfs.'

Myron schudde zijn hoofd. 'Ik kreeg de indruk van niet.'

Hector dacht even na en zette zijn extra beleefde stem op. 'Nee meneer,' zei hij. 'Ik wil graag helpen. Ik wil samenwerken met het telefoonbedrijf. Zegt u maar wat ik moet doen om u te helpen. Alstublieft.'

Myron zuchtte en wachtte een paar seconden. Het was gezellig druk in het restaurant. Het belletje van de kassa klonk terwijl de man met de Thom McAn-gympen die er als een dakloze uitzag in zijn vuile hand vettige muntstukken uitzocht. De bakplaat siste. De geuren van de verschillende gerechten vochten om de voorrang, maar geen enkele won het echt. Hector keek steeds bezorgder. Genoeg, dacht Myron. 'Om te beginnen kunt u me vertellen wie afgelopen zaterdag om achttien over negen met die betaaltelefoon gebeld heeft.'

Hector stak zijn vinger op om hem om een momentje geduld te vragen. Hij riep iets in het Spaans naar de vrouw (mevrouw Hector wellicht?) die achter de kassa stond. De vrouw riep iets terug. Ze schoof de la dicht en liep naar hen toe. Terwijl ze dichterbij kwam, zag Myron dat Hector hem opeens bevreemd aankeek. Begon hij Myrons lulkoekverhaal te doorzien? Misschien. Maar Myron trotseerde zijn blik en Hector krabbelde snel terug. Hij was misschien achterdochtig, maar niet achterdochtig genoeg om het risico te nemen de oppermachtige bureaucraat te beledigen door aan zijn autoriteit te twijfelen.

Hector fluisterde de vrouw iets in het oor. Ze fluisterde heftig terug. Hij maakte een begrijpend aha-geluidje. Toen keek hij Myron weer aan en schudde zijn hoofd.

'Logisch,' zei hij.

'Wat?'

'Het was Sally.'

'Wie?'

'Ik denk tenminste dat het Sally was. Mijn vrouw heeft haar rond die tijd aan de telefoon gezien. Maar zij zegt dat ze maar een paar minuten gebeld heeft.'

'Heeft Sally een achternaam?'

'Guerro.'

'Is ze er vandaag?'

Hector schudde zijn hoofd. 'Ze is hier niet meer geweest sinds zaterdagavond. Dat bedoel ik ook met logisch. Ze komt in de problemen en dan neemt ze de benen.'

'Heeft ze zich ziek gemeld?'

'Nee, meneer. Ze is gewoon weggegaan en niet meer teruggekomen.'

'Hebt u haar adres?' vroeg Myron.

'Jawel. Momentje.' Hij haalde een grote kartonnen doos met op de zijkant de tekst 'Snapple icetea' tevoorschijn. Achter hem siste de bakplaat toen een nieuwe lepel pannenkoekenbeslag het hete metaal raakte. De dossiers in de doos waren keurig met kleurtjes gemerkt. Hector haalde er een uit en sloeg hem open. Hij bladerde door de vellen papier, vond datgene wat hij zocht en fronste zijn wenkbrauwen.

'Wat is er?' vroeg Myron.

'Sally heeft ons haar adres niet opgegeven,' zei Hector.

'En een telefoonnummer?'

'Nee.' Hij keek op en er schoot hem kennelijk iets te binnen. 'Ze heeft gezegd dat ze geen telefoon had. Daarom belde ze zo vaak met het toestel in de keuken.'

'Kunt u me vertellen hoe mevrouw Guerro eruitzag?' probeerde Myron.

Hector leek zich opeens niet op zijn gemak te voelen. Hij keek even opzij naar zijn vrouw en schraapte zijn keel. 'Eh... ze heeft bruin haar,' begon hij. 'Ze zal zo'n een meter vijfenzestig zijn, gemiddelde lengte, bedoel ik.'

'En verder?'

'Bruine ogen.' Hij zweeg. 'Dat was het wel zo'n beetje.'

'Hoe oud is ze volgens u?'

Hector keek weer in het dossier. 'Hier staat dat ze vijfenveertig is. Dat kan wel kloppen.'

'En hoe lang heeft ze hier gewerkt?'

'Twee maanden.'

Myron knikte en wreef stevig over zijn kin. 'Dat doet een beetje denken aan een zwendelaarster die zich Carla noemt.'

'Carla?'

'Een beruchte telefoonoplichtster,' ging Myron verder. 'We zitten al een tijdje achter haar aan.' Hij keek naar links en toen naar rechts, en trok een samenzweerderig gezicht. 'Hebt u haar wel eens die naam horen gebruiken, of gehoord dat iemand haar Carla noemde?'

Weer keek Hector naar zijn vrouw. Weer schudde die haar hoofd. 'Nee, dat hebben we nooit meegemaakt. Ze was altijd nogal op zichzelf.'

Myron begon een beetje aan te dringen om bevestigd te krijgen wat hij al wist. Als Hector in deze fase bezwaar zou maken, wat dan nog? Niet geschoten, altijd mis. Hij boog naar voren. Hector en zijn vrouw deden hetzelfde. 'Dit klinkt wellicht een beetje grof,' fluisterde Myron, 'maar heeft ze grote borsten?'

Ze knikten allebei meteen. 'Heel groot,' zei Hector.

Vermoeden bevestigd.

Hij stelde nog wat vragen, maar alle bruikbare informatie die hier te vinden was, was al verzameld. Voor hij wegging, zei hij tegen hen dat ze vrijuit gingen en ze zonder vrees voort konden gaan met het schenden van code sectie 124B. Hector kuste zijn hand bijna. Myron voelde zich klote. *Wat heb je vandaag gedaan, Batman? Nou, Robin, allereerst heb ik een hardwerkende immigrant bij het verdienen van zijn boterham met een hoop leugens geterroriseerd. Jemig, Batman, je bent geweldig!* Myron schudde zijn hoofd. Wat kon hij verder nog doen... lege bierflesjes gooien naar de hond op de brandtrap?

Myron verliet de Parkview Diner. Hij overwoog even naar het parkje aan de overkant van de straat te gaan, maar stel dat hij een onbedwingbare behoefte zou krijgen om de ratten te voederen? Nee. Dat kon hij niet riskeren. Hij moest daar wegblijven. Hij wilde net naar het metrostation Dyckman Street lopen, toen een stem hem tot staan bracht.

'Ben jij op zoek naar Sally?'

Myron draaide zich om. Het was de man met de Thom McAns uit het restaurant die eruitzag als een dakloze. Hij zat op de stoep met zijn rug tegen de bakstenen muur van een gebouw. Hij had een leeg plastic koffiebekertje in zijn hand. Een bedelaar.

'Ken je haar?' vroeg Myron.

'Zij en ik...' Hij knipoogde en kruiste zijn vingers. 'We hebben elkaar door die stomme telefoon leren kennen, weet je.'

'Echt?'

De man zette zich af tegen de muur en kwam overeind. Zijn gezichtsharen waren wittig, niet vol genoeg om een baard te vormen, maar voorbij het stadium van de Miami Vice-imitators. Zijn lange haar was gitzwart. 'Sally belde constant met mijn telefoon. Ik had er zwaar de pest over in.'

'Uw telefoon?'

'Die betaaltelefoon in de keuken,' zei hij terwijl hij zijn lippen aflikte. 'Bij de achterdeur. Ik zit vaak in de steeg daarachter, dus kan ik hem horen overgaan, snap je? Het is mijn zakelijke nummer, zo kun je het wel noemen.' Myron had er geen idee van hoe oud de man was. Zijn gezicht was jongensachtig maar verweerd, maar of dat nu door het verstrijken van de tijd of door het harde leven kwam, kon Myron niet zeggen. In zijn mond ontbraken een paar tanden, waardoor Myron steeds aan dat heerlijke liedje moest denken: 'Al wat ik wil voor Kerstmis zijn mijn voortanden terug.' Wat een aardig liedje eigenlijk. Geen speelgoed, geen videospelletjes. Dat kind wilde alleen maar een stel tanden. Wat bescheiden eigenlijk.

'Ik had vroeger mijn eigen mobiel,' ging de man verder. 'Twee, om precies te zijn. Maar die zijn gestolen. En die klotedingen zijn ook nog eens onbetrouwbaar, vooral als er hoge gebouwen in de buurt staan. Iedereen die over de juiste apparatuur beschikt kan met je meeluisteren. En ik moet wat ik doe geheimhouden, snap je. Je hebt overal spionnen. Bovendien krijg je er een hersentumor van. Van de elektronen of zo. Een hersentumor zo groot als een kokosnoot.'

Myron vertrok geen spier. 'Ja, ja.' Over lulkoekverhalen gesproken.

'Maar goed, toen ging Sally hem ook gebruiken. Daar had ik behoorlijk de pest over in. Ik bedoel, ik ben zakenman. Ik verwacht steeds belangrijke telefoontjes. Ik kan het niet hebben dat de lijn bezet is. Toch?'

'Tuurlijk,' zei Myron.

'Ik ben namelijk scenarioschrijver. Voor Hollywood.' Hij stak zijn hand uit. 'Norman Lowenstein.'

Myron zocht zijn geheugen af naar de nepnaam waaronder hij zich aan Hector had voorgesteld. 'Bernie Worley.'

'Aangenaam, Bernie.'

'Weet jij waar Sally Guerro woont?'

'Tuurlijk. Wij waren vroeger...' Norman Lowenstein sloeg zijn vingers weer over elkaar.

'Dat had ik al begrepen. Kun je me zeggen waar ze woont?'

Norman Lowenstein perste zijn lippen op elkaar en krabde met zijn wijsvinger over zijn keel. 'Ik ben niet zo goed in adressen en zo,' zei hij. 'Maar ik kan je er wel naartoe brengen.'

Myron vroeg zich af hoeveel tijd hij hiermee ging verspillen. 'Zou je dat willen doen?'

'Tuurlijk, geen punt. Laten we gaan.'

'Welke kant op?'

'Met lijn A,' zei Norman. 'Naar 125th Street.'

Ze liepen samen naar de metro.

'Ga je vaak naar de film, Bernie?' vroeg Norman.

'Gemiddeld, denk ik.'

'Laat me je dan iets vertellen over films maken,' stak hij van wal. Zijn stem klonk wat enthousiaster. 'Het is niet alleen maar glamour en glitter. Het is een keiharde wereld, de wereld waar de dromen voor de mensen worden gecreëerd. Dolken in je rug, geld, roem en al die aandacht... daardoor gaan mensen raar doen, snap je? Ik heb net een scenario voor Paramount geschreven. Ze zijn in gesprek met Willis. Bruce Willis. Hij heeft belangstelling.'

'Gefeliciteerd,' zei Myron.

Norman straalde. 'Bedankt, Bernie. Dat vind ik nou aardig van je. Heel aardig. Ik zou je graag vertellen waar m'n film over gaat, maar ik mag niets zeggen. Je weet hoe het gaat in Hollywood met al dat geplagieer. De studio wil het stilhouden.'

'Dat begrijp ik,' zei Myron.

'Ik vertrouw je heus wel, Bernie, dat is het niet. Maar de studio staat erop. En ik kan het ze niet kwalijk nemen. Ze moeten aan hun belangen denken.'

'Tuurlijk.'

'Het is een actiefilm, zo veel kan ik er wel over zeggen. Maar ook met emoties, snap je? Niet alleen maar elkaar neerknallen en zo. Harrison Ford wilde de hoofdrol, maar hij is te oud. Ik neem aan dat Willis het goed zal doen. Hij is niet mijn eerste keus, maar nou ja...'

'Ach ja.'

125th Street was niet de prettigste halte in de stad. Overdag was het er redelijk veilig, nam Myron aan, en omdat hij een wapen bij zich droeg voelde hij zich ietsje zekerder. Myron hield er niet van met een blaffer op pad te gaan en hij deed het dan ook zelden. Niet dat Myron nou zo teergevoelig was, het ging meer om het comfort. Zo'n schouderholster duwde in je oksel en veroorzaakte een jeuk alsof je een condoom van tweed omhad. Maar na het feestje van de vorige avond met Camouflagebroek en Bakstenen Muur, zou het dwaas zijn om ongewapend rond te blijven lopen.

'Welke kant op?' vroeg Myron.

'Downtown.'

Ze liepen in zuidelijke richting over Broadway. Norman trakteerde Myron op verhalen over Hollywood. De filmwereld in al zijn facetten. Myron knikte en stapte stevig door. Hoe verder naar het zuiden ze kwamen, hoe beter de buurt werd. Ze liepen langs de hem zo vertrouwde hekken van Columbia University en sloegen toen links af. 'Daar is het,' zei Norman. 'Ongeveer in het midden van het blok.'

Aan weerszijden van de straat stonden halfhoge flats die voornamelijk bewoond werden door promovendi van Columbia University en wetenschappelijk medewerkers. Raar, dacht Myron, dat een serveerster hier woont. Maar tenslotte was alles aan haar betrokkenheid bij deze zaak vreemd dus waarom zou ze niet op een vreemde plek wonen? Als ze hier überhaupt woonde en bijvoorbeeld niet bij Bruce Willis in Hollywood.

Norman onderbrak zijn gedachten. 'Jij wilt haar helpen, toch?'

'Wat?'

Norman stond stil. Hij keek weer een stuk minder enthousiast. 'Dat gedoe dat je van het telefoonbedrijf bent, dat was toch allemaal flauwekul?'

Myron zei niets.

'Hoor eens,' zei Norman terwijl hij zijn hand op Myrons arm

legde. 'Hector is een beste vent. Hij is met helemaal niets hier aangekomen. Hij werkt zich drie slagen in de rondte voor dat restaurant. Zijn vrouw en zijn zoon en hij, ze werken zich suf. Geen dagje vrij. En iedere dag is hij bang dat iemand het van hem af gaat pakken... Al die zorgen maken dat hij niet meer helemaal helder denkt, snap je? Ik heb niets te verliezen, dus ik ben nergens bang voor. Daarom begrijp ik het een en ander weer wat sneller. Als je begrijpt wat ik bedoel.'

Myron knikte voorzichtig.

Normans heldere ogen werden iets doffer nu er iets uit de realiteit tot hem doordrong. Myron keek hem aan, bekeek hem voor het eerst echt goed. Hij dwong zich niet een vluchtige blik op de man te werpen, zo'n blik waardoor je amper zag hoe oud hij was, of hoe groot, of zelfs van wat voor geslacht. Hij keek goed, en hij besefte dat er achter die leugens en zelfmisleiding dromen lagen die iedereen heeft: de verwachtingen, en verlangens en behoeften die uitsluitend aan de menselijke soort zijn voorbehouden.

'Ik maak me zorgen over Sally,' ging Norman verder. 'Misschien kan ik daardoor niet meer helemaal helder nadenken. Maar ik weet dat ze niet gewoon maar zou opstappen zonder mij goeiedag te zeggen. Dat zou Sally nooit doen.' Hij zweeg en keek Myron aan. 'Jij bent niet van het telefoonbedrijf, toch?'

'Dat klopt.'

'En je wilt haar helpen?'

'Ja,' zei Myron. 'Ik wil haar helpen.'

Norman knikte en wees. 'Daar. Flat 2E.'

Myron liep de stoep op, terwijl Norman op straat bleef staan. Hij drukte op de zwarte bel waar 2E bij stond. Er gebeurde niets. Dat verbaasde hem niet. Hij voelde aan de deur, maar die zat op slot. Je kon alleen naar binnen als iemand hem vanbinnen opende.

'Blijf jij hier,' zei hij tegen Norman. Norman knikte dat hij het begreep. Deuren die met een zoemer geopend worden, vormen geen beste bescherming tegen criminaliteit. Het gaat er voornamelijk om dat ze voorkomen dat er zwervers binnenkomen om hun tenten in de hal op te slaan. Myron bleef gewoon wachten. Uiteindelijk zou er een bewoner komen of vertrekken. En als die bewoner de deur opende, zou Myron naar binnen gaan alsof hij hier thuishoorde. Niemand zou vragen stellen aan een man in een kaki broek en een button-down Baggie-overhemd. Maar als Norman naast hem stond, zouden ze wel eens heel anders kunnen reageren.

Myron liep de stoep weer af. Toen hij zag dat twee jonge vrouwen binnen de deur naderden, klopte hij op zijn zakken alsof hij op zoek was naar de sleutel. Toen liep hij doelbewust naar de deur toe, glimlachte en wachtte tot ze hem openduwden. Hij had het hele toneelstukje achterwege kunnen laten. De twee jonge vrouwen – studentes, nam Myron aan – liepen de deur door zonder op of om te kijken of hun orale activiteiten te staken. Ze praatten allebei aan één stuk door en luisterden geen van beiden. Ze sloegen geen acht op hem. Wat een zelfbeheersing! Natuurlijk konden ze vanuit hun positie zijn kontje niet zien, dus was die zelfbeheersing weliswaar bewonderenswaardig, maar toch ook enigszins begrijpelijk.

Hij keek over zijn schouder naar Norman, die gelukkig zwaaide dat hij door moest lopen. 'Ga jij maar,' zei hij. 'Ik wil geen moeilijkheden veroorzaken.'

Myron liet de deur dicht zwaaien.

De gang beantwoordde redelijk aan zijn verwachtingen. Hij was gebroken wit geschilderd. Geen streepjes, geen ander patroontje. Er waren geen wandversieringen behalve een groot prikbord dat eruitzag als een schizofreen politiek manifest. Tientallen folders waarin van alles werd aangekondigd, van een dansavond, gesponsord door de Native American Gay and Lesbian Society tot poëzieavonden verzorgd door een groepering die zich de Rush Limbaugh Review noemde. Ach, het heerlijke studentenleven!

Hij ging een trap op die verlicht werd door twee kale peertjes. Al dat lopen en traplopen begon zijn tol te eisen van zijn zwakke knie. Het gewricht werd stijf als een roestig scharnier. Myron merkte dat hij zijn been achter zich aansleepte. Hij steunde op de trapleuning en vroeg zich af hoe zijn knie zich zou houden als hij de leeftijd bereikt had waarop je artritis krijgt.

Het gebouw was verre van symmetrisch ingedeeld. De deuren leken willekeurig in de muur geplaatst te zijn. In een hoekje, een heel eind van de andere appartementen af, vond Myron de deur waarop 2E stond. Het leek wel alsof het flatje op het laatste moment aan het gebouw was toegevoegd, alsof iemand had gezien dat er aan de achterkant nog wat ruimte over was om een paar kamers in te proppen. Myron klopte aan. Er gebeurde niets. Dat was niet zo vreemd. Hij keek de gang door. Niemand te zien. Hij was dankbaar dat Norman er niet bij was want hij had geen behoefte aan een getuige nu hij ging inbreken.

Myron was geen ster in het inbrekersgilde. Hij had in de loop der tijd het een en ander geleerd, maar een slot forceren was net zoiets als een computerspelletje spelen. Als je maar doorspeelt, kom je vanzelf in het volgende level. Maar Myron had niet doorgespeeld. Hij vond een slot forceren niet leuk. Hij had er ook geen aanleg voor. Meestal vertrouwde hij op Win voor de technische zaken, zoals Barney in *Mission: Impossible*.

Hij bekeek de deur aandachtig en de moed zonk hem in de schoenen. Zelfs voor New York waren de sloten bijzonder indrukwekkend en daardoor zeer ontmoedigend. Er zaten er drie: vanaf vijftien centimeter boven de deurknop tot vijftien centimeter onder de bovenkant van de deur. Topkwaliteit. Gloednieuw, te oordelen naar de glans en het feit dat er geen krassen op zaten. Dit was wel een beetje vreemd. Was Sally/Carla een zeer voorzichtig type, of was er een minder voor de hand liggende reden voor deze beveiligingsmaatregelen? Goede vraag. Myron keek nogmaals naar de sloten. Win zou zo'n uitdaging leuk gevonden hebben, maar Myron wist dat iedere poging die hij zou ondernemen om het slot te kraken, zinloos zou zijn.

Hij stond net te overwegen om de deur gewoon maar in te trappen, toen hem iets opviel. Hij ging wat dichter bij de deur staan en keek naar de spleet tussen de deur en de sponning. Dat was vreemd! De sloten waren niet dichtgedraaid. Waarom zou je al die dure sloten aanschaffen als je ze niet gebruikte? Hij probeerde de deurknop. Die zat wel op slot, maar dat slot kon hij eenvoudig forceren met zijn celluloid kaartje.

Hij pakte het kaartje. Hij kon zich niet herinneren wanneer hij het voor het laatst had gebruikt. Het zag er gloednieuw uit. Misschien wel nooit. Hij drukte het kaartje in de opening. Hoewel het een oud slot was, kostte het Myron bijna vijf minuten om de goede plek te vinden. Hij greep de deurknop beet. De deur zwaaide langzaam open.

Hij was nog maar vijftien centimeter geopend toen de stank toesloeg.

De huiveringwekkende geur schoot tevoorschijn in de hal als gas dat onder druk had gestaan. Myron voelde zijn maag omhoogkomen. Hij kokhalsde en zijn borst werd zwaar. Hij kende die lucht en angst vervulde hem. Hij zocht in zijn zakken naar een zakdoek maar vond die niet. Hij hield de binnenkant van zijn elleboog voor zijn neus en mond alsof hij Bela Lugosi in *Dracula* was. Hij wilde niet naar binnen. Hij was hier helemaal niet goed in. Wat hij achter die deur zou aantreffen zou op zijn netvlies gebrand blijven, dat wist hij. Het zou hem 's nachts en vaak genoeg ook overdag achtervolgen. Het zou bij hem blijven als een goede vriend en hem af en toe op de schouder kloppen als hij dacht dat hij rustig alleen was.

Hij duwde de deur helemaal open. De ranzige lucht drong door de zwakke verdediging van zijn arm heen. Hij probeerde door zijn mond adem te halen, maar de gedachte aan wat hij binnenkreeg, maakte dat ondoenlijk.

Gelukkig hoefde hij niet veel verder te lopen om de bron van de stank te vinden.

12

'Wauw, Bolitar, een nieuwe aftershave?'
'Heel geestig, Dimonte.'
Rechercheur Roland Dimonte van de afdeling moordzaken van de New Yorkse politie schudde zijn hoofd. 'Jezus wat een stank.' Hij was niet in uniform, maar de term 'in burger' was ook niet van toepassing op zijn uitmonstering. Hij droeg een groen zijden overhemd en een te strakke en te donkerblauwe spijkerbroek. De pijpen waren bij zijn paarse slangenleren laarzen ingestopt. Het paars werd lichter of donkerder afhankelijk van de hoek waarin je ernaar keek, als een psychedelische Hendrix-poster uit de jaren zestig. Dimonte kauwde op een tandenstoker, een gewoonte, nam Myron aan, die hij waarschijnlijk had aangenomen toen hij het zichzelf in de spiegel had zien doen en vond dat het er stoer uitzag. 'Heb je iets aangeraakt?' vroeg hij.

'Alleen de deurknop,' zei Myron. Hij had het flatje wel doorgelopen om zich ervan te verzekeren dat er geen andere gruwelijke verrassingen waren. Die waren er niet.

'Hoe ben je binnengekomen?'

'De deur zat niet op slot.'

'O ja?' Dimonte trok een elleboog op en keek naar de deur. 'Die deur valt automatisch in het slot als je hem dichtdoet.'

'Zei ik dat hij niet op slot zat? Ik bedoelde dat hij op een kier stond.'

'Vast wel.' Dimonte kauwde nog even op de stoker en schudde zijn hoofd. Hij streek door zijn vette haar. Krulletjes plakten tegen zijn voorhoofd en lieten zich niet wegstrijken. 'Goed, wie is ze?'

'Dat weet ik niet,' zei Myron.

Dimontes gezicht vertrok als een hand die zich tot een vuist balt. Daarmee drukte hij zijn twijfel uit: subtiele lichaamstaal was niet zijn sterkste punt. 'Een beetje vroeg op de dag om me voor de gek te houden, vind je niet, Bolitar?'

'Ik weet niet hoe ze heet. Misschien Sally Guerro, maar ze kan net zo goed Carla heten.'

'Ja, ja.' Kauwen op de tandenstoker. 'Volgens mij heb ik jou gisteren op tv gezien. Je speelt weer.'

'Klopt.'

De lijkschouwer kwam naar hen toe. Hij was lang en mager en zijn bril met het ijzeren montuur leek te groot voor zijn smalle gezicht. 'Ze is al een tijdje dood,' verklaarde hij. 'Minstens vier dagen.'

'Doodsoorzaak?'

'Moeilijk te zeggen. Iemand heeft haar met een stomp voorwerp afgetuigd. Als ik haar in het lab heb, kan ik je meer vertellen.' Hij keek met professionele onverschilligheid naar het dode lichaam en toen weer naar Dimonte. 'Tussen haakjes, ze zijn niet echt.'

'Wat bedoel je?'

Hij gebaarde vaag naar het bovenlichaam van het lijk. 'Haar borsten. Het zijn implantaten.'

'Jezus christus,' zei Dimonte, 'foezel je nu ook al met lijken?'

Het lange gezicht van de lijkschouwer werd nog langer, de onderkaak kwam ergens rond zijn navel te hangen. 'Daar moet je geen grapjes over maken,' zei hij op harde fluistertoon. 'Weet je waar dat soort praatjes toe kunnen leiden voor een man in mijn beroep?'

'Een promotie?' zei Dimonte.

De lijkschouwer lachte niet. Hij wierp Myron een gepijnigde blik toe en keek toen weer naar Dimonte. 'Dat vind je zeker geestig, hè? Godverdomme, het gaat hier wel om mijn carrière, hoor!'

'Rustig maar, Peretti. Ik maakte maar een geintje.'

'Een geintje? Dacht je dat mijn carrière een grap was? Wat mankeert je, kerel?'

Dimonte kneep zijn ogen samen. 'Je reageert wel erg aangebrand, Peretti.'

'Als je in mijn schoenen stond zou je dat ook doen,' zei Peretti en hij rechtte zijn rug.

'Dat zal wel.'

'Wat bedoel je daar verdomme nou weer mee?'

'Me dunkt dat de koningin te veel verzekert.'

'Wat?'

'Shakespeare,' zei Dimonte. 'Uit *Macbeth*.' Hij keek naar Myron. Myron glimlachte. '*Hamlet*.'

'Het kan me geen reet schelen wie dat gezegd heeft,' zei Peretti. 'Je moet niet met iemands reputatie rotzooien. Ik vind het helemaal niet grappig.'

'Alsof het mij een reet kan schelen wat jij vindt,' zei Dimonte. 'En heb je nog meer?'

'Ze draagt een pruik.'

'Een pruik? Dat meen je niet, Peretti! Dan is de zaak vrijwel opgelost. We hoeven alleen maar iemand te vinden die een hekel heeft aan pruiken en neptieten. Hier hebben we echt wat aan, Peretti! En wat voor soort onderbroekje draagt ze, nou? Heb je daar al aan geroken?'

'Ik wilde alleen maar…'

'Doe me een lol, Peretti.' Dimonte maakte zich iets langer en trok zijn broek op. Om belangrijkheid uit te stralen. Erg subtiel weer. 'Vertel me gewoon wanneer ze gestorven is. Vertel me hoe ze gestorven is. Dan hebben we het daarna wel over haar modeaccessoires, goed?'

Peretti hief zijn handen in een gebaar van overgave en liep weer terug naar het lijk. Dimonte wendde zich tot Myron. Myron zei: 'Die implantaten en die pruik kunnen wel degelijk van belang zijn. Hij had gelijk dat hij dat tegen je gezegd heeft.'

'Ja, dat weet ik wel. Ik vind het gewoon leuk om hem te jennen.'

'En de correcte zin luidt: "De koningin verzekert te veel, dunkt me."'

'Ja, ja.' Dimonte stak een nieuwe tandenstoker in zijn mond. De oude was gesplinterd als paardenhaar. 'Ga je me nog vertellen wat er aan de hand is of moet ik je meenemen naar het bureau?'

Myron trok een gezicht. 'Neem me maar mee naar het bureau.'

'Geen geestigheden graag, Bolitar.'

Myron dwong zich nogmaals naar het bloederige lijk te kijken. Zijn maag draaide zich om. Hij begon gewend te raken aan de stank, en die gedachte was bijna net zo erg als de stank zelf. Peretti was weer aan het werk gegaan en maakte een kleine incisie om de lever te bereiken. Myron wendde zijn blik af. De technische recherche was aan de slag gegaan en maakte foto's. Dimontes collega, een jongen die Krinsky heette, liep rustig door de flat en maakte aantekeningen. 'Waarom zou ze zulke grote hebben genomen?' vroeg Myron zich hardop af.

'Wat?'

'Haar borsten. Ik begrijp best dat ze een borstvergroting wilde, de maatschappij wordt tenslotte steeds veeleisender. Maar waarom zo idioot groot?'

Dimonte zei: 'Dat meen je toch niet serieus?'

Krinsky kwam naar hen toe. 'Al haar spullen zitten in die koffers.' Hij gebaarde naar twee grote tassen op de vloer. Myron had Krinsky al een keer of vijf ontmoet. Praten was niet zijn sterkste punt. Dat deed hij ongeveer net zo graag als Myron een slot forceerde. 'Zo te zien wilde ze ervandoor gaan.'

'Weet je al wie ze is?' vroeg Dimonte.

'Volgens de pasjes in haar portefeuille Sally Guerro,' ging Krinsky met zachte stem verder. 'En dat staat ook in een van haar paspoorten.'

Ze wachtten allebei tot Krinsky door zou gaan. Toen dat niet gebeurde, zei Dimonte met stemverheffing: 'Hoe bedoel je, een van haar paspoorten? Hoeveel heeft ze er dan?'

'Drie.'

'Jezus christus, Krinsky, vertel verder.'

'Een van de paspoorten staat op naam van Sally Guerro. Een op naam van Roberta Smith. En de derde op naam van Carla Whitney.'

'Geef eens hier.' Dimonte bladerde de verschillende paspoorten door. Myron keek over zijn schouder mee. Op alle drie de foto's stond dezelfde vrouw, hoewel ze steeds ander haar had (vandaar die pruik, dus) en verschillende burgerservicenummers. Te oordelen naar het aantal stempels reisde de vrouw bijzonder veel.

Dimonte floot. 'Valse paspoorten,' zei hij. 'En nog eens heel goede vervalsingen ook.' Hij bladerde verder. 'En dan heb ik hier ook nog eens een aantal bezoekjes aan Zuid-Amerika. Colombia. Bolivia.' Hij klapte de paspoorten met een dramatisch gebaar dicht. 'Wel wel wel. Het ziet ernaar uit dat we een dealertje te pakken hebben.'

Myron dacht over deze informatie na. Drugs... Kon dat onderdeel van de oplossing van het probleem zijn? Als Sally/Carla/Roberta dealde, dan verklaarde dat wellicht haar connectie met Greg Downing. Zij was zijn leverancier. Die afspraak op zaterdagavond was gewoon een drugsdeal. Het baantje als serveerster was haar dekmantel. Dat verklaarde ook waarom ze met de openbare telefoon belde en waarom ze zo veel sloten op haar deur had... Dat paste in het plaatje van drugshandelaar. Het leek logisch. Greg Downing leek natuurlijk niet op een gebruiker, maar hij zou niet de eerste zijn die iedereen voor het lapje hield.

Dimonte zei: 'Nog meer, Krinsky?'

De jongen knikte. 'Ik heb een stapel bankbiljetten in het nachtkastje gevonden.' Hij zweeg weer.

Dimonte wierp hem een overdreven geërgerde blik toe. 'Heb je ze geteld?'

Weer een knikje.

'Hoeveel?'

'Ruim tienduizend dollar.'

'Tienduizend cash!' Het scheen Dimonte genoegen te doen. 'Laat eens zien!'

Krinsky gaf het stapeltje aan Dimonte. Nieuwe biljetten, met een elastiekje eromheen. Myron keek toe terwijl Dimonte ze bekeek. Allemaal honderdjes. Opeenvolgende serienummers. Myron probeerde er eentje in zijn geheugen te prenten. Toen Dimonte klaar was gooide hij het stapeltje terug naar Krinsky. Hij glimlachte nog steeds.

'Yep,' zei Dimonte. 'Het ziet ernaar uit dat we hier met een keurig drugsvangstje te maken hebben.' Hij zweeg even. 'Er is maar één probleem.'

'Wat?'

Hij wees naar Myron. 'Jij, Bolitar. Jij stuurt mijn fraaie drugsvangstje in het honderd. Wat doe jij verdorie...' Zijn stem dreef als het ware weg. Hij sloeg zich tegen het voorhoofd. De schittering in zijn ogen werd steeds feller. 'Mijn god!'

Erg subtiel allemaal weer. 'Heb je iets bedacht, Rolly?'

Dimonte sloeg geen acht op hem. 'Peretti!'

De lijkschouwer keek op van het lichaam. 'Wat is er?'

'Die plastic tieten,' zei hij. 'Myron zei dat ze enorm waren!'

'Jawel. En wat dan nog?'

'Hoe groot?'

'Wat?'

'Hoe groot zijn ze?'

'Je bedoelt, welke cupmaat?'

'Ja.'

'Zie ik eruit als een lingerieverkoper? Hoe moet ik dat weten!'

'Maar ze zijn groot, toch?'

'Jawel.'

'Erg groot.'

'Je bent toch niet blind, hè?'

Myron keek zwijgend naar de twee mannen. Hij probeerde Dimonte's gedachtegang te volgen, maar dat was een grillig pad.

'Zou je kunnen zeggen dat ze groter zijn dan een waterballon?' ging Dimonte verder.

Peretti haalde zijn schouders op. 'Dat hangt van de ballon af.'

'Heb jij als kind nooit waterballonnen gemaakt?'

'Jawel,' zei Peretti. 'Maar ik weet niet meer hoe groot die ballonnen waren. Ik was een kind. Alles ziet er groter uit als je een kind bent. Ik ben een paar jaar geleden nog eens bij mijn oude lagere school langs geweest, op bezoek bij de juf uit de eerste klas. Die werkt daar nog steeds, ongelooflijk maar waar! Ze heet mevrouw Tansmore. Ik zweer het, de school leek net een poppenhuis. En toen ik klein was, was het een enorm gebouw. Het was...'

'Laat maar, mafkees. Oké, ik zal proberen het eenvoudig te houden.' Dimonte haalde diep adem. 'Zouden die tieten gebruikt kunnen zijn om drugs in te smokkelen?'

Stilte. Iedereen in het vertrek verstijfde. Myron wist niet zeker of hij net iets volslagen krankzinnigs had gehoord, of iets ongehoord briljants. Hij draaide zich om naar Peretti. Peretti keek op, zijn mond open als een kikker die een vlieg probeerde te vangen.

'Nou Peretti, zou dat kunnen?'

'Zou wat kunnen?'

'Zou ze de dope in haar tieten kunnen hebben gestopt? Heeft ze het zo door de douane kunnen smokkelen?'

Peretti keek naar Myron. Myron haalde zijn schouders op. Peretti draaide zich om naar Dimonte. 'Dat weet ik niet,' zei hij langzaam.

'Hoe komen we daarachter?'

'Dan moet ik ze onderzoeken.'

'Wat zit je me dan nog langer aan te staren? Onderzoek ze!'

Peretti deed wat hem gevraagd werd. Dimonte glimlachte naar Myron. Zijn wenkbrauwen bewogen op en neer. Trots op zijn gevolgtrekkingen. Myron zei niets.

'Nee. Onmogelijk,' zei Peretti.

Daar was Dimonte niet blij mee. 'Waarom niet?'

'Er is amper littekenweefsel aanwezig,' zei Peretti. 'Als ze er drugs in smokkelde, dan zou de huid hier opengesneden moeten zijn en weer gehecht. En hier ook. Maar er is niets wat daarop wijst.'

'Weet je het zeker?'

'Absoluut.'

'Shit,' zei Dimonte. Toen wierp hij een duistere blik op Myron en trok hem mee een hoek in. 'Voor de draad ermee, Bolitar. Nu.'

Myron had al bij zichzelf overlegd hoe hij dit moest aanpakken, maar hij had geen keus. Hij moest het vertellen. Hij kon de verdwijning van Greg Downing niet langer geheimhouden. De beste optie was om het zo beknopt mogelijk te vertellen. Opeens schoot hem te binnen dat Norman Lowenstein buiten nog steeds op hem stond te wachten. 'Momentje,' zei hij.

'Wat? Waar ga je verdomme naartoe?'

'Ik ben meteen terug. Wacht hier op me.'

'Dat had je gedroomd.'

Dimonte liep achter hem aan de trap af en met hem mee de stoep op. Norman was er niet. Myron keek de straat af. Nergens te zien. Dat was weinig verrassend. Norman had waarschijnlijk de benen genomen toen hij de politie zag. Of hij nu iets op zijn geweten heeft of niet, een dakloze weet wel dat hij weg moet wezen als de sterke arm langskomt.

'Wat is er?' vroeg Dimonte.

'Niets.'

'Vertel op dan. Het hele verhaal.'

Myron vertelde het grotendeels. Het nieuws kwam zo hard aan dat de tandenstoker bijna uit Dimontes mond vloog. Hij nam niet de moeite vragen te stellen, hoewel hij voortdurend uitbarstte in uitroepen als 'Jezus christus!' en 'Godsamme', als Myron even zweeg om adem te halen. Toen Myron uitgesproken was, wankelde Dimonte min of meer naar achteren en liet zich op de stoep zakken. Zijn blik was glazig. Hij vermande zich, maar dat duurde wel even.

'Ongelóóflijk,' bracht hij ten slotte uit.

Myron knikte.

'Wil je beweren dat niemand weet waar Downing is?'

'Als iemand het weet, dan zegt die het niet.'

'Hij is gewoon verdwenen?'

'Daar lijkt het wel op.'

'En er zit bloed in zijn souterrain?'

'Ja.'

Dimonte schudde zijn hoofd weer. Hij legde zijn hand op zijn rechterlaars. Myron had hem dit al eens eerder zien doen. Hij vond het kennelijk prettig om zijn laars te strelen. Myron had geen idee waarom. Misschien werkte de aanraking van slangenhuid kalmerend, deed het hem aan de baarmoeder denken.

'Stel dat Downing haar vermoord heeft en de benen heeft genomen,' zei Dimonte.

'Dat is wel erg onwaarschijnlijk.'

'Ja, maar het klopt wel met de feiten,' zei Dimonte.

'Hoe dan?'

'Volgens jou is Downing zaterdagavond met het slachtoffer gezien. Ik wil er wat om verwedden dat uit onderzoek van Peretti in het lab zal blijken dat het tijdstip van overlijden om en nabij zaterdagavond is.'

'Dat wil nog niet zeggen dat Downing haar vermoord heeft.'

Dimonte streelde zijn laars wat sneller. Een man op skeelers kwam met zijn hond voorbij skaten. De hond leek buiten adem maar probeerde zijn baasje bij te houden. Idee voor een nieuw product: hondenskeelers. 'Op zaterdagavond gaan Greg en het slachtoffer naar een of andere kroeg in de stad. Ze vertrekken daar rond elf uur. En vervolgens is zij dood en hij verdwenen.' Dimonte keek op naar Myron. 'Dat wijst erop dat hij haar vermoord heeft en de benen heeft genomen.'

'Het kan op van alles wijzen.'

'Noem eens wat.'

'Bijvoorbeeld dat Greg getuige was van de moord en uit angst de benen heeft genomen. Misschien was hij getuige van de moord en is hij ontvoerd. Misschien is hij wel vermoord door dezelfde dader.'

'Maar waar is zijn lichaam dan?' vroeg Dimonte.

'Dat kan overal zijn.'

'Waarom is het niet gewoon bij het hare achtergelaten?'

'Misschien is hij ergens anders vermoord. Of misschien hebben ze zijn lichaam meegenomen omdat hij beroemd is en ze geen trek hadden in het onderzoek dat de moord op een beroemdheid tot gevolg heeft.'

Dat vond Dimonte belachelijk. 'Je kletst uit je nek, Bolitar.'

'Jij ook.'

'Kan zijn. Er is maar één manier om erachter te komen hoe het zit.' Hij kwam overeind. 'We moeten Downing op de telex zetten.'

'Hé, wacht eens even. Dat vind ik geen goed idee.'

Dimonte keek Myron aan alsof hij iets was wat in de pot was achtergebleven nadat hij had doorgetrokken. 'Het spijt me zeer,' zei hij geveinsd beleefd. 'Je denkt toch niet dat ik een reet geef om wat jij vindt?'

'Jij stelt voor om een opsporingsbevel te doen uitgaan naar een grote, door het publiek aanbeden sportheld?'

'En jij stelt voor dat ik hem een voorkeursbehandeling geef omdat hij een grote door het publiek aanbeden sportheld is?'

'Helemaal niet,' zei Myron. Hij dacht koortsachtig na. 'Maar stel je nou eens voor wat er gaat gebeuren als jij hem op de telex zet. De pers zit er meteen bovenop. Dan krijg je O.J. Simpson-taferelen. Maar dit is wel een heel ander geval. Je hebt helemaal niets met betrekking tot Downing. Geen motief, geen bewijsmateriaal. Helemaal niets.'

'Nee, tot nog toe niet, nee,' zei Dimonte. 'Maar we zijn nog maar net begonnen en…'

'Precies. Je bent nog maar net begonnen. Wacht nog eventjes, dat is het enige wat ik vraag. Je moet deze zaak goed aanpakken, want de hele wereld zal je op je vingers kijken. Zeg tegen die sukkels boven dat ze alles wat ze doen op video vastleggen. Niets aan het toeval overlaten! Je kunt niet hebben dat ze achteraf zeggen dat je sporen hebt vervuild of ermee hebt geknoeid. Zorg dat je een huiszoekingsbevel hebt voor je naar Downings huis gaat. Doe alles volgens het boekje.'

'Dat kan ik allemaal doen en dan kan ik nog steeds tegelijkertijd een opsporingsbevel doen uitgaan.'

'Rolly, stel nu eens dat Greg Downing haar inderdaad vermoord heeft. Wat gebeurt er als je hem op de telex zet? Ten eerste lijkt het dan alsof je aan tunnelvisie lijdt: je hebt bedacht dat Downing de moordenaar is, en dat is het dan. Ten tweede heb je de pers achter je aan: die houden alles in de gaten wat je doet, ze proberen eerder dan jij aan bewijsmateriaal te komen, ze brengen je onderzoek in gevaar en ze hebben overal commentaar op. Ten derde: als je Greg er nu in betrekt dan weet je welke bloedzuigers daaraan vastzitten.'

Dimonte knikte en trok een zuur gezicht. 'Die kloteadvocaten.'

'Een dreamteam. Voor je een stap hebt verzet hebben ze al bezwaar gemaakt bij het OM en laten ze van alles en nog wat ontoelaatbaar verklaren. Nou ja, je kent het klappen van de zweep wel.'

'Shit,' zei Dimonte.

Myron knikte. 'Snap je wat ik bedoel?'

'Jawel,' zei Dimonte, 'maar je bent het een en ander vergeten, Bolitar.' Hij trakteerde Myron weer op een partijtje tandenstoker-gekauw. 'Bijvoorbeeld dat als ik zo'n opsporingsbevel doe uitgaan, dat jouw onderzoekje bij het team dan naar god is, toch? Jij kunt het dan wel vergeten.'

'Mogelijk,' zei Myron.

Dimonte bekeek hem met een scheef glimlachje. 'Dat betekent niet dat wat je zegt onjuist is. Ik wil alleen niet dat jij denkt dat ik niet zie dat jij er voordeel bij hebt.'

'Je hebt me helemaal door,' zei Myron. 'Zoals Vasco da Gama de wereldkaart doorhad.'

Dimonte keek hem even strak aan. Myron onderdrukte de neiging om met zijn ogen te rollen. 'Oké, we pakken het als volgt aan: jij blijft in het team en je gaat door met dat onderzoek van je. En ik zal proberen datgene wat jij me verteld hebt voor me te houden zolang…' hij stak zijn vinger op om zijn woorden te onderstrepen, 'zolang het de zaak ten goede komt. Als ik genoeg bewijs heb om Downing erbij te lappen, dan laat ik dat opsporingsbevel uitgaan. En jij gaat alles wat je ontdekt aan mij rapporteren. Je gaat niets achterhouden. Nog vragen?'

'Nog ééntje,' zei Myron. 'Waar koop jij je laarzen?'

13

Onderweg naar de training belde Myron met zijn auto-
telefoon.
Er werd opgenomen met: 'Higgins.'
'Fred? Ik ben het, Myron Bolitar.'
'Hé, dat is lang geleden! Hoe gaat het, Myron?'
'Ik mag niet klagen. En hoe is het met jou?'
'Hier op Financiën is het altijd spannend.'
'Ja, vast.'
'En hoe is het met Win?' vroeg Higgins.
'Als altijd,' zei Myron.
'Die jongen maakt me doodsbang, als je begrijpt wat ik bedoel.'
'Ja,' zei Myron. 'Ik begrijp het helemaal.'
'Missen jullie het werk bij de FBI niet?'
'Ik niet,' zei Myron. 'En Win ook niet. Het beperkte hem te veel.
Hij kreeg er te weinig ruimte.'
'Daar kan ik inkomen. Zeg, ik las in de krant dat je weer speelt.'
'Yep.'
'Op jouw leeftijd, en met jouw knie? Hoe zit dat?'
'Dat is een lang verhaal, Fred.'
'Laat maar zitten. Zeg, jullie spelen volgende week tegen de Bul-
lets. Kun je me aan kaartjes helpen?'
'Ik zal m'n best doen.'
'Geweldig. Bedankt. En, wat kan ik voor jou doen, Myron?'
'Het hoe, wat en waarom van ongeveer tienduizend dollar in brief-
jes van honderd. Op volgorde. Het serienummer is B02885601 1 A.'
'Hoe snel moet je dat weten?'

'Zo snel mogelijk.'
'Ik doe m'n best. Pas op jezelf, Myron.'
'Jij ook, Fred.'

Myron ging ervoor op de training. Hij gaf zich helemaal. Het was een geweldig, machtig gevoel. Als hij schoot, was het alsof een onzichtbare hand de bal naar de basket droeg. Als hij dribbelde, werd de bal onderdeel van zijn hand. Zijn zintuigen waren verscherpt als die van een wolf in de wildernis. Hij had het gevoel dat hij in een zwart gat was gevallen en tien jaar eerder in de NCAA-finals weer was opgedoken. Zelfs zijn knie voelde geweldig.

Het grootste deel van de training bestond uit een partijtje tussen de basisopstelling en de vijf spelers die het meest op de bank zaten. Myron speelde fantastisch. Zijn sprongschot was explosief. Hij passeerde zijn tegenstanders met gemak. Hij dribbelde zelfs twee keer het hele veld over – recht in de muil van het domein van de grote mannen – en beide keren won hij.

Af en toe vergat hij alles. Greg Downing en het mishandelde lichaam van Carla/Sally/Roberta en het bloed in het souterrain en de kerels die hem overvallen hadden. Ja, zelfs Jessica vergat hij. Een ongekende vreugde verspreidde zich door zijn aderen: de vreugde van een atleet op de toppen van zijn kunnen. Mensen hebben het wel eens over runner's high, een euforie die ontstaat door een stofje dat door je klieren uitgescheiden wordt als je het uiterste van je lichaam vraagt. Myron kende dat niet, maar hij kende de ongelooflijke hoogtes en onbegrensde dieptepunten van het leven van een atleet. Als je goed speelde dan tintelde je hele lichaam en schoten de vreugdetranen je in de ogen. Dat getintel hield de halve nacht aan, als je al in bed lag zonder een oog dicht te kunnen doen terwijl je de mooiste momenten van de wedstrijd, meestal in slow motion, nog eens aan je voorbij liet trekken, als een overijverige sportcriticus met zijn vinger op de replayknop. Als je slecht gespeeld had dan was je kribbig en gedeprimeerd en dat bleef je uren, zelfs dagen. Beide uitersten stonden in geen enkele verhouding tot het belang van een balletje door een metalen ring werpen of een bal met een stick wegslaan of een speer met grote snelheid werpen. Als je slecht had gespeeld, dan probeerde je jezelf voor te houden hoe stom het was om zo op te gaan in iets wat zo zinloos was. Die enkele keer dat je de sterren van de hemel speelde, legde je dat stemmetje in je binnenste hardhandig het zwijgen op.

Terwijl Myron naar voren en weer terug rende in de golfbeweging van het spel, sloop er via het achterdeurtje in zijn hersenen een gedachte naar binnen. De gedachte bleef hangen, hield zich verscholen maar dook af en toe op, waarna ze zich weer schuilhield. *Je kunt het*, zei de gedachte tergend. *Je kunt met ze spelen.*

Myrons geluk hield ook aan bij wat zijn verdedigingsopdracht betrof: Leon White, Gregs kamergenoot als ze uit speelden en zijn beste vriend. Myron en Leon kregen al spelende een band met elkaar, zoals teamgenoten maar ook tegenstanders dat zo vaak hebben. Ze fluisterden elkaar grappen toe als ze borst tegen borst stonden voor een ingooi vanaf de zijlijn. De een sloeg de ander op de schouder als die iets moois gedaan had. Leon was geweldig in het veld. Geen flauwe praatjes. Zelfs toen Myron afging bij een fadeaway shot, was het enige wat Leon zei een bemoedigend woordje.

Coach Donny Walsh floot af. 'Dat was het, jongens. Twintig strafworpen en dan kunnen jullie naar huis.'

Leon en Myron gaven elkaar een halve handdruk en een halve high five zoals alleen kinderen en professionele sportlui dat kunnen. Myron was altijd dol geweest op dit onderdeel van het spel: die bijna militaire kameraadschap. Dat had hij in geen jaren meer meegemaakt. Het voelde goed. De spelers gingen in groepjes van twee bij elkaar staan, de een om te schieten, de ander om de bal terug te gooien, en liepen naar verschillende baskets. Myron had weer geluk en vormde een koppel met Leon White. Ze pakten allebei een handdoek en een flesje water en liepen langs de tribune. Er zaten een paar verslaggevers die de training hadden bijgewoond. Audrey was er natuurlijk ook. Ze keek hem met een geamuseerd glimlachje aan. Hij weerstond de aandrang om zijn tong naar haar uit te steken. Of zijn billen te laten zien. Calvin Johnson had de training ook bekeken. Gekleed in pak leunde hij tegen de muur alsof hij poseerde voor een spontane foto. Myron had geprobeerd zijn reacties tijdens het partijtje te peilen. Maar natuurlijk was Calvins gezichtsuitdrukking ondoorgrondelijk gebleven.

Myron schoot eerst. Hij stond op de vrijeworplijn met zijn voeten licht gespreid, zijn blik op de ring gericht. De bal ging met backspin door de ring.

'Ik geloof dat wij een kamer gaan delen,' zei Myron.

'Dat heb ik ook gehoord,' zei Leon.

'Waarschijnlijk niet voor lang.' Myron schoot nog een keer. Een suizend geluid. 'Wanneer komt Greg volgens jou weer terug?'

In één vloeiende beweging pakte Leon de stuiterende bal en gooide hem weer naar Myron. 'Weet ik niet.'

'Hoe gaat het met Greg? Knapt zijn enkel al een beetje op?'

'Weet ik niet,' zei Leon weer.

Myron nam weer een strafworp. Weer een zoevend geluid. Zijn shirt, zwaar van het zweet, zat lekker. Hij pakte de handdoek en veegde zijn gezicht nogmaals af. 'Heb je hem überhaupt nog gesproken?'

'Nee.'

'Wat gek!'

Leon gooide de bal naar Myron. 'Wat is er gek?'

Myron haalde zijn schouders op en maakte vier dribbels. 'Ik had begrepen dat jullie vrienden waren,' zei hij.

Leon glimlachte flauwtjes. 'Van wie heb je dat gehoord?'

Myron liet de bal gaan. Weer dat zoevende geluid. 'Weet ik niet precies. Uit de krant of zo.'

'Je moet niet alles geloven wat je leest,' zei Leon.

'Hoe dat zo?'

Hij stuiterde de bal naar Myron. 'De pers vindt het heerlijk om een vriendschap op te laten bloeien tussen een blanke en een zwarte speler. Ze zijn altijd op zoek naar die Gale Sayers-Brian Piccolo-invalshoek.'

'Dus jullie zijn niet zo dik met elkaar?'

'Ach, we kennen elkaar al heel lang, dat moet ik toegeven.'

'Maar jullie zijn niet dik bevriend?'

Leon keek hem op een eigenaardige manier aan. 'Vanwaar die interesse?'

'Ik maak gewoon een babbeltje. Greg is mijn enige echte connectie met dit team.'

'Connectie?'

Myron begon weer te dribbelen. 'Hij en ik waren vroeger rivalen van elkaar.'

'En wat dan nog?'

'En nou worden we teamgenoten. Dat zal vreemd zijn.'

Leon keek naar Myron. Myron hield op met dribbelen. 'Denk je nou echt dat Greg zich nog steeds druk maakt om een rivaal uit zijn studententijd?' Er klonk ongeloof in zijn stem.

Myron besefte hoe slap het klonk. 'Het was behoorlijk heftig,' zei hij. 'Toentertijd, bedoel ik.' Nog veel slapper. Myron keek niet naar Leon. Hij maakte zich klaar om te schieten.

'Ik wil je niet kwetsen hoor,' zei Leon, 'maar ik deel nu al acht jaar hotelkamers met Greg. En ik heb hem nog nooit over jou gehoord. Zelfs niet als we het over onze studietijd of zo hadden.'

Myron hield even in voor hij de bal liet gaan. Hij keek naar Leon en deed zijn best zijn gezichtsuitdrukking neutraal te houden. Het gekke was – ook al wilde Myron dat niet toegeven – dat het hem inderdaad kwetste.

'Schiet dan,' zei Leon. 'Ik wil hier weg.'

T.C. kwam naar hen toe sjokken. Hij hield in iedere hand een basketbal met het gemak waarmee de meeste volwassenen een grapefruit vasthouden. Hij liet een van de ballen vallen en deed het handenschud-high-five-ritueel met Leon. Toen keek hij naar Myron. Er brak een grote glimlach op zijn gezicht door.

'Ik weet het, ik weet het,' zei Myron. 'Gebonkt, toch?'

T.C. knikte.

'Wat is gebonkt precies?'

'Vanavond,' zei T.C. 'Feestje bij mij thuis. Dan zal het allemaal duidelijk worden.'

14

Dimonte wachtte hem op de parkeerplaats bij Meadowlands op. Hij leunde uit zijn rode Corvette. 'Stap in.'

'Een rode Corvette,' zei Myron. 'Dat verbaast me nou helemaal niks.'

'Stap nou maar in.'

Myron deed het portier open en liet zich op de zwarte leren stoel zakken. Hoewel de motor uit stond, greep Dimonte het stuur met beide handen vast en staarde voor zich uit. Zijn gezicht was spierwit. De tandenstoker bungelde van zijn lip naar beneden. Hij schudde zijn hoofd en kon daar niet mee ophouden. Erg subtiel allemaal weer. 'Is er iets, Rolly?'

'Wat voor type is Greg Downing?'

'Wat?'

'Ben je doof?' snauwde Dimonte. 'Wat voor type is hij?'

'Dat weet ik niet. Ik heb hem in geen jaren gesproken.'

'Maar je hebt hem gekend, toch? Op school. Hoe was hij toen? Ging hij om met vuileriken?'

Myron keek hem aan. 'Vuileriken?'

'Geef gewoon antwoord.'

'Waar gaat dit in godsnaam over? Vuileriken?'

Dimonte draaide het sleuteltje om in het contact. Het klonk hard. Hij trapte het gaspedaal een klein eindje in en liet de motor even brullen. De auto was opgevoerd als een raceauto. Het klonk krankzinnig hard. Er waren geen vrouwen in de buurt om deze menselijke roep om een partner op te vangen, anders zouden ze vast en zeker spontaan hun kleren hebben uitgetrokken. Dimonte zette hem eindelijk in de versnelling.

'Waar gaan we heen?' vroeg Myron.

Dimonte gaf geen antwoord. Hij reed over het talud dat naar het stadion van de Giants en de paardenracebaan leidt.

'Wordt dit een puzzeltocht?' vroeg Myron. 'Daar ben ik dol op.'

'Hou op met die geintjes en geef antwoord op mijn vraag.'

'Welke vraag?'

'Wat voor type is Downing? Ik moet alles over hem weten.'

'Dan stel je je vragen aan de verkeerde man, Rolly. Ik weet heel weinig van Greg.'

'Vertel me wat je wel van hem weet.' Dimontes stem bood weinig ruimte om tegen te stribbelen. Zijn toon was minder nepmacho dan gewoonlijk en er zat een rare trilling in. Het beviel Myron niets.

'Greg is opgegroeid in New Jersey,' begon Myron. 'Hij is een geweldige basketballer. Hij is gescheiden en heeft twee kinderen.'

'Jij hebt wat met zijn vrouw gehad, hè?'

'Heel lang geleden, ja.'

'Is ze links, volgens jou?'

'Rolly, wat een rare vraag.'

'Geef verdomme antwoord.' Hij probeerde boos en ongeduldig te klinken, maar er lag een ondertoon van angst in zijn stem. 'Zou je haar extreem links kunnen noemen?'

'Nee.'

'Ging zij om met vuileriken?'

'Is dat een bestaand woord? Vuileriken?'

Dimonte schudde zijn hoofd. 'Zie ik eruit alsof ik in de stemming ben voor jouw geestigheden, Bolitar?'

'Goed, goed.' Myron gaf zich gewonnen. De Corvette schoof opzij over de lege parkeerplaats van het stadion. 'Nee. Emily ging niet om met vuileriken, wie dat ook mogen zijn.'

Ze reden langs de renbaan en namen het andere talud terug naar het stadion. Myron begreep dat ze alleen wat rondjes over de enorme parkeerplaats van Meadowlands zouden draaien. 'Laten we het dan maar weer over Downing hebben.'

'Ik zei toch al dat ik hem in geen jaren gesproken heb.'

'Maar je weet het een en ander over hem, nietwaar? Je hebt hem nagetrokken. Je hebt waarschijnlijk het een en ander over hem gelezen.' Hij gaf bij het schakelen een extra dot gas. 'Zou je hem een revolutionair kunnen noemen?'

Myron kon zijn oren niet geloven. 'Nee, meneer de Grootinquisiteur.'

'Weet je met wie hij omgaat?'

'Niet echt. Ze zeggen dat zijn beste vrienden zijn teamgenoten zijn, maar Leon White – dat is de jongen met wie hij hotelkamers deelt – is nou niet bepaald gecharmeerd van hem. O, ik weet nog iets wat je misschien interessant vindt: als Greg thuis speelt, dan is hij na de wedstrijden taxichauffeur in New York.'

Dimonte keek verbaasd. 'Bedoel je dat hij mensen rondrijdt en zo?'

'Ja.'

'Waarom doet-ie dat in godsnaam?'

'Greg is een beetje…' Myron zocht naar het juiste woord, '… anders.'

'Ja.' Dimonte wreef stevig over zijn gezicht, alsof hij met een doek een bumper opwreef. Dit hield hij enige tijd vol, zonder te kunnen zien waar hij reed. Gelukkig reden ze op een lege parkeerplaats. 'Geeft hem dat misschien het gevoel dat hij een heel gewone jongen is? Zou dat een reden kunnen zijn? Dicht bij het volk en zo?'

'Dat zou kunnen,' zei Myron.

'Ga verder. Wat vindt hij nog meer leuk? Hobby's?'

'Hij houdt van de natuur. Hij gaat graag vissen, of jagen of wandelen of varen. Mannendingen.'

'Terug naar de natuur, zo'n soort type?'

'Zoiets ja.'

'Een beetje zo'n communetype, ergens buiten?'

'Nee. Meer een eenzaam type, ergens buiten.'

'Heb je enig idee waar hij kan zitten?'

'Nee.'

Dimonte trapte het gaspedaal in en maakte een rondje langs het stadion. Hij hield stil voor Myrons Ford Taurus en zette de auto in zijn vrij. 'Goed, bedankt voor je hulp. We spreken elkaar nog wel.'

'Hé, wacht eens even. Ik dacht dat wij samenwerkten in deze zaak.'

'Dat heb je dan verkeerd gedacht.'

'Je gaat mij niet vertellen wat er aan de hand is?'

Dimontes stem werd opeens zacht. 'Nee.'

Stilte. De andere spelers uit het team waren inmiddels allemaal vertrokken. De Taurus stond eenzaam op de lege parkeerplaats.

'Is het zo erg?' vroeg Myron.

Dimonte bleef zwijgen.

'Je weet wie ze is, hè?' ging Myron door. 'Je hebt haar identiteit kunnen vaststellen.'

Dimonte leunde achterover. Weer wreef hij over zijn gezicht. 'We hebben nog geen bevestiging,' mompelde hij.

'Je moet het me vertellen, Rolly.'

Hij schudde zijn hoofd. 'Dat kan niet.'

'Ik zal het aan niemand zeggen. Weet je…'

'M'n auto uit, Myron.' Hij boog voor Myron langs en opende het portier. 'Nu.'

15

T.C. woonde in een huis uit het begin van de negentiende eeuw. Het was uit rode baksteen opgetrokken, omgeven met een twee meter hoge bijpassende bakstenen muur en stond in een van de betere straten van Englewood in New Jersey. Eddy Murphy woonde in dezelfde straat. En ook nog eens drie directeuren uit de Forbes 500 en een aantal grote Japanse bankmagnaten. Bij de ingang van de oprit was een slagboom. Myron vertelde de bewaker die ernaast stond hoe hij heette. De man controleerde zijn naam op zijn klembord.

'Parkeert u maar langs de oprit. Het feestje is in de achtertuin.' Hij liet de geel-zwart gestreepte slagboom omhoogkomen en maakte een wuivend gebaar. Myron parkeerde naast een zwarte BMW. Er stonden een stuk of tien andere auto's, allemaal glimmend alsof ze net gewassen en in de was waren gezet, of misschien waren ze allemaal nieuw. Vooral Mercedessen. Een paar BMW's. Een Bentley. Een Jag. Een Rolls. Myrons Taurus was daartussen net zo op zijn plaats als een puistje in een Revlon-reclame.

Het grasveld voor het huis was zo glad als een biljartlaken. Langs de gevel van het huis stonden keurig gesnoeide struiken. In een scherp contrast met deze verheven omgeving schalde er rapmuziek uit luidsprekers. Afgrijselijk. Het leek wel of de struiken hun oren vol afschuw dichthielden. Myron had niet aan alle rap een hekel. Hij wist dat er ergere muziek bestond: John Tesh en Yanni bijvoorbeeld. Sommige rapteksten vond Myron leuk en soms zelfs diepzinnig. Hij besefte ook heel goed dat rapmuziek niet voor hem geschreven werd. Hij snapte er lang niet alles van, maar hij nam aan dat dat ook niet de bedoeling was.

Het feestje werd gehouden bij het helder verlichte zwembad. Er waren een stuk of dertig gasten die zich redelijk rustig met elkaar onderhielden. Myron droeg een blauw jasje, een button-down streepjesoverhemd, een gebloemde das en sportieve schoenen van J. Murphy. Bolitar de nette student. Win zou trots op hem zijn. Maar Myron voelde zich verschrikkelijk underdressed tussen zijn teamgenoten. Het klinkt misschien racistisch, maar de zwarte jongens – er waren op dat moment maar twee andere blanke spelers bij de Dragons – wisten hoe ze zich smaakvol moesten kleden. Het was niet Myrons smaak (of liever Myrons gebrek aan smaak), maar het was absoluut smaakvol. Ze zagen eruit alsof ze op het punt stonden de catwalk in Milaan op te stappen. Perfect gesneden pakken. Zijden overhemden, tot bovenaan toe dichtgeknoopt. Geen das. Schoenen opgewreven tot ze spiegelden.

T.C. leunde achterover in een chaise longue aan het smalle eind van het zwembad. Hij was omringd door een groepje blanke jongens, zo te zien studenten. Ze lachten om ieder woord dat hij zei. Myron zag ook Audrey staan, gekleed in haar normale outfit van verslaggeefster. Ze had voor de gelegenheid wel een parelsnoertje omgedaan. Dat was nog eens je opdoffen! Hij had amper de kans om een stap in hun richting te zetten, toen een vrouw van achter in de dertig, wellicht begin veertig hem aansprak. 'Hallo,' zei ze.

'Hoi.' Daar had je de woordkunstenaar weer.

'Jij moet Myron Bolitar zijn. Ik ben Maggie Mason.'

'Hoi, Maggie.' Ze schudden elkaar de hand. Een stevige handdruk had ze, en een prettige glimlach.

Ze was klassiek gekleed in een witte blouse, een donkergrijs jasje, rode rok en zwarte pumps. Haar haar hing op haar schouders en zat een beetje in de war, alsof ze net haar knotje had losgemaakt. Ze was slank en aantrekkelijk: ze zou de perfecte vertolkster zijn van de rol van advocaat van de tegenpartij in *L.A. Law*.

Ze glimlachte naar hem. 'Je weet niet wie ik ben, hè?'

'Sorry, maar inderdaad, ik weet het niet.'

'Ze noemen me Bonker.'

Myron wachtte. Toen ze verder niets zei, zei hij: 'O.'

'Heeft T.C. je niets verteld?'

'Hij zei iets over gebonkt wor...' Hij zweeg halverwege het woord. Ze glimlachte naar hem en spreidde haar armen. Na een korte stilte zei hij: 'Ik begrijp er niets van.'

'Er valt niets te begrijpen,' zei ze nuchter. 'Ik heb seks met alle mannen in het team. Jij bent nu aan de beurt.'

Myron opende zijn mond, sloot hem, en probeerde het nog een keer. 'Je ziet er helemaal niet uit als een groupie.'

'Groupie.' Ze schudde haar hoofd. 'Ik heb een godsgruwelijke hekel aan dat woord.'

Myron sloot zijn ogen en kneep in zijn neusbrug. 'Even kijken of ik het goed begrepen heb.'

'Vooruit maar.'

'Je bent met alle jongens van de Dragons naar bed geweest?'

'Ja.'

'Ook met de getrouwde?'

'Ja,' antwoordde ze. 'Met iedereen die sinds 1993 in het team zit. Toen kwam ik bij de Dragons. Bij de Giants ben ik in 1991 begonnen.'

'Wacht eens even. Je bent ook een groupie bij de Giants? Het footballteam?'

'Ik zei toch al dat ik niet van het woord groupie houd.'

'Welk woord vind je dan geschikter?'

Ze hield haar hoofd een beetje schuin en bleef glimlachen. 'Hoor eens, Myron, ik ben een investment banker aan Wall Street. Ik werk heel hard. Ik zit op een kookcursus en ik ben gek op aerobics: steps om precies te zijn. Al met al ben ik volgens de normen van onze wereld behoorlijk normaal. Ik doe niemand kwaad. Ik wil niet trouwen, ik wil geen relatie. Ik heb gewoon een heel kleine obsessie.'

'Je wilt seks met professionele sportlui.'

Ze stak haar wijsvinger op. 'Alleen met jongens die voor de Giants of voor de Dragons spelen.'

'Fijn dat je zo loyaal bent aan een club,' zei Myron, 'in dit tijdperk van de vrije keuze.'

Bonker lachte. 'Erg leuk.'

'Meen je het nu echt dat je met alle spelers van de Giants naar bed bent geweest?'

'Zo goed als. Ik heb een jaarkaart voor een plekje op de vijftig-yardlijn. Na de wedstrijd heb ik seks met twee spelers. Een verdediger en een aanvaller.'

'Een beetje een man of the match-verkiezing.'

'Precies.'

Myron haalde zijn schouders op. 'Waarschijnlijk beter dan na de wedstrijd de bal krijgen, neem ik aan.'

'Ja,' zei ze langzaam. 'Absoluut stukken beter.'

Myron wreef in zijn ogen. *Ground control to Major Tom*. Hij nam haar eens goed op. Zij bleek hetzelfde met hem te doen. 'Maar hoe kom je dan aan die bijnaam Bonker?' vroeg hij.

'Het is niet wat je denkt.'

'Wat is niet wat ik denk?'

'Hoe ik aan die bijnaam ben gekomen. Iedereen denkt dat het iets te maken heeft met neuken als de konijnen.'

'En dat is niet zo?'

'Nee, dat is niet zo.' Ze keek omhoog. 'Hoe leg ik dit nu kies uit?'

'Maak jij je er druk over of iets kies is of niet?'

Ze wierp hem een zacht verwijtende blik toe. 'Doe niet zo.'

'Hoe zo?'

'Zo rechts, bekrompen, Pat Buchanan-stenentijdperkachtig. Ik heb ook gevoel.'

'Ik zeg toch helemaal niet dat dat niet zo is.'

'Nee, maar je gedraagt je wel zo. Ik doe geen vlieg kwaad. Ik ben eerlijk, ik ben recht-door-zee, ik ben direct. Ik heb greep op de dingen die ik doe en met wie ik ze doe. En ik ben gelukkig.'

'En je bent een wandelende infectiehaard,' hoorde hij zichzelf zeggen. Hij had er onmiddellijk spijt van. De woorden waren hem gewoon ontglipt, dat overkwam hem soms zomaar.

'Wát?'

'Het spijt me,' zei hij. 'Dat sloeg nergens op.'

Maar hij had kennelijk een gevoelige snaar geraakt. 'De mannen met wie ik seks heb, dragen altijd een condoom,' snauwde ze. 'Ik laat me regelmatig nakijken. Ik ben clean.'

'Het spijt me. Ik had dat niet moeten zeggen.'

Ze ging door. 'En ik ga nooit naar bed met iemand van wie ik denk dat hij iets onder de leden heeft of zo. Ik ben heel voorzichtig.'

Myron hield dit keer zijn commentaar voor zich, want het had toch geen zin. 'Nogmaals, een stomme opmerking van me,' zei hij. 'Ik meende het niet en het spijt me. Alsjeblieft, ik hoop dat je mijn excuses aanvaardt.'

Haar borst ging op en neer, maar ze was weer rustig. 'Goed,' zei ze terwijl ze haar adem uitblies. 'Excuses aanvaard.'

Haar blik ontmoette de zijne weer. Ze glimlachten elkaar veel te lang toe. Myron had het gevoel alsof hij meedeed aan een spelletjesprogramma. Maar gelukkig kreeg hij een inval die de ogenschijnlijke trance doorbrak. 'Ben je met Greg Downing naar bed geweest?' vroeg hij.

'In 1993,' zei ze. 'Hij was een van mijn eerste Dragons.'

Daar zou hij wel apetrots op zijn geweest. 'Zie je hem nog?'

'Tuurlijk. We zijn goed bevriend. Ik ga achteraf met bijna alle jongens goed om. Niet met iedereen, maar met de meesten wel.'

'Praat je vaak met hem?'

'Soms.'

'Heb je hem de laatste tijd nog gesproken?'

'Nee, de afgelopen twee maanden niet meer.'

'Zou jij het weten als hij een vriendin had?'

Bonker keek hem nieuwsgierig aan. 'Waarom zou jij dat willen weten?'

Myron haalde zijn schouders op. 'Ik klets maar wat.' Daar had je meneer Slappe Praatjes weer.

'Ik vind het een raar onderwerp,' zei ze.

'Ik denk dat het komt doordat ik de laatste tijd veel aan hem denk. Al dat gedoe over dat ik in Gregs team zit en over ons gezamenlijke verleden. Daardoor denk ik erover na.'

Ze trapte er niet in. 'Je denkt daardoor na over Gregs liefdesleven?'

Myron haalde zo'n beetje zijn schouders op en mompelde iets wat hij zelf niet eens verstond. Vanaf de andere kant van het zwembad klonk gelach. Een groepje van zijn nieuwe teamgenoten stond grappen te maken. Leon White onder anderen. Zijn blik ontmoette die van Myron en hij knikte hem toe. Myron knikte terug. Myron besefte dat hoewel niemand van het team naar hen leek te kijken, ze allemaal wisten waarom Bonker hem benaderde. Hij had opnieuw het gevoel dat hij terug was op de universiteit, maar dit keer zonder de prettige nostalgie.

Bonker stond hem weer aandachtig op te nemen, met toegeknepen ogen en een vaste blik. Myron probeerde een neutraal gezicht te trekken, maar hij voelde zich erg sullig. Dat hij zo openlijk geïnspecteerd werd, daar kwam het door. Hij probeerde strak terug te kijken.

Bonker glimlachte opeens breed en vouwde haar armen over elkaar. 'Nu snap ik het,' zei ze.

'Wat?'

'Het is zonneklaar.'

'Wat is zonneklaar?'

'Je wilt wraak,' zei ze.

'Wraak waarvoor?'

De glimlach werd nog iets breder, en toen ontspanden haar lippen zich. 'Greg heeft Emily van je afgepakt. Nu wil jij iemand van hem afpakken.'

'Hij heeft haar niet van me afgepakt,' zei Myron snel. Hij hoorde zelf hoe defensief het klonk en dat beviel hem niets. 'Emily en ik waren al uit elkaar voor zij met elkaar begonnen.'

'Dat zal wel.'

'Inderdaad, dat is zo.' Meneer Gevat Antwoord.

Ze lachte diep in haar keel en legde een hand op zijn arm. 'Rustig maar, Myron. Ik plaag je alleen maar een beetje.' Ze keek hem weer aan. Myron begon hoofdpijn te krijgen van al dat oogcontact. Hij keek in plaats daarvan naar haar neus. 'Dus, doen we het nog?' vroeg ze.

'Nee,' zei Myron.

'Als je bang bent om een ziekte te krijgen…'

'Daar gaat het niet om. Ik heb een relatie.'

'En wat dan nog?'

'Ik bedrieg haar niet.'

'Niemand vraagt je om haar te bedriegen. Ik wil gewoon seks met je.'

'En jij denkt dat die twee zaken niets met elkaar te maken hebben?'

'Natuurlijk,' zei Bonker. 'Dat wij met elkaar naar bed gaan hoort geen enkel effect op jouw relatie te hebben. Ik wil niet dat je niet meer van je vriendin houdt. Ik wil geen deel van je leven worden. Ik wil niet eens intiem met je zijn.'

'Jee, dat klinkt allemaal ontzettend romantisch,' zei Myron.

'Maar dat bedoel ik nou juist. Het is niet romantisch. Het is gewoon een fysieke daad. Natuurlijk, het voelt geweldig, maar uiteindelijk is het niet meer dan een fysieke daad, zoals handen schudden.'

'Handen schudden,' herhaalde Myron. 'Je zou teksten voor wenskaarten moeten schrijven.'

'Ik zeg gewoon hoe het zit. Beschavingen uit het verleden – die intellectueel gezien veel verder waren dan wij – begrepen heel goed dat vleselijk genoegen geen zonde is. Seks met schuldgevoel associëren is iets absurds van de moderne tijd. Het hele concept van seks verbinden met bezit is een erfenis van die preutse puriteinen die de controle wilden behouden over hun belangrijkste bezit: hun vrouw.'

Een historica, dacht Myron. Wat leuk.

'Waar staat geschreven,' ging ze verder, 'dat twee mensen niet het toppunt van seksuele extase kunnen bereiken zonder verliefd op elkaar te zijn? Ik bedoel, dat is toch eigenlijk belachelijk als je er goed over nadenkt. Heel dom, vind je niet?'

'Misschien wel,' zei Myron. 'Maar toch bedank ik voor de eer.'

Ze haalde in een 'zoals je wilt'-gebaar haar schouders op. 'T.C. zal erg teleurgesteld zijn.'

'Hij komt er wel weer overheen,' zei hij.

Stilte.

'Nou,' zei ze terwijl ze haar handen in elkaar sloeg. 'Ik ga me een beetje mengen met de rest. Leuk om met je gepraat te hebben, Myron.'

'Het was een bijzondere ervaring,' zei Myron met een knikje.

Ook Myron mengde zich een beetje met de rest. Hij sloot zich enige tijd bij Leon aan. Leon stelde hem aan zijn vrouw voor, een blonde seksbom die Fiona heette. Echt een Playmate-type. Ze had een hese stem en ze was het soort vrouw dat zelfs van het oppervlakkigste gesprek één grote dubbelzinnigheid kon maken, iemand die er zo aan gewend was haar fysieke charmes in de strijd te werpen dat ze niet meer wist hoe ze dat moest nalaten. Myron praatte even met hen tweeën en verontschuldigde zich toen.

De barkeeper vertelde hem dat ze geen Yoo-Hoo in voorraad hadden. Dus nam hij een Orangina. Niet gewoon sinas, maar een Orangina. Erg Europees. Hij nam een slok. Best lekker.

Een hand werd op Myrons rug geslagen. Het was T.C. Hij had afgezien van de *Gentlemens Quarterly*-look en gekozen voor een witleren broek en een witleren vest. Geen overhemd. Hij droeg een donkere zonnebril.

'Vermaak je je?' vroeg hij.

'Ik vind het heel boeiend allemaal,' zei Myron.

'Kom, dan laat ik je iets zien.'

Ze liepen zwijgend een met gras begroeide heuvel op, weg van het feestgedruis. De helling werd steeds steiler, de muziek zachter. De rap was vervangen door een alternatieve groep die de Cranberries heette. Myron hield van hun muziek. Op dit moment stond 'Zombie' op. Dolores O'Riordan zong herhaaldelijk 'In your head, in your head', tot ze daar genoeg van kreeg en het woord 'zombie, zombie' een paar honderd keer herhaalde. Toegegeven, er viel nog wel wat aan de songteksten te sleutelen, maar het liedje deed het toch nog goed. Prima nummer.

Hier in de tuin was geen verlichting, maar de lampen bij het zwembad verspreidden genoeg licht. Toen ze op een plateau waren aangekomen, wees T.C. voor hen uit. 'Daar.'

Myron keek en wat hij zag benam hem bijna de adem. Ze stonden zo hoog dat ze vrij zicht hadden op de spectaculaire skyline van Manhattan. De lichtjes schitterden als waterdruppels in de zee. George Washington Bridge leek zo dichtbij dat je hem kon aanraken. Ze stonden allebei enige ogenblikken zwijgend te kijken.

'Mooi, hè?' zei T.C.

'Heel mooi.'

T.C. zette zijn zonnebril af. 'Ik kom hier vaak. In mijn eentje. Het is een mooie plek om na te denken.'

'Dat lijkt mij ook.'

Ze keken weer in de verte.

'Heb je Bonker al gesproken?' vroeg Myron.

T.C. knikte.

'Was je teleurgesteld?'

'Nee,' zei T.C. 'Ik wist wel dat je nee zou zeggen.'

'Hoezo?'

Hij haalde zijn schouders op. 'Gewoon een gevoel. Maar vergis je niet. Bonker deugt. Het is waarschijnlijk het beste maatje dat ik heb. Ze komt voor mij het dichtst in de buurt van wat je een vriend kunt noemen.'

'En die jongens dan met wie je net stond te praten?'

T.C. glimlachte vaag. 'Bedoel je die blanke jongens?'

'Ja.'

'Dat zijn geen vrienden,' zei hij. 'Als ik morgen zou stoppen met basketbal, dan zouden ze me allemaal bekijken alsof ik op hun bankstel zat te schijten.'

'Wat beeldend uitgedrukt, T.C.'

'Het is gewoon de waarheid, man. Als jij in mijn schoenen zou staan, dan had je ook geen vrienden. Dat is nu eenmaal zo. Blank of zwart, dat doet er niet toe. De mensen komen op me af omdat ik een rijke superster ben. Ze denken dat ze er zelf beter van worden. Meer niet.'

'En dat maakt jou verder niet uit?'

'Het doet er niet toe of het mij iets uitmaakt,' zei T.C. 'Het is gewoon zo. Ik klaag niet.'

'Voel je je dan niet eenzaam?' vroeg Myron.

'Er zijn te veel mensen hier om me eenzaam te voelen.'

'Je weet best wat ik bedoel.'

'Ja, ik weet wat je bedoelt.' T.C. bewoog zijn hoofd schokkerig van links naar rechts, alsof hij zijn nekspieren wilde losmaken voor een wedstrijd. 'De mensen hebben het altijd over de prijs van de roem. Maar als je wilt weten wat de echte prijs is, dan moet je niet aan al die flauwekul over je privacy denken. Goed, ik kan niet meer zo vaak naar de film. Wat kan mij dat schelen. Waar ik vandaan kom, heb je daar geen geld voor. De echte prijs is dat je geen persoon meer bent. Je bent een ding, meer niet, een glimmend ding zoals een van die Mercedessen die hier voor de deur staan. De arme zwarte jongens denken dat ik een gouden ladder ben met op iedere sport een hoop luxeartikelen. En de rijke blanke jongens denken dat ik een leuk knuffelbeest ben. Net zoals O.J. Weet je nog die jongens die bij hem rondhingen?'

Myron knikte.

'Hoor eens, ik klaag niet. Zo moet je het niet opvatten. Dit leven is een stuk beter dan bij een benzinestation werken of in een kolenmijn of zo. Maar ik moet één ding nooit vergeten: het enige wat mij van andere negers onderscheidt is een spelletje. Meer niet. Als een van mijn knieën het begeeft, zoals jou overkomen is, dan ben ik weer terug bij af. Dat hou ik altijd in gedachten. Altijd.' Hij keek Myron strak aan. Zijn woorden bleven hangen in de frisse avondlucht. 'Dus als een of ander lekker ding net doet alsof ik heel bijzonder ben, dan is ze niet echt op mij uit. Snap je dat? Ze is verblind door al dat geld en de roem. Iedereen wordt daardoor verblind, of het nu een man of een vrouw is.'

'Dus jij en ik kunnen nooit vrienden zijn?' vroeg Myron.

'Zou je me die vraag ook stellen als ik een lullige pompbediende bij een benzinestation was?'

'Misschien wel.'

'Flauwekul,' zei hij glimlachend. 'Mensen zitten altijd op mijn gedrag te vitten, weet je. Ze zeggen dat ik net doe alsof ik beter ben dan een ander. Alsof ik een diva ben. Maar ze zijn alleen maar kwaad omdat ik ze doorzie. Ik weet hoe het zit. Ze denken allemaal dat ik een stomme neger ben – de eigenaars, de coaches, wie dan ook – dus waarom zou ik respect voor ze moeten hebben? Ze praten alleen maar met me omdat ik een bal door de ring kan slammen. Ik ben gewoon een aap die geld voor ze verdient. En als ik stop, dan is het afgelopen. Dan ben ik weer een stomme gettojongen die niet goed genoeg is om op hun plee te zitten.' Hij zweeg, alsof hij buiten adem was. Hij keek weer naar de skyline. De aanblik leek hem nieuwe kracht te geven. 'Ken je Isiah Thomas?'

'Van de Detroit Pistons? Ja, ik heb hem een paar keer gesproken.'

'Ik heb een interview met hem gezien, toen de Pistons al die kampioenschappen wonnen, geloof ik. Een journalist vroeg hem wat hij zou doen als hij geen basketballer was. Weet je wat Isiah zei?'

Myron schudde zijn hoofd.

'Hij zei dat hij senator voor de Verenigde Staten zou zijn.' T.C. lachte hard en hoog. Het geluid weergalmde in de stille avondlucht. 'Ik bedoel, is hij gek of zo? Isiah gelooft echt in die flauwekul. Een senator... Wie houdt nou wie voor de gek?' Hij lachte weer, maar het klonk nu veel geforceerder. 'Ik weet wel wat ik geweest zou zijn. Ik zou in een staalfabriek werken, bij de nachtploeg, of misschien zat ik wel in de gevangenis of was ik dood. Ik weet het niet.' Hij schudde zijn hoofd. 'Senator. Shit.'

'En hoe zit het met basketbal?' vroeg Myron.

'Hoe bedoel je?'

'Vind je het fijn om te spelen?'

Hij keek alsof hij het een grappige vraag vond. 'Jij wel, hè? Jij trapt in al die onzin van "uit liefde voor het spel" en zo.'

'Jij dan niet?'

T.C. schudde zijn hoofd. De maan weerspiegelde in zijn geschoren schedel, waardoor zijn hoofd een bijna mystieke gloed verspreidde. 'Daar is het bij mij nooit om gegaan,' zei hij. 'Voor mij was basketbal altijd al alleen een middel om mijn doel te bereiken. Ik speelde om geld te verdienen. Ik speelde om voor de rest van mijn leven binnen te zijn.'

'Heb je het dan nooit leuk gevonden?'

'Jawel, vast wel. Het was prima om te doen, snap je? Maar ik denk niet dat dat door het spelletje zelf kwam; ik bedoel, niet door het rennen en het springen en zo. Basketbal is gewoon wat ik ben. Overal anders was ik gewoon de zoveelste stomme neger, maar op het basketbalveld daar was ik, nou ja, daar was ik het helemaal. Een held. Dat geeft een superkick, als iedereen je zo behandelt. Begrijp je dat?'

Myron knikte. Hij wist er alles van. 'Mag ik je nog iets vragen?'

'Ga je gang.'

'Vanwaar al die tattoos en sieraden?'

T.C. glimlachte. 'Vind je het lelijk?'

'Daar gaat het niet om. Ik vraag me af waarom je ze hebt.'

'Stel nou dat ik zeg dat ik sieraden en tattoos gewoon leuk vind, beantwoordt dat je vraag?'

'Ja,' zei Myron.

'Maar je gelooft het niet, toch?'

Myron haalde zijn schouders op. 'Nee, dat klopt.'

'Het is inderdaad waar dat ik ze best leuk vind, maar het is nog meer waar dat ik er dik mee verdien.'

'Je verdient ermee?'

'Heel veel. Weet jij wel hoeveel geld ik verdien met reclamecontracten? Onvoorstelbaar veel. En waarom? Omdat buitenissigheid verkoopt. Kijk maar naar Deon. Kijk maar naar Rodman. Hoe gekker ik doe, hoe meer ze me betalen.'

'Het is dus gewoon een act.'

'Grotendeels wel, ja. Ik vind het ook wel leuk om mensen te shockeren, maar ik doe het toch grotendeels voor de pers.'

'Maar de pers boort je voortdurend de grond in,' zei Myron.

'Dat maakt niet uit. Ze schrijven over me en daardoor verdienen ze geld voor mij. Simpel.' Hij glimlachte. 'Laat ik je één ding vertellen, Myron. De pers is het allerdomste dier dat op Gods groene aarde rondloopt. Weet je wat ik op een mooie dag ga doen?'

Myron schudde zijn hoofd.

'Op een mooie dag gooi ik al die ringen en zo weg, en dan ga ik me goed kleden. Dan ga ik beleefd praten, ja meneer, ja mevrouw, en dan ga ik het hebben over teamgeest en alles wat ze verder willen horen. Weet je wat er dan gaat gebeuren? Dezelfde klootzakken die nu zeggen dat ik de integriteit van het spel kapotmaak, die zullen mijn zwarte kont kussen alsof het een Oscar is. Ze zullen zeggen dat ik een wonderbaarlijke metamorfose heb ondergaan. Dat ik een held ben. Maar het enige wat echt veranderd is, is mijn act.' T.C. glimlachte breed.

Myron zei: 'Je bent me er een, T.C.'

T.C. draaide zich weer om naar de zee van lichtjes. Myron keek zwijgend naar hem. Hij geloofde niet in alle rationalisaties van T.C. Er was meer aan de hand. T.C. loog dan wel niet, maar hij sprak ook niet helemaal de waarheid. Of misschien kon hij de waarheid zelfs niet aan zichzelf toegeven. Hij had verdriet. Hij geloofde echt dat niemand van hem kon houden en wie je ook bent, zoiets doet pijn. Het maakt je onzeker. Het maakt dat je je wilt verstoppen en een verdedigingsmuur om je heen wilt optrekken. Het trieste was dat T.C. gedeeltelijk gelijk had. Wie zou wat om hem geven als hij geen basketbalprof was? Wie zou hij zijn als hij niet het talent had voor het spelletje? T.C. leek op het mooie meisje dat wil dat je op zoek gaat naar haar ziel binnen het fraaie omhulsel, maar de enige reden dat je dat doet, is omdat ze mooi is. Als ze verlost zou zijn van haar mooie uiterlijk, als ze een lelijk meisje was, dan zou niemand trek hebben om onder dat oppervlak op zoek te gaan naar haar innerlijke schoonheid. Als T.C. van zijn fysieke talenten verlost zou worden, zou niemand meer naar hem omkijken.

Maar uiteindelijk was T.C. niet zo krankzinnig als hij voor de buitenwereld leek en niet zo rationeel als hij Myron wilde doen geloven. Myron was geen psycholoog, maar hij was er zeker van dat er meer achter die tattoos en piercings stak dan de wens geld te verdienen. Ze waren te destructief voor het lichaam voor zo'n gladde verklaring. Bij T.C. speelden er een heleboel zaken mee. Omdat hij zelf ook basketbalster was geweest, begreep Myron een aantal daarvan. Maar omdat Myron en T.C. een totaal verschillende achtergrond hadden, kon hij andere dingen niet zo makkelijk duiden.

T.C. onderbrak hun gezamenlijk zwijgen. 'En nu heb ik nog een vraag voor jou,' zei hij.

148

'Zeg het maar.'

'Waarom ben je hier eigenlijk?' vroeg T.C.

'Hier? Je bedoelt in jouw huis...?'

'Nee, in het team. Hoor eens, man, ik heb je zien spelen toen ik nog op de middelbare school zat. In de NCAA's. Je was geweldig, echt waar. Maar dat is allemaal lang geleden. Jij moet toch weten dat je het niet meer kunt. Dat heb je in de training toch kunnen zien?'

Myron probeerde niet al te geschokt te kijken. Waren T.C. en hij wel op dezelfde training geweest? Maar natuurlijk was dat zo en natuurlijk had T.C. gelijk. Myron wist immers nog heel goed hoe het was toen hij zelf de ster van het team was geweest. Hij wist immers nog hoe het was om een partijtje te spelen met de bankzitters die hun uiterste best deden, terwijl de vijf basisspelers een beetje ongemotiveerd rondlummelden? Hij wist immers nog wel hoe gedesillusioneerd die bankzitters waren omdat ze zich hadden ingebeeld dat ze net zo goed als de basisspelers waren terwijl die gewoon moe waren van de echte wedstrijden en het alleen maar wat rustiger aan deden? En toen zat Myron nog maar op de universiteit. Hij speelde misschien vijfentwintig wedstrijden in een seizoen, terwijl deze jongens bijna honderd wedstrijden speelden in een veel en veel betere competitie.

Goed genoeg om met deze jongens te spelen? Wie had hij voor de gek willen houden?

'Ik probeer het gewoon,' zei Myron zachtjes.

'Je kunt het niet loslaten?'

Myron zei niets. Ze zwegen weer allebei.

'Zeg, dat was ik bijna vergeten,' zei T.C. 'Ik heb begrepen dat je dikke maatjes bent met een hotshot van Lock-Horne Investments. Klopt dat?'

'Ja.'

'Was dat die witte boterham met wie je na de wedstrijd stond te praten?'

Myron knikte. 'Hij heet Win.'

'Wist je dat Bonker op Wall Street werkt?'

'Dat zei ze, ja,' zei Myron.

'Ze wil een andere baan. Denk je dat je vriend een babbeltje met haar wil maken?'

Myron haalde zijn schouders op. 'Ik kan het hem vragen.' Win zou haar visie op seks in oude beschavingen beslist waarderen. 'Voor wie werkt ze nu?'

'Een klein bedrijfje. Kimmel Brothers. Maar ze wil hogerop, snap je? Ze bieden haar geen partnership aan, ook al werkt ze zich daar uit de naad.'

T.C. zei nog wat, maar Myron luisterde niet meer. Kimmel Brothers. Myron wist meteen wanneer hij die naam eerder had gehoord. Toen hij de redial-toets had ingedrukt op de telefoon bij Greg thuis, had een vrouw opgenomen en 'Kimmel Brothers' gezegd. En toch had Bonker net tegen Myron gezegd dat ze Greg in geen twee maanden gesproken had.

Toeval? Myron dacht van niet.

16

Bonker was weg.
'Ze is voor jou gekomen,' zei T.C. 'En toen het niet lukte, is ze weggegaan. Ze moet morgenochtend werken.'

Myron keek op zijn horloge. Half twaalf. Een lange dag. Tijd voor een tukje. Hij nam afscheid en liep naar zijn auto. Audrey leunde tegen de motorkap, haar armen over elkaar geslagen voor haar borst, haar enkels gekruist. Erg achteloos.

'Ga je naar Jessica?' vroeg ze.

'Ja.'

'Kun je me een lift geven?'

'Stap in.'

Audrey schonk hem de glimlach die hij bij de training had gezien. Hij had toen gedacht dat ze onder de indruk was geweest van zijn spel. Nu was het duidelijk dat haar lachje meer te maken had met spot dan met waardering. Hij ontsloot zwijgend de portieren. Ze deed haar blauwe jasje uit en legde het op de achterbank. Hij deed hetzelfde met zijn jasje. Onder het jasje droeg ze een mosgroen coltruitje. Ze frummelde aan de hals en vouwde de col nog een keertje om. Ze maakte haar parelsnoer los en propte de ketting in de zak van haar spijkerbroek. Myron startte de auto.

'Ik begin het een en ander te begrijpen,' zei Audrey.

De manier waarop ze dat zei beviel Myron absoluut niet. Te veel autoriteit in haar stem. Audrey was helemaal niet uit geweest op een lift, dat wist hij zeker. Ze wilde hem onder vier ogen spreken. Dat baarde hem zorgen. Hij lachte haar vriendelijk toe en vroeg: 'Dit heeft toch niets met mijn kontje te maken, hè?'

'Wat?'

'Jessica zei dat jullie het over mijn kontje hadden gehad.'

Ze lachte. 'Nou, ik vind het vervelend om het toe te moeten geven,' zei ze, 'maar het zag er behoorlijk lekker uit.'

Myron deed zijn best er niet al te tevreden uit te zien. 'Ga je er een stuk over schrijven?'

'Over jouw kontje?'

'Ja.'

'Natuurlijk,' zei ze. 'Ik zat al te denken dat we er een spread aan kunnen wijden.'

Myron kreunde.

'Je probeert van onderwerp te veranderen,' zei ze.

'Hadden we dan een onderwerp?'

'Ik zei tegen je dat ik het een en ander begon te begrijpen.'

'Is dat een onderwerp?'

Hij keek opzij. Ze had haar linkerbeen opgetrokken en haar enkel onder zich gestoken en zat met haar hele bovenlichaam naar hem toe gedraaid. Audrey had een breed gezicht met wat sproetjes, en hij vermoedde dat ze er een stuk meer gehad had toen ze nog klein was. Herinner je je dat jongensachtige meisje in je klas nog toen je in de zesde zat? Best schattig. Nou, hier zat datzelfde meisje als volwassene. Niet echt een schoonheid in de klassieke zin van het woord. Maar Audrey had iets aards en aantrekkelijks waardoor je haar wilde beetpakken en knuffelen, en met haar in de bladeren wilde rollen op een frisse herfstdag.

'Ik had het al veel eerder kunnen bedenken,' zei ze. 'Achteraf gezien is het overduidelijk.'

'Moet ik weten waar je het over hebt?'

'Nee,' antwoordde ze. 'Je mag je nog eventjes van de domme houden.'

'Daar ben ik erg goed in.'

'Mooi. Rijden dan maar en luisteren.' Haar handen bewogen steeds. Ze gingen omhoog en omlaag, tegelijk met haar stem. 'Weet je, ik was op het verkeerde been gezet door dat poëtische ironiegedoe. De poëtische ironie van het geval. Daar heb ik me op geconcentreerd. Maar het feit dat jullie vroeger rivalen van elkaar waren is in deze zaak van secundair belang. Het is lang zo belangrijk niet als bijvoorbeeld jouw relatie vroeger met Emily.'

'Ik heb geen idee waar je het over hebt.'

'Je hebt geen wedstrijden in de AAU gespeeld. Je hebt in geen enkele summerleague gespeeld. Je hebt misschien een keer per week een partijtje pick-upbasketbal gespeeld. Jouw belangrijkste lichaamsbeweging concentreert zich rond de oefenzaal van Meester Kwon, samen met Win. En daar hebben ze geen basketbalveld.'

'Waar wil je naartoe?'

Ze spreidde haar handen in een gebaar van ongeloof. 'Je hebt je spel niet verbeterd. Daar heb je helemaal niet voor getraind. Je hebt nergens gespeeld waar Clip of Calvin of Donny je hebben kunnen zien. Dus waarom zouden de Dragons je contracteren? Het slaat helemaal nergens op. Was het een zet om pr-redenen? Lijkt me erg onwaarschijnlijk. Het positieve effect zal minimaal zijn en als je mislukt – wat, laten we eerlijk zijn, toch heel waarschijnlijk is – dan zal de gunstige publiciteit waarschijnlijk geheel teniet worden gedaan. De kaartverkoop loopt goed. Het team doet het prima. Ze hebben zo'n publiciteitsstunt op dit moment helemaal niet nodig. Dus er moet een andere reden zijn.' Ze zweeg, haalde haar enkel onder zich vandaan en ging weer recht zitten. 'Laten we de timing er maar eens bij halen.'

'De timing?'

'Ja,' zei ze. 'Waarom nu? Waarom hebben ze je zo laat in het seizoen nog gecontracteerd? Het antwoord ligt natuurlijk voor de hand. Er is maar één detail aan de timing dat in het oog springt.'

'En dat is?'

'Dat Downing opeens verdwenen is.'

'Hij is helemaal niet verdwenen,' verbeterde Myron haar. 'Hij is geblesseerd. Daar ga je met je timing. Greg is geblesseerd geraakt. Er kwam een plekje vrij. En dat heb ik ingenomen.'

Audrey glimlachte en schudde haar hoofd. 'Je houdt je nog steeds van de domme, hè. Goed, ga je gang maar. Je hebt gelijk. Downing is zogenaamd geblesseerd en traint apart. Nu ben ik een prima journaliste, Myron, maar het is me niet gelukt de plek te vinden waar Downing in afzondering zou trainen. Ik heb al mijn contacten gebeld, maar ik vind niks. Vind je dat niet raar?'

Myron haalde zijn schouders op.

'Misschien,' ging ze verder, 'dat als Downing echt dolgraag apart zou willen trainen om zijn geblesseerde enkel weer in orde te krijgen – een blessure die je trouwens op geen enkele wedstrijdvideo terug kunt zien – dan had hij zo'n plekje misschien inderdaad wel kunnen vinden. Maar waarom zou hij al die moeite doen als het gewoon gaat om herstel na een blessure?'

'Om gevrijwaard te zijn van opdringerige persmuskieten zoals jij,' zei Myron.

Daar moest Audrey bijna om lachen. 'Dat komt er met zo veel overtuiging uit, Myron, dat het bijna lijkt alsof je het zelf gelooft.'

Myron zweeg.

'Maar laat me nog een paar punten aanstippen en dan kun je ophouden met je van de domme te houden.' Audrey telde ze af op haar ringloze, enigszins eeltige vingers. 'Eén, ik weet dat je vroeger voor de FBI hebt gewerkt. Daarmee heb je enige ervaring met onderzoek doen. Twee, ik weet dat Downing de gewoonte heeft om zomaar opeens te verdwijnen. Hij heeft het al eens eerder gedaan. Drie, ik weet hoe Clip ervoor staat met de andere aandeelhouders. Binnenkort gaat er gestemd worden. Vier, ik weet dat je gisteren bij Emily langs bent geweest en ik betwijfel dat dat was om jullie liefdesrelatie nieuw leven in te blazen.'

'Hoe ben je daarachter gekomen?' vroeg Myron.

Ze glimlachte en legde haar hand op haar knie. 'Als je dat allemaal bij elkaar optelt kun je maar tot één conclusie komen: jij bent op zoek naar Greg Downing. Hij wordt weer vermist. Maar dit keer is de timing wel heel slecht. De herbenoeming van Clip en de playoffs zitten eraan te komen. Het is jouw taak hem te vinden.'

'Je hebt een schitterende fantasie, Audrey.'

'Inderdaad. Maar we weten allebei dat ik gelijk heb, dus houd je niet van de domme en laten we ter zake komen. Ik wil meedoen.'

'Meedoen?' Myron schudde zijn hoofd. 'Wat een raar taaltje bezigen jullie verslaggevers toch.'

'Ik wil je niet verraden,' ging ze verder. Ze had haar been nog steeds opgetrokken. Haar gezicht stond blij en verwachtingsvol als van een schoolkind dat op de bel wacht in het voorjaar. 'Ik denk dat we moeten samenwerken. Ik kan helpen. Ik heb geweldige contacten. Ik kan vragen stellen zonder me druk te maken dat ik door de mand val. Ik ken dit team als mijn broekzak.'

'En wat wil je dan in ruil voor je hulp?'

'Het hele verhaal. Ik moet als eerste horen waar hij zit, waarom hij verdwenen is, alles. Jij belooft mij dat je het alleen aan mij vertelt. Dat ik de primeur krijg.'

Ze reden langs een aantal armoedige motels en een potpourri aan benzinestations langs Route 4. Rendez-vous-motels in New Jersey gaven zichzelf in weerwil van hun sociale status altijd hoogdravende namen. Zo reden ze op dat moment langs de 'Courtesy Inn'. Dit mooie bedrijf bood niet alleen een hoffelijke bediening, je kreeg die per uur aangeboden voor een tarief van – volgens hun uithangbord – $19,82. Niet voor twintig dollar, let op, maar voor $19,82. De prijs was kennelijk gebaseerd, dacht Myron, op het jaartal waarin ze voor het laatst de lakens verschoond hadden. Een GOEDKOOP BIERDEPOT was volgens zijn uithangbord het volgende gebouw aan Myrons rechterhand. Hier werd geadverteerd met de waarheid. Mooi om te zien. Daar kon de Courtesy Inn nog wat van leren.

'We weten allebei dat ik er nu al een stuk over zou kunnen schrijven,' zei ze. 'Dat zou nog steeds een mooie scoop zijn; een artikel over Downing, dat hij helemaal niet geblesseerd is en dat jij bij het team zit om hem op te sporen. Maar dat laat ik graag achterwege als ik er een groter en mooier verhaal voor terugkrijg.'

Myron overwoog haar voorstel terwijl hij de tol betaalde. Hij keek naar haar verwachtingsvolle gezicht. Ze zag er wild uit, met wilde ogen en wilde haren, als een vluchtelinge die in Palestina van de boot kwam in de film *Exodus*. Klaar om de strijd aan te gaan om haar thuisland te claimen.

'Je moet me iets beloven,' zei hij.

'Wat?'

'Wat er ook gebeurt, hoe ongelooflijk het verhaal ook lijkt, dat je je kop houdt. Dat je niets naar buiten brengt tot hij gevonden is.'

Audrey sprong bijna overeind. 'Wat bedoel je? Hoe ongelooflijk is het dan?'

'Laat maar zitten, Audrey. Schrijf maar wat je wilt.'

'Oké, oké. Afgesproken,' zei ze snel en ze hief haar handen in een gebaar van overgave. 'Je wist best dat je door zoiets te zeggen mijn nieuwsgierigheid zou prikkelen.'

'Beloof je het me?'

'Ja, ja. Ik beloof het. Vertel, wat is er aan de hand?'

Myron schudde zijn hoofd. 'Jij eerst,' zei hij. 'Waarom zou Greg verdwijnen?'

'Daar kunnen allerlei redenen voor zijn,' antwoordde ze. 'Die man is volkomen gestoord.'

'Wat weet je van zijn scheiding?'

'Alleen dat het een vechtscheiding is.'

'Wat heb je dan gehoord?'

'Ze vechten over de kinderen. Ze proberen van elkaar te bewijzen dat ze niet geschikt zijn als ouder.'

'En heb je daar bijzonderheden over?'

'Nee. Ze houden het redelijk discreet.'

'Emily zei tegen mij dat Greg een paar rotstreken heeft uitgehaald,' zei Myron. 'Weet jij daar iets van?'

Audrey kauwde op haar onderlip. 'Ik heb een gerucht gehoord – een bijzonder slecht onderbouwd gerucht – dat Greg een privédetective heeft ingehuurd om haar in de gaten te houden.'

'Waarom?'

'Dat weet ik niet.'

'Om haar te filmen? Haar te betrappen met een ander?'

Ze haalde haar schouders op. 'Het is een gerucht, meer niet. Ik weet het niet.'

'Weet je hoe die detective heet, of van welk bureau hij is?'

'Een gerucht, Myron. Een gerucht. Dat een basketbalprof gaat scheiden is niet bepaald wereldschokkend nieuws. Zo goed heb ik het allemaal niet gevolgd.'

Myron nam zich in stilte voor om Gregs papieren na te zoeken op betalingen aan een detectivebureau. 'Hoe was Gregs relatie met Marty Felder?'

'Zijn agent? Goed, denk ik.'

'Emily zei dat Greg door Felder miljoenen is kwijtgeraakt.'

Ze haalde haar schouders op. 'Daar heb ik nooit iets over gehoord.'

Op Washington Bridge was het redelijk rustig. Ze hielden links aan en namen de Henry Hudson Parkway in zuidelijke richting. Aan hun rechterhand lag de Hudson te twinkelen als een sprei van zwarte pailletten. Aan hun linkerkant hing een reclamebord met tv-presentator Tom Brokaw met zijn vriendelijke doch vastberaden glimlach. De tekst onder zijn foto luidde: NBC-NEWS. NU MEER DAN OOIT. Heel dramatisch, maar wat betekende het eigenlijk?

'En hoe zit het verder met Gregs leven?' ging Myron verder. 'Vriendinnetjes en zo.'

'Bedoel je of hij een vaste vriendin heeft?'

'Ja.'

Ze liet haar hand door haar haar glijden en wreef vervolgens haar nek. 'Er was wel iemand. Hij heeft het stilgehouden, maar ik geloof dat ze een tijdje hebben samengewoond.'

'Hoe heet ze?'

'Dat weet ik niet. Ik ben ze een keer samen tegengekomen in een restaurant. De Saddle River Inn. Hij was bepaald niet blij mij te zien.'

'Hoe zag ze eruit?'

'Niets bijzonders, voor zover ik het me goed herinner. Een brunette. Ze zat aan tafel, dus ik weet niet hoe groot en hoe zwaar ze ongeveer was.'

'Hoe oud?'

'Weet ik niet. Rond de dertig, denk ik.'

'Hoe kom je erbij dat ze samenwoonden?'

Het leek zo'n eenvoudige vraag, maar ze zweeg en sloeg haar

ogen op. 'Leon heeft een keer wat laten vallen,' zei ze.

'Wat zei hij dan?'

'Dat weet ik niet meer precies. Iets over Gregs vriendin, maar daarna hield hij zijn kaken stijf op elkaar.'

'Hoe lang geleden was dat?'

'Drie, vier maanden geleden. Misschien wat meer.'

'Leon liet doorschemeren dat Greg en hij niet zulke goede vrienden zijn, dat de media hun vriendschap opblies.'

Audrey knikte. 'Er zit enige spanning tussen die twee, maar ik denk dat dat tijdelijk is.'

'Waarom zou die spanning er zijn?'

'Weet ik niet.'

'Hoe lang is die spanning er volgens jou al?'

'Nog niet zo lang, een paar weken.'

'Is er onlangs dan wat voorgevallen tussen Greg en Leon, voor zover jij weet?'

'Nee. Ze zijn al heel lang bevriend. Vrienden hebben af en toe ruzie. Ik heb het niet erg serieus genomen.'

Myron ademde diep uit. Vrienden hadden inderdaad wel eens ruzie, maar de timing wekte zijn belangstelling. 'Ken je Maggie Mason?'

'Bonker? Natuurlijk.'

'Waren Greg en zij goed bevriend?'

'Als je bedoelt of ze samen…'

'Nee, dat bedoel ik niet.'

'Nou, ze hebben geneukt. Dat weet ik zeker. Maar in weerwil van wat Bonker beweert is niet iedereen in het team gebonkt. Sommigen hebben het aanbod afgeslagen. Niet veel, dat moet ik toegeven. Maar een paar. Heeft ze jou al benaderd?'

'Ja, een paar uur geleden.'

Ze glimlachte. 'Ik neem aan dat je je bij dat selecte clubje hebt aangesloten van trotse, ongebonkte mannen.'

'Goed aangenomen. Maar hoe zit het met haar relatie met Greg? Goede vrienden?'

'Ja, ik zou zeggen van wel. Maar Bonker is het best bevriend met

T.C. Die twee zijn echt twee handen op één buik. En dan niet alleen seksueel, begrijp me goed. Ik ben er zeker van dat T.C. en Maggie met elkaar naar bed zijn geweest en dat ze dat af en toe nog steeds doen. Maar ze zijn tegelijkertijd als broer en zus met elkaar. Heel vreemd.'

'Hoe was de verhouding tussen T.C. en Greg?' vroeg Myron.

'Niet slecht voor de twee supersterren van het team. Maar ook niet geweldig.'

'Zou je dat nader kunnen verklaren?'

Ze zweeg om haar gedachten te ordenen. 'Vijf jaar staan T.C. en Downing nu al samen in de schijnwerpers. Ik denk dat ze wederzijds respect voor elkaar hebben in het veld, maar ze praten daar nooit over. Tenminste, heel zelden. Ik wil niet zeggen dat ze elkaar niet mogen, maar basketballen is voor hen een baan als alle andere. Je kunt op het werk heel goed met elkaar opschieten, maar dat wil nog niet zeggen dat je elkaar ook in je privéleven wilt tegenkomen.' Ze keek op. 'Neem de afslag 79th Street.'

'Woon je nog steeds aan 81th?'

'Ja.'

Myron nam de afslag en stopte voor een stoplicht op Riverside Drive.

'Nu is het jouw beurt, Myron. Waarom hebben ze jou gecontracteerd?'

'Precies om de reden die je noemde: ze willen dat ik Greg zoek.'

'En wat heb je tot nog toe ontdekt?'

'Niet veel.'

'Maar waarom was je dan zo bezorgd dat ik op de zaken vooruit zou lopen en het verhaal te vroeg bekend zou maken?'

Myron aarzelde.

'Ik heb beloofd dat ik niks zal zeggen,' bracht ze hem in herinnering. 'Hand erop.'

Afspraak is afspraak. Hij vertelde haar over het bloed in het souterrain van Greg. Haar mond viel open. Toen hij haar over de vondst van het lijk van Sally/Carla/Roberta vertelde, was hij bang dat ze een hartstilstand zou krijgen.

'Jezus,' zei Audrey toen hij uitgesproken was. 'Jij denkt dat Downing haar vermoord heeft.'

'Dat heb ik niet gezegd.'

Ze liet zich achterovervallen tegen de rugleuning van haar stoel. Haar hoofd legde ze tegen de hoofdsteun, alsof haar nek het niet langer omhoog kon houden. 'Jezus christus, wat een verhaal.'

'Ja, en een verhaal dat je niet verder mag vertellen.'

'Daar hoef je me niet aan te herinneren.' Ze ging weer rechtop zitten. 'Denk je dat het snel zal uitlekken?'

'Zou kunnen.'

'Waarom mag ik dat lek dan niet zijn?'

Myron schudde zijn hoofd. 'Nog niet. Tot nog toe hebben we het allemaal onder de pet weten te houden. Jij mag niet degene zijn die de pet er afrukt.'

Ze knikte met tegenzin. 'Denk je dat Downing haar vermoord heeft en is gevlucht?'

'Daar is geen bewijs voor.' Hij parkeerde voor het flatgebouw waar ze woonde. 'Een laatste vraag,' zei hij. 'Was Greg betrokken bij onfrisse zaken?'

'Noem eens een voorbeeld.'

'Bijvoorbeeld iets waardoor er criminelen achter hem aanzitten?'

Weer was haar opwinding tastbaar. Ze was net een elektrische stroom. 'Hoe bedoel je? Wat voor criminelen?'

'Een stel zware jongens heeft Gregs huis in de gaten gehouden.'

Haar gezicht gloeide nu echt. 'Zware jongens? Je bedoelt echte gangsters?'

'Waarschijnlijk wel. Ik weet het nog niet zeker. Kun jij een verband verzinnen tussen Greg, gangsters en als we dan toch bezig zijn, de moord op deze vrouw. Drugs wellicht?'

Audrey schudde direct haar hoofd. 'Drugs is onmogelijk.'

'Hoe weet je dat zo zeker?'

'Downing is een gezondheidsfreak. Een muesliverslaafde.'

'Dat was River Phoenix ook.'

Ze schudde weer haar hoofd. 'Geen drugs. Dat weet ik zeker.'

'Trek het eens na,' zei hij. 'Kijken of je iets vindt.'

'Is goed,' zei ze. 'Ik zal alles waar we het over gehad hebben na-trekken.'

'Als je maar discreet bent.'

'Dat ben ik heus wel,' zei ze. Ze stapte uit. 'Welterusten Myron. Ik ben blij dat je me in vertrouwen genomen hebt. Bedankt.'

'Er zat weinig anders op.'

Audrey glimlachte en sloot het portier. Hij keek haar na terwijl ze het huis in ging. Hij zette de auto weer in drive en reed terug naar 79th Street. Op River Parkway reed hij verder in zuidelijke richting naar Jessica's loft. Hij wilde zijn mobiel net pakken om haar te bellen toen die overging. Het klokje op het dashboard gaf 00.07 uur aan. Het moest Jessica zijn.

'Hoi?'

Het was Jessica niet. 'Rechterrijstrook, drie auto's achter je. Je wordt gevolgd.'

Het was Win.

17

'Wanneer ben jij teruggekomen?' vroeg Myron. Win negeerde de vraag. 'De auto die je volgt is de auto die we bij Gregs huis hebben gezien. Hij staat ingeschreven op naam van een bedrijf dat opslagruimte verhuurt in Atlantic City. Voor zover bekend geen connecties met de maffia, maar daar kunnen we toch wel veilig van uitgaan, volgens mij.'

'Hoe lang volg jij me al?'

Weer negeerde Win de vraag. 'Hoe zagen die twee kerels die jou gisteren overvallen hebben eruit?'

'Groot,' zei Myron. 'Eentje was echt enorm.'

'Stekeltjes?'

'Ja.'

'Hij zit in de auto die je volgt. In de passagiersstoel.'

Myron nam niet de moeite om te vragen hoe Win wist van de criminelen die hem overvallen hadden. Hij vermoedde al hoe dat zat.

'Ze zitten de hele tijd te telefoneren,' zei Win. 'Ik denk dat ze het een en ander met een derde kortsluiten. Na je stop bij 81st Street zijn ze nog veel heftiger gaan bellen. Wacht even, ik bel je zo terug.' Hij hing op. Myron keek in zijn achteruitkijkspiegel. De auto was er nog steeds, precies drie auto's achter hem. Een minuut later ging zijn mobiel weer over.

'Wat is er?' zei Myron.

'Ik heb net weer met Jessica gesproken.'

'Hoezo "weer"?'

Win zuchtte ongeduldig. Hij hield er niet van iets uit te leggen.

'Als ze je vanavond willen overvallen, dan is het waarschijnlijk dat ze dat bij Jessica's loft zullen doen.'

'Inderdaad.'

'Dus heb ik haar tien minuten geleden gebeld. Ik heb haar gezegd dat ze op moet letten of ze iets ongewoons ziet.'

'En?'

'Een bestelbus parkeerde aan de overkant van de straat,' zei Win, 'een gewone witte zonder belettering. En er is niemand uitgestapt.'

'Dus zo te zien gaan ze weer toeslaan,' zei Myron.

'Inderdaad,' zei Win. 'Moet ik dat verijdelen?'

'Hoe?'

'Ik zou de auto die jou volgt kunnen uitschakelen.'

'Nee,' zei Myron. 'Laat ze hun plan maar uitvoeren en zien waar dat toe leidt.'

'Pardon?'

'Dek me gewoon. Als zij me pakken, dan brengen ze me wellicht naar hun opdrachtgever.'

Win maakte een geluidje.

'Wat wil je zeggen?' vroeg Myron.

'Je maakt het nodeloos ingewikkeld,' zei Win. 'Is het niet veel gemakkelijker om die twee in de auto gewoon te grazen te nemen? We kunnen hen dan dwingen alles over hun opdrachtgever te vertellen.'

'Ja, maar ik zie dat "dwingen" niet zitten.'

'Ach natuurlijk,' zei Win. 'Duizend excuses voor mijn gebrek aan ethiek. Het is inderdaad een stuk verstandiger om je eigen leven te riskeren dan een waardeloze schurk een momentje ongemak te bezorgen.'

Win kon iets zo brengen dat het zeer voor de hand liggend klonk. Myron moest zichzelf voorhouden dat het logische vaak veel beangstigender is dan het onlogische, vooral als Win erbij betrokken was. 'Het zijn ingehuurde krachten, meer niet,' zei Myron. 'Die weten helemaal niets.'

Er volgde een korte stilte. 'Daar heb jij nu weer gelijk in,' gaf Win toen toe. 'Maar stel dat ze je gewoon neerknallen?'

'Dat zou geen enkele zin hebben. Zij hebben zo veel belangstelling voor mij, omdat ze denken dat ik weet waar Greg is.'

'En de doden spreken niet,' voegde Win eraan toe.

'Precies. Ze willen me aan het praten krijgen. Dus rij nou maar gewoon achter me aan. Als ze me naar een zwaarbewaakte plek brengen...'

'Dan kom ik daar heus wel binnen,' zei Win.

Myron twijfelde daar niet aan. Hij greep het stuur beet. Zijn hartslag versnelde. Het was eenvoudig om de mogelijkheid dat hij neergeschoten zou worden door logisch redeneren uit te sluiten; het was heel wat anders om een auto te parkeren in een straat waarvan je wist dat er mannen zaten die eropuit waren om je kwaad te doen. Win zou het busje in de gaten houden. Myron ook. Als er een pistoolloop uitkwam in plaats van een man, dan zouden ze de situatie onder controle hebben.

Hij verliet de grote weg. Het stratenplan van Manhattan zou zogenaamd een prettig, makkelijk te onthouden patroon vormen. De straten liepen van noord naar zuid en van oost naar west. Ze waren genummerd. Ze waren recht. Maar als je in Greenwich Village en Soho kwam, vormden ze een patroon dat door Dalí geschilderd leek. De genummerde wegen waren grotendeels verdwenen, en kronkelden af en toe nog tussen straten met echte namen door. Weg was de schijn van duidelijkheid en ordening.

Gelukkig liep Spring Street wel recht. Een fietser passeerde Myron, maar verder was er geen kip te bekennen. Het witte busje stond op de plek waar het hoorde te staan. Geen belettering, precies zoals Jessica gezegd had. De raampjes waren getint dus je kon niet naar binnen kijken. Myron zag Wins auto niet, maar dat was natuurlijk ook niet de bedoeling. Hij reed langzaam door de straat. Hij passeerde het busje. Toen hij dat deed, startte de motor van de bus. Myron parkeerde aan het eind van de straat. De bus kwam in beweging.

Het was zover.

Myron draaide het stuur terug, zette de motor uit. Stak de sleuteltjes in zijn zak. Het busje kwam langzaam naar voren rijden. Hij pakte zijn revolver en legde hem onder zijn stoel. Op dat moment had hij er niets aan. Als ze hem grepen, zouden ze hem fouilleren.

Als ze zouden schieten, dan zou terugschieten tijdverspilling zijn. Win zou ze aanpakken. Of niet.

Hij stak zijn hand uit naar de hendel van het portier. Hij pakte hem beet. Angst kroop zijn keel binnen en nestelde zich daar, maar hij ging door. Hij drukte de hendel naar beneden, opende het portier en stapte uit zijn auto. Het was donker. De straatlantaarns in Soho stellen bijzonder weinig voor, als penlights in een donker gat. Het licht dat vanuit de ramen naar buiten viel leverde eerder een spookachtig schijnsel op dan echte verlichting. Er stonden plastic vuilniszakken buiten. De meeste waren opengescheurd: de stank van rottend voedsel hing in de straat. Het busje kwam langzaam op hem af gereden. Een man stapte weg uit een portiek en naderde zonder aarzeling. Hij droeg een zwarte coltrui en een zwarte jas. Hij richtte een pistool op Myron. Het busje kwam tot stilstand en de zijdeur schoof open.

'Instappen, klootzak,' zei de man met het pistool.

Myron wees op zichzelf. 'Heb je het tegen mij?'

'Nu meteen, klootzak. Opschieten.'

'Is dat een coltrui of een los colletje?'

De man met het pistool deed een stap in zijn richting. 'Nu, zei ik.'

'Je hoeft niet boos te worden,' zei Myron, maar hij liep naar het busje. 'Als het een losse col is, dan zie je dat echt niet. Het ziet er heel sportief uit.' Als Myron nerveus was, maakte zijn mond overuren. Hij wist dat het op het suïcidale af was. Dat hij er niet beter van werd. Win had hem daar al verscheidene keren op gewezen. Maar Myron kon er niets aan doen. Het was een soort ziekte: verbale diarree.

'Erin.'

Myron stapte in het busje. De man met het pistool volgde hem. Er zaten nog twee mannen achter in de bus en één achter het stuur. Iedereen was in het zwart, behalve de man die de baas van het stel leek. Die droeg een blauw krijtstreeppak. Zijn stropdas met windsorknoop was geel en werd bij de kraag op zijn plaats gehouden door een gouden dasspeld. Euro-chic. Hij had lang, peroxideblond haar en hij was zo perfect gebruind dat dat niet van de zon kon komen. Hij leek eerder een surfboy op leeftijd dan een beroepscrimineel.

Het busje was naar eigen smaak ingericht, maar helaas was dat een slechte smaak. De stoelen waren eruit gesloopt op die van de chauffeur na. Achterin stond langs een zijkant een leren bank waarop Krijtstreep in zijn eentje zat. De vloer en de wanden van de bus waren bekleed met een limoengroene harige vloerbedekking die zelfs Elvis te opzichtig zou hebben gevonden.

De man met het pistool richtte dat snel op Myron. 'Ga zitten, klootzak.'

Myron ging op de vloer zitten. Hij streek met zijn hand over het hoogpolige tapijt. 'Limoengroen,' zei hij tegen Krijtstreep. 'Fraai, hoor.'

'Het is goedkoop,' zei Krijtstreep, 'dus hoeven we ons niet druk te maken over bloedvlekken.'

'Kostenbesparend.' Myron knikte koeltjes, hoewel zijn mond droog werd. 'Heel efficiënt.'

Krijtstreep vond het niet de moeite waard daarop te antwoorden. Hij wierp een blik op de man met de col waarna die naar voren dook. Hij schraapte zijn keel.

'Dit is meneer Baron,' zei hij tegen Myron met een gebaar naar Krijtstreep. 'Iedereen noemt hem de B-man.' Hij schraapte nogmaals zijn keel. Hij sprak alsof hij de tekst uit zijn hoofd geleerd had, wat, nam Myron aan, waarschijnlijk ook het geval was. 'Hij wordt de B-man genoemd omdat hij het leuk vindt om botten te breken.'

'Jee, daar zullen de vrouwtjes wel voor vallen,' zei Myron.

De B-man lachte een stel tanden bloot die zo wit waren dat ze uit een oude tandpastareclame leken weggelopen. 'Laat hem zijn been eens uitsteken,' zei hij.

De man met de col drukte zijn wapen zo hard tegen Myrons slaap dat het hem niet verbaasd zou hebben als er een permanente deuk in zou blijven zitten. Hij sloeg zijn andere arm om Myrons nek en dreef de binnenkant van zijn elleboog in Myrons luchtbuis. Hij boog zijn hoofd en fluisterde: 'Hou je stil, klootzak.'

Hij dwong Myron in een liggende positie. De andere man ging op Myrons borst zitten en drukte zijn been tegen de vloer. Myron kon amper ademhalen. Paniek beving hem, maar hij bleef doodstil liggen. Hij kon in dit stadium alleen maar fouten maken. Hij moest zich koest houden en zien waar het op uit zou draaien.

De B-man kwam langzaam van de leren bank overeind. Hij keek strak naar Myrons zwakke knie en glimlachte tevreden. 'Ik ga een hand op het distale deel van de femur leggen, en de andere op de proximale tibia,' zei hij op de rustige toon van een chirurg die wat uitlegt aan een medisch student. 'Mijn duimen zullen dan rusten op het mediale aspect van de patella. Als mijn duimen naar voren duwen, dan druk ik in principe je knieschijf er zijdelings af.' Hij keek Myron aan. 'Daardoor zullen de bindweefselbanden scheuren. Ik ben bang dat het bijzonder pijnlijk zal zijn.'

Myron deed geen poging meer tot humor. 'Hé, wacht eens even,' zei hij snel. 'Er is geen reden om geweld te gebruiken.'

De B-man glimlachte en haalde zijn schouders op. 'Waarom zou er een reden moeten zijn?'

Myrons ogen werden groot. Angst deed zijn buik verstrakken. 'Wacht,' zei hij. 'Ik zal jullie alles vertellen.'

'Dat weet ik,' antwoordde de B-man. 'Maar eerst ga je ons een tijdje zitten piepelen...'

'Nee. Absoluut niet.'

'Onderbreek me niet. Dat is erg onbeleefd.' De glimlach was verdwenen. 'Waar was ik ook alweer?'

'Eerst gaat hij ons een tijdje zitten piepelen,' zei de bestuurder hem voor.

'O ja, dank je wel.' Hij lachte Myron weer flitsend wit toe. 'Eerst ga je tijdrekken. Je gaat er een hele show van maken. Je hoopt dat we je ergens mee naartoe nemen waar je partner je kan bevrijden.'

'Partner?'

'Je bent toch nog steeds bevriend met Win?'

De man kende Win. Dit was helemaal verkeerd. 'Welke Win?'

'Precies,' zei de B-man. 'Dat is wat ik bedoel met piepelen. Zo is het genoeg.'

Hij kwam dichterbij. Myron wilde zich losworstelen maar de man met het pistool ramde het in zijn mond. Het stootte tegen zijn tanden aan en deed hem kokhalzen. Het smaakte koud en metalig.

'Eerst maak ik je knie kapot, en dan praten we.'

De andere man trok Myrons been recht terwijl de man met het pistool het ding uit Myrons mond haalde en het weer tegen zijn slaap drukte. Ze grepen hem nog iets steviger beet. De B-man liet zijn handen zakken naar Myrons knie. Zijn vingers waren gespreid als de klauwen van een adelaar.

'Wacht!' riep Myron.

'Nee,' zei de B-man rustig.

Myron wrong zich in allerlei bochten. Hij greep een laadriem beet die aan de bodem van de bus vastzat, waarmee de lading vastgesjord kon worden. Hij greep hem stevig vast en zette zich schrap. Hij hoefde niet lang te wachten.

De klap overviel hen. Het was een onaangename verrassing. Myron had erop gerekend, de rest niet. Ze vlogen allemaal door de bus en lieten Myron los. Glassplinters vlogen in het rond, de remmen piepten. Myron hield zich stevig vast tot de bus stilstond. Toen rolde hij zich tot een balletje op en rolde uit de gevarenzone weg. Er werd gegild en er ging een deur open. Myron hoorde dat er een schot werd afgevuurd. Een kakofonie van stemmen door elkaar. De bestuurder dook het portier uit. De B-man sprong achter hem aan, als een sprinkhaan. De zijdeur werd opengeschoven. Myron keek op en zag Win met getrokken revolver binnenstappen. De man met de col was bijgekomen van de schrik. Hij greep zijn wapen.

'Laat vallen,' zei Win.

De man met de coltrui volgde het bevel niet op. Win schoot hem in zijn gezicht. Hij richtte vervolgens zijn wapen op de man die op Myrons borst had gezeten.

'Laat vallen,' zei Win.

De man liet zijn pistool vallen. Win glimlachte. 'Jij leert snel.'

Wins ogen bewogen rustig van links naar rechts, ze schoten niet heen en weer. Win bewoog altijd zo weinig mogelijk, hij gleed eerder dan dat hij liep. Zijn bewegingen waren snel en spaarzaam. Hij richtte zijn blik nu weer op zijn gevangene, degene die nog in leven was.

'Zeg op,' zei Win.

'Ik weet niks.'

'Heel fout antwoord,' zei Win. Hij sprak rustig en met autoriteit en zijn nuchtere toon was intimiderender dan als hij geschreeuwd had. 'Als je niets weet, dan heb ik niets aan je. En als ik niets aan je heb, ga je hem achterna.' Hij maakte een vaag gebaar naar de stille gedaante aan zijn voeten.

De man hield zijn handen op. Zijn ogen waren groot, je zag zijn oogwit. 'Hé, wacht eens even. Het is geen geheim. Je maat heeft gehoord hoe hij heet. Baron. Hij heet Baron. Maar iedereen noemt hem de B-man.'

'De B-man opereert in de Midwest,' zei Win. 'Wie heeft hem hiernaartoe gehaald?'

'Dat weet ik niet, ik zweer het.'

Win bracht zijn wapen wat dichter naar de man toe. 'Zo heb ik weer niets aan je,' zei hij.

'Het is de waarheid. Als ik het wist zou ik het zeggen. Ik weet alleen maar dat de B-man gisteravond laat is ingevlogen.'

'Waarom?' vroeg Win.

'Het heeft te maken met Greg Downing. Dat is het enige wat ik weet. Ik zweer het.'

'Hoeveel is Downing ze schuldig?'

'Ik weet het niet.'

Win drukte de loop van zijn wapen tussen de ogen van de man. 'Vanaf deze afstand mis ik zelden,' zei hij.

De man viel op zijn knieën. Win volgde hem met zijn revolver. 'Alsjeblieft,' zei hij smekend. 'Verder weet ik niets.' Zijn ogen vulden zich met tranen. 'Ik zweer dat ik niets weet.'

'Ik geloof je wel,' zei Win.

'Win,' zei Myron.

Win hield zijn ogen op de man gevestigd. 'Relax,' zei hij. 'Ik wilde er zeker van zijn dat onze vriend hier alles heeft opgebiecht. Biechten is goed voor je, nietwaar?'

De man knikte haastig.

'Heb je alles opgebiecht?'

Weer geknik.

'Weet je dat zeker?'

Knik knik.

Win liet het wapen zakken. 'Ga dan maar,' zei hij. 'Nu meteen.'

De man liet zich dat geen twee keer zeggen.

18

Win keek op het lijk neer alsof het een zak turf was. 'We moesten maar eens gaan.'

Myron knikte. Hij tastte in zijn broekzak en haalde zijn mobiel eruit. Een relatief nieuwe truc van ze. Win en hij hadden niet opgehangen nadat ze uitgepraat waren. De lijn was opengebleven. Win had daardoor alles kunnen horen wat er in het busje was voorgevallen. Het werkte net zo goed als een afluisterapparaatje of een walkietalkie.

Ze stapten de koele avondlucht in. Ze bevonden zich in Washington Street. Overdag stikte het hier van de vrachtwagens die de winkels bevoorraadden, maar nu was het er volmaakt stil. Iemand zou een onaangename vondst doen, de volgende ochtend.

Win reed normaal gesproken in een Jaguar, maar hij was met een Chevy Nova uit 1983 tegen het busje op gereden. Total loss. Niet dat dat ertoe deed. Win had een aantal van dat soort auto's in New Jersey gestald. Hij gebruikte ze voor activiteiten die niet helemaal legaal waren. De auto was niet te traceren. De nummerborden en de papieren waren vals.

Myron keek naar Win. 'Een man van jouw afkomst in een Chevy Nova?' zei hij hoofdschuddend.

'Ik weet het,' zei Win. 'Alleen al van erin zitten kreeg ik jeuk.'

'Als iemand van de club je gezien had...'

Win huiverde. 'Ik moet er niet aan denken!'

Myrons benen trilden nog. Hij voelde zich verdoofd. Toen de B-man zijn handen naar zijn knie bracht, had Myron geweten dat Win een manier zou vinden om hem te bevrijden. Maar de gedachte dat hij op een haartje na voor het leven invalide was geweest, bleef aan de spieren van zijn kuiten en dijen trekken. Hij bukte zich steeds om zijn zwakke knie aan te raken, alsof hij niet kon geloven dat die er nog steeds zat. De tranen stonden hem in de ogen toen hij naar Win keek. Win zag het en draaide zich om.

Myron liep achter hem aan. 'Vertel eens, hoe ken je die B-man?' vroeg hij.

'Hij opereert vanuit de Midwest,' zei Win. 'Hij is bovendien een kei in vechtsporten. Ik ben hem wel eens in Tokio tegengekomen.'

'Wat doet-ie zoal?'

'Het hele scala: gokken, drugs, geld uitlenen tegen woekerrentes, afpersing. En een beetje prostitutie.'

'Wat doet hij dan hier?'

'Het lijkt erop dat Greg Downing hem geld schuldig is,' zei Win. 'Waarschijnlijk gokschulden. Gokken is een specialisatie van de B-man.'

'Leuk om een specialisatie te hebben.'

'Inderdaad. Ik neem aan dat onze Downing hem een flink bedrag schuldig is.' Win keek opzij naar Myron. 'En dat is goed nieuws voor jou.'

'Hoezo?'

'Omdat het impliceert dat Downing op de vlucht is. Dus niet dood,' zei Win. 'De B-man houdt er niet van om geld te verspillen. Hij gaat niet iemand vermoorden van wie hij nog een smak geld krijgt.'

'Dode mannen lossen hun schulden niet af.'

'Juist,' zei Win. 'Bovendien is hij duidelijk op zoek naar Downing. Als hij hem vermoord heeft, dan heeft hij jou niet nodig om hem te vinden.'

Myron dacht daar even over na. 'Dit klopt wel met wat Emily me heeft verteld. Zij zei dat Greg geen geld had. Dat gokken kan dat verklaren.'

Win knikte. 'Vertel me eens wat er verder tijdens mijn afwezigheid is voorgevallen. Jessica had het erover dat je een dode vrouw hebt gevonden.'

Myron vertelde hem alles. Terwijl hij praatte, kwamen nieuwe theorieën naar boven borrelen. Hij probeerde die een beetje redelijk te ordenen. Toen hij klaar was met de korte samenvatting, kwam hij direct met theorie nummer één op de proppen.

'Laten we aannemen,' zei hij, 'dat Downing een groot bedrag schuldig is aan de B-man. Dat verklaart wellicht waarom hij er eindelijk mee heeft ingestemd een reclamecontract af te sluiten. Hij heeft het geld hard nodig.'

Win knikte. 'Ga door.'

'En laten we dan ook nog eens aannemen dat de B-man niet dom is. Hij wil zijn geld terug, nietwaar? Dus hij zou Greg nooit echt kwaad doen. Greg verdient z'n geld met zijn fysieke bekwaamheid. Gebroken botten zullen een tegengesteld effect hebben op Gregs financiële situatie en dus op zijn mogelijkheden om het geld op te hoesten.'

'Klopt,' zei Win.

'Dus Greg is hem een hoop geld schuldig. Misschien heeft de B-man hem op een andere manier onder druk willen zetten.'

'Hoe?'

'Door iemand te grazen te nemen die hem heel na staat. Als een waarschuwing.'

Win knikte weer. 'Zou kunnen.'

'En stel dat ze Greg hebben gevolgd. Stel dat ze hem met Carla hebben gezien. Stel dat ze dachten dat Greg en Carla samen iets hadden.' Myron keek op. 'Zou het geen fantastische waarschuwing zijn als ze haar van kant maakten?'

Win fronste zijn wenkbrauwen. 'Je denkt dat de B-man haar vermoord heeft als waarschuwing aan het adres van Downing?'

'Ik wil alleen maar zeggen dat het zou kunnen.'

'Maar waarom heeft hij niet gewoon een paar botten van haar gebroken?' vroeg Win.

'Omdat de B-man tot nog toe niet persoonlijk hier aanwezig was, weet je nog wel? Hij is hier pas gisteravond aangekomen. De moord is dan het werk geweest van een ingehuurde kleerkast.'

Win vond het nog steeds maar niets. 'Je theorie is op z'n best onwaarschijnlijk. Als de moord inderdaad een waarschuwing was, waar is Downing nu dan?'

'Hij is gevlucht,' zei Myron.

'Waarom? Omdat hij voor zijn eigen leven vreesde?'

'Ja.'

'En is hij onmiddellijk toen hij gehoord had dat Carla dood was gevlucht?' vroeg Win. 'Op zaterdagavond?'

'Dat lijkt me logisch.'

'Hij was dus op de vlucht gejaagd? Door de moord?'

'Ja,' zei Myron.

'Aha.' Win zweeg en keek Myron glimlachend aan.

'Wat is er?' vroeg Myron.

'Vertel me dan eens,' begon Win op zangerige toon, 'hoe Downing – nu Carla's lichaam vandaag pas gevonden is – zaterdagavond al van die moord wist?'

Myron keek Win ontgoocheld aan.

'Jouw theorie klopt alleen,' ging Win verder, 'als een van de drie volgende dingen geldt. Eén: Greg Downing was getuige van de moord; twee: hij kwam vlak na de moord in haar appartement langs; of drie: hij heeft haar zelf vermoord. Bovendien lag er een hoop geld in haar appartement. Waarom? Wat deed dat geld daar? Was het geld een deel van de terugbetaling van de B-man? Zo ja, waarom hebben zijn handlangers het dan niet meegenomen? Of eerder nog: waarom heeft Downing het zelf niet meegenomen toen hij daar was?'

Myron schudde zijn hoofd. 'Er zitten wel heel veel zwakke plekken in de redenering,' gaf hij toe. 'En we weten nog steeds niet wat het verband is tussen Greg en die Carla of Sally of hoe ze ook heten mag.'

Win knikte. Ze liepen door.

'Nog iets,' zei Myron. 'Het is ook wel raar dat de maffia een vrouw zou vermoorden, alleen omdat ze toevallig met Greg in een café gezeten heeft.'

'Inderdaad heel onwaarschijnlijk,' vond Win.

'Dus die hele theorie van mij stelt in wezen weinig voor.'

'Niet weinig, geen zak,' corrigeerde Win hem.

Ze liepen verder.

'Natuurlijk kan het zijn,' zei Win, 'dat Carla voor de B-man werkte.'

Het werd Myron koud om het hart. Hij zag waarheen Win wilde, maar toch zei hij: 'Hoezo?'

'Misschien was deze Carla wel het contact van de B-man. Zij inde de uitstaande bedragen voor hem. Ze had een afspraak met Downing omdat hij voor een groot bedrag in het krijt stond. Downing belooft te betalen. Maar hij heeft het geld niet. Hij weet dat ze hem op de hielen zitten. Hij heeft lang genoeg tijd gerekt. Dus gaat hij naar haar appartement, vermoordt haar en neemt de benen.'

Stilte. Myron probeerde te slikken, maar zijn keel leek wel bevroren. Het was goed om dit allemaal door te spreken. Het hielp. Zijn benen voelden nog als rubber na de ontmoeting met de B-man, maar wat hij echt zorgelijk vond was hoe snel hij de dode in het busje was vergeten. Natuurlijk, de man was waarschijnlijk een beroepscrimineel. Natuurlijk, de man had de loop van zijn pistool in zijn mond geduwd en toen Win zei dat hij zijn wapen moest laten vallen had hij dat niet gedaan. En natuurlijk, de wereld kon het heel goed zonder hem stellen. Maar in het verleden had Myron nog iets van spijt gevoeld vanwege het lot van een medemens; en in alle eerlijkheid: dat voelde hij nu niet. Hij probeerde wat sympathie op te hoesten maar het enige waar hij zich bedroefd om voelde was dat hij zich niet bedroefd voelde.

Genoeg zelfanalyse. Myron vermande zich en zei: 'Dat scenario kent ook z'n haken en ogen.'

'Zoals?'

'Waarom zou Greg haar vermoorden? Waarom is hij niet gewoon gevlucht vóór hun afspraakje in de achterste cabine?'

Win dacht hier even over na. 'Daar heb je gelijk in. Tenzij er iets gebeurd is gedurende die afspraak waardoor de stoppen bij hem zijn doorgeslagen.'

'Wat dan?'

Win haalde zijn schouders op.

'Het draait allemaal om die Carla,' zei Myron. 'Er klopt helemaal niets aan die meid. Ik bedoel, een drugsdealer zou het toch nooit regelen zoals zij: werken als serveerster, opeenvolgend genummerde honderddollarbiljetten verstoppen, pruiken dragen, allemaal valse paspoorten hebben. En bovendien, je had Dimonte moeten zien vanmiddag. Hij wist wie ze was en hij was in paniek.'

'Heb je contact opgenomen met Higgins bij Financiën?' vroeg Win.

'Ja, hij trekt die serienummers na.'

'Misschien levert dat iets op.'

'We moeten ook de telefoongegevens van de Parkview Diner te pakken zien te krijgen. Zien met wie Carla nog meer belde.'

Ze zwegen terwijl ze verder liepen. Ze wilden zo vlak bij de plaats delict geen taxi aanhouden.

'Win?'

'Ja?'

'Waarom wilde je gisteren niet naar de wedstrijd komen?'

Win bleef stevig doorlopen. Myron hield hem bij. Na enige ogenblikken zei Win: 'Je hebt er nog nooit een herhaling van gezien, hè?'

Myron wist dat Win het over zijn knieblessure had. 'Nee.'

'Waarom niet?'

Myron haalde zijn schouders op. 'Zinloos.'

'Nee, het heeft wel degelijk zin,' zei Win terwijl hij door bleef lopen.

'Is het bezwaarlijk om me uit te leggen wat de zin er dan van is?' vroeg Myron.

'Als je gekeken had naar wat er met je gebeurd is, dan had dat kunnen betekenen dat je ermee om had leren gaan. Ernaar kijken had kunnen betekenen dat je iets afgesloten hebt.'

'Dat begrijp ik niet,' zei Myron.

Win knikte. 'Dat weet ik.'

'Ik weet wel dat jij naar de video gekeken hebt,' zei Myron. 'Ik weet dat je hem keer op keer bekeken hebt.'

'Daar had ik mijn redenen voor,' zei Win.

'Om wraak te kunnen nemen.'

'Om te kijken of Burt Wesson je opzettelijk geblesseerd had,' verbeterde Win hem.

'Je wilde het hem betaald zetten.'

'Je had mij mijn gang moeten laten gaan. Dan had je het misschien allemaal achter je kunnen laten.'

Myron schudde zijn hoofd. 'Voor jou is geweld altijd de oplossing, Win.'

Win fronste zijn wenkbrauwen. 'Doe niet zo melodramatisch. Iemand heeft een smerige streek met je uitgehaald. Als je quitte had gespeeld met hem, had dat geholpen het een en ander te verwerken. Dat heeft niets met wraak te maken. Het gaat om de balans. Het gaat om de basale menselijke behoefte om de zaken in evenwicht te houden.'

'Dat is jouw behoefte,' zei Myron, 'maar niet de mijne. Door Burt Wesson kwaad te doen was mijn knie nog niet genezen.'

'Maar je had het erdoor kunnen afsluiten.'

'Wat betekent dat nou "het afsluiten"? Het was domme pech, meer niet.'

Win schudde zijn hoofd. 'Jij hebt die video nooit gezien.'

'Het had niets uitgemaakt als ik hem wel gezien had. Mijn knie was kapot, daar had ik niks aan kunnen veranderen door naar die video te kijken.'

Win zei niets.

'Ik begrijp dit niet,' ging Myron verder. 'Ik ben na die blessure toch verdergegaan met mijn leven? Ik heb toch nooit geklaagd?'

'Nooit, nee.'

'Ik heb niet gehuild of de goden vervloekt of zo.'

'Nee, nooit,' zei Win weer. 'Je hebt ervoor gezorgd dat je ons nooit tot last bent geweest.'

'Waarom denk jij dan dat ik het nog een keer had moeten meemaken?'

Win stond stil en keek hem aan. 'Je hebt je eigen vraag al beantwoord, maar je kiest ervoor dat antwoord niet te horen.'

'Schei uit met die kungfu-sprinkhaan-filosofische flauwekul,' zei Myron kwaad. 'Waarom ben je niet naar de wedstrijd gekomen?'

Win begon weer te lopen. 'Bekijk die video maar,' zei hij.

19

Myron bekeek de video niet. Maar hij had de droom. In de droom kon hij zien hoe Burt Wesson op hem afstormde. Hij kon de vrolijke bijna lichtzinnige gewelddadigheid in het gezicht van Burt zien terwijl hij steeds dichterbij kwam. In de droom had Myron ruim de tijd om opzij te stappen, weg van het gevaar. Te veel tijd, eigenlijk. Maar in deze droom – zoals in zovele – kon Myron niet bewegen. Zijn benen reageerden niet, zijn voeten zakten weg in dik droomdrijfzand terwijl het onvermijdelijke steeds dichterbij kwam.

Maar in werkelijkheid had Myron Burt Wesson nooit zien aankomen. Er was geen waarschuwing geweest. Myron maakte net een draai op zijn rechterbeen toen de botsing hem overviel. Hij hoorde het nog eerder dan dat hij het voelde knakken. Eerst had hij geen pijn gevoeld, alleen een soort verbazing. Die verbazing duurde waarschijnlijk niet meer dan een seconde, maar het was een bevroren seconde, een foto die Myron alleen in zijn dromen tevoorschijn haalde. En daarna kwam de pijn.

In de droom was Burt Wesson bijna bij hem. Burt was een enorme man, het type krachtspeler, het basketbalequivalent van de ijshockeyrammer. Hij had niet zo erg veel talent, maar hij was breed en zwaar en hij wist hoe hij daarvan gebruik moest maken. Hij was er een heel eind mee gekomen, maar dit was profbasketbal. Burt zou voor het begin van het seizoen uit zijn team gezet worden en het was poëtische ironie dat hij noch Myron ooit in een echte NBA-wedstrijd zou uitkomen. Tot twee avonden geleden, in ieder geval.

In de droom keek Myron toe hoe Burt Wesson hem naderde en

wachtte hij af. Ergens in zijn onderbewuste wist hij dat hij wakker zou worden voor de botsing plaatsvond. Dat was altijd het geval. Hij verbleef nu op dat snijpunt tussen nachtmerrie en ontwaken, dat kleine raampje wanneer je nog steeds slaapt maar waarin je weet dat het een droom is, en ook al is de droom beangstigend, dan wil je toch dat hij doorgaat om te zien hoe het zal eindigen, omdat het niet meer dan een droom is en je veilig bent. Maar de werkelijkheid liet dat kleine raampje niet lang openstaan. Dat gebeurde nooit. Terwijl Myron naar de oppervlakte zwom, wist hij dat wat het antwoord ook was, hij dat niet zou vinden door in de nacht op reis te gaan naar het verleden.

'Telefoon voor je,' zei Jessica.

Myron knipperde met zijn ogen en rolde zich op zijn rug. Jessica was al aangekleed. 'Hoe laat is het?' vroeg hij.

'Negen uur.'

'Wat? Waarom heb je me niet wakker gemaakt?'

'Je moest eens goed slapen.' Ze gaf hem de telefoon. 'Het is Esperanza.'

Hij nam hem aan. 'Hoi.'

'Jezus, slaap jij nog wel eens thuis?' vroeg Esperanza.

Hij had geen zin in dit gedoe. 'Wat is er?'

'Fred Higgins van Financiën aan de lijn,' zei ze. 'Ik dacht dat je die wel zou willen spreken.'

'Verbind maar door.' Een klikje. 'Fred?'

'Hallo. Hoe gaat het, Myron?'

'Prima. Heb je iets over die serienummers?'

Een korte aarzeling. 'Je hebt je neus in een wespennest gestoken, Myron. Een wespennest.'

'Vertel.'

'Mensen willen niet dat dit naar buiten komt, snap je dat? Ik heb me in allerlei bochten moeten wringen om deze gegevens boven tafel te krijgen.'

'Ik hou mijn mond wel.'

'Oké.' Higgins haalde diep adem. 'De biljetten komen uit Tucson in Arizona,' zei hij. 'Of, specifieker: van de First City National Bank van Tucson in Arizona. Ze zijn buitgemaakt bij een gewapende overval.'

Myron zat rechtop in bed. 'Wanneer?'

'Twee maanden geleden.'

Myron herinnerde zich een kop in de krant en hij kreeg het koud. 'Myron?'

'De Raven Brigade,' bracht Myron met moeite uit. 'Het was een overval van de Raven Brigade, hè?'

'Klopt. Heb je ooit aan de Raven Brigade-zaak gewerkt bij de FBI?'

'Nee, nooit.' Maar hij wist er alles van. Myron en Win hadden gewerkt aan zaken die een intrinsieke tegenstrijdigheid kenden. Aansprekende zaken die in het middelpunt van de publieke belangstelling stonden, maar waarbij undercover geopereerd moest worden. Zij waren uitstekend geschikt geweest voor dat soort werk. Wie zou er immers een voormalig basketbalprof en een rijkeluiszoontje van verdenken een undercoveragent te zijn? Ze konden zich in alle kringen die ze wilden begeven zonder iemands achterdocht te wekken. Myron en Win hoefden geen nieuwe persoonlijkheid te creëren. Hun werkelijke persoonlijkheid was de beste dekmantel waarover de FBI kon beschikken. Maar Myron had nooit fulltime voor hen gewerkt. Win was hun troetelkind. Myron had meer iets van een overal inzetbare speler die Win erbij had gehaald als hij dat nodig achtte.

Maar natuurlijk kende hij de Raven Brigade. Zelfs mensen die maar vluchtig op de hoogte waren van het extremisme in de jaren zestig, kenden hen bij naam. De Ravens, opgericht door hun charismatische leider Cole Whiteman, waren een splintergroepering geweest van de Weather Underground. Ze hadden veel weg van het Symbionese Liberation Army, de groepering die Patty Hearst had gekidnapt. Ook de Ravens hadden geprobeerd een in het oog springende ontvoering te plegen, maar het slachtoffer had dat met de dood moeten bekopen. Vier leden van de groep waren ondergedoken. Ondanks alle inspanningen van de FBI waren de vluchtelingen – onder wie Cole Whiteman, die met zijn Win-achtige blonde haar en burgerlijke achtergrond in de verste verte niet op een extremist leek – bijna een kwart eeuw lang nooit gevonden.

Dimontes rare vragen over radicale politiek en 'vuileriken' waren opeens niet meer zo raar.

'Was het slachtoffer een van de Ravens?' vroeg Myron.

'Dat mag ik niet zeggen.'

'Dat hoeft ook niet,' zei Myron. 'Het was Liz Gorman. Dat weet ik zeker.'

Weer een korte aarzeling. Toen vroeg Higgins: 'Hoe kun jij dat nou weten?'

'Vanwege de implantaten,' zei Myron.

'Wat?'

Liz Gorman, een vrouw met vlammend rood haar, was een van de oprichters van de Raven Brigade geweest. Tijdens hun eerste 'missie' – een mislukte poging om een chemisch laboratorium op een universiteit in brand te steken – had de politie een codenaam op de scanner opgepikt. KD. Later bleek dat de mannelijke leden van de Brigade haar KD noemden, de afkorting voor Kleermakers Droom, omdat ze zo plat was als een strijkplank en makkelijk te naaien was. Radicalen uit de jaren zestig waren, ondanks al hun zogenaamd progressieve ideeën, enorme seksisten. Nu begreep hij de implantaten. Iedereen met wie Myron gesproken had, herinnerde zich één ding over 'Carla': haar cupmaat. Liz Gorman had bekendgestaan om haar platte borst, en wat was dan een betere vermomming dan een enorme borstvergroting?

'De FBI en de politie werken samen aan deze zaak,' zei Higgins. 'Ze proberen het voorlopig stil te houden.'

'Waarom?'

'Ze houden haar huis in de gaten. Ze hopen een ander lid te lokken.'

Myron voelde zich versuft. Hij had willen weten wie die geheimzinnige vrouw was en nu wist hij het: ze was Liz Gorman, een bekende extremiste die sinds 1975 niet meer gezien was. De vermommingen, de verschillende paspoorten, de implantaten: het klopte allemaal als een bus. Ze was geen drugsdealer, ze was een voortvluchtige.

Maar als Myron al gehoopt had dat de waarheid over Carla zijn eigen onderzoek verder zou helpen, dan had hij zich deerlijk vergist. Wat voor verband kon er in godsnaam bestaan tussen Greg Downing en Liz Gorman? Hoe was een basketbalprof betrokken geraakt bij een door de politie gezochte extremiste die al was ondergedoken toen Greg nog een jongen was? Het sloeg helemaal nergens op.

'Hoeveel heeft die bankoverval hun opgeleverd?' vroeg Myron.

'Dat weten we niet precies,' antwoordde Higgins. 'Ongeveer vijftienduizend cash, maar ze hebben de kluisjes ook geforceerd. Er is voor ongeveer een half miljoen aan verzekeringsgelden geclaimd, maar een hoop van die declaraties is flauwekul. Als iemand beroofd wordt, heeft-ie opeens niet één Rolex in zijn safe, maar tien. Ze proberen de verzekering op te lichten. Je kent het wel.'

'Aan de andere kant,' zei Myron, 'zal iemand die er zwart geld bewaarde, het niet declareren. Die moet z'n verlies gewoon nemen.' Daar was je weer bij drugs en drugsgeld. De extremisten die ondergedoken zaten hadden fondsen nodig. Er waren gevallen bekend van bankovervallen, afpersen van vroegere bendegenoten die het gewone leven waren ingestapt, drugs dealen, dat soort dingen. 'Dus het kan nog wel meer zijn geweest.'

'Inderdaad, dat is moeilijk te zeggen.'

'Heb je nog meer info hierover?'

'Nee,' zei Higgins. 'Het onderzoek wordt potdicht gehouden, en ik zit niet onder de deksel. Weet je wel hoe lastig het was om aan deze info te komen, Myron? Je staat flink bij me in het krijt!'

'Ik heb je die kaartjes toch al beloofd, Fred.'

'Vlak bij het veld?'

'Ik zal mijn best doen.'

Jessica kwam de kamer weer binnen. Toen ze Myrons gezicht zag bleef ze staan en keek hem vragend aan.

Myron beëindigde het gesprek en vertelde haar wat hij gehoord had. Ze luisterde aandachtig. Myron moest aan Esperanza's grapje denken: hij besefte dat hij hier al vier nachten achter elkaar had geslapen, een wereld- en olympisch record sinds het tussen hen uitgeraakt was. Hij maakte zich er zorgen over. Het was niet zo dat hij het niet prettig vond om daar te zijn. Dat vond hij wel. Het was niet zo dat hij bindingsangst had of dat soort gezever. Integendeel, hij wilde zich dolgraag binden. Maar een stukje van hem was nog steeds bang. Oude wonden die niet zo snel genezen en dat soort gedoe...

Myron had de gewoonte om te veel van zichzelf bloot te geven. Dat wist hij. Met Win of Esperanza was dat prima. Hij vertrouwde hen volledig. Hij hield zielsveel van Jessica, maar ze had hem gekwetst. Hij wilde het voorzichtig aanpakken. Hij wilde enige terughoudendheid betrachten, niet zo openhartig zijn, maar het hart weet niet wanneer het terughoudend moet zijn. Tenminste, dat van Myron niet. Twee oerkrachten streden in zijn binnenste met elkaar: zijn natuurlijke neiging om alles wat hij had te geven als het op de liefde aankwam, tegenover het overlevingsinstinct dat hem zei pijn te vermijden.

'Dit is toch allemaal volkomen krankzinnig,' zei Jessica toen hij klaar was met zijn relaas.

'Inderdaad,' zei hij. Ze hadden de avond daarvoor amper met elkaar gepraat. Hij had haar verzekerd dat het goed met hem was en toen waren ze gaan slapen. 'Ik moet je nog bedanken.'

'Waarom?'

'Jij bent degene die Win gebeld heeft.'

Ze knikte. 'Nadat die gangsters je overvallen hadden.'

'Ik dacht dat je gezegd had dat je je er niet mee zou bemoeien.'

'Nee. Ik heb gezegd dat ik niet ging proberen je tegen te houden. Dat is heel wat anders.'

'Dat is zo.'

Jessica kauwde op haar onderlip. Ze droeg een spijkerbroek en een Duke-sweatshirt dat een paar maten te groot was. Haar haar was nog nat van de douche. 'Ik denk dat je bij me in moet trekken,' zei ze.

Haar woorden troffen hem als een vuistslag. 'Wat?'

'Sorry, ik was niet van plan om het zo plompverloren te zeggen,' zei ze. 'Maar ik ben er niet zo goed in om dergelijke kwesties een beetje in te kleden.'

'Je kleedt je liever uit,' zei hij.

Ze schudde haar hoofd. 'Wat zoek jij toch rare momenten uit om geestig te zijn.'

'Ja, sorry.'

'Hoor eens, ik ben hier niet zo goed in, Myron. Dat weet je wel.'

Hij knikte. Dat wist hij inderdaad.

Ze hield haar hoofd schuin, haalde haar schouders op en glimlachte zenuwachtig. 'Ik vind het gewoon fijn als je hier bent. Het voelt goed.'

Zijn hart maakte een sprongetje en begon te zingen, maar tegelijk trilde het van angst. 'Het is een grote stap.'

'Niet echt,' zei ze. 'Je bent hier toch al meestal. En ik hou van je.'

'Ik hou ook van jou.'

De stilte bleef iets langer hangen dan eigenlijk zou moeten. Jessica doorbrak haar voor die stilte onherstelbaar kwaad kon doen. 'Zeg nu maar niets,' zei ze haastig. 'Ik wil dat je erover nadenkt. Het was een stom moment om erover te beginnen, met al die toestanden nu. Of misschien is dat wel de reden dat ik dit moment heb uitgezocht, ik weet het niet. Maar zeg niets. Denk erover na. Bel me vandaag niet, en vanavond ook niet. Ik ga naar de wedstrijd en dan neem ik Audrey mee naar de kroeg. Ze is vandaag jarig. Slaap vanavond maar thuis, goed? Misschien kunnen we het er morgen over hebben, oké? Morgen?'

'Morgen,' zei Myron instemmend.

20

Big Cyndi zat achter de balie van de receptie. 'Zat' was waarschijnlijk het verkeerde woord. Ze was net een circusolifant op een tonnetje. De vier poten van de balie waren van de vloer af gekomen en het blad balanceerde op Big Cyndi's knieën als een wip. Haar koffiebeker was verdwenen tussen haar vlezige handen die aan kussens deden denken. Haar korte stekeltjeshaar vertoonde die dag een roze gloed. Haar make-up deed hem denken aan een voorval uit zijn jeugd waarbij een stel wascokrijtjes gesmolten waren. Ze had witte lippenstift op, alsof ze in een Elvisdocumentaire figureerde. Haar xxxl-t-shirt droeg de tekst: KAP SALON, NIET HET REGENWOUD. Het duurde even voor Myron hem doorhad. Politiek correct maar schattig.

Normaal gesproken gromde ze als ze Myron zag. Vandaag glimlachte ze liefjes en knipperde met haar wimpers. Het zag er angstaanjagend uit, het deed denken aan Bette Davis in *Whatever Happened to Baby Jane*, maar dan een Bette Davis die steroïden had gebruikt. Big Cyndi stak haar middelvinger op en bewoog hem op en neer.

Myron deed een poging: 'Lijn één?'

Ze schudde haar hoofd. Ze gebaarde haastiger op en neer. Ze keek naar het plafond. Myron volgde haar blik, maar hij zag niets. Cyndi sloeg haar ogen ten hemel. De glimlach leek vastgevroren op haar gezicht, als bij een clown.

'Ik begrijp het niet,' zei hij.

'Win wil je spreken,' zei ze.

Het was de eerste keer dat Myron haar stem hoorde en hij schrok

ervan. Ze klonk als zo'n opgewekte presentatrice op een tellsell-
zender, zo'n programma waarnaar mensen bellen en in veel te veel
bijzonderheden beschrijven hoezeer hun leven verbeterd is sinds ze
een groene vaas hebben gekocht met de vier presidentshoofden
erop.

'Waar is Esperanza?' vroeg hij.

'Win is schattig.'

'Is ze er?'

'Win leek het heel belangrijk te vinden.'

'Ik wil gewoon...'

'U moet naar Win,' onderbrak Cyndi hem. 'U gaat toch niet de
antecedenten van uw meest gewaardeerde collega natrekken?'
Weer die zoetige glimlach.

'Ik ben hem helemaal niet aan het natrekken. Ik wil alleen weten...'

'Waar Wins kantoor is. Twee verdiepingen hoger.' Ze maakte
een geluid met haar koffie dat sommigen wellicht als 'slurpen' zouden omschrijven. Het klonk als elandengebrul tijdens de paartijd.

'Zeg tegen haar dat ik zo terug ben,' zei Myron.

'Natuurlijk.' Ze knipperde met haar wimpers. Ze zagen eruit als
twee tarantula's die op leven en dood met elkaar vochten. 'En nog
een fijne dag verder.'

Wins kantoor op de hoek bood uitzicht op 52nd Street en Park
Avenue. Een topuitzicht voor het wonderkind van Lock-Horne
Investments. Myron plofte neer in een van de weelderige, bor-
deauxrode, leren fauteuils. Er hingen enkele schilderijen waarop
de vossenjacht stond afgebeeld aan de met hout betimmerde wanden. Tientallen manlijke mannen te paard, met zwarte hoeden,
rode jasjes, witte broeken, zwarte laarzen, trokken erop uit, gewapend met een geweer en een meute honden om een klein, harig
diertje op te jagen tot ze het gevangen en gedood hadden. Ach, het
was een slimme tactiek, meer niet. Wellicht een beetje overdreven. Alsof je een vlammenwerper gebruikte om een sigaret aan te
steken.

Win zat te tikken op een laptop, die er een beetje eenzaam uitzag op het enorme blad dat hij een 'bureau' noemde. 'Ik heb iets interessants gevonden op die kopietjes die we in Downings huis hebben gemaakt.'

'O ja?'

'Het lijkt erop dat onze Downing een e-mailadres bij America Online had,' zei Win. 'En op zaterdag heeft hij een bepaald mailtje geopend.' Win draaide de laptop om zodat Myron het scherm kon zien.

Onderwerp: Seks!
Datum: 11 maart 14.51.36
Van: Sepbabe
Aan: Downing22

Zie je vanavond om tien uur. Je weet waar. Zorg dat je er bent. Ik beloof je de allerlekkerste nacht die je je in je wildste dromen maar voor kunt stellen.
F.

Myron keek op. 'De allerlekkerste nacht die je je in je wildste dromen maar voor kunt stellen?'

'Een geboren schrijfster, wat jij?' zei Win.

Myron trok een gezicht.

Win legde zijn hand op zijn hart. 'Ook al zou ze die belofte niet na kunnen komen,' zei hij, 'dan moet je toch haar lef bewonderen, haar toewijding aan haar vak.'

'Ja ja,' zei Myron. 'Maar wie is F.?'

'Er is geen profiel van de nickname Sepbabe aangemaakt,' ging Win verder. 'Dat betekent helemaal niets, natuurlijk. Veel gebruikers hebben geen profiel. Ze willen niet dat iedereen hun echte naam kent. Ik neem echter aan dat F. een ander alias is voor onze lieve overledene, Carla.'

'We weten inmiddels Carla's echte naam,' zei Myron.

'O ja?'

'Liz Gorman.'

Win trok een wenkbrauw op. 'Wat zeg je me daar nou?'

'Liz Gorman. Van de Raven Brigade.' Hij vertelde Win over het telefoontje van Fred Higgins. Win leunde achterover in zijn stoel en plaatste zijn vingertoppen tegen elkaar. Zijn gezicht verried niets, zoals gewoonlijk.

Toen Myron was uitgepraat zei Win: 'Het wordt eigenaardiger en eigenaardiger.'

'Waar het op neerkomt,' zei Myron, 'is: welk verband kan er in godsnaam bestaan tussen Greg Downing en Liz Gorman?'

'Een heel sterk verband,' zei Win, met een knikje naar het scherm van zijn laptop. 'De kans op de allerlekkerste nacht die je je in je wildste dromen voor kunt stellen – als je dat tenminste gelooft.'

'Maar met Liz Gorman?'

'Waarom niet?' Win klonk bijna verontwaardigd. 'Je moet niet discrimineren op grond van leeftijd of implantaten. Dat is niet eerlijk.'

Meneer Gelijke Rechten. 'Daar gaat het niet om,' zei Myron. 'Laten we even net doen alsof Greg verkikkerd is op Liz Gorman, hoewel niemand haar ooit omschreven heeft als een lekker ding...'

'Wat ben je toch oppervlakkig, Myron,' zei Win en hij schudde ontgoocheld zijn hoofd. 'Komt het niet bij je op dat Greg verder heeft gekeken dan dat? Ze had tenslotte grote borsten.'

'Zoals gewoonlijk als we het over seks hebben,' reageerde Myron, 'begrijp je weer eens niet waar het om draait.'

'En waar draait het dan om?'

'Hoe hebben ze elkaar leren kennen?'

Win plaatste zijn vingertoppen weer tegen elkaar en tikte ermee tegen het puntje van zijn neus. 'Ach ja,' zei hij.

'Inderdaad, ach ja. We hebben hier een vrouw die al meer dan twintig jaar ondergedoken zit. Ze heeft de hele wereld af gereisd, ze is waarschijnlijk nooit lang op dezelfde plek blijven hangen. Twee maanden geleden was ze in Arizona om een bank te beroven. Ze werkt als serveerster in een restaurantje aan Dyckman Street. Hoe heeft deze vrouw het aan kunnen leggen met Greg Downing?'

'Dat is lastig.' Win slikte. 'Maar niet onmogelijk. Er is genoeg bewijsmateriaal om de theorie te ondersteunen.'

'Zoals?'

Win gebaarde naar het scherm van zijn laptop. 'In deze e-mail gaat het bijvoorbeeld over zaterdagavond… de avond waarop Greg en Liz Gorman elkaar hebben getroffen in een café in New York.'

'In een ordinaire bar,' verbeterde Myron hem. 'Waarom daar? Waarom gingen ze niet naar een hotelletje of naar haar flat?'

'Misschien omdat het een café in een achterafstraatje is. Misschien, zoals je al aangaf, wilde Liz Gorman niet al te zeer in de openbaarheid treden. Dan is zo'n cafeetje een goed alternatief.' Hij bracht zijn handen naar het bureau en tikte met zijn vingers op het blad. 'Maar jij, vriend, bent iets anders vergeten.'

'Wat dan?'

'Die vrouwenkleren in het huis van Greg,' zei Win. 'Jouw onderzoek heeft ons ertoe gebracht te concluderen dat Downing een vriendin heeft die hij geheimhield. De vraag is uiteraard: waarom? Waarom zou hij zo z'n best doen om een relatie stil te houden? Een mogelijke verklaring is dat zijn geheime liefje de beruchte Liz Gorman was.'

Myron wist niet wat hij ervan moest denken. Audrey had Greg in een restaurant gezien met een vrouw die niet beantwoordde aan de beschrijving van Liz Gorman. Maar wat zei dat verder nog? Misschien had hij een afspraakje met een ander. Misschien was het iets volstrekt onschuldigs. Misschien had hij twee relaties. Wie weet? Maar toch vond Myron het moeilijk om te geloven in een romantische verbintenis tussen Greg Downing en Liz Gorman. Iets eraan klopte gewoon niet. 'Er moet een manier zijn om de naam Sepbabe na te trekken en erachter te komen wat de identiteit van de gebruiker is,' zei hij. 'Laten we eerst vaststellen of die naam werkelijk terug te voeren is op Liz Gorman of een van haar aliassen.'

'Ik zal het proberen. Ik heb geen contacten bij America Online, maar iemand die we kennen wel.' Win stak zijn arm naar achteren. Hij opende de met hout betimmerde deur van zijn minikoelkastje. Hij gooide Myron een blikje Yoo-Hoo toe en schonk voor zichzelf een Brooklyn Lager in. Win dronk nooit bier, alleen lager. 'Het is erg lastig om Gregs geld te lokaliseren,' zei hij. 'Ik vrees dat er niet zo veel is.'

'Dat klopt dan met wat Emily zei.'

'Maar goed,' ging Win verder. 'Ik heb één substantiële opname kunnen traceren.'

'Hoeveel?'

'Vijftigduizend dollar. Cash. Het duurde even voor ik het had, omdat het van een rekening komt die Martin Felder voor hem beheert.'

'Wanneer heeft hij die vijftigduizend opgenomen?'

'Vier dagen voor hij verdween,' zei Win.

'Om een gokschuld te betalen?'

'Misschien.'

Wins telefoon ging over. Hij nam op en zei: 'Duidelijk spreken. Oké, verbind maar door.' Twee seconden later reikte hij Myron de telefoon aan.

'Voor mij?' vroeg Myron.

Win keek hem uitdrukkingsloos aan. 'Nee,' zei hij, 'ik geef jou de telefoon omdat hij te zwaar voor me is.'

Wat was iedereen toch geestig. Myron nam de telefoon aan. 'Hallo?'

'Er staat beneden een patrouillewagen.' Het was Dimonte op zijn luidst. 'Meteen instappen.'

'Wat is er aan de hand?'

'Ik ben in het huis van Downing, dat is er aan de hand. Ik heb de rechter zowat moeten pijpen om een huiszoekingsbevel te krijgen.'

'Wat een leuke beeldspraak, Rolly.'

'Hou op met die flauwe praatjes, Bolitar. Jij zei dat er bloed in het huis was.'

'In het souterrain,' verbeterde Myron hem.

'Nou, ik sta op dit moment in het souterrain,' zei hij. 'En het is er zo schoon als babybilletjes.'

21

Het souterrain was inderdaad schoon. Nergens bloed te bekennen. 'Er moeten toch sporen zijn,' zei Myron.

Het leek of de tandenstoker van Dimonte tussen zijn opeengeklemde tanden ieder moment kon breken. 'Sporen?'

'Ja. Te vinden met een microscoop of zo.'

'Met een…' Dimonte flapperde met zijn armen, zijn gezicht was knalrood. 'Wat heb ik in godsnaam aan sporen? Die bewijzen helemaal niets. Je kunt sporen niet op DNA laten testen.'

'Het bewijst in ieder geval dat er bloed was.'

'En wat dan nog?' brulde hij. 'Ieder huis in Amerika dat je met een microscoop uitkamt zal bloedsporen opleveren. Dat kan niemand een reet schelen.'

'Ik weet niet wat ik verder moet zeggen, Rolly. Het bloed was er echt.'

Een stuk of vijf agenten van de technische recherche – geen uniform, ongemarkeerde auto's – doorzochten het huis. Krinsky was er ook. De videocamera in zijn hand stond uit. Onder zijn arm had hij een aantal kartonnen dossiermappen gepropt. Myron gebaarde ernaar. 'Is dat het rapport van de lijkschouwer?'

Roland Dimonte deed een stap naar voren zodat Myrons zicht op Krinsky geblokkeerd werd. 'Dat gaat je geen reet aan, Bolitar.'

'Ik weet het van Liz Gorman, Rolly.'

Dat deed de tandenstoker op de vloer belanden. 'Hoe kan jij verdomme…'

'Doet er niet toe.'

'Dat haal je de koekoek! Wat weet je nog meer? Als je iets voor me achterhoudt, Bolitar, dan…'

'Ik hou niets voor je achter, maar ik denk dat ik je kan helpen.'

Dimonte kneep zijn ogen samen. Señor Wantrouwen. 'Hoe dan?'

'Geef me de bloedgroep van Gorman. Dat is het enige wat ik wil weten, haar bloedgroep.'

'Waarom zou ik jou dat vertellen?'

'Omdat je niet helemaal dom bent, Rolly.'

'Schei uit met die onzin. Waarom wil je dat weten?'

'Weet je nog dat ik je vertelde over dat bloed in dit souterrain?'

Dimonte keek hem kwaad aan. 'Ja, en wat dan nog?'

'We hebben het bloed getest.'

'Wij? Wie heeft…' Zijn stem stierf weg. 'O, jezus christus. Je gaat me toch niet vertellen dat die psycho-yuppie hier ook bij betrokken is?'

Iedereen was altijd even dol op Win. 'Ik stel een ruil voor.'

'Wat voor ruil?'

'Jij vertelt me wat voor bloedgroep ze had. Dan vertel ik jou wat voor bloedgroep het bloed in het souterrain had.'

'Rot op, Bolitar. Ik kan je arresteren omdat je geknoeid hebt met bewijsmateriaal in een politieonderzoek.'

'Hoezo knoeien? Er was toen nog geen sprake van een politie-onderzoek.'

'Ik kan je nog steeds arresteren, voor inbraak.'

'Dat zal je dan eerst moeten bewijzen. En Greg moet bovendien aangifte doen. Hoor eens, Rolly…'

'AB positief,' zei Krinsky. Hij negeerde Dimontes boze blikken en ging verder: 'Een vrij zeldzame bloedgroep. Maar vier procent van de bevolking heeft 'm.'

Ze keken Myron allebei verwachtingsvol aan. Die knikte. 'AB positief. Klopt.'

Dimonte hief beide handen op en kneep zijn gezicht stomverbaasd samen. 'Wauw. Wacht eens even. Wat wil je nu eigenlijk zeggen? Dat ze hier beneden vermoord is en vervolgens weggehaald?'

'Ik zeg niets,' zei Myron.

'Want we hebben niets gezien wat erop wees dat het lijk verplaatst is,' ging Dimonte verder. 'Helemaal niets. Niet dat we daar nu echt naar op zoek waren. Maar het patroon van het bloed... Ik bedoel, als ze hier vermoord was, dan zou er in haar appartement niet zo veel bloed zijn geweest. Je hebt die rotzooi daar toch gezien?'

Myron knikte.

Dimontes ogen schoten doelloos rond. Myron kon de versnellingsbak in zijn hoofd praktisch knarsend tot stilstand horen komen. 'Je weet wat dat betekent, hè, Bolitar?'

'Nee, Rolly. Maar waarom vertel jij het me niet?'

'Het betekent dat de moordenaar hier na de moord naartoe terug is gekomen. Dat is de enige logische verklaring. En weet je in wiens richting dit allemaal begint te wijzen? In die van makker Downing. Eerst vinden we zijn vingerafdrukken in het appartement van het slachtoffer...'

'Wat zeg je nou?'

Dimonte knikte. 'Jawel. Downings vingerafdrukken op de deurlijst.'

'Maar niet binnen?'

'Jawel, binnen op de deurlijst.'

'Maar nergens anders?'

'Wat maakt dat in godsnaam uit? Die vingerafdrukken bewijzen dat hij op de plaats delict is geweest. Wat wil je nog meer horen? Maar goed, het is dus als volgt gegaan...' Hij stak een nieuwe tandenstoker in zijn mond. Nieuwe tandenstoker, nieuwe theorie. 'Downing vermoordt haar. Hij gaat terug naar zijn huis om te pakken of zo. Hij heeft haast dus hij laat het een en ander achter in zijn souterrain. Dan neemt hij de benen. Een paar dagen later komt hij terug en maakt de boel schoon.'

Myron schudde zijn hoofd. 'Waarom zou hij überhaupt naar het souterrain zijn gegaan?'

'Voor de wasmachine,' antwoordde Dimonte. 'Hij kwam naar beneden om zijn kleren te wassen.'

'Maar de wasmachine staat boven, in de laundry,' zei Myron.

Dimonte haalde zijn schouders op. 'Misschien kwam hij een koffer halen.'

'Die staan in de kast in zijn slaapkamer. Dit is de speelkamer van de kinderen, Rolly, meer niet. Waarom kwam hij hier naar beneden?'

Dat snoerde Dimonte even de mond. Myron zweeg ook. Het sloeg allemaal nergens op. Was Liz Gorman hier gedood en naar haar appartement in Manhattan gesleept? Dat leek gezien het bewijsmateriaal niet te kloppen. Was ze misschien hier beneden gewond geraakt?

Wauw, wacht eens even.

Misschien was de aanval op Gorman hier begonnen. Misschien was het hier in het souterrain tot een handgemeen gekomen. En in de poging haar te bedwingen was ze bewusteloos geslagen en had ze bloed verloren. Maar daarna? Had de moordenaar haar in een auto gedragen en naar Manhattan gereden? En had de moordenaar in een behoorlijk drukke straat geparkeerd, haar gewonde lichaam omhoog gezeuld, was hij haar appartement binnengegaan en had hij haar daar vermoord?

Dat sloeg toch nergens op?

Vanaf de begane grond werd er geroepen. 'Inspecteur! We hebben iets gevonden. Kom gauw!'

Dimonte bevochtigde zijn lippen. 'Zet de videorecorder aan,' zei hij tegen Krinsky. Hij nam alle relevante dingen op video op. Precies zoals Myron hem aangeraden had. 'Jij blijft hier, Bolitar. Ik wil niet uit hoeven leggen wat die lelijke kop van jou op de film doet.' Myron volgde op gepaste afstand. Krinsky en Dimonte gingen de trap op en de keuken binnen. Ze sloegen links af, naar de laundry. Geel vinyl behang met witte kippen bedekte de muren. Emily's smaak? Waarschijnlijk niet. Emily was waarschijnlijk nog nooit van haar leven in de laundry geweest.

'Hierheen,' zei iemand. Myron hield zich op de achtergrond. Hij kon zien dat de droger van de muur was weggeschoven. Dimonte bukte en keek erachter. Krinsky boog zich naar voren om ervoor te zorgen dat alles op tape kwam te staan. Dimonte kwam overeind. Hij deed zijn uiterste best om er grimmig uit te zien – een glimlach zou het niet goed doen op de video – maar het koste hem bijzonder veel moeite. Hij trok plastic handschoenen aan en tilde een voorwerp in het zicht.

De honkbalknuppel was overdekt met bloed.

22

Toen Myron terugkwam op kantoor, zat Esperanza aan de receptie.

'Waar is Big Cyndi?' vroeg Myron.

'Aan het lunchen.'

Myron zag even een plaatje van Fred Flintstones auto die bijna omkiepte door het gewicht van zijn Bronto-ribstukken voor zich.

'Win heeft me verteld wat er allemaal gebeurd is,' zei Esperanza. Ze droeg een groenblauwe blouse die aan haar hals openstond. Een gouden hartje aan een dun kettinkje lag trots tegen de donkere huid van haar borst. Haar altijd wat slordige haar zat een beetje verward in de grote ringen van haar oorbellen. Ze duwde een pluk naar achteren. 'Wat was er aan de hand bij Greg thuis?'

Hij vertelde haar over het bloed dat weggehaald was en de honkbalknuppel. Esperanza vond het meestal prettig iets anders te doen als ze zat te luisteren. Maar nu niet. Ze keek hem recht in de ogen. Als ze zo naar je keek, dan was dat zo intens dat het soms moeilijk was om haar blik te beantwoorden.

'Ik weet niet of ik het helemaal goed begrepen heb,' zei ze. 'Win en jij hebben twee dagen geleden bloed in het souterrain aangetroffen.'

'Klopt.'

'En daarna heeft iemand het bloed opgeruimd, maar hij heeft het moordwapen achtergelaten?'

'Kennelijk wel.'

Esperanza dacht daar even over na. 'Zou het de werkster geweest kunnen zijn?'

'De politie heeft dat al nagetrokken. Ze is er in geen drie weken geweest.'

'Heb jij een idee?'

Hij knikte. 'Iemand probeert Greg erin te luizen. Dat is de enige logische verklaring.'

Ze trok een wenkbrauw op. 'Door het bloed er eerst aan te brengen en vervolgens weer te verwijderen?'

'Nee, laten we bij het begin beginnen.' Hij pakte een stoel en ging voor haar zitten. Hij had er de hele rit terug naar kantoor over na zitten denken en hij wilde erover praten. In de hoek links weerklonk het primitieve digitale gekrijs van de fax. Myron wachtte tot het geluid wegstierf. 'Oké,' zei hij. 'Om te beginnen neem ik aan dat de moordenaar wist dat Greg die avond uit was met Liz Gorman... misschien heeft hij hen gevolgd, misschien heeft hij hen opgewacht bij haar flat. Maar goed, hij weet dat ze samen waren.'

Esperanza knikte en stond op. Ze liep naar de fax om te kijken wat er was binnengekomen.

'Als Greg is weggegaan, vermoordt de moordenaar Liz Gorman. Omdat hij weet dat Downing een prima zondebok zal zijn, neemt hij wat bloed van de plaats delict mee en laat dat bij Greg thuis achter. Dat zal Greg verdacht maken. En om het helemaal af te maken neemt de moordenaar ook het moordwapen mee en legt het achter de droger.'

'Maar je zei net dat het bloed opgeruimd was,' onderbrak ze hem.

'Inderdaad. Nu wordt het een beetje ingewikkeld. Stel dat ik Greg Downing wil beschermen. Ik kom zijn huis binnen en ik vind het bloed. En, weet je nog wel, ik wil niet dat Greg van moord beschuldigd wordt. Wat doe ik dan?'

Ze tuurde naar de binnengekomen fax. 'Het bloed verwijderen.'

'Inderdaad, heel goed.'

'Wauw, dank je wel. Krijg ik een lintje?'

'Heb nou eventjes geduld, ja? Ik zou dan dat bloed zien en het weghalen. Maar – en nou komt het – de eerste keer dat ik in dat huis was, heb ik die honkbalknuppel helemaal niet gezien. Dat is niet alleen zo in dit voorbeeld, dat was echt zo. Win en ik hebben alleen het bloed in het souterrain gezien. Geen knuppel.'

'Wacht even,' zei ze. 'Wil je zeggen dat iemand het bloed heeft opgeruimd omdat hij wilde voorkomen dat Greg van moord beschuldigd zou worden, maar dat diegene niets wist van de honkbalknuppel?'

'Inderdaad.'

'Wie kan dat dan zijn?'

'Geen idee.'

Esperanza schudde haar hoofd. Ze liep naar haar bureau en sloeg wat toetsen aan op haar toetsenbord. 'Het klopt niet.'

'Waarom niet?'

'Stel dat ik straalverliefd ben op Greg Downing,' zei ze terwijl ze weer naar de fax liep. 'Ik ben in zijn huis. Om de een of andere reden die ik zelf niet begrijp ben ik in de speelkamer van zijn kinderen. Het doet er niet toe waar ik ben. Stel je voor dat ik in mijn eigen flat ben. Of dat ik bij jou op bezoek ben. Waar dan ook.'

'Oké.'

'Ik zie bloed op de vloer of op de muren of waar dan ook.' Ze zweeg en keek hem aan. 'Wat voor gevolgtrekking zou ik volgens jou dan maken?'

Myron schudde zijn hoofd. 'Ik begrijp je niet.'

Esperanza dacht even na. 'Stel dat je hier nu weggaat,' begon ze, 'en je gaat terug naar de flat van die bitch.'

'Noem haar niet zo.'

'Jij je zin. Stel dat je daar binnenkwam en je zag bloed op de muren. Wat zou je eerste reactie zijn?'

Myron knikte langzaam. Nu begreep hij waar ze naartoe wilde. 'Ik zou me zorgen maken over Jessica.'

'En je volgende reactie, als je erachter was gekomen dat er met haar niets aan de hand was?'

'Nieuwsgierigheid, denk ik. Van wie is dat bloed? Hoe komt het daar? Zoiets.'

'Inderdaad,' zei ze met een knikje. 'Zou je denken: jemig, dat moet ik maar gauw schoonmaken anders wordt die bitch ervan beschuldigd dat ze iemand vermoord heeft?'

'Noem haar niet zo.'

Esperanza legde hem met een wuivend gebaar het zwijgen op. 'Zou je dat wel of niet denken?'

'Onder die omstandigheden niet, nee,' zei Myron. 'Dus als mijn theorie stand wil houden, dan…'

'Dan had die beschermer van jou van de moord af moeten weten,' maakte ze de zin voor hem af, terwijl ze weer naar haar computer liep om iets na te kijken. 'Hij of zij zou ook moeten weten dat Greg er op de een of andere manier bij betrokken was.'

Myrons hoofd tolde van de mogelijkheden. 'Jij denkt dat Greg haar vermoord heeft,' zei hij. 'Jij denkt dat hij na de moord terug is gegaan naar zijn huis en dat hij wat sporen van zijn misdaad heeft achtergelaten… bloed in het souterrain bijvoorbeeld. Dan stuurt hij zijn beschermer naar het huis om de sporen uit te wissen.'

Esperanza trok een gezicht. 'Hoe kom je daar in godsnaam bij?'

'Ik dacht…'

'Dat denk ik helemaal niet,' zei Esperanza. Ze niette de gefaxte pagina's aan elkaar. 'Als Greg iemand naar zijn huis had gestuurd om het bewijsmateriaal te verwijderen, dan was het wapen ook weg geweest.'

'Inderdaad. Maar wat is dan de conclusie?'

Esperanza haalde haar schouders op en zette met een rode stift een rondje om iets op de gefaxte pagina. 'Jij bent hier de detective. Verzin zelf iets.'

Myron dacht daar even over na. Een andere oplossing – een oplossing waarvan hij bad dat hij het bij het verkeerde eind had – kwam opeens bij hem op. 'Er is nog een mogelijkheid,' zei hij.

'Wat dan?'

'Clip Arnstein.'

'Wat heeft die ermee te maken?'

'Ik heb Clip over dat bloed in het souterrain verteld,' zei Myron.

'Wanneer?'

'Twee dagen geleden.'

'En hoe reageerde hij?'

'Hij deed behoorlijk raar,' zei Myron. 'En hij heeft ook een motief... een schandaal zal zijn kans om de baas van de Dragons te blijven om zeep helpen. Shit, daarom heeft hij mij ingehuurd. Om de problemen binnenskamers te houden. Niemand wist verder van dat bloed in het souterrain af.' Myron zweeg. Hij leunde achterover en liet in gedachten de hele film nogmaals afspelen. 'Ik ben natuurlijk nog niet in de gelegenheid geweest om Clip over de moord op Liz Gorman te vertellen. Hij wist helemaal niet dat het bloed niet dat van Greg was. Het enige wat hij wist was dat er bloed in het souterrain was. Zou hij daarom alleen al die dingen doen? Zou hij het risico nemen als hij helemaal niets af wist van Liz Gorman?'

Esperanza glimlachte even naar hem. 'Misschien weet hij meer dan jij denkt,' zei ze.

'Waarom zeg je dat?'

Ze gaf hem de fax. 'Het is een lijst van de gesprekken gemaakt met de betaaltelefoon bij de Parkview Diner,' zei ze. 'Ik heb ze al vergeleken met de nummers in mijn adressenbestand. Kijk eens naar het nummer waar ik een rondje omheen heb gezet.'

Myron zag het. Vier dagen voor de verdwijning van Greg was er een telefoongesprek gevoerd van twaalf minuten vanaf de Parkview Diner. Het telefoonnummer was dat van Clip.

23

'Heeft Liz Gorman met Clip gebeld?' Myron keek op naar Esperanza. 'Wat is er in godsnaam aan de hand?'

Esperanza haalde haar schouders op. 'Dat moet je Clip vragen.'

'Ik wist dat hij iets voor me achterhield,' ging Myron verder. 'Maar ik begrijp het niet. Hoe past Clip in het plaatje?'

'Mmm.' Ze rommelde in de papieren op haar bureau. 'We hebben zat werk te doen, sportagentenwerk. Je moet vanavond toch een wedstrijd spelen?'

Hij knikte.

'Vraag het Clip dan. In de tussentijd komen wij hier heus niet veel verder.'

Myron wierp een vluchtige blik op het vel papier. 'Zijn je nog andere nummers opgevallen?'

'Nog niet,' zei ze. 'Maar ik wil het even over iets anders hebben.'

'Wat dan?'

'We hebben een probleem met een klant.'

'Met wie?'

'Jason Blair.'

'Wat is er loos met Jason?'

'Boos,' zei ze. 'Hij is niet gelukkig met de manier waarop ik de onderhandelingen over zijn contract doe. Hij zei dat hij jou heeft ingehuurd, niet een of andere' – ze vormde aanhalingstekens met haar vingers – 'schaars geklede worstelaarster met een lekkere reet.'

'Zei hij dat?'

'Yep. Lekkere reet. Mijn benen waren hem niet eens opgevallen.' Esperanza schudde haar hoofd.

Myron glimlachte. 'En wat gebeurde er toen?'

Achter hen dingdongde de lift. Op dit gedeelte van de verdieping kwam slechts één lift uit, direct in de receptie van MB SportsReps. Dat getuigde van klasse, of zoiets, althans zo was het Myron indertijd verkocht. De deuren gingen open en er stapten twee mannen uit. Myron herkende ze direct: Camouflagebroek en Bakstenen Muur. Beiden waren gewapend. Ze richtten hun pistolen op Myron en Esperanza. De B-man stapte na hen de lift uit alsof hij net als gast was aangekondigd bij de Jay Leno-show. Brede grijns, zwaai naar het publiek.

'Hoe is het met je knie, Myron?' vroeg hij.

'Beter dan met je busje.'

Daar kon de B-man wel om lachen. 'Die Win,' zei hij peinzend. 'Altijd vol verrassingen. Hoe wist hij op welk moment hij tegen ons op moest rijden?'

Dat kon hij net zo goed vertellen. 'Onze mobieltjes waren nog steeds met elkaar in gesprek.'

De B-man schudde zijn hoofd. 'Echt slim. Ik ben onder de indruk.' Hij had een iets te glimmend pak aan en een roze das. Hij droeg een overhemd met dubbele manchetten en voorzien van het monogram B-MAN. Hij nam het bijnaamgedoe wel erg serieus. Een dikke gouden armband kronkelde als een kabel om zijn rechterpols.

'Hoe ben je binnengekomen?' vroeg Myron.

'Denk je echt dat een paar huuragentjes ons tegen kunnen houden?'

'Ik wil het toch graag weten,' zei Myron.

De B-man haalde zijn schouders op. 'Een kwestie van aanbellen bij Lock-Horne Investments en vertellen dat ik op zoek ben naar een nieuwe financiële adviseur voor mijn miljoenen. Een gretige loopjongen zei dat ik meteen boven moest komen. Toen drukte ik de knop van de elfde verdieping in in plaats van die van de veertiende.' Hij spreidde zijn handen. 'En hier ben ik dan.' Hij lachte naar Esperanza. Met zijn te witte tanden in zijn bruine gezicht leek het alsof er een nachtlampje werd aangeklikt.

'En wie is dit aantrekkelijke schepsel?' vroeg hij met een knipoog.

'Tjonge,' zei Esperanza, 'welke vrouw wil niet dolgraag een schepsel genoemd worden?'

De b-man lachte weer. 'Een dametje met pit,' zei hij. 'Daar hou ik wel van. Heus.'

'Alsof mij dat wat kan schelen,' zei Esperanza.

Weer een lach. 'Mag ik u iets vragen, Miss…?'

'Moneypenny,' maakte ze de zin voor hem af. Ze zei het in haar beste Sean Connery-imitatie. Niet het niveau van Rich Little, maar zeker niet slecht.

Weer een lach van de b-man. De man was een halve hyena. 'Wil je zo vriendelijk zijn Win te vragen naar beneden te komen? Via de luidspreker graag. En zeg hem dat hij zijn wapens boven laat.'

Ze keek Myron aan. Myron knikte. Ze toetste in. Via de luidspreker schalde 'Duidelijk spreken' door de ruimte.

Esperanza zei: 'Een of ander zonnebankbruinwaterstofperoxide blondje wil je spreken. Hierbeneden.'

'Ach, ik verwachtte hem al,' zei Win. 'Hallo, b-man.'

'Hallo, Win.'

'Ik neem aan dat je in welbewapend gezelschap verkeert.'

'Inderdaad, Win,' zei de b-man. 'Als je iets probeert, overleven je vrienden het niet.'

'Overleven het niet,' herhaalde Win. 'Ik had echt een betere tekst van je verwacht, b-man. Ik kom eraan.'

'Ongewapend, Win.'

'Vergeet het maar. Maar er zal geen geweld plaatsvinden. Dat beloof ik je.' De verbinding werd verbroken. Gedurende enkele seconden keek iedereen elkaar afwachtend aan.

'Ik vertrouw hem voor geen cent,' zei de b-man. Hij wees naar Bakstenen Muur. 'Neem het meisje mee naar de andere kamer. Verschans je achter een bureau of iets dergelijks. Als je een schot hoort, knal je haar kop eraf.'

Bakstenen Muur knikte.

De B-man richtte zich tot Camouflagebroek. 'Houd Bolitar onder schot.'

'Prima.'

De B-man pakte zijn eigen wapen. Toen de lift dingdongde, zakte hij door zijn knieën en richtte. De deuren gleden open, maar het was Win niet. Big Cyndi werkte zich uit de lift, zo ongeveer als een dinosaurus uit een ei moet zijn gekropen.

'Jezus christus!' zei Camouflagebroek. 'Wat is dat in godsnaam?'

Big Cyndi gromde.

'Wie is dat, Bolitar?' vroeg de B-man.

'Mijn nieuwe receptioniste.'

'Zeg haar dat ze in de andere kamer wacht.'

Myron knikte naar Cyndi. 'Het is goed. Esperanza is daar ook.'

Cyndi gromde weer, maar ze deed wat haar gezegd was. Op weg naar Myrons kantoor liep ze langs de B-man. Het pistool in zijn hand leek naast haar op een wegwerpaansteker. Ze opende de deur, grauwde een laatste keer en sloot hem achter zich.

Stilte.

'Jezus christus,' zei Camouflagebroek weer.

Na ongeveer dertig seconden dingdongde de lift nogmaals. De B-man ging weer op zijn hurken zitten en richtte. De deuren gleden open, Win stapte naar buiten. Hij keek lichtelijk geïrriteerd toen hij het op hem gerichte wapen zag. Zijn stem klonk afgemeten. 'Ik zei je toch dat er geen geweld zou plaatsvinden.'

'Jij hebt informatie die wij nodig hebben,' zei de B-man.

'Daar ben ik me van bewust,' antwoordde Win. 'Nou, leg dat pistool weg en laten we als beschaafde mensen praten.'

De B-man hield zijn wapen op Win gericht. 'Ben je gewapend?'

'Natuurlijk.'

'Geef je wapen hier.'

'Nee,' zei Win. 'En het is niet één wapen. Het zijn wapens. Meervoud.'

'Ik zei...'

'En ik heb je gehoord, Orville.'

'Noem me niet zo.'

Win zuchtte. 'Prima, B-man.' Hij schudde zijn hoofd terwijl hij dat zei. 'Je maakt het allemaal veel ingewikkelder dan nodig is.'

'Wat heeft dat nou weer te betekenen?'

'Dat betekent dat een intelligente kerel als jij te vaak vergeet dat brute kracht niet de enige weg is. Sommige situaties vragen nu eenmaal om terughoudendheid.'

Win en een preek over terughoudendheid, dacht Myron. Wat krijgen we hierna? Xaviera Hollander met een lofzang op de monogamie?

'Denk nou eens aan wat je al gedaan hebt,' zei Win. 'Om te beginnen heb je Myron laten afrossen door een stelletje amateurs...'

'Amateurs!' Dit stond Camouflagebroek niet aan. 'Over wie...'

'Bek dicht, Tony,' zei de B-man.

'Hoor je wat hij over me zegt? Een amateur?'

'Ik zei, bek dicht, Tony.'

Maar Tony de Broek was nog niet uitgesproken. 'Ik heb ook gevoelens, B-man.'

De B-man keek hem strak aan. 'Je linkerfemur, als je je bek niet houdt.'

Tony deed zijn mond dicht.

De B-man keek Win weer aan. 'Excuses voor deze interruptie.'

'Geaccepteerd.'

'Ga door.'

'Zoals ik net al zei,' vervolgde Win. 'Eerst probeer je Myron af te laten rossen. Dan probeer je hem te ontvoeren en hem invalide te slaan. Allemaal voor niets.'

'Niet voor niets,' wierp de B-man tegen. 'We moeten weten waar Downing is.'

'En waarom denk je dat Myron dat weet?'

'Jullie waren allebei in zijn huis. En dan opeens zit Bolitar in Downings team. In zijn plaats.'

'En wat dan nog?'

'En wat dan nog? Ik ben niet van gisteren. Jullie twee weten iets.'

'Stel dat we inderdaad iets weten,' zei Win en hij spreidde zijn handen. 'Waarom vraag je het dan niet gewoon? Heb je dat überhaupt overwogen? Denk je niet dat gewoon vragen misschien de snelste weg kan zijn?'

'Ik heb het gevraagd!' kwam Camouflagebroek tussenbeide. Hij klonk nu defensief. 'Op straat! Ik vroeg hem waar Greg was. Hij gaf me een grote bek.'

Win keek hem aan. 'Ben jij ooit in het leger geweest?' vroeg hij.

Broek leek van zijn stuk gebracht. 'Nee.'

'Je bent een waardeloze schooier,' zei Win op de toon waarmee hij een rapport over een mixed aandelenfonds zou bespreken. 'Een zielig ectoplasma als jij dat legerkleding draagt is een belediging voor iedere man of vrouw die een echt vuurgevecht heeft meegemaakt. Als ik je ooit nog eens tegenkom in een soortgelijke uitdossing, ga ik je pijn doen. Ben ik duidelijk?'

'Zeg…'

'Je kent deze man niet, Tony,' kwam de B-man tussenbeide. 'Gewoon knikken en je mond houden.'

Camouflagebroek zag er gekwetst uit maar hij deed wat hem gezegd werd.

Win richtte zijn aandacht weer op de B-man. 'We kunnen elkaar in deze situatie van dienst zijn,' zei hij.

'Hoe dan?'

'Toevallig zijn wij ook op zoek naar de moeilijk te bereiken heer Downing. Daarom wil ik je een voorstel doen.'

'Ik luister.'

'Om te beginnen,' zei Win, 'houd je die wapens niet langer op ons gericht.'

De B-man keek hem spottend aan. 'Hoe weet ik dat ik je kan vertrouwen?'

'Als ik je dood wilde,' antwoordde Win, 'had ik je gisteravond al afgemaakt.'

De B-man dacht daarover na, knikte toen en liet zijn pistool zakken. Hij gebaarde naar Camouflagebroek, die vervolgens hetzelfde deed. 'Waarom heb je me eigenlijk niet vermoord?' vroeg de B-man. 'Ik had dat waarschijnlijk wel gedaan, als ik in jouw schoenen had gestaan.'

'Dat bedoel ik nou met brute kracht,' zei Win, 'zonde. We hebben elkaar hierin nodig. Als ik je had gedood, had ik je vandaag geen voorstel kunnen doen.'

'Klinkt redelijk. Steek van wal.'

'Ik neem aan dat Downing je een behoorlijk pittig bedrag schuldig is.'

'Een zeer pittig bedrag.'

'Mooi,' zei Win. 'Jij vertelt ons wat je weet. Wij zoeken hem, dat kost jou niets. En als wij hem inderdaad vinden, beloof je dan dat je hem geen kwaad doet als hij betaalt?'

'En als hij niet betaalt?'

Win grijnsde en stak zijn handen, met de palmen omhoog, naar voren. 'Wie zijn wij om ons te bemoeien met de manier waarop jij je zaken afhandelt?'

De B-man dacht hierover na, maar niet lang. 'Goed, daar kan ik mee leven,' zei hij. 'Maar ik praat niet met dit mannetje erbij.' Hij wendde zich tot Camouflagebroek. 'Ga maar in de andere kamer zitten.'

'Waarom?'

'Omdat je dan niets weet als iemand besluit je te martelen.'

Dat antwoord vond Camouflagebroek erg overtuigend. Hij ging zonder verder tegensputteren naar Myrons kantoor.

'Waarom gaan we er niet even bij zitten?' stelde Win voor.

Dat deden ze. De B-man sloeg zijn benen over elkaar en stak meteen van wal. 'Downing is je reinste gokverslaafde,' begon hij. 'Hij heeft een hele tijd behoorlijk veel geluk gehad. Dat is niet goed voor een man met een neiging. Toen zijn geluk keerde – en dat is op termijn onvermijdelijk – bleef hij denken dat hij zijn verliezen goed kon maken. Dat denken ze allemaal. En als ze zo veel geld hebben als Downing, laat ik ze hun gang gaan. Laat ze hun eigen graf graven. Goed voor de business. Maar tegelijkertijd moet je het goed in de gaten houden. Het ligt subtiel. Je wilt ook weer niet dat ze zich helemaal tot aan China de put in graven.' Hij draaide zich om en keek Myron aan. 'Je begrijpt wat ik bedoel?'

Myron knikte. 'Tot aan China.'

'Precies. Hoe dan ook, Downing begon grof te verliezen. En dan heb ik het over heel grof. Hij was nooit een vlotte betaler, maar hij had het altijd wel. Ik liet het soms oplopen tot tweevijftig of drie.'

'Honderdduizend?' vroeg Myron.

'Ja.' De B-man glimlachte. 'Je kent blijkbaar niet zo veel gokkers?'

Myron zweeg. Hij was niet van plan die emmer snot zijn levensverhaal te vertellen.

'Het is net zo erg als met alcohol of heroïne,' vervolgde de B-man. 'Ze kunnen zichzelf niet afremmen. In sommige opzichten is het zelfs erger. Mensen drinken en gebruiken drugs om aan de wanhoop te ontsnappen. Gokkers hebben dat element ook, maar gokken biedt je ook de milde hand van de hoop. Als je gokt is er altijd hoop. Je denkt altijd dat je maar één gokje af bent van het keren van de kansen. Dat is de catch 22. Zolang je hoop hebt, blijf je gokken. Maar met gokken is er altijd hoop.'

'Heel diepzinnig,' zei Win. 'Laten we het weer over Greg Downing hebben.'

'Simpel gezegd: Greg betaalt niet meer. De schuld loopt nu tegen het half miljoen. Ik begin dus wat druk op hem uit te oefenen. Hij vertelt me dat hij blut is, maar dat ik me geen zorgen hoef te maken omdat hij een of ander groot reclamecontract heeft getekend dat hem fors geld gaat opleveren.'

De Forte-deal, dacht Myron. Gregs plotselinge ommekeer in zijn houding ten opzichte van reclame viel op zijn plaats.

'Ik vroeg hem wanneer dat reclamegeld binnen zou komen. Hij zegt over ongeveer zes maanden. Zes maanden? Voor een aangroeiende schuld van een half miljoen dollar? Ik zei hem dat dat niet goed genoeg was. Dat hij nu moest betalen. Hij zei dat hij het geld niet had. Dus vroeg ik om een teken dat ik hem vertrouwen kon.'

Myron wist waar dit naartoe ging. 'Hij heeft de score beïnvloed.'

'Fout. Dat had hij móéten doen. De Dragons werden meer dan acht punten sterker dan Charlotte ingeschat. Downing zou ervoor zorgen dat de Dragons met minder dan acht punten zouden winnen. Simpel.'

'Hij stemde ermee in?'

'Natuurlijk. De wedstrijd zou die zondag gespeeld worden. Ik zette een ton op Charlotte. Een ton.'

'En Greg speelde helemaal niet,' maakte Myron het voor hem af.

'Jij begrijpt het,' zei de B-man. 'De Dragons wonnen met twaalf punten verschil. Goed, ik neem aan dat Greg geblesseerd is geraakt. Dat stond in de krant. Een absurde blessure, daar kan hij niets aan doen. Begrijp me niet verkeerd: hij blijft verantwoordelijk voor wat ik heb verloren. Waarom zou ik betalen voor een absurde blessure?' Hij zweeg even om te zien of iemand zijn logica wilde betwisten. Niemand maakte bezwaar. 'Dus ik wachtte op een telefoontje van Downing, maar dat kwam niet. Hij is me nu tegen de twee miljoen schuldig. Win, dat kan ik toch niet over mijn kant laten gaan?'

Win knikte.

'Wanneer heeft Greg jou voor het laatst betaald?' vroeg Myron.

'Alweer een tijdje terug, ik weet het niet precies. Misschien vijf of zes maanden geleden.'

'Maar de laatste tijd niets?'

'Niets.'

Ze praatten nog een tijdje door. Esperanza, Big Cyndi, Camouflagebroek en Bakstenen Muur liepen de kamer weer in. Win en de B-man veranderden van onderwerp en praatten door over vechtsportvriendjes die ze allebei kenden. Een paar minuten later vertrok de B-man met zijn entourage. Toen de liftdeuren sloten, draaide Big Cyndi zich om en lachte breeduit naar Esperanza. Toen begon ze in de rondte te huppelen. De vloer dreunde ervan.

Myron keek Esperanza vragend aan.

'Die grote kerel,' zei ze, 'die met ons in de andere kamer zat.'

'Wat is er met hem?'

'Hij heeft Cyndi om haar telefoonnummer gevraagd.'

Big Cyndi bleef met kinderlijk enthousiasme rondhuppelen. De mensen die een verdieping lager zaten zochten waarschijnlijk dekking alsof het de laatste dag van Pompei was. Myron wendde zich tot Win. 'Is het je opgevallen dat Greg in geen maanden iets heeft betaald?'

Win knikte. 'Die vijftigduizend dollar die hij voor zijn verdwijning heeft opgenomen waren dus niet bedoeld voor het afbetalen van zijn gokschulden.'

'Waar was het dan wel voor?'

'Om te kunnen vluchten, denk ik zo.'

'Dus hij wist op zijn minst vier dagen voor hij er daadwerkelijk vandoor ging, dat hij dat zou gaan doen,' zei Myron.

'Daar lijkt het wel op.'

Myron dacht er even over na. 'Dan kan het tijdstip van de moord geen toeval zijn. Als Greg van plan was te vluchten, kan het geen toeval zijn dat op de dag dat hij vertrekt Liz Gorman wordt vermoord.'

'Daar lijkt het wel op,' beaamde Win.

'Denk je dat Greg haar vermoord heeft?'

'Alles wijst in die richting,' zei Win. 'Ik vertelde je toch dat het geld van een rekening komt die door Marty Felder beheerd wordt? Misschien kan Felder ons daar meer over vertellen.'

Myron dacht daarover na. Big Cyndi hield plotseling op met huppelen. Ze omhelsde Esperanza en maakte een lala-geluidje. Prille liefde. 'Als Felder wist dat Greg ging onderduiken,' zei Myron, 'waarom heeft hij dan die boodschappen op Gregs antwoordapparaat achtergelaten?'

'Misschien om ons op een dwaalspoor te brengen. Of misschien wist hij niet wat Greg van plan was.'

'Ik ga hem bellen,' zei Myron. 'Eens kijken of ik voor morgen een afspraak kan maken.'

'Je moet toch een wedstrijd spelen vanavond?'

'Ja.'

'Hoe laat?'

'Half acht.' Myron keek op zijn horloge. 'Maar ik moet nu snel weg wil ik Clip van tevoren kunnen spreken.'

'Ik breng je wel,' zei Win. 'Ik wil die meneer Arnstein wel eens ontmoeten.'

Nadat ze vertrokken waren, luisterde Esperanza de boodschappen op haar voicemail af. Vervolgens ruimde ze haar bureau op. Haar twee foto's waren door Cyndi's gehop omgevallen: een van haar bearded collie Chloe toen die bekroond werd op de Westchester Hondenshow, de ander van haarzelf als Little Pocahontas en Big Cyndi als Big Chief Mama waarbij ze trots hun kampioenschapsgordels van de Fabulous Ladies of Wrestling omhooghielden.

Terwijl ze naar de foto's keek, bleef iets wat Myron gezegd had haar bezighouden. Hij maakte zich druk over de timing. Het tijdstip van de moord. Het tijdstip van Downings verdwijning. Maar hoe zat het met het tijdsverloop rond Liz Gorman? Wanneer was ze in New York aangekomen? De bank in Tucson was twee maanden geleden beroofd; Liz Gorman was ook twee maanden geleden in de Parkview Diner begonnen. Een crimineel op de vlucht wil natuurlijk het liefst zo ver mogelijk van de plaats delict verwijderd zijn, maar lag een zo dichtbevolkte plek als New York dan voor de hand? Waarom?

Hoe meer Esperanza erover nadacht, hoe minder ze ervan begreep. Het moest toch een geval van oorzaak en gevolg zijn. Iets bij die bankroof had ertoe geleid dat Liz Gorman deze kant op was gekomen. Esperanza dacht daar nog eens twee minuten over na. Toen pakte ze de telefoon en belde een van Myrons en Wins beste contacten bij de FBI.

'Ze hebben alles nodig wat je hebt over de bankroof van de Raven Brigade in Tucson,' zei Esperanza. 'Kun je me een kopie van het dossier sturen?'

'Morgenochtend heb je het.'

24

Win en Myron deelden een wat ongewone passie voor Broadway-musicals. Op dat moment klonk uit de geluidsinstallatie in Wins Jag de soundtrack van *1776*. Een congreslid riep uit: 'Laat iemand een raam opendoen!' Dit leidde tot een hevige discussie over de voordelen van het openzetten van genoemd raam (het was 'stikheet in Philadelphia') versus houd maar dicht ('te veel vliegen'). Deze discussie was doorspekt met aansporingen van mensen die tegen John Adams zeiden dat hij moest gaan zitten. Geschiedenis.

'Wie speelde de oorspronkelijke Thomas Jefferson?' vroeg Win. Hij wist het antwoord. Het leven met Myrons vrienden was een doorlopend quizprogramma.

'Filmversie of musical?'

Win fronste zijn wenkbrauwen. 'Ik doe geen films.'

'Ken Howard,' antwoordde Myron.

'Correct. Wat is de beroemdste rol van Mr. Howard?'

'De coach in de *White Shadow*.'

'Weer correct. De originele John Adams?'

'William Daniels.'

'Beter bekend als?'

'De onaangename chirurg uit *St. Elsewhere*.'

'De actrice die Martha Jefferson neerzette?'

'Betty Buckley. Meest bekend als Abby in *Eight is Enough*.'

Win glimlachte. 'Je bent echt goed.'

Myron keek uit het raampje – de gebouwen en auto's vloeiden ineen tot een trillende massa – en hij dacht aan Jessica. Over bij haar intrekken. Er was geen reden om het niet te doen. Hij hield van haar. Zij hield van hem. En meer dan dat, zij had de eerste stap gezet, voor het eerst, naar zijn idee. In de meeste relaties heeft een van de partners meer greep dan de ander. Zo werkt het nu eenmaal. Een perfect evenwicht is moeilijk te vinden. In hun geval had Jessica de touwtjes in handen. Myron wist dat, en als hij het niet geweten had, was hij zich daar wel van bewust geworden omdat Esperanza hem constant onder de neus wreef dat hij onder de plak zat. Dat wilde niet zeggen dat hij meer van Jessica hield dan zij van hem. Of misschien was dat wel zo. Myron was er niet meer zeker van. Wat hij wel zeker wist was dat de momenten waarop Jessica het initiatief nam – waarbij ze zich openstelde – zeldzaam waren. Myron wilde dat koesteren en aanmoedigen. Hij had lang op dergelijke woorden van haar kant moeten wachten. Maar toch had hij zijn twijfels. Net als met T.C. waren er een hoop factoren die aan hem trokken en wegduwden.

Hij piekerde over de voors en tegens, maar er kwam geen conclusie naar voren. Het liefst zou hij zijn hart bij iemand uitstorten. Op die manier kon hij het best nadenken, door hardop te denken in aanwezigheid van een goede vriend. Het probleem was: wie? Esperanza, zijn betrouwbaarste vertrouwelinge, had een hekel aan Jessica. Win… Als het om liefdesperikelen ging was Win gewoon niet de juiste persoon. Ergens in die schimmige regio was al lang geleden kortsluiting opgetreden.

Toch hoorde Myron zichzelf zeggen: 'Jessica heeft me gevraagd om bij haar in te trekken.'

Even zei Win niets. Toen: 'Krijg jij een volledig aandeel in de play-offbonus?'

'Wat?'

'Je bent laat bij het team gekomen. Heb je afgesproken welk deel van de bonus je zal krijgen?'

'Maak je geen zorgen. Dat is geregeld.'

Win knikte. Hij hield zijn ogen op de weg gericht. De snelheidsmeter zweefde rond de 120 km per uur, een snelheid waar Route 3 niet op was berekend. Win veranderde voortdurend van baanvak.

Myron was in de loop der jaren enigszins gewend geraakt aan Wins rijstijl, maar hij hield zijn ogen van de voorruit afgewend.

'Blijf je tijdens de wedstrijd?' vroeg Myron.

'Dat hangt ervan af.'

'Van wat?'

'Of die Bonker er zal zijn,' antwoordde Win. 'Je zei dat ze op zoek was naar een nieuwe baan. Misschien kan ik haar tegelijkertijd ondervragen.'

'Wat wil je dan zeggen?'

'Dat,' zei Win, 'is een dilemma waar we allebei mee worstelen. Als jij haar naar Downings telefoontje vraagt, verpruts je je dekmantel. Als ik dat aan haar vraag, wil ze natuurlijk het waarom en waarvoor weten. Bonker zal hoe dan ook, tenzij ze volslagen hersendood is, wantrouwig zijn. Bovendien, als ze al iets belangrijks weet, zal ze waarschijnlijk liegen.'

'Wat stel je dan voor?'

Win hield zijn hoofd schuin, alsof hij diep in gedachten was. 'Misschien moet ik wel met haar naar bed,' bedacht hij. 'Dan kan ik haar uithoren terwijl ze overmand is door passie.'

'Ze doet het alleen maar met Giants of Dragons.' Myron fronste zijn wenkbrauwen en voegde eraan toe: 'Met haar naar bed?'

Win haalde zijn schouders op. 'Het is maar een alternatief voor haar afrossen met een tuinslang,' zei hij. 'Tenzij ze natuurlijk op zoiets kickt.'

'Nog andere alternatieven?'

'Ik ben ermee bezig.' Zwijgend namen ze de afrit naar Meadowlands. Op de cd-speler was Abigail Adams aan John Adams aan het uitleggen dat de vrouwen in Massachusetts spelden nodig hadden. Win neuriede even met de muziek mee. Toen zei hij: 'Wat Jessica betreft' – hij nam een hand van het stuur en zwaaide ermee – 'ik ben niet degene die je daarover iets moet vragen.'

'Dat weet ik.'

'De eerste keer dat ze bij je weg is gegaan, was je er beroerd aan toe,' voegde hij eraan toe. 'Ik begrijp gewoon niet waarom je dat risico nog eens wilt lopen.'

Myron keek hem aan. 'Dat begrijp je echt niet, hè?'

Win zei niets.

'Dat is triest, Win.'

'Ja,' antwoordde hij. 'Verschrikkelijk tragisch.'

'Ik meen het serieus,' zei Myron.

Win bracht dramatisch een arm naar zijn hoofd. 'O, wat vreselijk dat ik nooit die diepe ellende zal doormaken waarin jij terechtkwam toen Jessica ervandoor ging. Arme ik.'

'Je weet dat het niet zo eenvoudig ligt.'

Win liet zijn arm zakken en schudde zijn hoofd. 'Nee, mijn beste vriend, zo eenvoudig ligt het wel. Je pijn, die was echt. De rest van wat je voelde bestaat uit een wreed waanidee.'

'Denk je er echt zo over?'

'Ja.'

'Wat betreft alle relaties?'

Win schudde zijn hoofd. 'Dat heb ik nooit gezegd.'

'En hoe zit het dan met onze vriendschap? Is dat ook een wreed waanidee?'

'Dit gaat niet om ons,' zei Win.

'Ik probeer alleen te begrijpen...'

'Er valt niets te begrijpen,' onderbrak Win hem. 'Doe wat je denkt dat het beste is. Zoals ik al zei ben ik niet degene met wie je dit gesprek moet voeren.'

Stilte. Het stadion torende boven hen uit. Jarenlang had het de Brendan Byrne Arena geheten, naar een weinig populaire gouverneur tijdens wiens ambtsperiode het complex was gebouwd. Omdat het sportbestuur geld nodig had, was onlangs de naam veranderd in de Continental Airlines Arena. Dat klonk niet bepaald lekker, maar de oude naam deed je ook niet meteen in gejuich uitbarsten. Brendan Byrne en zijn vroegere slippendragers hadden de staf gebroken over deze belediging. Wat een schande! De verontwaardiging zat diep. Het erfstuk van gouverneur Byrne! Hoe konden ze dat te grabbel gooien? Maar Myron had geen probleem met de naamswijziging gehad. Wat was er nou beter: een extra lastenverzwaring voor de burgers van 27 miljoen dollar of het ego van een politicus krenken? Als je erover nadacht was het geen enkel punt meer.

Myron wierp een blik op Win. Wins ogen waren op de weg gericht, zijn vingers hielden het stuur stevig beet. Myron dacht opeens weer aan die morgen dat Jessica bij hem weg was gegaan, vijf jaar geleden. Hij had neerslachtig in zijn eentje in zijn huis lopen kniezen toen Win aanklopte. Myron had de deur geopend.

Zonder inleiding had Win gezegd: 'Kom op, ik betaal een meid voor je. Je moet eens neuken.'

Myron had zijn hoofd geschud.

'Weet je het zeker?'

'Ja,' had Myron gezegd.

'Doe me een lol dan.'

'Wat dan?'

'Doe één ding niet: uitgaan en je bezuipen,' had Win gezegd. 'Dat is zo'n cliché.'

'Neuken is dat niet?'

Win had zijn lippen samengeknepen. 'Dat is tenminste een positief cliché.'

Vervolgens had Win zich omgedraaid en was hij vertrokken. Dat was het geweest. Daarna hadden ze nooit meer het onderwerp relatie met Jessica aangeroerd. Het was een vergissing geweest om het nu weer naar voren te brengen. Myron had beter moeten weten.

Dat Win was wie hij was had zijn redenen. Myron keek naar zijn vriend en had medelijden met hem. Vanuit Wins gezichtspunt was het leven één grote les om voor jezelf te zorgen. De resultaten waren niet altijd even fraai, maar meestal wel effectief. Win had niet al zijn gevoelens radicaal afgesneden, en hij was ook niet zo robotachtig als hij sommige mensen wilde doen geloven. Maar Win had geleerd om niet erg veel op anderen te vertrouwen noch al te zeer afhankelijk van hen te zijn. Er waren niet veel mensen om wie hij gaf, maar die paar die er waren werden gekoesterd met een intensiteit die weinigen ooit ten deel was gevallen. De rest van de wereld betekende weinig voor hem.

'Ik zorg dat je een stoel in de buurt van Bonker krijgt,' zei Myron zachtjes.

Win knikte en stuurde een parkeerplek op. Myron gaf zijn naam door aan Clips secretaresse en ze werden in zijn kantoor binnengelaten. Calvin Johnson was er al en stond rechts van Clip. Clip zat achter zijn bureau. Vandaag zag hij er oud uit. Zijn wangen waren grijzer en de huid rond zijn kaken leek slapper. Toen hij opstond leek dat hem meer moeite te kosten.

Clip nam Win kort op. 'Dit moet meneer Lockwood zijn.'

Hij wist zelfs van Win: hij was wederom goed voorbereid. 'Ja,' zei Myron.

'Hij helpt ons bij het oplossen van ons probleem?'

'Ja.'

Namen werden genoemd, handen geschud, achterwerken lieten zich zakken op de stoelen. Zoals gebruikelijk in dit soort situaties, zweeg Win. Zijn ogen gleden van de ene kant van de kamer naar de andere en namen alles in zich op. Hij hield ervan mensen een tijdje te observeren voordat hij met ze sprak, vooral als ze zich in hun eigen omgeving bevonden.

Clip bracht een vermoeid lachje op. 'Goed,' begon hij, 'waar staan we nu?'

'Toen u me voor deze klus vroeg,' begon Myron, 'was u bang dat ik wellicht iets onverkwikkelijks zou ontdekken. Ik zou graag willen weten wat dat was.'

Clip probeerde er geamuseerd uit te zien. 'Met alle respect, Myron,' begon hij met een lachje, 'maar als ik dat wist had ik je niet hoeven inhuren.'

Myron schudde zijn hoofd. 'Zo gemakkelijk komt u er niet van af.'

'Wat?'

'Greg is al eens eerder verdwenen.'

'En wat dan nog?'

'Toen was u niet bang voor iets onverkwikkelijks,' zei Myron. 'Waarom nu dan wel?'

'Dat heb ik je gezegd. De stemming onder de aandeelhouders zit eraan te komen.'

'Is dat uw enige zorg?'

'Natuurlijk niet,' zei Clip. 'Ik maak me ook ongerust over Greg.'

'Maar u hebt nooit eerder iemand ingehuurd om hem te vinden. Waar bent u bang voor?'

Clip haalde zijn schouders op. 'Waarschijnlijk voor niets. Ik dek me het liefst zo goed mogelijk in. Waarom? Wat heb je gevonden?'

Myron schudde zijn hoofd. 'U dekt zich nooit echt in, meneer Arnstein. U bent iemand die risico's neemt. Altijd al zo geweest. Ik heb gezien dat u populaire, bekwame veteranen inruilde voor debutanten die nog nooit wat hadden laten zien. Ik heb gezien dat u liever voor de aanval koos dan de boel defensief op slot te gooien. U bent nog nooit bang geweest om over het randje te gaan, om alles in te zetten.'

Clip glimlachte dunnetjes. 'Het probleem met die strategie,' zei hij, 'is dat je ook wel eens verliest. Soms verlies je heel veel.'

'Wat hebt u dit keer verloren?' vroeg Myron.

'Nog niets,' zei hij. 'Maar als Greg niet terugkomt, kan het mijn team het kampioenschap kosten.'

'Dat bedoel ik niet. Er is meer aan de hand.'

'Het spijt me,' zei Clip en hij spreidde zijn handen. 'Ik heb geen idee waar je het over hebt. Ik heb je ingehuurd omdat dat het meest logische was. Greg is verdwenen. En inderdaad, hij is eerder verdwenen, maar nooit zo laat in het seizoen en nooit wanneer we zo dicht tegen het kampioenschap aan zitten. Dit is gewoon niets voor hem.'

Myron keek naar Win. Win leek zich te vervelen.

'Liz Gorman, zegt die naam u iets?' probeerde Myron.

Vanuit een ooghoek zag Myron dat Calvin iets meer rechtop ging zitten.

'Nee,' zei Clip. 'Moet ik die kennen?'

'En een vrouw met de naam Carla of Sally?'

'Wat? Bedoel je of ik ooit een vrouw met de naam…'

'Niet ooit, recent. Of een andere vrouw die op een of andere manier met Greg Downing te maken heeft?'

Clip schudde zijn hoofd. 'Calvin?' Ook Calvin schudde zijn hoofd maar hij aarzelde er iets te veel bij. 'Waarom wil je dat weten?' vroeg Clip.

'Greg was ermee uit op de avond van zijn verdwijning,' zei Myron.

Clip ging rechtop zitten, zijn woorden spoten eruit als een schot hagel uit een jachtgeweer. 'Heb je haar gelokaliseerd? Waar is ze nu? Misschien zijn ze samen.'

Myron keek weer naar Win. Dit keer knikte Win bijna onmerkbaar. Hem was het ook opgevallen. 'Ze is dood,' zei Myron.

Alle kleur trok weg uit Clips gezicht. Calvin bleef zwijgen maar hij sloeg zijn benen over elkaar. Een enorme beweging voor het oude IJskonijn. 'Dood?'

'Vermoord, om precies te zijn.'

'O mijn god...' Clip keek van het ene gezicht naar het andere, alsof hij er een soort antwoord of troost kon vinden. Die vond hij niet.

'Weet u zeker dat u nooit de namen Liz Gorman, Carla of Sally gehoord hebt?' vroeg Myron.

Clip opende zijn mond en deed hem toen weer dicht. Er kwam geen geluid uit. Hij probeerde het weer. 'Vermoord?'

'Ja.'

'En ze was samen met Greg?'

'Hij is de laatste persoon die haar levend heeft gezien. Zijn vingerafdrukken zijn op de plaats delict aangetroffen.'

'De plaats delict?' Zijn stem trilde, zijn ogen stonden wazig. 'Mijn god, het bloed dat je in de kelder hebt gevonden,' zei hij. 'Lag het lichaam in Gregs huis?'

'Nee, ze is vermoord in haar flat in New York.'

Clip keek verbaasd. 'Maar ik dacht dat je bloed had gevonden in Gregs souterrain. In de speelkamer.'

'Ja, maar dat bloed is nu weg.'

'Weg?' Clip klonk zowel verward als geërgerd. 'Wat bedoel je met weg?'

'Ik bedoel dat iemand het heeft opgeruimd.' Hij keek Clip recht aan. 'Ik bedoel dat iemand in de afgelopen twee dagen Gregs huis is binnengegaan en geprobeerd heeft een onverkwikkelijk schandaaltje weg te poetsen.'

Clip schrok daarvan op. Het leven keerde in zijn ogen terug. 'Je denkt dat ik het was?'

'U bent de enige die ik van het bloed heb verteld. U wilde de ontdekking geheimhouden.'

'Dat heb ik aan jou overgelaten,' zei Clip snel. 'Ik zei dat ik dacht dat het verkeerd was, maar ik heb jouw beslissing gerespecteerd. Natuurlijk wil ik een schandaal vermijden. Wie niet? Maar zoiets zou ik nooit doen. Je zou me beter moeten kennen, Myron.'

'Meneer Arnstein,' zei Myron. 'Ik heb de telefoongegevens van de dode vrouw. Vier dagen voor de moord heeft ze u gebeld.'

'Wat bedoel je?'

'Het nummer van uw kantoor staat op de lijst van de telefoonmaatschappij.'

Hij begon iets te zeggen, zweeg en begon opnieuw. 'Misschien heeft ze hiernaartoe gebeld, maar dat wil niet zeggen dat ze mij gesproken heeft.' Zijn toon was weinig overtuigend. 'Misschien heeft ze mijn secretaresse gesproken.'

Win schraapte zijn keel. Toen nam hij voor het eerst het woord sinds hij het kantoor was binnengekomen. 'Meneer Arnstein.'

'Ja?'

'Met alle respect,' vervolgde Win, 'maar uw leugens worden een beetje vermoeiend.'

Clips mond viel open. Hij was gewend dat zijn ondergeschikten zijn achterwerk kusten, niet dat hij voor leugenaar werd uitgemaakt. 'Wat?'

'Myron heeft veel respect voor u,' zei Win. 'Dat pleit sterk voor u. Mensen verdienen Myrons respect niet gemakkelijk. Maar u kent de dode vrouw. U hebt met haar over de telefoon gesproken. Daar hebben we bewijs voor.'

Clips ogen vernauwden zich. 'Wat voor bewijs?'

'Om te beginnen de telefoongegevens…'

'Maar ik zei net…'

'En uw eigen woorden, dat komt er nog bij,' besloot Win.

Clip sprak langzamer, op zijn hoede. 'Waar heb je het in godsnaam over?'

Win plaatste zijn vingertoppen tegen elkaar. 'Eerder in dit gesprek vroeg Myron of u Liz Gorman kende of een vrouw met de naam Carla of Sally. Herinnert u zich dat?'

'Ja. Ik zei van niet.'

'Correct. En toen vertelde hij u – en ik citeer hem woordelijk omdat dat van belang is – dat Greg ermee uit was op de avond dat hij verdween. Akelige woordkeuze, geef ik toe, maar hij wilde daar wat mee. Herinnert u zich de twee vragen die u daarna stelde, meneer Arnstein?'

Clip leek de draad kwijt. 'Nee.'

'Dat waren – en weer citeer ik woordelijk – Heb je haar al gelokaliseerd? Waar is ze nu?' Win zweeg.

'Ja, en?'

'U zei "haar". Toen zei u "is ze". Maar Myron vroeg u of u Liz Gorman kende of Carla of Sally. Zou het niet logischer zijn om uit zijn bewoordingen op te maken dat hij naar drie verschillende vrouwen verwees? Dus naar ze in het meervoud en niet naar een zij of een haar? Maar u, meneer Arnstein, concludeerde direct dat deze drie namen bij één vrouw hoorden. Vindt u dat niet vreemd?'

'Wát?' Maar Clips verontwaardiging was gespeeld. 'Noem je dat bewijs?'

Win boog naar voren. 'Myron wordt goed betaald voor zijn inspanningen hier. Om die reden zou ik hem normaal gesproken adviseren voor u te blijven werken. Ik zou hem adviseren zich met zijn eigen zaken te bemoeien en uw geld aan te nemen. Als u uw eigen onderzoek wilt verknallen, wie zijn wij dan om in te grijpen? Niet dat Myron zou luisteren. Hij is ongeneeslijk nieuwsgierig. Erger nog, hij heeft een perverse neiging om het goede te doen, zelfs als dat niet van hem wordt verwacht.'

Win hield op, haalde adem en leunde weer achterover. Hij tikte nu zachtjes met zijn vingertoppen tegen elkaar. Alle ogen waren op hem gericht. 'Het probleem is,' vervolgde hij, 'dat er een vrouw is vermoord. Daar komt nog bij dat iemand met een plaats delict heeft geknoeid. Er is verder iemand spoorloos en die persoon kan heel goed ofwel de moordenaar zijn of ook een slachtoffer. Met andere woorden, het is veel te gevaarlijk om in deze situatie met de oog-kleppen op te blijven zitten. De mogelijke schade is veel groter dan wat het mogelijk oplevert. Een zakenman als u, meneer Arnstein, begrijpt dat natuurlijk wel.'

Clip bleef zwijgen.

'Laten we ter zake komen.' Win spreidde zijn handen, en drukte ze toen weer samen. 'We weten dat de vermoorde vrouw met u ge-sproken heeft. Dus, ofwel u vertelt ons wat ze heeft gezegd, ofwel we schudden elkaar de hand en dan scheiden onze wegen zich hier.'

'Ze belde mij eerst.' Het was Calvin. Hij ging verzitten. Hij ver-meed Clip aan te kijken, maar dat was niet nodig. Clip leek niet aan-gedaan door die opmerking. Hij zonk verder in zijn stoel weg, een ballon die langzaam leeg bleef lopen. 'Ze gebruikte de naam Carla,' vervolgde Calvin.

Met een knikje leunde Win weer achterover in zijn stoel. Hij had zijn rol gespeeld. De regie was nu weer aan Myron.

'Wat zei ze?' vroeg Myron.

'Ze zei dat ze belastende dingen over Greg wist. Ze zei dat ze de club kapot kon maken.'

'Wat wist ze van Greg?'

Clip bemoeide zich er weer mee. 'Dat hebben we niet kunnen achterhalen,' zei hij. Hij aarzelde even om tijd te winnen of zichzelf weer onder controle te krijgen, dat wist Myron niet. 'Ik wilde niet tegen je liegen, Myron. Het spijt me. Ik wilde alleen maar Greg be-schermen.'

'U hebt haar ook gesproken?' vroeg Myron.

Clip knikte. 'Calvin kwam naar me toe nadat ze gebeld had. De tweede keer dat ze belde hebben we beiden met haar gesproken. Ze zei dat ze zwijggeld wilde.'

'Hoeveel?'

'Twintigduizend dollar. We zouden elkaar maandagavond ont-moeten.'

'Waar?'

'Dat weet ik niet,' zei Clip. 'Ze zou ons de locatie maandagoch-tend doorbellen, maar ze heeft nooit gebeld.'

Omdat ze waarschijnlijk dood was, dacht Myron. Dode mensen bellen zelden op. 'En ze heeft u haar grote geheim nooit verteld?'

Clip en Calvin keken elkaar vragend aan. Calvin knikte. Toen wendde Clip zich tot Myron. 'Dat hoefde ze niet,' zei Clip met tegenzin. 'Dat wisten we al.'

'Wat wisten jullie al?'

'Greg gokte. Hij was een stel bijzonder nare types een hele hoop geld schuldig.'

'Jullie wisten al van zijn gokken?'

'Ja,' zei Clip.

'Hoe?'

'Greg heeft het me verteld.'

'Wanneer?'

'Ongeveer een maand geleden,' zei Clip. 'Hij wilde hulp. Ik… ik ben altijd een soort vaderfiguur voor hem geweest. Ik geef om hem. Ik geef erg veel om hem.' Hij keek op naar Myron, zijn ogen rauw van verdriet. 'Ik geef ook om jou, Myron. Dat maakt het allemaal zo moeilijk.'

'Maakt wat zo moeilijk?'

Maar hij ging er niet verder op door. 'Ik wilde hem helpen. Ik overtuigde hem ervan dat hij hulp moest zoeken. Professionele hulp.'

'En deed hij dat ook?'

'Greg is pas verleden week voor het eerst naar een arts gegaan. Een psychiater die gespecialiseerd is in gokverslaving. We hebben hem er ook toe overgehaald dat reclamecontract te tekenen,' voegde hij eraan toe. 'Om de gokschuld te kunnen afbetalen.'

'Wist Marty Felder van het gokken?' vroeg Myron.

'Dat weet ik niet zeker,' zei Clip. 'De dokter vertelde me dat gokkers verbazend ver kunnen gaan als het erom gaat hun verslaving geheim te houden. Maar Marty Felder beheerde het overgrote deel van Gregs geld. Het zou me verbazen als hij er niets van wist.'

Achter Clips hoofd hing een poster met een foto van het team van dit jaar. Myron keek er even naar. De coaanvoerders T.C. en Greg zaten geknield vooraan. Greg lachte breeduit. T.C. keek, typisch voor hem, nors voor zich uit. 'Dus toen u me inhuurde,' zei Myron, 'dacht u dat Gregs verdwijning met het gokken te maken had.'

'Nee.' Toen, na even beter nagedacht te hebben, voegde Clip eraan toe: 'Althans niet op de manier waarop jij denkt. Ik heb nooit gedacht dat Gregs bookie hem kwaad zou doen. Ik nam aan dat het Forte-contract hem respijt zou geven.'

'Op welke manier dan wel?'

'Ik maakte me zorgen om zijn gezondheid.' Clip gebaarde naar Gregs afbeelding op de poster achter hem. 'Greg is sowieso niet de meest uitgebalanceerde persoon ter wereld, en ik vroeg me af in hoeverre de druk van het gokprobleem op zijn toch al wankele geestelijke gesteldheid drukte. Hij hecht aan zijn imago, weet je, hoe raar dat ook mag klinken. Hij vindt het belangrijk om een publiekslieveling te zijn, daar hecht hij meer waarde aan dan aan geld. Maar als zijn fans de waarheid leren kennen, wie weet hoe ze dan reageren? Dus ik vroeg me af of al die druk niet te veel voor hem was. Of hij er misschien aan onderdoor was gegaan.'

'En nu er een vrouw dood is,' vroeg Myron. 'Wat denkt u nu?'

Clip schudde heftig zijn hoofd. 'Ik ken Greg beter dan wie ook. Als hij in het nauw zit, neemt hij de benen. Hij zou niemand vermoorden. Dat weet ik absoluut zeker. Hij is geen gewelddadig persoon. Greg heeft al lang geleden ervaren hoe gevaarlijk geweld kan zijn.'

Gedurende enige tijd sprak niemand een woord. Myron en Win wachten allebei tot Clip verder zou vertellen. Toen hij dit niet deed, zei Win: 'Meneer Arnstein, is er wellicht nog iets wat u ons kunt vertellen?'

'Nee. Dat is alles.'

Win stond op zonder nog een woord of gebaar en liep het kantoor uit. Myron haalde zo'n beetje zijn schouders op en liep achter hem aan.

'Myron?'

Hij draaide zich om naar Clip. De oude man stond nu. Zijn ogen waren vochtig.

'Goede wedstrijd vanavond,' zei hij zacht. 'Het is niet meer dan een wedstrijd, vergeet dat niet.'

Myron knikte, maar hij voelde zich opnieuw slecht op zijn gemak bij Clips gedrag. Hij liep snel achter Win aan en haalde hem in.

'Heb je mijn kaartje?' vroeg Win.

Myron gaf het aan hem.

'Omschrijf die Bonker eens, wil je?'

Myron voldeed aan zijn verzoek. Toen ze bij de lift waren, zei Win: 'De heer Arnstein vertelt ons nog steeds niet de waarheid.'

'Heb je iets concreets of is het een gevoel?'

'Ik doe niet aan gevoel,' zei Win. 'Geloof jij hem?'

'Ik weet het niet zeker.'

'Je bent gesteld op Arnstein, nietwaar?'

'Ja.'

'Ook al gaf hij toe je te hebben voorgelogen?'

'Ja.'

'Laat mij je dan een interessant scenario schetsen,' zei Win. 'Wie, afgezien van Greg, heeft het meest te verliezen als zijn gokverslaving in de openbaarheid komt? Wie, afgezien van Greg, heeft het beste motief om Liz Gorman het zwijgen op te leggen? En tot slot, als Greg Downing een groot probleem voor de club zou vormen – tot op het niveau van het verminderen dan wel vernietigen van Clips Arnsteins kansen om de baas te blijven – wie heeft dan het beste motief om Greg Downing te laten verdwijnen?'

Myron nam niet de moeite daarop te antwoorden.

25

De plaats naast Bonker was vrij. Win ging zitten en trakteerde haar op de complete glimlach.

'Goedenavond,' zei hij.

Ze glimlachte terug. 'Hallo.'

'U moet mevrouw Mason zijn.'

Ze knikte. 'En u bent Windsor Horne Lockwood III. Ik herken u van de foto in de *Forbes*.'

Ze schudden elkaar de hand, hun ogen ontmoetten elkaar. Hun handen lieten los, hun ogen niet. 'Wat een genoegen u te ontmoeten, mevrouw Mason.'

'Noemt u me alstublieft Maggie.'

'Ja, graag.' Win dikte de glimlach nog wat aan. De zoemer klonk. Het eerste kwart was voorbij. Hij zag dat Myron opstond om zijn teamgenoten te laten passeren. Het trof Win onaangenaam om hem in tenue op een NBA-veld te zien. Hij vond het niet prettig ernaar te kijken. Hij wendde zich weer tot Bonker. Ze keek hem verwachtingsvol aan.

'Ik heb begrepen dat je wel bij mijn bedrijf wilt komen werken,' zei Win.

'Inderdaad.'

'Heb je er bezwaar tegen als ik je een paar vragen stel?'

'Ga uw gang.' Ze maakte een uitnodigend gebaar.

'Je werkt nu toch nog bij Kimmel Brothers?'

'Inderdaad.'

'Met hoeveel handelaren werken ze daar?' vroeg Win.

'Nog geen tien,' zei ze. 'We zijn erg klein.'

'Op die manier.' Win plaatste zijn vingertoppen tegen elkaar, en deed net of hij haar woorden overdacht. 'Werk je ook wel eens in het weekeind?'

'Soms.'

'En 's avonds in het weekeind?'

Ze kneep haar ogen even een beetje samen, maar toen ontspande ze zich weer. 'Soms,' zei ze opnieuw.

'En hoe zat het afgelopen zaterdagavond?'

'Pardon?'

'Je kent Greg Downing toch?'

'Natuurlijk, maar…'

'Zoals je ongetwijfeld weet,' vervolgde Win, 'is hij sinds afgelopen zaterdagavond vermist. Interessant is dat het laatste telefoontje dat Downing vanuit zijn huisadres pleegde, naar jouw kantoor was. Kun je je dat gesprek herinneren?'

'Meneer Lockwood…'

'Alsjeblieft. Noem me Win.'

'Ik weet niet wat je hiermee wilt bereiken…'

'Toch is het niet zo moeilijk,' onderbrak Win haar. 'Gisteravond heb je aan mijn partner, Myron Bolitar, verteld dat je Greg Downing in geen maanden gesproken hebt. Toch beschik ik, zoals ik je net heb verteld, over informatie die die uitspraak tegenspreekt. Er zit dus ergens een discrepantie, een discrepantie die maakt dat sommigen zullen zeggen dat je het niet zo nauw neemt met de waarheid. Dat kan ik niet hebben bij Lock-Horne Investments. Mijn werknemers moeten boven elke twijfel verheven zijn. Daarom wil ik je vragen die discrepantie te verklaren.'

Win haalde uit zijn jaszak een zakje met pinda's. Hij dopte er een paar zonder ook maar iets te morsen, veegde de doppen in een ander zakje, en stopte de pinda's vervolgens een voor een in zijn mond.

'Hoe weet jij dat Downing mijn kantoor heeft gebeld?' vroeg Bonker.

'Alsjeblieft,' zei Win met een blik opzij. 'Laten we onze tijd niet met trivialiteiten verdoen. Zijn telefoongesprek is een bewezen feit.

Dat weet jij, dat weet ik. Zullen we dat laten rusten?'

'Ik werkte niet op zaterdagavond,' zei ze. 'Hij moet dan iemand anders gebeld hebben.'

Win fronste zijn wenkbrauwen. 'Ik word een beetje moe van je tactiek, Maggie. Zoals je net aan mij hebt verteld, werk je bij een klein bedrijf. Ik kan natuurlijk je werkgever bellen, als je dat wilt. Ik weet zeker dat hij maar al te graag aan Windsor Horne Lockwood III wil vertellen of je er wel of niet was.'

Bonker schoof naar achteren op haar stoel. Ze sloeg haar armen voor haar borst en keek naar de wedstrijd. De Dragons leidden met 24 tegen 22. Haar ogen volgden de bal over het speelveld. 'Ik heb u niets meer te zeggen, meneer Lockwood.'

'Ach, je bent niet langer geïnteresseerd in een baan?'

'Dat klopt.'

'Je begrijpt me verkeerd,' zei Win. 'Ik heb het niet alleen over een baan bij Lock-Horne Investments, maar ik bedoel bij wie dan ook, met inbegrip van je huidige werkgever.'

Ze draaide zich naar hem toe. 'Wat?'

'We hebben twee opties,' zei Win. 'Laat ik ze nauwkeurig voor je omschrijven zodat je de geschiktste kunt kiezen. Eén, je vertelt me waarom Greg Downing je zaterdagavond heeft gebeld. Je vertelt me waarom je daarover tegen Myron gelogen hebt. Je vertelt me alles wat je weet over zijn verdwijning.'

'Hoezo verdwijning?' onderbrak ze hem. 'Ik dacht dat hij geblesseerd was.'

'Optie twee,' vervolgde Win. 'Je blijft tegen mij zwijgen dan wel liegen, in welk geval ik onze bedrijfstak een gerucht ga sturen aangaande jouw integriteit. Om specifieker te zijn, ik laat doorschemeren dat de federale overheid een onderzoek instelt naar aanleiding van serieuze verdenking van verduistering.'

'Maar…' begon ze, en ze zweeg toen even. 'Maar dat kun je niet maken.'

'Nee?' Hij trok een geamuseerd gezicht. 'Ik ben Windsor Horne Lockwood III. In dit soort kwesties wordt er aan mijn woorden niet getwijfeld. Jij zult daarentegen, als ik klaar ben, nog moeite hebben emplooi te vinden als garderobejuffrouw bij de McDonald's.' Hij glimlachte en hield haar het zakje voor. 'Pinda?'

'Je bent niet goed snik.'

'En jij bent normaal,' kaatste Win terug. Hij keek naar het speelveld. 'Kijk daar eens, die jonge handdoekjongen bijvoorbeeld die het zweet van een speler van de vloer veegt. Dat alleen al moet goed zijn' – hij trok zijn schouders hoog op – 'voor… wat zal ik zeggen? Op zijn minst fellatio, vind je niet?'

Win glimlachte haar lief toe.

'Ik ga weg.' Ze maakte aanstalten om op te staan.

'Wil je met me naar bed?' vroeg hij.

Ze keek hem in ontzetting aan. 'Wat?'

'Wil je met me naar bed? Als je erg goed bent, wil ik alsnog overwegen om je bij Lock-Horne aan te nemen.'

Haar kaken waren op elkaar geklemd. 'Ik ben geen prostituee,' siste ze.

'Nee, je bent geen prostituee,' zei Win zo hard dat een aantal hoofden zich in hun richting draaide. 'Je bent een hypocriet.'

'Waar heb je het over?'

Win gebaarde haar weer te gaan zitten. 'Ga alsjeblieft zitten.'

'Liever niet.'

'En ik praat liever niet zo hard.' Hij gebaarde weer. 'Toe.'

Met een ongeruste blik deed ze wat hij vroeg. 'Wat wil je?'

'Jij vindt mij aantrekkelijk, toch?'

Ze trok een gezicht. 'Ik vind je de afstotelijkste man die ik…'

'Ik heb het alleen maar over mijn uiterlijk,' zei Win. 'Het fysiek, weet je wel? Zoals je Myron gisteren vertelde is seks vooral een fysiek iets. Zoals het schudden van handen – hoewel ik naar analogie daarvan twijfel aan je prestaties in bed. Op het gevaar af onbescheiden over te komen, weet ik dat ik fysiek niet onaantrekkelijk ben. Als je nu eens denkt aan alle Giants en Dragons met wie je in je hemelbestormende carrière het bed hebt gedeeld, dan moet er toch minstens één bij zijn die fysiek minder aantrekkelijk was dan *moi*.'

Ze kneep haar ogen tot spleetjes. Ze zag er tegelijkertijd geïntrigeerd en ontzet uit. 'Mogelijk,' gaf ze toe.

'Maar toch wil je niet met me naar bed. Dat, liefje, is hypocriet.'

'Waarom?' pareerde Bonker zijn opmerking. 'Ik ben een onafhankelijke vrouw. Ik kies.'

'Dat zei je al,' zei Win. 'Maar waarom kies je alleen Giants en Dragons?' Toen ze een beetje te lang aarzelde, glimlachte hij en zwaaide met zijn vinger. 'Je zou op zijn minst eerlijk moeten zijn over de reden voor die specifieke keuze.'

'Je schijnt veel over mij te weten,' zei Bonker. 'Zeg jij het maar.'

'Goed. Jij brengt onmiddellijk deze bizarre regel over Dragons en Giants en wat niet naar voren. Je stelt grenzen. Dat doe ik niet. Als ik een vrouw aantrekkelijk vind, is dat genoeg. Maar jij hebt dit toevallige verband met de teams nodig. Je gebruikt het als een muur om je te onderscheiden.'

'Te onderscheiden van wat?'

'Niet van wat. Van wie. Van zogenaamd onverantwoordelijke sletten. Zoals je me net hebt duidelijk gemaakt, ben je geen prostituee. Jij kiest. Je bent geen slet.'

'Dat klopt. Ik ben inderdaad geen slet.'

Hij glimlachte. 'Maar wat is een slet? Een vrouw die met iedereen naar bed gaat? Nou nee. Dat doe jij ook. Daar zou je een collegazuster niet op bekritiseren. Maar wat is dan een slet? Volgens jouw definitie bestaat een slet helemaal niet. Behalve natuurlijk dat jij ontkent er een te zijn wanneer ik je ernaar vraag. Waarom?'

'Je moet er niet meer van maken dan het is,' zei Bonker. 'Het woord slet heeft iets negatiefs. Dat is de reden dat ik me defensief opstel.'

Win spreidde zijn handen. 'Maar waarom heeft het iets negatiefs? Als een slet per definitie een zogenaamde vrije vrouw is, een vrouw die met iedereen naar bed gaat, waarom zou je de term dan niet met beide benen omarmen? Waarom deze verdedigingsmuur? Waarom deze kunstmatige grenzen creëren? Jij gebruikt die teams om je onafhankelijk te kunnen verklaren. Maar je verklaart ermee het tegenovergestelde. Je verklaart dat je onzeker bent.'

'En daarom ben ik een hypocriet?'

'Natuurlijk. Laten we terugkeren naar mijn verzoek om met je naar bed te gaan. Ofwel seks is een puur fysieke daad, in welk geval mijn lompe gedrag jegens jou niet van invloed zou mogen zijn, of seks is meer dan puur fysiek. Wat is het nou?'

Ze glimlachte, en knikte snel. 'Je bent een interessante man. Misschien ga ik toch wel met je naar bed.'

'Dat volstaat niet,' zei hij.

'Wat?'

'Dat doe je dan alleen maar om te bewijzen dat ik het bij het verkeerde eind heb. Dat, liefje, is net zo triest en onzeker als waar je nu mee bezig bent. Maar we raken op een zijspoor. Mijn fout en ik bied daar mijn verontschuldigingen voor aan. Ga je me nog vertellen over je gesprek met Greg Downing, of ga ik je reputatie vernietigen?'

Ze zag er verdwaasd uit. Precies wat hij wilde.

'Natuurlijk hebben we optie drie ook nog,' vervolgde Win, 'die snel op optie twee volgt. Optie drie houdt in dat behalve dat je reputatie vernietigd wordt, je ook nog van moord beschuldigd gaat worden.'

Dat deed haar de ogen opensperren. 'Wat?'

'Greg Downing is een serieuze verdachte in een moordonderzoek. Als blijkt dat jij hem op enigerlei wijze hebt geholpen, zou dat je tot medeplichtige maken.' Hij zweeg even en fronste zijn wenkbrauwen. 'Maar eerlijk gezegd geloof ik niet dat het OM tot een veroordeling zal kunnen komen. Maar goed. Ik begin met je reputatie. We zien wel hoe het dan verder gaat.'

Bonker keek hem strak aan. 'Meneer Lockwood?'

'Ja?'

'Ga toch rukken, man,' zei ze.

Win stond op. 'Ongetwijfeld een betere optie dan het met mijn huidige gezelschap aan te leggen.' Hij glimlachte en maakte een buiging. Als hij een hoed had gehad, had hij die even opgetild. 'Goedendag.'

Hij liep met geheven hoofd weg. Er zat natuurlijk een methode in deze waanzin. Ze zou niets zeggen. Dat had hij onmiddellijk geweten. Ze was slim en loyaal. Een gevaarlijke en te waarderen combinatie. Maar wat hij had gezegd zou haar schokken. Zelfs de besten onder ons zouden in paniek raken of althans iets ondernemen. Hij zou buiten wachten en haar volgen.

Hij keek naar het scorebord. Halverwege het tweede kwart. Hij had geen zin meer om de wedstrijd verder te zien. Maar toen hij het hek bereikte, klonk er een zoemer en toen zei een stem: 'Nu in het veld voor Troy Erickson, Myron Bolitar!'

Win aarzelde. Toen zette hij nog een stap naar de uitgang. Hij wilde niet kijken. Maar hij hield weer in, en nog steeds staand, keek hij naar het speelveld.

26

Myron zat op het hoekje van de bank. Hij wist dat hij niet zou spelen, maar zijn borstkas zat niettemin gevangen in de knellende banden van de voor-de-wedstrijd-zenuwen. In zijn jonge jaren had Myron de druk van een grote competitie meegemaakt, zelfs zo heftig dat de zenuwen het niveau van bijna-verlamming bereikten. Dat duurde meestal niet langer dan het begin van de wedstrijd. Zodra hij fysiek contact met een tegenstander had of achter een verdwaalde bal aanging of had gescoord fladderden de vlinders weg, en loste het gejuich en het geloei van het publiek op in achtergrondgeluid als een soort muzak.

Voor-de-wedstrijd-zenuwen hadden al een decennium geen deel meer uitgemaakt van Myrons bestaan en hij wist nu wat hij altijd al had gedacht: deze zenuwslopende high was direct verbonden met basketbal. Met niets anders. In zijn zakelijk noch in zijn persoonlijk leven had hij ooit iets soortgelijks beleefd. Zelfs gewelddadige confrontaties – een geperverteerde high in de overtreffende trap – waren anders. Hij had gedacht dat deze unieke sportgerelateerde sensatie met de jaren en de bereikte volwassenheid zou wegebben, wanneer een jonge man niet langer een kleine gebeurtenis als een basketbalwedstrijd opblaast tot een fenomeen van bijbels belang, wanneer iets wat op de lange termijn zo relatief onbelangrijk is niet langer door het prisma van de jeugd tot epische proporties wordt opgeblazen. Elke volwassene kan natuurlijk begrijpen wat aan een kind niet valt uit te leggen: dat dat schoolfeest of een gemiste vrije worp niets meer dan een pijnscheutje op de eeuwigheid is. Maar hier had je Myron, comfortabel in de dertig, maar nog steeds voelde hij diezelfde opgefokte en rauwe sensaties die hij in zijn jeugd had gekend. Ze waren niet met de jaren verdwenen. Ze hadden slechts een winterslaap gehouden – zoals Calvin hem al had voorspeld – en op een kans liggen wachten om zich weer te roeren, een kans die zich normaal gesproken in een mensenleven niet voordoet.

Hadden zijn vrienden gelijk? Was dit allemaal te veel voor hem? Had hij dit niet allemaal achter zich gelaten? Hij zag Jessica op de tribune zitten. Ze keek naar de actie op het veld met die merkwaardige uitdrukking van concentratie op haar gezicht. Alleen zij leek zich geen zorgen te maken over zijn comeback, maar goed, zij had ook geen deel uitgemaakt van zijn leven in zijn basketbaltoptijd. Begreep de vrouw van wie hij hield het niet, of…?

Hij hield op met malen.

Als je op de reservebank zit kan het stadion een kleine plek zijn. Hij zag bijvoorbeeld Win met Bonker praten. Hij zag Jessica. Hij zag de vrouwen en vriendinnen van de andere spelers. En toen zag hij zijn ouders. Ze kwamen binnen via de ingang recht tegenover hem. Zijn ogen vlogen snel terug naar het speelveld. Hij klapte in zijn handen en schreeuwde aanmoedigingen naar zijn teamgenoten, alsof hij geïnteresseerd was in het wedstrijdverloop. Pa en ma. Ze hadden een eerdere vlucht terug naar huis genomen.

Hij waagde een snelle blik. Ze zaten nu naast Jessica, in het familie- en vriendenvak. Zijn moeder keek naar hem terug. Zelfs van deze afstand zag hij de verloren blik in haar glazige ogen. Pa's ogen gingen heen en weer, zijn kaken opeengeklemd, alsof hij zich even moest vermannen voordat hij naar het speelveld kon kijken. Myron begreep het. Dit was allemaal zo vertrouwd, als een oude familiefilm die opnieuw werd afgespeeld. Hij keek weer weg.

Leon White kwam van het veld af. Hij ging op de lege plek naast Myron zitten. Een handdoekenjongen legde zijn trainingsjack om zijn schouders en gaf hem een knijpflesje. Leon sloeg wat Gatorade achterover. Zijn lichaam glansde van het zweet.

'Ik zag je gisteren met Bonker praten,' zei Leon.

'Klopt.'

'En, nog geneukt?'

Myron schudde zijn hoofd. 'Ik blijf ongebonkt.'

Leon grijnsde. 'Heeft iemand je wel eens verteld hoe ze aan die bijnaam is gekomen?'

'Nee.'

'Als ze bijna zover is – ik bedoel als ze helemaal in vuur en vlam staat – heeft ze de gewoonte om met haar been op en neer te bonken. Linkerbeen. Altijd haar linkerbeen, weet je. Ze ligt dus op haar rug en jij gaat boven op haar tekeer en dan begint haar linkerbeen plotseling op en neer te bonken. Dan hoor je bonk, bonk, snap je?'

Myron knikte. Hij snapte het.

'Maar als ze dat niet doet – als een vent Bonker niet aan het bonken krijgt – dan heb je je plicht niet gedaan. Dan kun je je niet meer vertonen. Dan ben je niks.' Toen voegde hij eraan toe: 'Het is een vrij serieuze traditie.'

'Net als het aansteken van een menora op Chanoeka,' zei Myron.

Leon lachte. 'Nou, niet precies.'

'Ben jij ooit gebonkt, Leon?'

'Zeker weten, één keer.' Toen voegde hij eraan toe: 'Maar dat was voor mijn huwelijk.'

'Hoe lang ben je al getrouwd?'

'Fiona en ik zijn iets langer dan een jaar getrouwd.'

Myrons hart stortte in een liftschacht naar beneden, Fiona. Leons vrouw heette Fiona. Hij keek naar de tribune naar de opvallende, rondborstige blondine. Fiona met een F.

'Bolitar!'

Myron keek op. Het was Donny Walsh, de hoofdcoach. 'Ja?'

'Jij erin voor Erickson.' Walsh sprak alsof zijn woorden afgebeten vingernagels waren die uitgespuugd moesten worden. 'Neem de off guard-positie. Zet Kiley op de punt.'

Myron keek zijn coach aan alsof hij in het Swahili was toegesproken. Het was het tweede kwart. De score lag gelijk.

'Waar wacht je goddomme op, Bolitar? Voor Erickson. Nu.'

Leon sloeg hem op zijn rug. 'Gaan, man.'

Myron stond op. Zijn benen voelden aan als een uitgerekte springveer. Gedachten aan moord en verdwijningen verdwenen als vleermuizen in een schijnwerper. Hij probeerde te slikken maar zijn mond was gortdroog. In looppas liep hij naar de scheidsrechterstafel. Het stadion tolde als het bed van een dronkenlap. Zonder een bewuste gedachte gooide hij zijn trainingspak op de grond zoals een slang een huid afschudt. Hij knikte tegen de tafelofficial. 'Voor Erickson,' zei hij. Tien seconden later klonk een zoemer. 'Nu in het veld voor Troy Erickson, Myron Bolitar!'

Hij stapte het veld op en wees naar Erickson. Zijn teamgenoten leken verbaasd om hem te zien. Erickson zei: 'Jij hebt Wallace.' Reggie Wallace was een van de beste shooting guards van de wedstrijd. Myron ging naast hem staan en bereidde zich voor. Wallace nam hem met een geamuseerde grijns op.

'Opletten, een SBD,' riep Reggie Wallace met een sarcastisch lachje. 'Een echte SBD.'

Myron keek T.C. aan. 'SBD?'

'Slome Blanke Duikelaar,' zei T.C.

'O.'

Iedereen liep te hijgen en was bezweet. Myron voelde zich stijf en slecht voorbereid. Hij keek weer naar Wallace. De bal stond op het punt in het spel gebracht te worden. Myron zag iets vanuit zijn ooghoek en hij keek op. Win stond vlak bij een uitgang. Zijn armen over elkaar geslagen. Hun ogen ontmoetten elkaar even. Win knikte flauwtjes. De zoemer klonk. Het spel werd hervat.

Reggie Wallace begon onmiddellijk met zijn intimiderende praatjes. 'Dit kun je niet menen,' zei hij. 'Ouwe jongen, ik maak je tot mijn vrouw.'

'Eerst uit eten en naar de film,' zei Myron.

Wallace keek hem aan. 'Slap weerwoord, ouwe man.'

Daar kon hij gelijk in hebben.

Wallace dook in elkaar om de bal aan te kunnen nemen. Hij schudde zijn hoofd. 'Shit. Alsof ik door mijn oma gedekt word.'

'Als je het toch hebt over iemand tot je vrouw maken,' zei Myron.

Wallace keek hem strak aan en knikte. 'Beter,' zei hij.

De Pacers brachten de bal op. Wallace probeerde Myron onder de basket te duwen. Dat was goed. Fysiek contact. Niets ontspande die stalen banden beter dan vechten voor een positie. Hun lichamen botsen weer tegen elkaar. Met zijn gewicht en lengte behield Myron zijn plek. Met zijn kont probeerde Wallace hem weg te duwen, maar Myron bleef staan en duwde een knie in Wallace' rug.

'Man,' zei Wallace, 'wat ben je sterk.'

En tegelijkertijd maakte hij een beweging die Myron amper zag. Hij draaide Myrons knie zo snel weg dat Myron de tijd niet had om om te kijken. Het leek of Wallace Myron gebruikte om af te zetten terwijl hij hoog de lucht in sprong. Vanuit Myrons gezichtspunt leek hij een Apollo-raket die regelrecht het stadion uit vloog. Hij moest hulpeloos toezien hoe Wallace met uitgestrekte handen de pass ter hoogte van de basketring aannam. Hij leek even in de lucht te blijven hangen en ging toen verder omhoog alsof de zwaartekracht besloten had eventjes niet mee te doen. Toen Reggie Wallace eindelijk begon te dalen trok hij de bal achter zijn hoofd voordat hij hem met dreunend geweld in de basket wierp.

Slam dunk.

Wallace landde met beide armen al gespreid om het applaus in ontvangst te nemen. Zijn hoon achtervolgde Myron over het hele veld. 'Welkom in de NBA, oudbakken god. Of nooit god geweest. Of wat je ook bent. O, man, was dat even lekker. Hoe ging ik omhoog? Wees eerlijk. De zolen van mijn schoenen zagen er mooi uit, niet? Ik ben zo mooi. Zo ontzettend mooi. Hoe voelde die vernedering toen ik hem slamde? Kom op, ouwe jongen, mij kan je het wel vertellen.'

Myron probeerde hem te negeren. De Dragons vielen aan en misten met een snel schot. The Pacers pakten de rebound en brachten de bal op. Wallace deed net of hij binnendoor wilde gaan en bewoog zich ineens snel naar buiten de driepuntscirkel. Hij ving de pass en schoot in één beweging. De bal suisde direct de basket in. Driepunter.

'Wauw, ouwe man, hoorde je dat geluid?' ging Reggie Wallace door. 'Dat gezoef? Niets klinkt lekkerder dan dat. Hoor je me? Niets klinkt lekkerder. Zelfs een vrouw die klaarkomt niet.'

Myron keek hem aan. 'Komen vrouwen klaar dan?'

Wallace lachte. 'Touché, ouwe jongen. Touché.'

Myron keek op de klok. Hij was net vierendertig seconden binnen en zijn man had vijf punten gescoord. Myron maakte een snelle rekensom. Als het zo doorging kon hij Reggie net onder de zeshonderd punten per wedstrijd houden.

Snel daarna begon het gejoel. Anders dan in zijn jeugd klonk het geluid van het publiek niet op de achtergrond. Het was niet één vage dreun, het gejuich van thuispubliek waarop je kon zweven als een surfer op een golf. Of het boegeroep bij een uitwedstrijd; dat kon je verwachten en kon je zelfs op een vreemde manier stimuleren. Maar dat je eigen fans jouw specifieke optreden uitjouwden, zoiets had Myron nog nooit meegemaakt. Hij hoorde het publiek zoals hij het nog nooit had gehoord, als een collectieve eenheid die hem bespotte en als aparte stemmen die hem uitscholden. 'Je bent waardeloos, Bolitar!' 'Haal dat lijk van het veld!' 'Verniel je andere knie en ga naar de bank!' Hij probeerde het te negeren maar elke sneer stak hem als een dolk.

Eergevoel kreeg nu echter de overhand. Hij zou Wallace niet meer laten scoren. De geest was gewillig. Het hart was gewillig. Maar, zoals Myron al snel inzag, zijn knie was dat niet. Hij was gewoonweg te langzaam. Reggie Wallace scoorde snel achter elkaar nog zes punten en bracht het totaal op elf. Myron scoorde er twee vanuit een opensprongschot. Hij begon op een manier te spelen die hijzelf blindedarmbasketbal noemde; dat wil zeggen: sommige spelers op de vloer zijn net als je appendix – ze zijn ofwel overbodig of ze doen je pijn. Hij probeerde uit de buurt te blijven en T.C. laag aan te spelen. Hij bleef passen en weglopen van de bal. Toen hij een goede opening zag en de baan overstak, blokte de grote center van de Pacers het schot het publiek in. Het gejoel was oorverdovend. Myron keek op. Zijn vader en moeder zaten er als twee standbeelden bij. Een tribune verderop bracht een groep goed geklede mannen hun handen als toeters voor hun mond en hieven een Bolitar Boegeroep aan. Myron zag Win naar hen toe lopen. Win bood de man die begonnen was zijn hand. De man nam die aan en zakte ineen.

Maar het merkwaardige was dat zelfs al maakte Myron er een puinhoop van, zelfs al werd hij verdedigend keer op keer verslagen en was hij aanvallend weinig effectief, het oude vertrouwen toch standhield. Hij wilde in de wedstrijd blijven. Hij bleef loeren op een kansje. Hij bleef betrekkelijk onaangedaan. Hij was een man in de ontkenningsfase, een man die negeerde wat een (volgens de omroeper) 18.812-koppig publiek duidelijk kon zien. Hij wist dat zijn kansen zouden keren. Hij was een beetje uit vorm, meer niet. Weldra zou alles anders zijn.

Hij besefte hoezeer dat klonk als b-mans beschrijving van de redeneertrant van de dwangmatige gokker.

Niet lang daarna eindigde de eerste helft. Terwijl Myron het veld af liep keek hij weer op naar zijn ouders. Ze waren opgestaan en glimlachten naar hem. Hij glimlachte en knikte terug. Hij zocht naar de goed geklede uitjouwers. Ze waren nergens te bekennen. Win trouwens ook niet.

Niemand sprak hem aan tijdens de pauze en Myron speelde de rest van de wedstrijd niet meer. Hij veronderstelde dat Clip achter zijn invalbeurt had gezeten. Waarom? Wat had Clip proberen te bewijzen? De wedstrijd was geëindigd in een overwinning voor de Dragons met twee punten. Tegen de tijd dat ze in de kleedkamer waren en zich begonnen om te kleden was Myrons optreden vergeten. De pers omringde T.C., die een briljante partij had gespeeld, drieëndertig punten had gescoord en achttien rebounds had opgepakt. T.C. sloeg Myron op zijn rug toen hij langs hem liep maar zei niets.

Myron maakte zijn schoenveters los. Hij vroeg zich af of zijn ouders op hem zouden wachten. Waarschijnlijk niet. Ze zouden denken dat hij liever alleen wilde zijn. Zijn ouders hadden ondanks al hun bemoeizucht doorgaans heel goed in de gaten wanneer ze even op afstand moesten blijven. Ze zouden thuis op hem wachten, desnoods de hele nacht opblijven. Tot op de dag van vandaag bleef zijn vader wakker op de bank, voor de tv, totdat Myron thuiskwam. Zodra Myron de sleutel in het slot stak, deed zijn vader alsof hij sliep: zijn leesbril nog altijd op zijn neus, de krant over zijn borst.

Tweeëndertig jaar en zijn vader bleef nog altijd voor hem op. Jezus, daar was-ie nu toch te oud voor geworden?

Audrey keek voorzichtig om de hoek van de deur. Pas nadat hij haar wenkte, kwam ze dichterbij. Ze stopte haar blocnote en pen in haar tas en haalde haar schouders op. 'Bekijk het van de zonnige kant,' zei ze.

'En die is?'

'Je hebt nog steeds een lekker kontje.'

'Dat komt door deze profbroekjes,' zei Myron. 'Die kleden geweldig af.'

'Toe maar.'

Hij haalde zijn schouders op. 'Hoi, gefeliciteerd met je verjaardag.'

'Dank je wel,' zei Audrey.

'Hoedt u voor de iden van maart,' declameerde Myron op dramatische toon.

'De iden valt op de vijftiende,' zei Audrey. 'Vandaag is het de zeventiende.'

'Ja, dat weet ik. Maar ik laat nooit een gelegenheid voorbijgaan om Shakespeare te citeren. Dat staat intelligent.'

'En hersens én een lekker kontje,' zei Audrey. 'Wie kan het dan wat schelen dat je geen zijwaartse beweging meer in huis hebt?'

'Merkwaardig,' zei Myron. 'Daar klaagt Jess nu nooit over.'

'Althans niet waar je bij bent,' zei Audrey glimlachend. 'Prettig om je zo vrolijk te zien.'

Hij glimlachte terug en haalde zijn schouders op.

Audrey keek om zich heen om er zeker van te zijn dat niemand op gehoorsafstand was. 'Ik heb informatie voor je,' zei ze.

'Waarover?'

'Over de privédetective in de scheidingszaak.'

'Heeft Greg er inderdaad een ingehuurd?'

'Of hij of Felder,' antwoordde ze. 'Ik heb een bron die elektronicawerk voor Pro Tec Investigation doet. Ze doen al het werk voor Felder. Mijn bron kent weliswaar niet alle bijzonderheden, maar hij heeft twee maanden geleden geholpen bij het installeren van videoapparatuur in het Glenpointe Hotel. Ken je het Glenpointe?'

Myron knikte. 'Dat hotel op Route 80? Pakweg acht kilometer hiervandaan?'

'Precies. Mijn bron weet niet waar het voor was of wat er is opgenomen. Hij weet alleen dat het voor de scheidingszaak van Downing was. Ook bevestigde hij dat dit soort dingen doorgaans gedaan worden om een partner flagrante delicto te betrappen.'

Myron fronste zijn wenkbrauwen. 'Twee maanden geleden?'

'Ja.'

'Maar toen waren Greg en Emily al uit elkaar,' zei Myron. 'De scheiding was praktisch afgerond. Waar ging het dan om?'

'De scheiding wel,' beaamde ze. 'Maar de strijd om het voogdijschap over de kinderen was net begonnen.'

'Maar wat dan nog? Ze was een bijna alleenstaande vrouw die een seksuele ontmoeting had. Dat soort dingen bewijst deze dagen amper dat er sprake is van ouderlijke ongeschiktheid.'

Audrey schudde haar hoofd. 'Jij bent zo naïef.'

'Wat bedoel je daarmee?'

'Een video van een moeder die met een of andere kerel in een motel ik weet niet wat uitspookt? We leven nog steeds in een seksistische wereld. Zoiets zal een rechter ongetwijfeld beïnvloeden.'

Myron dacht erover na maar toch zag hij het punt niet. 'Om te beginnen ga je ervan uit dat de rechter een man is en dan ook nog eens een man uit het stenen tijdperk. In de tweede plaats' – hij hief zijn handen en haalde zijn schouders op – 'leven we in de jaren negentig. Een vrouw die gescheiden is van haar man heeft seks met een andere man? Daar vergaat de wereld niet van.'

'Ik kan er verder niets over zeggen, Myron.'

'Heb je nog iets?'

'Dat is alles,' zei ze. 'Maar ik blijf eraan werken.'

'Ken jij Fiona White?'

'Leons vrouw? Goed genoeg om haar gedag te zeggen. Waarom?'

'Heeft ze ooit als model gewerkt?'

'Model?' Ze lachte even. 'Ja, ik denk dat je dat zo zou kunnen noemen.'

'Ze was een centerfold?'

'Yep.'

'Weet je van welke maand?'

'Nee. Waarom?'

Hij vertelde haar van de e-mail. Hij was er nu behoorlijk zeker van dat Ms. F Fiona White was, dat Sepbabe stond voor September Babe, de maand, zo gokte hij, dat ze in de centerfold had gestaan. Audrey luisterde aandachtig. 'Dat kan ik uitzoeken,' zei ze toen hij uitgesproken was. 'Ik zal nazoeken of ze een septemberplaymate was.'

'Graag.'

'Het zou een hoop verklaren,' vervolgde Audrey. 'Over de spanningen tussen Downing en Leon.'

Myron knikte.

'Ik moet er nu vandoor. Jess haalt me met de auto op aan de achterkant. Hou me op de hoogte.'

'Prima, veel plezier straks.'

Hij douchte, droogde zich af en begon zich aan te kleden. Hij dacht aan Gregs geheime vriendin, degene die in zijn huis had gelogeerd. Zou dat Fiona White kunnen zijn? Als dat zo was verklaarde dat ook de behoefte aan heimelijkheid. Kon Leon White erachter zijn gekomen? Dat klonk logisch op basis van zijn vijandigheid jegens Greg. Waar bleven we dan? Hoe paste dit allemaal binnen Gregs gokken en de chantage van Liz Gorman?

Wauw, even op de pauzeknop.

Laat het gokken even rusten. Stel dat Liz Gorman iets anders had ontdekt met betrekking tot Greg Downing, een onthulling die net zo explosief of zelfs in potentie nog explosiever was dan een paar gokjes. Stel dat ze had ontdekt dat Greg een verhouding had met de vrouw van zijn beste vriend? Stel dat ze had besloten om Greg en Clip met deze informatie te chanteren? Hoeveel zou Greg bereid zijn te betalen om zijn bedrog voor zijn fans en teamgenoten te verbergen? Hoeveel zou Clip willen betalen om te voorkomen dat die

bom midden in de beslissende fase van het kampioenschap zou ont-
ploffen?

Het was de moeite waard je daar eens in te verdiepen.

27

Myron stopte bij het verkeerslicht dat South Livingston Avenue en de JFK Parkway scheidde. Dit kruispunt was in dertig jaar amper veranderd. De vertrouwde gevel van Nero's Restaurant dook aan zijn rechterhand op. Oorspronkelijk was het Jimmy Johnston's Steak House geweest maar dat was minstens vijfentwintig jaar geleden. Het Gulf-benzinestation stond nog steeds op een andere hoek, op de derde een eetcafeetje en op de vierde hoek bevond zich een braakliggend perceel.

Hij sloeg Hobart Gap Road in. De Bolitars waren in Livingston komen wonen toen Myron zes weken oud was. In vergelijking met de rest van de wereld was er weinig veranderd. Het was eerder verlammend dan troostrijk om al die jaren steeds hetzelfde vertrouwde beeld te zien. Niets sprong meer in het oog. Je keek maar je zag nooit wat.

Toen hij de straat in draaide waar zijn vader hem ooit op een fietsje met een Batman-reflector achterop had leren fietsen, probeerde hij serieus aandacht te schenken aan de huizen die hem zijn gehele leven al omringd hadden. Natuurlijk was er wat veranderd, maar in zijn gedachten was het nog steeds 1970. Zijn ouders en hij verwezen nog steeds naar de omringende huizen met de namen van de oorspronkelijke bewoners, alsof het zuidelijke plantages waren. De Rackins bijvoorbeeld woonden al geen tien jaar meer in Rackin House. Myron wist ook niet wie er nu in Kirschner Place of Roth House of bij de Parkers woonden. Net als de Bolitars waren de Rackins, de Kirschners en de overigen bewoners van het eerste uur geweest, toen de wijk er net stond en je nog de overblijfselen van Schnectman-boerderij kon zien, toen Livingston nog als de rimboe werd gezien, op veertig kilometer net zo ver verwijderd van New York als van Pennsylvania. The Rackins, Kirschners en Roths hadden hier een groot deel van hun leven gewoond. Ze waren met kleine kinderen gekomen, brachten ze groot, leerden ze hoe ze moesten fietsen op dezelfde wegen waar Myron het geleerd had, stuurden hen naar de Burnet Hill-basisschool, daarna naar Heritage Junior High en uiteindelijk naar Livingston High School. De kinderen waren weggetrokken naar de universiteit en kwamen alleen tijdens de vakanties thuis. Niet lang daarna vielen er huwelijksaankondigingen in de bus. Een paar begonnen foto's van de kleinkinderen te laten zien en schudden hun hoofd uit ongeloof dat de tijd zo snel verstreek. Uiteindelijk voelden de Rackins, de Kirschners en de Roths zich niet helemaal meer op hun plek. De wijk die was opgezet om kinderen groot te brengen, had hun niets meer bieden. Hun huizen voelden te ruim en te leeg aan, dus ze zetten ze te koop en verkochten ze aan nieuwe jonge gezinnen met kleine kinderen die weldra Burnet Hill-basisschool, Heritage Junior High en uiteindelijk Livingston High School zouden bezoeken.

Het leven, bedacht Myron, was niet echt anders dan in die deprimerende levensverzekeringsadvertenties.

Enkele oude buurtbewoners waren erin geslaagd te blijven. Je kon meestal zien welke huizen van hen waren omdat – hoewel de kinderen volwassen waren – ze een uitbouw hadden, of een leuke veranda en omdat ze hun grasveld goed verzorgden. De Brauns en de Goldsteins bijvoorbeeld. En natuurlijk Al en Ellen Bolitar.

Myron draaide zijn Ford Taurus de oprit op, terwijl zijn koplampen hun licht op de gevel wierpen als zoeklichten tijdens een gevangenisuitbraak. Hij parkeerde op het stukje asfalt vlak bij de basket. Hij zette de motor uit. Even keek hij naar de basket. Het beeld van zijn vader die hem optilde zodat hij bij de basket kon, verscheen voor zijn geestesoog. Of het beeld uit zijn geheugen of uit zijn fantasie kwam wist hij niet. Dat deed er ook niet toe.

Toen hij het huis naderde floepte de buitenverlichting via de bewegingsmelder aan. Hoewel de detectors al drie jaar geleden waren aangebracht, bleven ze een bron van ongebreideld ontzag voor zijn ouders, die deze technologische vooruitgang op één lijn stelden met de ontdekking van het vuur. Toen de bewegingsmelders net waren geïnstalleerd, spendeerden pa en ma vrolijke uren met het in ongeloof testen van het mechanisme, waarbij ze probeerden onder het oog door te duiken of superlangzaam te lopen zodat de detector het niet zou merken. Soms gaat het in het leven om de kleine genoegens.

Zijn ouders zaten in de keuken. Toen hij binnenkwam deden ze allebei net of ze ergens mee bezig waren.

'Hoi,' zei hij.

Ze keken naar hem met opgeheven hoofden en overbezorgde blik. 'Hallo lieverd,' zei ma.

'Ha, Myron,' zei pa.

'Jullie zijn eerder uit Europa teruggekomen,' zei Myron.

Beide hoofden knikten alsof ze schuldig waren aan een misdaad. Ma zei: 'We wilden je zien spelen.' Ze zei het voorzichtig alsof ze met een vlammenwerper over dun ijs liep.

'Hoe was jullie reis?' vroeg Myron.

'Prachtig,' zei pa.

'Fantastisch,' voegde ma eraan toe. 'Het eten was geweldig.'

'Wel kleine porties,' zei pa.

'Wat bedoel je met kleine porties?' snauwde ma.

'Ik geef gewoon mijn mening, Ellen. Het eten was lekker, maar de porties waren aan de kleine kant.'

'Hoezo, heb je dat gemeten dan? Wat bedoel je met klein?'

'Ik weet precies wat een kleine portie is. Deze waren klein.'

'Klein. Net alsof hij grotere porties nodig heeft. Die man eet als een paard. Van tien pond minder zou je niet doodgaan, Al.'

'Ik? Ik ben niet te dik.'

'O, nee? Je broeken zitten ontzettend strak. Het lijkt wel of je de hoofdrol in een dansfilm hebt.'

Pa knipoogde naar haar. 'Nou, tijdens de reis had je anders weinig moeite om ze uit te trekken.'

'Al!' gilde ze, maar ze glimlachte erbij. 'Ten overstaan van je eigen kind! Wat mankeert je?'

Pa spreidde zijn armen en keek Myron aan. 'We zaten in Venetië,' zei hij bij wijze van verklaring. 'Rome.'

'Zeg maar niets meer,' zei Myron. 'Alsjeblieft.'

Ze lachten. Toen het wegstierf zei zijn moeder met gedempte stem: 'Alles goed met je, schat?'

'Prima,' zei hij.

'Echt?'

'Echt.'

'Ik vond dat je een paar dingen erg goed deed,' zei pa. 'Je hebt T.C. met een paar passes goed in positie gebracht. Echt goeie passes. Met verstand gespeeld.'

Laat de zonzijde maar aan pa over. 'Ik ging af als een gieter,' zei Myron.

Pap schudde heftig zijn hoofd en zei: 'Je denkt dat ik dat alleen zeg om je op te beuren?'

'Ik weet dat je het daarom zegt.'

'Het doet er niet toe,' zei pa. 'Het heeft er nooit toe gedaan. Dat weet je.'

Myron knikte. Hij wist het. Hij had zijn hele leven fanatieke vaders meegemaakt, mannen die hoopten dat hun eigen onuitgekomen dromen via hun kind in vervulling zouden gaan, die hun zoon dwongen om een last te dragen die ze zelf nooit hadden kunnen torsen. Maar zijn vader niet. Zijn vader nooit. Al Bolitar had het nooit nodig gevonden zijn zoon te trakteren op stoere verhalen over zijn eigen atletische prestaties. Hij had nooit druk uitgeoefend, en had daarbij het wonderbaarlijke vermogen om bijna onverschillig over te komen terwijl het duidelijk was dat het hem intens bezighield. Dit was tegenstrijdig – alsof je onverschillig verschillig was – maar op de een of andere manier kwam pa ermee weg. Triest genoeg was het ongebruikelijk voor Myrons generatie om erkenning te krijgen voor zoiets wonderbaarlijks. Zijn generatie was ongedefinieerd gebleven, ingeklemd tussen de Beat Generation van Woodstock en de generatie x van MTV, te jong toen

Thirty Something hét tv-programma was, te oud nu voor *Beverly Hills, 90210* of *Melrose Place*. Meestal, zo scheen het Myron toe, maakte hij deel uit van de verwijtende generatie, voor wie het leven uit een serie opeenvolgende reacties en tegenreacties leek te bestaan. Op dezelfde manier waarop die fanatieke vaders alles op hun zonen inzetten, reageerden de zonen door de schuld van hun falen bij hun vader te leggen. Zijn generatie had geleerd om terug te kijken en precies het moment aan te wijzen waarop hun ouders hun leven hadden verpest. Dat had Myron nooit gedaan. Als hij terugkeek – als hij nadacht over de daden van zijn ouders in het verleden – was het in een poging om hun geheim te ontrafelen voordat hij zelf kinderen zou krijgen.

'Ik weet hoe het er vanavond uitzag,' zei hij, 'maar ik voel me er niet echt slecht onder.'

Mam snifte. 'Dat weten we.' Haar ogen waren rood. Ze snifte weer.

'Je huilt toch niet om...'

Ze schudde haar hoofd. 'Je bent volwassen. Dat weet ik wel. Maar toen je weer het veld op rende, voor het eerst in zo lange tijd...'

Haar stem stierf weg. Pa keek de andere kant op. Ze waren alle drie hetzelfde. Ze voelden zich tot nostalgie aangetrokken als aankomende sterretjes tot paparazzi.

Myron wachtte tot hij er zeker van was dat zijn stem vast klonk. 'Jessica wil dat ik bij haar intrek,' zei hij.

Hij verwachtte protesten, althans van zijn moeder. Ma had Jessica nog niet vergeven dat ze bij hem weg was gegaan en Myron betwijfelde of ze het haar ooit zou vergeven. Pa, typisch voor hem, stelde zich op als een goede verslaggever – neutraal – maar je vroeg je af wat hij echt dacht terwijl hij zijn uitgebalanceerde vragen stelde.

Ma keek naar pa. Pa keek terug en legde een hand op haar schouder. Toen zei ma: 'Je kunt altijd weer terugkomen.'

Myron had bijna gevraagd wat ze daarmee bedoelde, maar hij hield zich in en knikte. Ze gingen met z'n drieën aan de keukentafel zitten en begonnen te praten. Myron maakte een gegrilde kaasburger voor zichzelf. Ma deed dat niet voor hem. Honden kon je temmen, was haar filosofie, mensen niet. Ze kookte nooit meer en dat beschouwde Myron als iets positiefs. Haar moederlijke toewijding was geheel verbaal en dat was prima wat hem betreft.

Ze vertelden over hun reis. Hij schetste kort en in zeer bedekte termen waarom hij weer met het profbasketbal was begonnen. Een uur later vertrok hij naar zijn kamer in het souterrain. Sinds zijn zestiende was dat zijn plek, het jaar dat zijn zuster ging studeren. Het souterrain was onderverdeeld in twee kleine kamers: een zitgedeelte dat hij bijna nooit gebruikte tenzij er bezoek was en dat daarom schoongehouden werd, en een slaapkamer die sprekend op een tienerkamer leek. Myron kroop in bed en keek naar de posters aan de muur. De meeste hingen er al sinds zijn adolescentie, met verfletste kleuren en gescheurde hoekjes bij de punaises.

Myron had altijd van de Celtics gehouden – zijn vader was in de buurt van Boston opgegroeid – en dus waren zijn twee lievelingsposters die van John Havlicek, de ster van het team in de jaren zestig en zeventig, en die van Larry Bird, de ster van de jaren tachtig. Hij keek nu van Havlicek naar Bird. Myron zelf had de volgende poster aan de muur moeten zijn. Dat was zijn jongensdroom. Toen de Celtics hem contracteerden had hem dat amper verbaasd. Een hogere kracht was aan het werk. Het was voorbestemd dat hij de volgende Celtics-legende zou worden.

Toen was Burt Wesson tegen hem aan gedreund.

Myron legde zijn handen achter zijn hoofd. Zijn ogen pasten zich aan aan het licht. Toen de telefoon rinkelde pakte hij hem afwezig op.

'Wij hebben wat jij zoekt,' zei een elektronisch vervormde stem.

'Wat?'

'Wij hebben wat Downing wilde kopen. Het gaat je vijftigduizend dollar kosten. Maak het geld vrij. Morgenavond bellen we met nadere instructies.'

Er werd opgehangen. Myron toetste snel sterretje-69 in om

terug te bellen, maar het gesprek kwam van buiten de regio. Hij liet zijn hoofd weer op het kussen zakken. Toen keek hij naar de twee posters en wachtte tot de slaap hem zou overmannen.

28

Het kantoor van Martin Felder lag midden in Manhattan aan Madison Avenue, niet ver van dat van Myron. Het agentschap heette Felder Inc. Een slimme naam die duidelijk maakte dat Marty niet als een trendy advertentieverkoper op Madison Avenue was gevestigd. Een opgewekte receptioniste was maar al te blij om Myron de weg naar Marty's kantoor te wijzen.

De deur stond al open. 'Marty, Myron hier voor jou.'

Marty. Myron. Zo'n soort bureau was het. Iedereen was niet meer dan een voornaam. Iedereen droeg die nieuwe, nette vrijetijdskleding. Marty – Myron schatte hem halverwege de vijftig – droeg een spijkeroverhemd met een helderoranje das. Zijn dunnende haar zat op zijn schedel geplakt, bijna met een lange lok dwars eroverheen, maar net niet helemaal. Zijn broek was bananenrepubliekgroen en onberispelijk geperst. Zijn oranje sokken kleurden bij zijn das en zo te zien had hij Hush Puppies aan zijn voeten.

'Myron!' riep hij uit terwijl hij Myron enthousiast de hand schudde. 'Wat fantastisch je te zien.'

'Jij bedankt dat je me zo snel wilt ontvangen, Marty.'

Hij wuifde nonchalant met zijn hand. 'Myron, alsjeblieft zeg. Voor jou heb ik altijd tijd.' Ze hadden elkaar een paar keer eerder ontmoet bij diverse sport- en sportrepresentatieve evenementen. Myron wist dat Marty een stevige reputatie had: hard maar eerlijk, om een cliché te gebruiken. Marty had ook een groot talent om zowel voor zichzelf als voor zijn atleten geweldige media-aandacht te genereren. Hij had een paar 'hoe slaag ik als'-boeken geschreven die zijn naamsbekendheid en zijn reputatie goed hadden gedaan. Bovendien zag Marty eruit als een favoriete zichzelf wegcijferende oom. Iedereen vond hem meteen aardig.

'Iets drinken?' vroeg hij. 'Caffè latte, misschien?'

'Nee, dank je.'

Marty glimlachte en schudde zijn hoofd. 'Ik ben al een hele tijd van plan je te bellen, Myron. Ga zitten.'

De muren waren leeg, afgezien van enkele bizarre kunstobjecten van neonbuizen. Marty's bureaublad was van glas, de ingebouwde laden van fiberglas. Er was geen papiertje te zien. Alles glom als het interieur van een ruimteschip. Felder gebaarde naar een stoel voor het bureau; toen nam hij zelf de andere stoel voor het bureau. Twee gelijken die een babbeltje gingen maken: geen bureau ertussen als afscheiding of ter intimidatie.

Felder viel met de deur in huis. 'Ik hoef je niet te vertellen, Myron, dat je heel snel in dit vak naam aan het maken bent. Je klanten vertrouwen je onvoorwaardelijk. Eigenaren en managers respecteren en vrezen je.' Hij beklemtoonde het woord 'vrezen'. 'Dat is zeldzaam, Myron. Heel zeldzaam.' Hij sloeg zijn handpalmen op zijn dijen en boog naar voren. 'Vind je het leuk om in de sportagentuur te werken?'

'Ja.'

'Mooi,' zei hij met een scherp knikje. 'Het is belangrijk dat je je werk leuk vindt. Het kiezen van een beroep is de belangrijkste beslissing die je in je leven neemt, belangrijker dan het kiezen van een partner.' Hij keek naar het plafond. 'Wie zei het ook al weer dat je wel genoeg mag krijgen van je relatie, maar nooit van de baan waar je van houdt?'

'Wink Martindale?' opperde Myron.

Felder grijnsde schaapachtig. 'Ik neem aan dat je hier niet bent om je te laten informeren over mijn persoonlijke filosofietjes,' zei hij. 'Dus laat ik mijn kaarten op tafel leggen. Open en bloot. Wat zou je ervan zeggen om voor Felder Inc. te komen werken?'

'Hier werken?' zei Myron. Sollicitatieregel nummer 1: imponeer ze met een gevatte repliek.

'Ik had het volgende in gedachten,' zei Felder. 'Ik wil je tot senior vicepresident benoemen. Prima salaris. Toch kun je al je klanten de persoonlijke Bolitarbehandeling blijven geven die ze van je verwachten, plus dat je daarbij het hele apparaat van Felder Inc. tot je beschikking krijgt. Denk erover na, Myron. We hebben hier meer dan honderd mensen werken. We hebben ons eigen reisbureau om alles voor je te regelen. We hebben – laten we het beestje bij de naam noemen – waterdragers die alle details die zo nodig zijn in ons vak kunnen regelen, zodat jij je kunt bezighouden met de belangrijke zaken.' Hij hief een hand alsof hij Myron wilde tegenhouden, hoewel Myron nog geen beweging had gemaakt. 'Nu weet ik dat je een partner hebt, Esperanza Diaz. Zij kan hier natuurlijk ook terecht. Tegen een hoger salaris. Daarbij weet ik dat ze dit jaar haar rechtenstudie afrondt. Ze heeft hier alle ruimte om vooruit te komen.' Hij gebaarde met zijn handen voordat hij eraan toevoegde: 'Wat denk je ervan?'

'Ik ben bijzonder gevleid...'

'Moet je niet zijn,' onderbrak Felder hem. 'Voor mij is dit een gezonde, zakelijke beslissing. Ik herken kwaliteit als ik het zie.' Met een ernstige glimlach leunde hij voorover. 'Laat iemand anders boodschappenjongen voor je klanten spelen, Myron. Ik wil je vrijmaken om datgene te kunnen doen waar je goed in bent: het werven van nieuwe klanten en onderhandelen.'

Myron was niet van plan zijn eigen bedrijf op te geven, maar de man wist hoe hij het voorstel aantrekkelijk moest maken. 'Mag ik erover nadenken?' vroeg hij.

'Natuurlijk,' zei Felder, en hij hief zijn handen alsof hij zich overgaf. 'Ik wil geen druk op je uitoefenen, Myron. Neem de tijd. Ik verwacht zeker vandaag nog geen antwoord.'

'Dank je. Maar ik wilde je eigenlijk over iets anders spreken.'

'Ga je gang.' Hij leunde achterover, vouwde zijn handen in zijn schoot en glimlachte. 'Steek van wal.'

'Het gaat om Greg Downing.'

De glimlach verflauwde niet, maar het licht erachter flikkerde een beetje. 'Greg Downing?'

'Ja, ik heb een paar vragen.'

Nog steeds die glimlach. 'Je beseft natuurlijk dat ik niets kan zeggen over wat naar mijn mening in de categorie vertrouwelijk valt.'

'Natuurlijk,' beaamde Myron. 'Ik vroeg me af of jij mij zou kunnen vertellen waar hij uithangt.'

Marty Felder wachtte even. Dit was niet langer een verkooppraatje. Dit was een onderhandeling. Een goede onderhandelaar is eindeloos geduldig. Hij moet vooral goed kunnen luisteren. Het praten aan de tegenstander overlaten. Na een aantal seconden vroeg Felder: 'Waarom wil je dat weten?'

'Ik moet hem spreken,' zei Myron.

'Mag ik je vragen waarover?'

'Ik ben bang dat dat vertrouwelijk is.'

Ze keken elkaar aan, allebei met een open en vriendelijk gezicht, maar nu waren ze twee pokerhaaien die zich niet in de kaart wilden laten kijken. 'Myron,' begon Felder, 'je moet mijn positie hierin begrijpen. Ik vind het niet prettig dat soort informatie aan je te verstrekken zonder dat ik enig idee heb waarom je hem wilt spreken.'

Tijd voor een klein schokeffect. 'Ik ben niet bij de Dragons gaan spelen om een comeback te maken,' zei Myron. 'Clip Arnstein heeft me ingehuurd om Greg te zoeken.'

Felders wenkbrauwen zakten naar beneden. 'Hem zoeken? Maar ik dacht dat hij ergens in eenzaamheid aan de genezing van zijn enkel werkte.'

Myron schudde zijn hoofd. 'Dat was het verhaal dat Clip aan de pers heeft verteld.'

'Op die manier.' Felder bracht een hand naar zijn kin en knikte langzaam. 'En jij probeert hem te lokaliseren?'

'Ja.'

'Clip heeft jou ingehuurd? Heeft hij jou zelf gekozen? Was dat zijn idee?'

Myron antwoordde bevestigend. Er speelde een flauw lachje om Felders lippen alsof hij zich ergens over verkneukelde. 'Ik neem aan dat Clip je al verteld heeft dat Greg dit soort dingen eerder heeft gedaan?'

'Ja.'

'Dan vraag ik me af waarom je je zo veel zorgen maakt,' zei Felder. 'Je hulp wordt gewaardeerd, Myron, maar het is niet echt nodig.'

'Weet je waar hij is?'

Felder aarzelde. 'Wederom vraag ik je je in mijn positie te verplaatsen, Myron. Als een van jouw klanten onvindbaar wil zijn, zou jij dan tegen zijn wens ingaan of zou je zijn rechten respecteren?'

Myron rook bluf. 'Dat hangt ervan af,' zei hij. 'Als de klant in grote moeilijkheden zat, zou ik waarschijnlijk alles doen wat in mijn vermogen lag om hem te helpen.'

'Wat voor grote moeilijkheden?' vroeg Felder.

'Gokken natuurlijk, Greg is een aantal heel onaangename types een hele hoop geld schuldig.' Nog steeds geen reactie van Felder. In dit geval vond Myron dat gunstig. De meeste mensen die net gehoord hebben dat een klant veel geld aan gangsters schuldig was, zouden toch van enige verrassing blijk geven. 'Je weet toch van zijn gokken, Marty?'

Felders antwoordde traag, alsof hij ieder woord op een goudschaaltje woog. 'Je bent nog steeds een nieuweling in dit vak, Myron. Je hebt nog een zeker enthousiasme dat niet altijd op zijn plaats is. Ik ben Greg Downings agent. Dat geeft me een zekere verantwoordelijkheid. Maar het is geen carte blanche om zijn leven te regelen. Wat hij of enige andere klant in zijn eigen tijd doet is niet mijn zorg en hoeft dat ook niet te zijn. Dat is beter voor iedereen. We geven om iedere klant, maar we zijn geen vervangers van ouders of personal coaches. Daar moet je je vanaf het begin echt aan houden.'

Kort samengevat: hij wist van het gokken.

Myron vroeg: 'Waarom heeft Greg tien dagen geleden vijftigduizend dollar opgenomen?'

Weer reageerde Felder niet. Of hij was de verbazing voorbij over wat Myron allemaal wist, of hij had de vaardigheid de verbinding tussen zijn hersens en zijn gezichtsspieren uit te schakelen. 'Je weet dat ik dat niet met je kan bespreken, en zelfs niet kan bevestigen dat een dergelijke opname heeft plaatsgevonden.' Hij sloeg zijn handpalmen weer tegen zijn dijen en produceerde een glimlach. 'Doe ons allebei een lol, Myron. Denk na over mijn aanbod en laat deze zaak rusten. Greg zal binnenkort wel weer opduiken. Dat doet hij altijd.'

'Daar zou ik maar niet zo zeker van zijn,' zei Myron. 'Dit keer heeft hij zich echt in de nesten gewerkt.'

'Als je die veronderstelde gokschulden bedoelt...'

Myron schudde zijn hoofd. 'Dat bedoel ik niet.'

'Wat dan wel?'

Tot nu toe had de man Myron nog geen enkele informatie gegeven. Laten blijken dat hij van het gokprobleem wist, kostte hem niets. Hij had beseft dat Myron ervan wist. Het ontkennen zou hem incompetent doen lijken omdat hij er niets van wist, of oneerlijk omdat hij het tegensprak. Marty Felder was geslepen. Hij zou geen misstap maken. Myron probeerde het op een andere manier. 'Waarom heb je Gregs vrouw laten filmen?'

Hij knipperde met zijn ogen. 'Pardon?'

'Pro Tec. Zo heet de firma die je hebt ingehuurd. Om videoopnameapparatuur in het Glenpointe Hotel te installeren. Ik zou willen weten waarom.'

Felder zag er bijna geamuseerd uit. 'Help me even om dit te begrijpen. Eerst zeg je dat mijn cliënt zwaar in de problemen zit. Je beweert dat je hem wilt helpen. Dan begin je beschuldigingen te uiten over een videotape. Ik heb moeite je te volgen.'

'Ik probeer alleen je cliënt te helpen.'

'Het beste wat je voor Greg kan doen is mij alles te vertellen wat je weet. Ik behartig zijn belangen, Myron. Ik doe niets liever dan hem helpen – niet wat het beste is voor de Dragons of Clip of wie dan ook. Je zei dat hij in de problemen zit. Hoe dan?'

Myron schudde zijn hoofd. 'Vertel me eerst iets over de videotape.'

'Nee.'

Zo lag het dus. Onderhandelen op topniveau in zijn meest basale vorm. Weldra zouden ze hun tong naar elkaar uitsteken, maar nu stonden de gezichten nog vriendelijk. Ze speelden het afwachtspelletje. Wie zou als eerst barsten? Myron overdacht de situatie. De cruciale regel bij onderhandelen luidde: verlies niet uit het oog wat jij wilt en wat je opponent wil. Oké. Dus wat heeft Felder dat Myron wil? Informatie over de vijftigduizend dollar, de videotape en wellicht nog wat andere zaken. Wat had Myron dat Felder wilde? Niet veel. Myron had hem nieuwsgierig gemaakt toen hij over grote problemen begon. Wellicht dat Felder al wist in wat voor moeilijkheden Greg zat, maar dat hij nog steeds wilde weten wat Myron wist. Einde analyse: Myron had de informatie harder nodig. Hij moest in actie komen. Tijd om de inzet te verhogen. En weg met de subtiliteiten.

'Het kan ook zijn dat iemand anders je deze vragen gaat stellen,' zei Myron.

'Wat bedoel je daarmee?'

'Ik kan die vragen ook door een rechercheur van moordzaken laten stellen.'

Felder bewoog amper maar zijn pupillen verwijdden zich. 'Wat?'

'Een zekere rechercheur is zó ver verwijderd' – Myron hield zijn duim en wijsvinger vlak bij elkaar – 'van het doen uitgaan van een algemeen opsporingsbevel naar Greg.'

'Een rechercheur van de afdeling moordzaken?'

'Ja.'

'Maar wie is er dan vermoord?'

Myron schudde zijn hoofd. 'Eerst de videotape.'

Felder was niet het type om uit zijn stoel te springen. Hij vouwde zijn handen opnieuw in zijn schoot, keek op, tikte met zijn voet op de vloer. Hij nam de tijd, woog de voors en tegens af, de kosten en de baten. Het zou Myron niets verbazen als hij een grafiekje zou gaan tekenen.

'Je hebt nooit als advocaat gepraktiseerd, hè Myron?'

Myron schudde zijn hoofd. 'Ik ben beëdigd, maar daar houdt het verder mee op.'

'Je hebt geluk,' zei hij. Hij zuchtte en maakte een vermoeid hand-gebaar. 'Je weet toch waarom mensen al die grappen maken dat advocaten allemaal tuig van de richel zijn? Omdat ze het zijn. Dat is hun schuld niet. Het is het systeem. Het systeem moedigt liegen en bedriegen en fundamenteel laag-bij-de-gronds gedrag aan. Stel dat je bij een wedstrijd van een jeugdcompetitie was. Stel dat je de kinderen zou zeggen dat er die dag geen scheidsrechter zou zijn, dat ze zelf scheidsrechter waren. Zou dat niet tot behoorlijk onethisch gedrag leiden? Waarschijnlijk wel. Maar stel nou eens dat je die kleine boefjes vertelt dat ze moeten winnen, ten koste van alles. Zeg hun dat winnen hun enige plicht is en dat ze alles over eerlijk spel en sportiviteit mogen vergeten. Zo zit ons rechtssysteem in elkaar, Myron. We staan bedrog toe in de naam van een abstract groter doel.'

'De vergelijking gaat mank,' zei Myron.

'Hoezo?'

'Dat deel over geen scheidsrechters. Advocaten hebben te maken met rechters.'

'Niet veel hoor. De meeste zaken worden geschikt voordat er een rechter aan te pas komt. Dat weet je toch? Maar dat maakt niet uit, mijn punt blijft overeind. Het systeem moedigt juristen aan te liegen en te draaien onder het mom van het belang van de cliënt. Die belangenflauwekul is een altijd toepasbaar excuus voor dat alles maar kan. Dat vernielt ons rechtssysteem.'

'Echt fascinerend,' zei Myron. 'En wat heeft dit allemaal te maken met de videotape...?'

'Alles,' zei Felder. 'De advocaat van Emily Downing heeft gelogen en de waarheid verdraaid. Ze heeft dat op extreem onethische en onnodige wijze gedaan.'

'Heb je het over de voogdij over de kinderen?' vroeg Myron.

'Ja.'

'Wat heeft ze gedaan?'

Hij glimlachte. 'Ik zal je een hint geven. Deze specifieke beschuldiging speelt tegenwoordig in een op de drie kindervoogdijzaken in de vs. Het is bijna standaardpraktijk geworden. De leugens worden met hetzelfde gemak rondgestrooid als rijstkorrels bij de trouwerij van het stel. Hoewel het levens vernietigt.'

'Kindermisbruik?'

Felder vond het niet nodig te antwoorden. 'We vonden dat we iets tegenover deze kwaadaardige en gevaarlijke leugens moesten stellen. Om de weegschaal zogezegd in evenwicht te brengen. Ik ben daar niet trots op. Niemand van ons is er trots op. Maar ik schaam me er ook niet voor. Je kunt niet eerlijk met blote handen vechten als je tegenstander per se een ploertendoder wil gebruiken. Je moet doen wat je kunt om te overleven.'

'Wat heb je gedaan?'

'We hebben Emily Downing gefilmd in een tamelijk delicate situatie.'

'Wat bedoel je precies met delicaat?'

Felder stond op en haalde een sleutel uit zijn zak. Hij ontsloot een kast en haalde er een videotape uit. Toen opende hij een andere kast met daarin een tv en een videospeler. Hij stopte de tape in het apparaat en pakte de afstandsbediening. 'Nu jij,' zei hij. 'Je zei dat Greg in grote problemen verkeerde.'

Nu was het aan Myron wat weg te geven. Een andere cruciale regel bij onderhandelingen: wees geen varken dat alleen maar vreet. Op de lange termijn keert zich dat tegen je. 'We vermoeden dat een vrouw Greg chanteert,' zei hij. 'Ze heeft diverse aliassen. Meestal heet ze Carla, maar ze bedient zich ook van de namen Sally of Liz. Ze is afgelopen zaterdagavond vermoord.'

Dat laatste schokte Felder. Of althans, hij deed net alsof hij geschokt was. 'Maar de politie verdenkt Greg toch niet...'

'Wel,' zei Myron.

'Maar waarom?'

Myron hield zich op de vlakte. 'Greg was de laatste persoon die op de avond van de moord met haar gezien is. Zijn vingerafdrukken zijn aangetroffen op de plaats delict. En de politie heeft het moordwapen in zijn huis gevonden.'

'Hebben ze het huis doorzocht?'

'Ja.'

'Maar dat kunnen ze niet zomaar doen!'

Hij schoot al in de rol van de klaar-om-de-zaken-net-wat-anders-voor-te-stellen-advocaat. 'Ze hadden een huiszoekingsbevel,' zei Myron. 'Ken jij die vrouw? Die Carla of Sally?'

'Nee.'

'Heb je enig idee waar Greg is?'

'Geen flauw idee.'

Myron sloeg hem gade, maar hij kon niet vaststellen of hij loog of niet. Het komt maar heel zelden voor dat je kunt vaststellen of iemand liegt door naar zijn ogen te kijken of naar lichaamstaal of dat soort dingen. Ook nerveuze, onrustige mensen kunnen de waarheid spreken en een goede leugenaar kan er net zo betrouwbaar uitzien als Alan Alda bij een fundraising. Zogenaamde lichaamstaalexperts trapten er juist eerder in. 'Waarom heeft Greg vijftigduizend in contanten opgenomen?' vroeg Myron.

'Ik heb het hem niet gevraagd,' zei Felder. 'Zoals ik je al uitgelegd heb, zijn dat soort dingen mijn zaak niet.'

'Je dacht dat het om gokken ging?'

Wederom nam Felder niet de moeite daar antwoord op te geven. Hij keek niet langer naar de vloer. 'Je zei dat die vrouw hem chanteerde.'

'Ja.'

Hij keek Myron strak aan. 'Weet je waarmee ze hem chanteerde?'

'Ik weet het niet zeker. Het gokken, denk ik.'

Felder knikte. Zonder zich om te draaien richtte hij de afstandsbediening op de televisie achter zich en drukte op een paar knoppen. Het scherm lichtte op tot een grijs vlak. Toen verscheen er een zwart-witbeeld. Een hotelkamer. Het leek alsof de camera de opnames vanaf de grond gemaakt had. Er was niemand in de kamer. Een digitale teller liet de tijd zien. De hele setting deed Myron denken aan die tapes van politicus Marion Barry toen die crack aan het roken was.

Oho.

Zou dat het kunnen zijn? Het hebben van seks kon amper een reden zijn om iemand als ongeschikt voor het ouderschap te bestempelen, maar hoe zat het met drugs? Hoe kon de balans beter in evenwicht worden gebracht, zoals Felder het had gezegd, dan door een moeder rokend, snuivend of spuitend in een hotelkamer in beeld te brengen? Hoe zou dat op een rechter overkomen?

Maar dat was het niet, zag Myron.

De deur van de hotelkamer ging open en Emily kwam binnen. Ze was alleen. Ze keek aarzelend om zich heen. Ze ging op het bed zitten, maar daarna stond ze weer op. Ze liep heen en weer. Ze bekeek de badkamer, kwam meteen terug en begon weer te ijsberen. Haar vingers pakten alles vast waar ze de hand op kon leggen: hotelbrochures, roomservicelijstjes, een televisiegids.

'Is er ook geluid?' vroeg Myron.

Felder schudde zijn hoofd. Hij keek nog steeds niet naar het scherm.

Myron keek als verlamd toe hoe Emily doorging met haar nerveuze ritueel. Plotseling bleef ze stokstijf staan en draaide zich om naar de deur. Ze moet een klop hebben gehoord. Weifelend liep ze naar de deur. Op zoek naar de prins op het witte paard? Waarschijnlijk, vermoedde Myron. Maar toen Emily de knop omdraaide en de deur openzwaaide, besefte Myron dat hij het weer mis had. Het was geen prins die de hotelkamer binnenkwam.

Het was een prinses.

De twee vrouwen praatten een tijdje. Ze dronken wat uit de minibar. Toen begonnen ze zich te ontkleden. Myrons maag draaide zich om. Tegen de tijd dat ze op het bed gingen liggen had hij meer dan genoeg gezien.

'Zet maar uit.'

Felder deed dat en keek nog steeds niet naar het scherm. 'Ik meen echt wat ik hiervoor zei. Hier ben ik niet trots op.'

'Wat een kerel,' zei Myron.

Nu begreep hij opeens Emily's heftige vijandigheid. Ze was inderdaad flagrante delicto gefilmd – niet met een andere man maar met een vrouw. Dat was zeker niet tegen de wet. Maar het zou de meeste rechters wel degelijk beïnvloeden. Dat is de wereld waarin

we leven. En in die wereld kende Myron de prinses onder een andere naam.

Bonker.

29

Myron liep terug naar zijn kantoor en vroeg zich af wat het allemaal te betekenen had. Bonker was in dit alles duidelijk meer dan een onschuldig detail. Maar wat was haar rol precies? Had ze Emily erin laten lopen of had zij ook niet geweten dat er een video-opname werd gemaakt? Hadden ze een vaste verhouding of was het een onenightstand? Felder beweerde dat hij het niet wist. Op de video had het er niet naar uitgezien dat de twee vrouwen al te vertrouwd met elkaar waren – althans, niet in dat kleine stukje dat hij had gezien – maar hij was amper een deskundige op dat gebied.

Bij 50th Street sloeg Myron af in oostelijke richting. Een albino met een Mets-cap op en gele boxershorts over zijn gescheurde spijkerbroek, speelde op een Indiase sitar. Hij zong die klassieker uit de jaren zeventig 'The Night Chicago Died' met een stem die Myron deed denken aan die van oudere Chinese vrouwen achter in een wasserette. De albino had een leeg blikje voor zich staan en een stapeltje cassettes. Op een bordje stond: DE ENIGE ECHTE BENNY EN ZIJN MAGISCHE SITAR, SLECHTS $10. De enige echte. Tjonge. Nee, stel je voor dat je een cassette met imitatie albino-sitar-seventies-muziek zou kopen! Echt niet.

Benny glimlachte naar hem. Toen hij bij het gedeelte van het liedje kwam waarin de zoon hoort dat honderd dienders dood zijn – onder wie misschien ook zijn vader – begon Benny te huilen. Roerend. Myron deed een dollar in het blik. Hij stak de straat over en dacht weer aan de videotape van Emily en Bonker. Hoe belangrijk was die? Alleen al door ernaar te kijken had hij zich een smerige voyeur gevoeld en dat gevoel kwam terug nu hij erover nadacht. Het was tenslotte waarschijnlijk niets meer dan bizarre bijzaak. Wat kon het met de moord op Liz Gorman te maken hebben? Hij zag het verband niet; maar hij begreep ook niet wat Liz Gorman met Gregs gokken van doen had, of wat ze überhaupt met hem van doen had.

Die videotape wierp natuurlijk wel een paar vragen op. Om te beginnen de beschuldigingen van kindermisbruik die aan het adres van Greg waren geuit. Was daar enige grond voor, of speelde Emily's advocaat het alleen maar keihard, zoals Marty Felder had gesuggereerd. En Emily had toch tegen Myron gezegd dat ze alles zou doen om haar kinderen te behouden? Zelfs een moord plegen. Hoe had Emily gereageerd toen ze hoorde van de videotape? Hoe ver zou ze, aangezet door deze schending van haar privacy, gaan?

Myron liep het kantoorgebouw aan Park Avenue binnen. Hij wisselde een korte liftglimlach met een jonge vrouw in een mantelpakje. De lift stonk naar goedkope aftershave, het soort dat kerels die denken dat douchen te veel tijd kost over zich heen sprenkelen alsof ze een bruiloftstaart aan het glazuren zijn. De jonge vrouw snoof en keek naar Myron.

'Ik gebruik geen aftershave,' zei hij.

Ze leek niet overtuigd. Of misschien nam ze de hele mannelijke kunne dit affront kwalijk. Begrijpelijk onder deze omstandigheden.

'Probeer je adem in te houden,' zei hij.

Ze keek hem aan, haar gezicht zag zeewiergroen.

Toen hij zijn kantoor binnenstapte, glimlachte Esperanza en zei: 'Goedemorgen.'

'O, nee,' zei Myron.

'Wat?'

'Je hebt nog nooit eerder goedemorgen tegen me gezegd. Nooit.'

'Echt wel.'

Myron schudde zijn hoofd. '*Et tu*, Esperanza?'

'Waar heb je het over?'

'Je hebt gehoord wat er gisteren is gebeurd. Je probeert – durf ik het woord in mijn mond te nemen? – aardig voor me te zijn.'

Haar ogen vlamden. 'Denk je werkelijk dat die wedstrijd mij een ruk kan schelen? Omdat je bij elke stap afging als een gieter?'

Myron schudde zijn hoofd. 'Te laat,' zei hij. 'Het kan je wel degelijk wat schelen.'

'Zeker weten van niet. Je ging af. Leer ermee leven.'

'Aardige poging.'

'Wat aardige poging? Je ging af. A punt, F punt. Een zielige vertoning. Ik schaam me dat ik je ken. Ik ben hier met gebogen hoofd naar binnen gegaan.'

Hij bukte zich en kuste haar op de wang.

Esperanza veegde met de rug van haar hand haar wang af. 'Nu moet ik antibiotica gaan slikken.'

'Met mij is niks aan de hand,' zei hij. 'Ik voel me prima.'

'Of mij dat wat kan schelen. Ongelooflijk.'

De telefoon ging over. Ze nam op. 'MB SportsReps. Ja, Jason, hij is hier. Een momentje.' Ze hield een hand over de hoorn. 'Het is Jason Blair.'

'Dat ongedierte dat zei dat je een lekkere reet hebt?'

Ze knikte. 'Vertel hem nog even over mijn benen.'

'Ik neem hem in mijn kantoor.' Een foto boven op een stapeltje papieren trok zijn aandacht. 'Wat is dat?'

'Het Raven Brigade-dossier,' zei ze.

Hij pakte de korrelige foto van de groep die in 1973 was genomen, de enige opname waar ze alle zeven op stonden. Hij vond Liz Gorman al snel. Hij had haar niet echt goed bekeken, maar nu hij haar op de foto zag, kon hij zich niet voorstellen dat iemand op het idee zou komen dat Carla en Liz Gorman een en dezelfde persoon waren. 'Is het goed als ik deze even meeneem?' vroeg hij.

'Ga je gang.'

Hij ging naar zijn kantoor en nam de telefoon op. 'Jason, zeg het eens.'

'Waar heb jij verdomme uitgehangen?'

'Gaat wel. En hoe is het met jou?'

'Je moet niet zo bijdehand doen. Je hebt die kleine meid op mijn contract gezet en ze heeft er een puinhoop van gemaakt. Ik denk er sterk over om weg te gaan bij MB.'

'Rustig nou, Jason. Wat heeft ze dan verknoeid?'

Zijn stem sloeg over van ongeloof. 'Je weet het niet eens?'

'Nee.'

'We zitten toch midden in de onderhandelingen met de Red Sox?'

'Klopt.'

'Ik wil graag in Boston blijven. Dat weten we allebei. Maar we moeten een hoop stampij maken alsof ik weg wil. Dat moest ik van jou doen. Laat ze denken dat je wilt verkassen. Om er meer geld uit te halen. Dat moeten we doen, toch?'

'Klopt.'

'We willen hun niet laten weten dat ik in het team wil blijven, niet?'

'Klopt. Tot op zekere hoogte.'

'Rot op met die hoogte,' snauwde hij. 'Onlangs krijgt mijn buurman een mailing van de Sox met het verzoek of hij zijn seizoenkaart wil verlengen. Raad eens wiens foto op de omslag van de brochure staat met de tekst dat ik dit seizoen weer meedoe? Nou, probeer eens! Raad dan.'

'Jouw foto, Jason?'

'Inderdaad, mijn foto! Dus ik bel juffrouw lekker reetje...'

'Ze heeft ook geweldige benen.'

'Wat?'

'Haar benen. Ze is niet zo groot, dus ze zijn niet zo erg lang. Maar heel gespierd.'

'Hou eens op met me op te fokken, Myron! Luister naar me. Ze vertelt me dat de Sox hebben gebeld en gevraagd hebben of ze mijn foto op de brochure konden zetten, ondanks het feit dat ik nog niet had getekend. Ze zei dat ze hun gang kunnen gaan! Gewoon hun gang! Wat moeten die klootzakken van Red Sox nu wel niet denken? Dat zal ik je vertellen. Ze denken nu dat ik tegen elke prijs bij ze zal tekenen. Dankzij haar zijn we onze grote troef kwijt.'

Esperanza opende de deur zonder kloppen. 'Dit is vanmorgen binnengekomen.' Ze gooide een contract op Myrons bureau. Het was van Jason. Myron las het snel door. Esperanza zei: 'Zet dat erwtenbrein even op de speaker.'

Myron deed dat.

'Jason.'

'O, jezus, Esperanza, sodemieter op van de lijn. Ik ben nu met Myron in gesprek.'

Ze negeerde hem. 'Hoewel je het niet verdient om het te weten, heb ik je contract afgerond. Je hebt alles gekregen wat je wilde, meer nog.'

Dat bracht hem tot bedaren. 'Vierhonderdduizend meer per jaar?'

'Zeshonderdduizend. Plus een extra kwart miljoen boven op het tekengeld.'

'Hoe… wat…?'

'De Sox hebben het voor zichzelf verprutst,' zei ze. 'Zodra jouw foto op de mailing gedrukt werd, was de deal zo goed als rond.'

'Ik begrijp het niet.'

'Toch is het zo eenvoudig,' zei ze. 'De mailing is met jouw foto erop de deur uitgegaan. Op basis daarvan hebben de mensen hun seizoenkaart gekocht. Ondertussen heb ik met het hoofdkantoor gebeld en gezegd dat je had besloten om bij de Rangers in Texas te tekenen. Ik zei ze dat de deal bijna rond was.' Ze schoof in haar stoel. 'Nou Jason, stel je nu eens voor dat jij de Red Sox bent. Wat ging je dan doen? Hoe ga jij aan je seizoenkaarthouders uitleggen dat Jason Blair, wiens foto op de laatste mailing stond, niet meer meedoet omdat de Texas Rangers een hoger bod hebben uitgebracht?'

Stilte. Toen: 'Laat die reet en benen maar zitten,' zei Jason. 'Je hebt de heerlijkste hersens die ik ooit heb meegemaakt.'

Myron zei: 'Kan ik nog iets voor je doen, Jason?'

'Meer trainen, Myron. Dat zal je nodig hebben gezien je spel van gisteravond. Ik wil Esperanza nog even spreken om de details door te nemen.'

'Ik neem hem op mijn eigen toestel,' zei Esperanza.

Myron zette hem terug in de wacht. 'Goed gedaan,' zei hij tegen haar.

Ze haalde haar schouders op. 'Een of ander groentje op de marketingafdeling van de Sox ging in de fout. Dat komt voor.'

'Dat heb je goed aangevoeld.'

Haar stem klonk overdreven monotoon. 'Mijn deinende boezem zwelt van trots.'

'Vergeet wat ik gezegd heb. Neem het gesprek maar over.'

'Nee, echt, mijn doel in dit leven is om net als jij te zijn.'

Myron schudde zijn hoofd. 'Zo'n kontje als dat van mij is niet voor je weggelegd.'

'Daar heb je gelijk in,' beaamde ze voordat ze wegliep.

Toen hij weer alleen was pakte Myron de Raven Brigade-foto op. Hij herkende de drie leden die nog steeds op vrije voeten waren: Gloria Katz, Susan Milano en het bekendste lid, de raadselachtige leider Cole Whiteman. Niemand had ooit meer media-aandacht en woede gegenereerd dan Cole Whiteman. Myron had nog op de basisschool gezeten toen de Ravens onderdoken, maar hij herinnerde zich de verhalen. Cole had voor Wins broer kunnen doorgaan: blond, aristocratisch gezicht, rijke familie. Terwijl alle anderen op de foto er onverzorgd en met lang haar op stonden was Cole gladgeschoren met een conservatieve haardracht. Zijn enige concessie aan de jaren zestig waren bakkebaarden die net iets te lang waren uitgegroeid. Amper de archetypische linksradicaal zoals Hollywood die neerzet. Maar zoals Myron van Win had geleerd, kon uiterlijk vaak bedrieglijk zijn.

Hij legde de foto neer en draaide Dimontes nummer op One Police Plaza. Nadat Dimonte hallo had gegromd, vroeg Myron of hij nog nieuws had.

'Denk je dat we nu partners zijn, Bolitar?'

'Net als Starsky en Hutch,' zei Myron.

'Och, wat mis ik die twee,' zei Dimonte. 'Die geweldige wagen. En dat rondhangen met Fuzzy Bear.'

'Huggy Bear,' zei Myron.

'Wat?'

'Zijn naam was Huggy Bear, niet Fuzzy Bear.'

'Echt?'

'De tijd dringt, Rolly. Laat me helpen waar ik dat kan.'

'Jij eerst. Wat heb je?'

Weer onderhandelingen. Myron vertelde Dimonte over het gokken van Greg. Hij nam aan dat Rolly ook over de telefoongegevens beschikte, dus hij vertelde hem ook van het veronderstelde chantageplan. Over de videotape zei hij niets. Dat zou niet eerlijk zijn, niet voordat hij met Emily had gesproken. Dimonte stelde een paar vragen. Toen hij tevredengesteld was, zei hij: 'Oké, wat wil je weten?'

'Heb je nog iets anders in Gregs huis gevonden?'

'Niets,' zei Dimonte. 'En dan bedoel ik ook echt niets. Je zei toch dat er wat damesspulletjes in de slaapkamer lagen? Kleren, geurtjes en dergelijke?'

'Ja.'

'Nou, die heeft iemand ook verwijderd. Geen spoor meer van vrouwelijke aanwezigheid.'

Dat betekent dus, dacht Myron, dat de minnarestheorie haar lelijke tronie weer laat zien. De minnares komt terug naar het huis en ruimt het bloed op om Greg te beschermen. Daarna verwijdert ze haar eigen sporen om de relatie geheim te houden. 'Hoe zit het met getuigen?' vroeg Myron. 'Heeft iemand in de flat van Liz Gorman iets gezien?'

'Niks. We hebben de hele buurt ondervraagd. Niemand heeft ook maar iets gezien. Allemaal hard aan de studie of zoiets. O ja, en nog wat. De media hebben lucht van de moord gekregen. Het verhaal staat in de ochtendedities.'

'Heb je ze haar echte naam gegeven?'

'Ben je gek? Natuurlijk niet. Ze denken dat het een gewone, uit de hand gelopen inbraak is. Maar let op. We hebben vanochtend een anonieme telefonische tip gekregen. Iemand suggereerde dat we Greg Downings huis moesten doorzoeken.'

'Je meent het!'

'Jawel. Vrouwenstem.'

'Hij wordt erin geluisd, Rolly.'

'Je meent het, Sherlock. Maar door een meid dus. En de moord heeft bij de pers niet echt veel gebaard. Het stukje zat in de laatste pagina's verstopt als een doordeweekse doodslag in deze poel van zonde. Het enige opmerkelijke aan de zaak was dat het zo dicht bij de campus van de universiteit was gebeurd.'

'Heb je die connectie nog onderzocht?' vroeg Myron.

'Welke connectie?'

'Dat Columbia University in de buurt ligt. De halve jarenzestig- beweging is daar begonnen. Daar moeten nog steeds de nodige sympathisanten rondlopen. Misschien dat iemand daar Liz Gor- man geholpen heeft.'

Dimonte slaakte een dramatische zucht. 'Bolitar, denk je nu heus dat alle dienders domkoppen zijn?'

'Nee.'

'Denk je heus dat jij de enige bent die daaraan heeft gedacht?'

'Nou,' zei Myron, 'ze hebben me wel eens hoogbegaafd ge- noemd.'

'Niet in de sportbijlage van vandaag.'

Touché. 'Dus wat heb je ontdekt?'

'Ze huurde de flat van een of andere gestoorde, fanatieke, linkse, communistische zogenaamde Columbiaprofessor met de naam Sidney Bowman.'

'Wat ben je toch ruimdenkend, Rolly.'

'Inderdaad, ik ben de aansluiting een beetje kwijtgeraakt nadat ik een paar burgerrechtenvergaderingen heb overgeslagen. Hoe dan ook, deze linkse lul wil niet praten. Hij zegt dat ze de flat nog maar kort van hem huurde en contant betaalde. We weten alle- maal dat hij liegt. De FBI heeft hem flink aangepakt, maar hij heeft een team linkse flikkeradvocaten om zich heen om hem uit de wind te houden. Hij noemde ons een stel nazivarkens, dat soort dingen.'

'Dat is niet als een compliment bedoeld, Rolly. Voor het geval je dat nog niet wist.'

'Dank je voor de toelichting. Ik laat hem schaduwen door Krinsky, maar dat levert niets op. Ik wil maar zeggen dat die Bowman niet achterlijk is. Hij weet dat we op hem letten.'

'Wat heb je nog meer over hem?'

'Gescheiden. Geen kinderen. Hij geeft college over existentiële, wereldvreemde flauwekul. Volgens Krinsky besteedt hij het grootste deel van zijn tijd aan het helpen van daklozen. Dat doet hij dagelijks – rondhangen met zwervers in asiels of opvanghuizen. Zoals ik al zei, een echte mafkees.'

Win kwam het kantoor zonder kloppen binnenlopen. Hij liep regelrecht naar de hoek en opende een kastdeur, waarachter zich een manshoge spiegel bevond. Hij inspecteerde zijn kapsel en schikte het tot elke haartje perfect zat. Toen zette hij zijn benen uit elkaar en liet zijn armen zakken. Hij deed net of hij een golfclub vasthield. Langzaam begon Win in een backswing te draaien, bekeek zijn draai in de spiegel en zorgde ervoor dat de voorste arm gestrekt bleef, de greep ontspannen. Hij deed dit altijd en soms hield hij terwijl hij over straat liep stil voor een winkeletalage. De golfversie, bedacht Myron, van gewichtheffers die wanneer ze maar langs een spiegel lopen, hun spieren spannen. Het was ook net zo irritant.

'Heb je nog iets, Rolly?'

'Nee. Jij?'

'Niks. We spreken elkaar nog.'

'Kan niet wachten, Hutch,' zei Dimonte. 'Zal ik je iets vertellen? Krinsky is zo jong dat hij zich de serie niet eens kan herinneren. Is dat niet triest?'

'De jeugd van tegenwoordig,' zei Myron. 'Geen cultuur.'

Myron hing op. Win bleef zijn slag in de spiegel bestuderen. 'Praat me even bij,' zei hij. Toen hij klaar was, zei Win: 'Deze Fiona, de ex-playmate. Die klinkt als een perfecte kandidaat om door Windsor Horne Lockwood III aan de tand te worden gevoeld.'

'Jawel,' zei Myron. 'Maar vertel me eerst eens over het aan de tand voelen van Bonker door Windsor Horne Lockwood III?'

Win fronste naar de spiegel, en paste zijn greep aan. 'Ze is nogal gesloten,' zei hij. 'Dus heb ik het over een andere boeg gegooid.'

'Welke boeg?'

Win vertelde over hun gesprek. Myron schudde alleen zijn hoofd. 'Dus je bent haar gevolgd?'

'Ja.'

'En?'

'Weinig te melden. Na de wedstrijd ging ze naar T.C.'s huis. Daar is ze blijven slapen. Vanaf zijn huis zijn geen telefoongesprekken van enige betekenis gevoerd. Of ze is niet op stang gejaagd door ons gesprek, of ze weet niets.'

'Of,' voegde Myron eraan toe, 'ze wist dat ze gevolgd werd.'

Win fronste zijn wenkbrauwen weer. Misschien was hij niet blij met Myrons opmerking, of wellicht had hij een probleem met zijn swing ontdekt. Waarschijnlijk dat laatste. Hij keerde zich van de spiegel af en keek naar Myrons bureau. 'Is dat de Raven Brigade?'

'Ja. Een van hen heeft wel wat van jou weg.' Myron wees op Cole Whiteman.

Win bestudeerde de foto aandachtig. 'De man is ongetwijfeld knap, maar hij mist zowel mijn gevoel voor stijl als mijn bijzonder charmante gelaatstrekken.'

'Om nog maar te zwijgen van je bescheidenheid.'

Win stak zijn hand uit. 'Jij begrijpt het.'

Myron keek weer naar de foto. Hij dacht aan wat Dimonte had gezegd over professor Sidney Bowmans dagelijkse bezigheden. Toen viel alles op zijn plaats. Hij kreeg het plotseling koud. Hij veranderde in gedachten Coles gelaatstrekken een beetje, en stelde zich voor wat plastisch-chirurgische ingrepen en twintig jaar tijd konden aanrichten. Het paste niet precies, maar het kwam er dicht in de buurt.

Liz Gorman had zich vermomd door haar meest karakteristieke kenmerk te veranderen. Was het dan niet logisch dat Cole Whiteman hetzelfde had gedaan?

'Myron?'

Hij keek op. 'Ik denk dat ik weet waar ik Cole Whiteman kan vinden.'

30

Hector was niet echt blij Myron weer in de Parkview Diner te zien.

'We denken dat we Sally's medeplichtige hebben gevonden,' zei Myron.

Hector haalde een lap over de balie.

'Zijn naam is Norman Lowenstein. Kent u hem?'

Hector schudde zijn hoofd.

'Hij is een dakloze. Hij hangt rond bij uw achterom en maakt gebruik van uw betaaltelefoon.'

Hector hield op met poetsen. 'Denk je echt dat ik een dakloze in mijn keuken laat komen?' zei hij. 'En we hebben niet eens een achterom. Ga maar kijken.'

Het antwoord verbaasde Myron niet. 'Hij zat aan de bar toen ik hier laatst was,' probeerde hij. 'Ongeschoren. Lang, donker haar. Groezelige beige jas.'

Hector bleef de lap over het formica halen en knikte. 'Ik denk dat ik weet wie u bedoelt. Zwarte gympen?'

'Precies.'

'Hij komt hier vaak. Maar ik weet niet hoe hij heet.'

'Hebt u hem ooit met Sally zien praten?'

Hector haalde zijn schouders op. 'Misschien. Als ze hem bediende. Ik zou het niet kunnen zeggen.'

'Wanneer was hij hier voor het laatst?'

'Ik heb hem niet meer gezien sinds de dag dat u hier binnenstapte,' zei Hector.

'En u hebt hem nooit eerder ontmoet?'

'Nee.'

'U weet verder ook niets van hem?'

'Nee.'

Myron schreef zijn telefoonnummer op een stukje papier. 'Wilt u alstublieft bellen als u hem ziet. Er staat een beloning van duizend dollar op.'

Hector bekeek het telefoonnummer. 'Is dit nummer van uw werk? Bij de telefoonmaatschappij?'

'Nee. Dit is mijn privénummer.'

'Zo,' zei Hector. 'Ik heb AT&T gebeld nadat u gisteren was vertrokken. Een Y511 bestaat helemaal niet en van een werknemer met de naam Bernie Worley hadden ze nog nooit gehoord.' Hij zag er niet bijzonder geschokt uit, maar hij stroomde ook niet over van enthousiasme. Hij wachtte alleen maar, en keek Myron strak aan.

'Ik heb tegen u gelogen,' zei Myron. 'Het spijt me.'

'Hoe heet je echt?' vroeg Hector.

'Myron Bolitar.' Hij gaf de man een van zijn visitekaartjes. Hector wierp er even een blik op.

'Je bent sportagent?'

'Ja.'

'Wat heeft een sportagent met Sally van doen?'

'Dat is een lang verhaal.'

'Je had niet zo moeten liegen. Dat was niet juist.'

'Dat weet ik,' zei Myron. 'Ik had het ook niet gedaan als het niet zo belangrijk was geweest.'

Hector stopte het kaartje in het borstzakje van zijn overhemd. 'Ik heb klanten.' Hij liep weg. Myron overwoog om meer uitleg te verschaffen maar besloot dat het geen zin had.

Win wachtte buiten op het trottoir op hem. 'En?'

'Cole Whiteman is een dakloze die zich Norman Lowenstein noemt.'

Win hield een taxi aan. Een chauffeur met een tulband stopte. Ze stapten in. Myron noemde een adres. De chauffeur knikte; terwijl hij dat deed wreef de tulband tegen het dak van de cabine. Sitarmuziek blies uit de speakers voorin, scheermesjesscherp getokkel. Vreselijk. Hiermee vergeleken klonk Benny en zijn magische sitar als Itzhak Perlman. Maar het was altijd nog beter dan Yanni.

'Hij lijkt helemaal niet meer op die oude foto,' zei Myron. 'Hij heeft zich plastisch laten opereren. Hij heeft zijn haar laten groeien en het pikzwart geverfd.'

Ze moesten wachten bij een verkeerslicht. Een blauwe TransAm naast hen, zo'n opgevoerd model dat op en neer hiphopte terwijl de muziek hard genoeg stond om de aardkern mee te laten swingen. De taxi begon door het hoge decibelniveau mee te schudden. Het licht sprong op groen. De TransAm spoot vooruit.

'Het begon me te dagen toen ik bedacht welke vermomming Liz Gorman had gekozen,' ging Myron verder. 'Ze heeft haar opvallendste uiterlijke kenmerk omgedraaid. Cole was de flitsende, rijke jongen uit een goed nest. Hoe kun je dat beter omdraaien dan je als een slonzige zwerver te vermommen?'

'Een joodse slonzige zwerver,' corrigeerde Win.

'Precies. Dus toen Dimonte me vertelde dat professor Bowman graag omging met daklozen, klikte er iets.'

De tulband blafte: 'Route.'

'Wat?'

'Route. Henry Hudson of Broadway.'

'Henry Hudson,' antwoordde Win. Hij keek naar Myron. 'Ga door.'

'Volgens mij is het zo gegaan,' zei Myron. 'Cole Whiteman was bang dat Liz Gorman in de problemen zat. Misschien had ze hem niet gebeld of was ze niet komen opdagen bij een afspraak. Zoiets. Het probleem was dat hij niet zelf kon uitzoeken wat er gebeurd was. Whiteman heeft al die jaren in de illegaliteit echt niet overleefd omdat het een domme jongen is. Hij wist dat als de politie haar zou vinden, ze een val voor hem zouden zetten. Wat ze nu ook daadwerkelijk doen.'

'Dus,' zei Win, 'hij regelt het zo dat jij voor hem naar binnen gaat.'

Myron knikte. 'Hij hangt rond bij het restaurant in de hoop dat hij iets over "Sally" te weten komt. Wanneer hij mijn gesprek met

Hector afluistert, neemt hij aan dat ik zijn beste optie ben. Hij dist mij dat rare verhaal op dat hij haar kent van het gebruiken van de telefoon bij het restaurant. Gaf voor dat ze wat met elkaar hadden. Het verhaal zat niet helemaal lekker in elkaar, maar ik zette er geen vraagtekens bij. Hoe dan ook, hij neemt me mee naar haar huis. Zodra ik binnen ben, verstopt hij zich en wacht af wat er gebeurt. Hij ziet de politie arriveren. Waarschijnlijk ziet hij ook dat het lichaam naar buiten wordt gedragen – allemaal van een veilige afstand. Het bevestigt wat hij waarschijnlijk al die tijd had vermoed. Liz Gorman is dood.'

Win dacht daar even over na. 'En nu denk jij dat professor Bowman contact met hem opneemt als hij de daklozen bezoekt?'

'Ja.'

'Dus ons volgende doel is Cole Whiteman vinden?'

'Ja.'

'Tussen de ongewassen zielenpieten in een of ander godverlaten opvangcentrum?'

'Ja.'

Win zag er gekweld uit. 'Hemeltjelief.'

'We kunnen proberen hem in de val te lokken,' zei Myron, 'maar ik denk dat dat te veel tijd vergt.'

'Hoe wil je hem in de val lokken?'

'Ik denk dat hij mij gisteravond heeft gebeld,' zei Myron. 'Hoe het chantageplan van Liz Gorman ook in elkaar stak, het is niet meer dan logisch dat Whiteman er ook bij betrokken was.'

'Maar waarom jij?' vroeg Win. 'Als hij iets had om Greg Downing mee te chanteren, waarom zou jij dan het doelwit zijn van die afpersing?'

Dat was een vraag die ook bij Myron had geknaagd. 'Ik weet het niet zeker,' zei hij langzaam. 'Het beste wat ik kan verzinnen is dat Whiteman me bij de Parkview Diner heeft herkend. Hij gaat er waarschijnlijk van uit dat ik nauw bij Greg Downing betrokken ben. Toen hij Greg niet kon bereiken, besloot hij het via mij te proberen.'

Myrons mobiel ging over. Hij nam op.

'Hé Starsky.' Het was Dimonte.

'Ik ben Hutch,' zei Myron. 'Jij bent Starsky.'

'Hoe dan ook,' zei Dimonte, 'ik denk dat jij heel graag even snel naar het bureau wilt komen.'

'Heb je iets?'

'Nou, iets… Een opname van de moordenaar die Gormans flat verlaat, vind je dat iets?'

Myron liet de telefoon bijna vallen. 'Je meent het?'

'Yep. En je raadt het nooit.'

'Wat?'

'Het is een zij.'

31

'Dit is de deal,' zei Dimonte. Ze zochten hun weg door een menigte agenten, getuigen en weet niet wie. Win wachtte buiten. Hij hield niet van politiemensen en zij op hun beurt voelden zich niet geroepen om hem op een ijsje te trakteren. Voor iedereen was het het beste als hij buiten bleef. 'We hebben een half beeld van de dader op videotape. Het probleem is dat het niet genoeg is voor een identificatie. Ik dacht dat jij haar misschien herkent.'

'Wat voor videotape?'

'Er zit een distributiebedrijfje op Broadway tussen 110th en 111th Street, aan de oostkant van het blok,' zei Dimonte. Hij liep met stevige pas voor Myron uit en keek steeds om om te zien of Myron hem bijhield. 'Ze leveren consumentenelektronica. Je weet hoe dat gaat... elke employé steelt alsof het een grondrecht is. Dus heeft het bedrijf overal bewakingscamera's neergezet. Alles wordt gefilmd.' Onder het lopen schudde hij zijn hoofd, trakteerde Myron op een tandenstokerloze glimlach en voegde eraan toe: 'Goeie ouwe Big Brother. Zo af en toe wordt een misdaad vastgelegd, in plaats van een stel dienders dat een verdachte in elkaar mept, als je begrijpt wat ik bedoel.'

Ze gingen een kleine verhoorkamer binnen. Myron keek in een spiegel. Hij wist dat het een doorkijkspiegel was, net als iedereen die wel eens een politieserie of film heeft gezien. Myron betwijfelde of er iemand aan de andere kant stond maar hij stak voor alle zekerheid toch zijn tong uit. Meneer Volwassen. Krinsky stond bij de tv met videorecorder. Voor de tweede keer die dag ging Myron een videotape bekijken. Hij ging ervan uit dat deze minder schokkend zou zijn.

'Hallo, Krinsky,' zei Myron.

Krinsky knikte nauwelijks merkbaar. Meneer Praatgraag.

Myron keek naar Dimonte. 'Ik begrijp nog steeds niet hoe een magazijncamera de moordenaar op tape kan hebben gezet.'

'Een van de camera's staat bij de uitgang voor de vrachtwagens,' legde Dimonte uit. 'Om absoluut zeker te zijn dat er niets van de vrachtwagen valt bij het wegrijden, als je begrijpt wat ik bedoel. De camera neemt een deel van het trottoir mee. Je kan mensen voorbij zien lopen.' Hij leunde tegen de muur en gebaarde Myron om op een stoel te gaan zitten. 'Je ziet zo wel wat ik bedoel.'

Myron ging zitten en Krinsky drukte op de play-knop. Weer zwart-wit. Weer geen geluid. Maar dit keer was de opname van bovenaf gemaakt. Myron zag de voorkant van een vrachtwagen en daarachter een glimp van het trottoir. Er liepen slechts weinig mensen langs, en van die enkelingen was amper meer dan een vaag silhouet te zien.

'Hoe kom je hieraan?' vroeg Myron.

'Waaraan?'

'Deze band?'

'Ik ben altijd op zoek naar dit soort dingen,' zei Dimonte terwijl hij zijn broek bij de riemlussen optrok. 'Parkeergarages, opslagruimten, dat soort dingen. Die hebben tegenwoordig allemaal bewakingscamera's.'

Myron knikte. 'Mooi werk, Rolly. Ik ben onder de indruk.'

'Wauw,' zei Dimonte. 'Mijn dag is weer goed.'

Iedereen is tegenwoordig zo ad rem. Myron richtte zijn aandacht weer op het beeldscherm. 'Hoe lang duurt iedere band?'

'Twaalf uur,' antwoordde Dimonte. 'Ze verwisselen ze 's ochtends en 's avonds om negen uur. Installatie van acht camera's. Ze bewaren elke band drie weken. Daarna worden ze opnieuw gebruikt.' Hij wees met zijn vingers. 'Hier komt ze. Krinsky.'

Krinsky drukte op een knop en het beeld kwam tot stilstand.

'De vrouw die net het beeld is in gelopen. Aan de rechterkant. Ze loopt zuidwaarts, en dat is weg van de plaats delict.'

Myron zag een wazig beeld. Hij kon het gezicht niet onderscheiden of zelfs maar een idee krijgen van haar lengte. Ze liep op hoge hakken en had een lange jas aan met een geplooide kraag. Ook haar postuur viel moeilijk te beoordelen. Het kapsel zag er daarentegen bekend uit. Hij hield zijn stem vlak. 'Ja, ik zie haar.'

'Kijk naar haar rechterhand,' zei Dimonte.

Dat deed Myron. Ze hield een donker, langwerpig ding vast. 'Ik kan het niet goed zien.'

'We hebben het uitvergroot. Krinsky.'

Krinsky overhandigde Myron twee grote zwart-witfoto's. In de eerste was het hoofd van de vrouw vergroot, maar nog steeds kon je geen gelaatstrekken onderscheiden. Het lange, donkere voorwerp in haar hand op de tweede foto was duidelijker.

'We denken dat het een plastic vuilniszak is die ergens omheen zit,' zei Dimonte. 'Merkwaardige vorm, vind je ook niet?'

Myron keek naar de foto en knikte. 'Je denkt dat er een honkbalknuppel in zit.'

'Denk jij dat ook niet?'

'Ja,' zei Myron.

'We hebben dat soort vuilniszakken in Gormans keuken gevonden.'

'En waarschijnlijk in de helft van alle keukens in New York,' voegde Myron eraan toe.

'Klopt absoluut. Kijk nu eens naar de datum en de tijd op het scherm.'

In de linkerbovenhoek van het scherm gaf een digitale klok 02.12.32 a.m. aan. De datum was zondag, vroeg in de ochtend dus. Een paar uur nadat Liz Gorman met Greg Downing in de Swiss Chalet-bar was geweest.

'Heeft de camera haar ook opgenomen toen ze arriveerde?' vroeg Myron.

'Ja, maar dat beeld is erg onduidelijk. Krinsky.'

Krinsky drukte de terugspoelknop in. Verscheidene seconden later, stopte hij en kwam het beeld weer terug. De tijd gaf nu 01.41.12 a.m. aan. Ruim een half uur eerder.

'Binnenkort in dit theater…' zei Dimonte.

Het beeld vloog bijna voorbij. Myron herkende de vrouw alleen aan haar lange jas met de geplooide kraag. Dit keer had ze niets in haar hand. Myron zei: 'Laat me die andere opname nog eens zien. Helemaal.'

Dimonte knikte naar Krinsky. Krinsky spoelde door en drukte op play. Myron kon nog steeds het gezicht van de vrouw niet goed zien, maar haar manier van lopen wel. En de manier waarop iemand loopt, kan behoorlijk onderscheidend zijn. Myron voelde hoe zijn hart naar zijn keel omhoog kroop.

Dimonte keek hem weer aan met zijn loensende blik. 'Herken je haar, Bolitar?'

Myron schudde zijn hoofd. 'Nee,' loog hij.

32

Esperanza hield van lijstjes maken.

Met het Raven Brigade-dossier voor zich noteerde ze de drie belangrijkste factoren in chronologische volgorde.

1) De Raven Brigade berooft een bank in Tucson.
2) Binnen enkele dagen daarna is althans een van de Ravens (Liz Gorman) in Manhattan.
3) Kort daarop neemt Liz Gorman contact op met een beroemde basketbalprof.

Er viel geen touw aan vast te knopen.

Ze sloeg het dossier open en nam de geschiedenis van de brigade snel door. In 1975 hadden de Ravens Hunt Floodworth, de tweeëntwintigjarige zoon van mediatycoon Cooper Floodworth, ontvoerd. Hunt was een jaargenoot op San Francisco State University van een aantal Ravens geweest, onder wie Cole Whiteman en Liz Gorman. De beroemde Cooper Floodworth, niet bepaald iemand die passief achterover ging zitten, had huurlingen ingeschakeld om zijn zoon te redden. Tijdens deze actie was de jonge Hunt van dichtbij door een van de Ravens in het hoofd geschoten. Niemand wist door wie. Van de aanwezige brigadeleden wisten er vier te ontsnappen.

Big Cyndi huppelde het kantoor binnen. Esperanza's pennen trilden van het bureaublad af.

'Sorry,' zei Cyndi.

'Hindert niet.'

'Timmy heeft me gebeld,' zei Cyndi. 'We gaan vrijdagavond uit.'

Esperanza trok een gezicht. 'Hij heet dus Timmy?'

'Ja,' zei Cyndi. 'Lief, hè?'

'Schattig.'

'Ik zit in de vergaderruimte,' zei Cyndi.

Esperanza richtte haar aandacht weer op het dossier. Ze bladerde door tot de Tucson-bankroof, de eerste van de groep na ruim vijf jaar. De overval had plaatsgevonden tegen sluitingstijd. De FBI vermoedde dat een van de veiligheidsbeambten erbij betrokken was, maar tot nu hadden ze niet meer gevonden dan dat de man een links verleden had. Er was ongeveer 15.000 dollar meegenomen, maar de overvallers hadden de tijd genomen om de bankkluisjes open te blazen. Riskant. De FBI redeneerde dat de Ravens er op de een of andere manier achter waren gekomen dat er drugsgeld was opgeslagen. De bankcamera's hadden twee mensen gefilmd met zwarte bivakmutsen en van top tot teen in het zwart gestoken. Geen vingerafdrukken, haren of vezels. Nop.

Esperanza las verder maar kwam geen nieuwe feiten tegen. Ze probeerde zich voor te stellen hoe het er de afgelopen twintig jaar voor de overlevende Ravens moest hebben uitgezien, steeds op de vlucht, nooit lang op dezelfde plek, het land in en uit, terugvallend op oude sympathisanten van wie ze nooit helemaal zeker konden zijn. Ze pakte het stuk papier en maakte nog wat aantekeningen.

Liz Gorman – Bankoverval – Chantage.

Oké, dacht ze, volg de pijlen. Liz Gorman en de Ravens hadden geld nodig, dus daarom beroofden ze een bank. Dat was logisch. Het verklaarde de eerste pijl. Dat was een inkoppertje. Het echte probleem was het tweede verband.

Bankoverval – Chantage.

Eenvoudig gesteld: wat aan de bankoverval had Liz naar de oostkust gevoerd en haar op het idee gebracht Greg Downing te chanteren? Esperanza probeerde verschillende mogelijkheden.

1) Downing was bij de bankoverval betrokken.

Ze keek op. Het was mogelijk, dacht ze. Hij had geld nodig voor zijn gokschulden. Het was mogelijk dat hij het criminele pad was op gegaan. Maar deze hypothese verklaarde niet hoe ze elkaar hadden leren kennen. Wat was in de eerste plaats het verband tussen Liz Gorman en Greg Downing?

Dat, voelde ze, was de sleutel.

Ze noteerde het cijfer 2. En wachtte.

Wat voor verband kon er nog meer zijn?

Ze kon niets verzinnen en besloot het van de andere kant te benaderen. Begin met de chantage en ga dan terug. Om Downing te chanteren moet Liz Gorman tegen iets aangelopen zijn dat hem incrimineerde. Wanneer? Esperanza trok nog een pijl.

Bankoverval – Chantage.

Toen voelde Esperanza een soort speldenprikje. De bankoverval. Iets wat ze bij de bankoverval hadden gevonden had tot het plan om Downing te chanteren geleid.

Snel bladerde ze door het dossier, maar ze wist al dat het er niet in stond. Ze pakte de telefoon en draaide een nummer. Toen er opgenomen werd, zei ze: 'Heb je ook een lijst van mensen die de bankkluisjes huurden?'

'Die heb ik ergens wel, neem ik aan,' antwoordde de man. 'Hoezo? Heb je die nodig?'

'Ja.'

Diepe zucht. 'Goed dan, ik ga zoeken. Maar zeg tegen Myron dat ik wat van hem te goed heb, en niet zo'n beetje ook.'

Toen Emily de deur opende, zei Myron: 'Ben je alleen?'

'Hoezo? Ja,' antwoordde ze met een schalks lachje. 'Was je wat van plan?'

Hij schoof langs haar heen. Emily wankelde naar achteren, haar mond open van verbazing. Hij liep regelrecht naar de garderobekast en opende die.

'Wat doe je?'

Myron antwoordde niet. Koortsachtig duwde hij de hangertjes van links naar rechts. Het duurde niet lang. Hij trok de lange jas met de geplooide kraag in het zicht. 'De volgende keer dat je een moord pleegt,' zei hij, 'zou ik de kleren die je draagt wegdoen.'

Ze deed twee stappen achteruit, met haar hand voor haar mond geslagen. 'Eruit,' beval ze.

'Ik geef je één kans om de waarheid te vertellen.'

'Dat kan me geen ruk schelen. Mijn huis uit.'

Hij hield de jas omhoog. 'Denk je dat ik de enige ben die het weet? De politie heeft een videoband van jou bij de plaats delict. En je had deze jas aan.'

Haar lichaam verslapte. Ze keek alsof ze net een klap op haar plexus solaris had gekregen.

Myron liet de jas zakken. 'Je hebt het moordwapen in je oude huis gelegd,' zei hij. 'Je hebt bloed in het souterrain verspreid.' Hij draaide zich om en liep met grote stappen de zitkamer in. De stapel kranten lag er nog steeds. Hij wees ernaar. 'Je hebt de kranten er net zolang op nagelezen tot je het verhaal vond. Toen je las dat het lichaam was gevonden, heb je anoniem de politie gebeld.'

Hij keek Emily weer aan. Haar ogen stonden glazig.

'Ik vond het al zo raar van die speelkamer,' zei Myron. 'Waarom zou Greg juist daarnaartoe gaan na de moord? Maar daar ging het natuurlijk om. Dat zou hij nooit doen. Het bloed zou daar zo nodig weken ongezien kunnen liggen.'

Emily balde haar handen tot vuisten. Ze schudde haar hoofd en vond eindelijk haar stem terug. 'Je begrijpt er niets van.'

'Vertel het me dan.'

'Hij wilde mijn kinderen.'

'Dus daarom heb je hem een moord in de schoenen geschoven.'

'Nee.'

'Dit is niet het moment om te liegen, Emily.'

'Ik lieg niet, Myron. Ik heb hem er niet ingeluisd.'

'Je hebt het wapen bij hem thuis achtergelaten...'

'Ja,' onderbrak ze hem, 'daar heb je gelijk in. Maar ik heb hem er niet ingeluisd.' Haar ogen gingen dicht en weer open, alsof ze bezig was met een minimeditatie. 'Je kunt niet iemand ergens inluizen als hij het gedaan heeft.'

Myron verstijfde. Emily keek hem met een onbewogen gezicht aan. Haar handen waren nog steeds tot vuisten gebald. 'Wil je zeggen dat Greg haar heeft vermoord?'

'Natuurlijk.' Ze bewoog zich in zijn richting; ze nam haar tijd zoals een bokser de acht seconden gebruikt na een verrassingsstoot. Ze pakte de jas uit zijn handen. 'Moet ik hem echt wegdoen of kan ik jou vertrouwen?'

'Leg het eerst maar eens uit.'

'Wat zou je zeggen van een kop koffie?'

'Nee, dank je,' zei Myron.

'Ik wel. Ik ben eraan toe. Kom op. Dan praten we in de keuken.'

Ze hield haar hoofd rechtop en liep met dezelfde tred als Myron op de videoband had gezien. Hij volgde haar de stralend witte keuken in. De keuken glansde in betegelde schittering. Veel mensen zouden hem helemaal het einde vinden; het deed Myron aan een wc in een trendy restaurant denken.

Emily pakte de percolator. 'Weet je zeker dat je geen koffie wilt? Dit is Starbucks. Kona Hawaiiaanse mix.'

Myron schudde zijn hoofd. Emily was weer helemaal bij haar positieven. Ze had de zaak weer in de hand, en hij liet het graag zo. Iemand die zich zeker voelt praat meer en denkt minder goed na.

'Ik probeer te bedenken waar ik moet beginnen,' zei ze, terwijl ze heet water opgoot. Het rijke aroma vulde meteen de keuken. Als dit een koffiecommercial was zou er nu iemand 'Ahhh!' roepen. 'En zeg niet dat ik bij het begin moet beginnen want dan ga ik gillen.'

Myron hief zijn handen omhoog om aan te geven dat hij dat niet zou doen.

Emily drukte een beetje op de pers van de percolator, tot ze weerstand voelde en drukte toen door. 'Op een gegeven moment kwam ze in de supermarkt naar me toe,' zei ze. 'Zomaar, uit het niets. Ik pakte net een zak diepvriesbagels en toen zei ze dat ze iets had ontdekt wat mijn echtgenoot kon kapotmaken. Ze zei dat als ik niet zou betalen, ze de kranten ging bellen.'

'Wat heb jij toen gezegd?'

'Ik vroeg haar of ik haar het kwartje voor de telefoon moest lenen,' lachte Emily terwijl ze haar rug rechtte. 'Ik nam aan dat het een grap was. Ik zei tegen haar dat ze vooral haar gang moest gaan en die klootzak kapot moest maken. Ze knikte alleen maar en zei dat ze nog contact zou opnemen.'

'Dat was alles?'

'Ja.'

'Wanneer gebeurde dit?'

'Ik weet het niet meer precies. Twee, drie weken geleden.'

'En wanneer hoorde je weer van haar?'

Emily opende een keukenkastje en haalde er een koffiebeker uit. Op de beker stond een cartoonfiguurtje. Daaronder de woorden LIEFSTE MAMA VAN DE WERELD. 'Ik heb genoeg voor twee gezet,' zei ze.

'Nee, dank je.'

'Zeker weten?'

'Ja,' zei Myron. 'Wat gebeurde er toen?'

Ze boog zich voorover en tuurde naar de percolator alsof ze in een kristallen bol keek. 'Een paar dagen later heeft Greg me iets aangedaan...' Ze zweeg. Haar toon was nu anders, de woorden kwamen langzamer en werden zorgvuldiger uitgesproken. 'Dat heb ik je de vorige keer dat je hier was ook al verteld. Hij heeft iets vreselijks gedaan. De bijzonderheden doen er niet toe.'

Myron knikte maar zei niets. Het was niet zinvol om de videoband ter sprake te brengen en haar van de wijs te brengen. Maak het haar zo makkelijk mogelijk, was het devies.

'Dus toen ze weer contact opnam en vertelde dat Greg haar fors voor haar zwijgen wilde betalen, heb ik tegen haar gezegd dat ik meer zou betalen om haar te laten praten. Ze vertelde me dat dat veel geld zou kosten. Ik vertelde haar dat dat me niets kon schelen. Ik probeerde haar op haar vrouw-zijn aan te spreken. Ik ging zelfs zover dat ik haar over mijn situatie vertelde, hoe Greg probeerde me mijn kinderen af te nemen. Ze leek met me mee te voelen, maar ze maakte ook duidelijk dat ze niet aan filantropie deed. Als ik de informatie wilde, moest ik dokken.'

'Zei ze hoeveel?'

'Honderdduizend dollar.'

Myron moest zich bedwingen om niet te fluiten. Dit was een serieus geval van twee keer opscheppen. De strategie van Liz Gorman was waarschijnlijk om van allebei te incasseren, ze allebei net zo lang uit te melken als ze dacht dat ze ermee weg zou kunnen komen. Of misschien wilde ze snel en goed scoren omdat ze wist dat ze weer moest onderduiken. Hoe dan ook, uit het oogpunt van Liz Gorman was het verstandig om bij alle geïnteresseerde partijen te incasseren: Greg, Clip en Emily. Geld in ruil voor zwijgen. Geld in ruil voor openbaarheid. Chanteurs zijn net zo betrouwbaar als politici in verkiezingstijd.

'Weet jij waar ze Greg mee chanteerde?' vroeg hij.

Emily schudde haar hoofd. 'Dat wilde ze me niet vertellen.'

'Maar je was wel bereid haar er een ton voor te betalen?'

'Ja.'

'Zelfs al wist je niet waar je voor betaalde?'

'Ja.'

Myron gebaarde met beide handen. 'Hoe wist je dat ze niet gewoon knettergek was?'

'Om je de waarheid te zeggen: dat wist ik niet. Maar jezus, ik dreigde mijn kinderen kwijt te raken. Ik was wanhopig.'

En, dacht Myron, Emily had die wanhoop aan Liz Gorman getoond, en die had daar op haar beurt van geprofiteerd. 'Dus je hebt nog steeds geen idee waarmee ze hem chanteerde?'

Emily schudde haar hoofd. 'Geen flauw idee.'

'Kan het iets met Gregs gokken van doen hebben?'

Ze kneep haar ogen verbaasd samen. 'Hoezo?'

'Wist je dat Greg gokte?'

'Natuurlijk. Maar hoezo?'

'Wist je hoeveel hij gokte?' vroeg Myron.

'Niet veel,' zei ze. 'Af en toe eens een reisje naar Atlantic City. Misschien vijftig dollar op een footballwedstrijd.'

'Denk je dat echt?'

Haar blik gleed onderzoekend over zijn gezicht. 'Waar heb je het over?'

Myron keek naar buiten, de tuin in. Het zwembad was nog steeds afgedekt, maar de eerste roodborstjes waren al teruggekeerd van de jaarlijkse trek naar het zuiden. Een stuk of tien verdrongen zich om een voedersilo. Ze hielden hun kopjes schuin en fladderden tevreden met hun vleugels alsof ze kwispelden.

'Greg is een dwangmatige gokker,' zei Myron. 'Hij heeft in de afgelopen jaren miljoenen verloren. Felder heeft geen geld achterovergedrukt; Greg heeft het met gokken verloren.'

Emily schudde haar hoofd. 'Dat kan niet,' zei ze. 'We wonen al meer dan tien jaar samen. Dat zou ik gemerkt moeten hebben.'

'Gokkers leren het te verbergen,' zei Myron. 'Ze liegen, bedriegen en stelen – alles om maar te kunnen gokken. Het is een verslaving.'

Emily's ogen begonnen te glimmen. 'En daarmee chanteerde die vrouw Greg? Het feit dat hij gokte?'

'Dat vermoed ik,' zei Myron. 'Maar ik weet het niet zeker.'

'Maar Greg gokte dus echt? Zo erg dat hij al zijn geld is kwijtgeraakt?'

'Ja.'

Bij dat antwoord lichtte Emily's gezicht hoopvol op. 'Maar dan gaat geen rechter ter wereld hem de voogdij geven,' zei ze. 'Ik ga winnen.'

'Een rechter is eerder geneigd de kinderen aan een gokker te geven dan aan een moordenaar,' zei Myron. 'Of aan iemand die valse bewijzen achterlaat.'

'Ik zei toch al dat ze niet vals zijn.'

'Dat zeg jij,' zei Myron. 'Maar laten we het nu weer even over de afperser hebben. Je zei dat ze een ton wilde.'

Emily liep naar de percolator. 'Dat klopt.'

'Hoe zou je haar moeten betalen?'

'Ze zei me dat ik zaterdagavond bij een telefooncel voor een Grand Union-supermarkt moest wachten. Ik zou daar om middernacht moeten zijn met het geld. Ze belde me precies om middernacht en ze gaf me een adres op 111th Street. Daar moest ik om twee uur 's nachts zijn.'

'Dus jij reed om twee uur 's nachts naar 111th Street met honderdduizend dollar op zak?' Hij probeerde niet al te ongelovig te klinken.

'Ik kon niet meer dan zestigduizend bij elkaar krijgen,' verbeterde ze hem.

'Wist ze dat?'

'Nee. Kijk, ik weet dat het krankzinnig klinkt, maar je hebt geen idee hoe wanhopig ik was. Op dat moment was ik tot alles in staat.'

Myron begreep het. Hij had van dichtbij meegemaakt hoe ver moeders kunnen gaan. Uit liefde zijn mensen tot rare dingen in staat, maar moederliefde slaat alles. 'Ga door.'

'Toen ik de hoek om kwam, zag ik Greg uit het flatgebouw komen,' zei Emily. 'Ik was perplex. Hij had zijn kraag opgezet maar ik kon zijn gezicht nog steeds zien.' Ze keek Myron aan. 'Ik ben lang met hem getrouwd geweest, maar ik heb hem nog nooit zo zien kijken.'

'Hoe dan?'

'Volkomen ontzet,' antwoordde ze. 'Hij rende praktisch naar Amsterdam Avenue. Ik heb gewacht tot hij de hoek om was. Toen ben ik naar de deur gelopen en heb bij haar aangebeld. Er werd niet opengedaan. Toen heb ik andere bellen ingedrukt. Uiteindelijk deed iemand open. Ik ging naar boven en klopte bij haar aan. Toen probeerde ik de deurklink. Die was van het slot. Dus ik duwde de deur open.'

Emily zweeg even. Met trillende hand bracht ze de kop koffie naar haar lippen. Ze nam een slok.

'Dit klinkt heel verschrikkelijk, ik weet het,' vervolgde ze, 'maar ik zag daar geen dood menselijk wezen liggen. Ik zag alleen maar dat mijn laatste hoop om mijn kinderen te behouden vervlogen was.'

'Dus je besloot om vals bewijsmateriaal bij hem thuis achter te laten.'

Emily zette haar beker neer en keek hem aan. Haar ogen stonden helder. 'Ja. En je hebt ook verder in alles gelijk. Ik heb de speelkamer gekozen omdat ik wist dat hij daar geen voet zou zetten. Ik dacht dat als Greg thuis zou komen – ik wist niet dat hij de benen zou nemen – het bloed daar veilig zou zijn. Moet je horen, ik weet dat ik te ver ben gegaan, maar ik heb niet gelogen. Hij heeft haar vermoord.'

'Dat weet je niet.'

'Hoezo?'

'Hij kan net als jij tegen dat lijk aan geblunderd zijn.'

'Meen je dat serieus?' Haar stem was nu scherp. 'Natuurlijk heeft Greg haar vermoord. Het bloed op de vloer was nog vers. Hij had alles te verliezen. Hij had een motief, de gelegenheid.'

'Net als jij,' zei Myron.

'Wat voor motief dan?'

'Je wilde hem voor een moord laten opdraaien. Je wilde je kinderen houden.'

'Dat is belachelijk.'

'Kun je op een of andere manier bewijzen dat jouw verhaal klopt?' vroeg Myron.

'Bewijzen, hoezo?'

'Heb je bewijsmateriaal? Ik denk namelijk niet dat de politie het gelooft.'

'Geloof jij het?' vroeg ze hem.

'Ik wil graag bewijs zien.'

'Wat bedoel je met bewijs?' snauwde ze. 'Wat voor bewijs? Ik heb geen foto's genomen of zo.'

'Zijn er feiten die je verhaal ondersteunen?'

'Waarom zou ik haar vermoorden, Myron? Wat voor motief zou ik kunnen hebben? Ik had haar nodig. Zij was mijn beste kans om mijn kinderen te kunnen behouden.'

'Maar laten we eens aannemen dat deze vrouw Greg inderdaad ergens mee chanteerde,' zei Myron. 'Iets concreets. Zoals een brief die hij geschreven heeft of een videoband' – hij wachtte op een re- actie – 'of iets dergelijks.'

'Oké,' zei ze met een knikje. 'Ga door.'

'En stel dat ze jou bedroog. Stel dat ze het belastende bewijs aan Greg had verkocht. Je hebt toegegeven dat Greg er eerder was dan jij. Misschien heeft hij haar zo veel betaald dat ze de afspraak met jou liet varen. Je komt haar flat binnen. Je ontdekt wat ze heeft gedaan. Je beseft dat de enige kans om je kinderen te behouden vervlogen is. Dus vermoord je haar en schuif je de man die het meest van haar dood kan profiteren die moord in de schoenen: Greg.'

Emily schudde haar hoofd. 'Wat een onzin.'

'Je haatte Greg er genoeg voor,' vervolgde Myron. 'Hij heeft jou belazerd, dus belazer je hem.'

'Ik heb haar niet vermoord.'

Myron keek weer naar buiten, maar de roodborstjes waren verdwenen. De tuin zag er verlaten uit, ontdaan van alle leven. Hij wachtte even voordat hij zich weer tot haar richtte. 'Ik weet van de videoband van Bonker en jou.'

Woede flitste op in Emily's ogen. Haar vingers omklemden de koffiebeker. Myron verwachtte half dat ze die naar hem toe zou gooien. 'Hoe heb jij in godsnaam…?' Toen ontspanden haar vingers. Ze liet haar schouders hangen. 'Het doet er niet toe.'

'Het moet je razend gemaakt hebben,' zei hij.

Ze schudde haar hoofd. Een geluidje ontsnapte aan haar lippen. 'Je begrijpt het gewoon niet, Myron.'

'Wat begrijp ik niet?'

'Ik was niet uit op wraak. Het enige wat ertoe doet was dat ik door die video mijn kinderen kwijt kon raken.'

'Nee, ik begrijp je wel,' zei Myron. 'Jij doet alles om je kinderen te behouden.'

'Ik heb haar niet vermoord.'

Myron gooide het over een andere boeg. 'Hoe zat het met Bonker en jou?' vroeg hij.

Emily lachte laatdunkend. 'Ik wist niet dat jij dat type was, Myron.'

'Dat ben ik ook niet.'

Ze pakte haar koffiebeker op en nam een flinke slok. 'Heb je de hele video van het begin tot het eind gezien?' vroeg ze op een toon die het midden hield tussen flirt en woede. 'Heb je de slowmotionknop een paar keer ingedrukt, Myron? Heb je teruggespoeld en bepaalde passages keer op keer afgespeeld? Met je broek op je knieën?'

'Nee. Helemaal niet.'

'Hoeveel heb je gezien?'

'Genoeg om te zien wat er aan de hand was.'

'Toen ben je gestopt?'

'Toen ben ik gestopt.'

Ze nam hem op van achter haar koffiebeker. 'Zal ik je wat vertellen? Ik geloof je ook nog. Je bent nu eenmaal echt zo'n lulletje lampenkatoen.'

'Emily, ik probeer te helpen.'

'Mij of Greg?'

'Ik probeer de waarheid te achterhalen. Ik neem aan dat jij dat ook wilt.'

Ze haalde onverschillig haar schouders op.

'Dus wanneer waren Bonker en jij…' Hij bracht aarzelend zijn handen samen.

Ze lachte om zijn gêne. 'Het was de eerste keer,' antwoordde ze. 'In alle opzichten.'

'Ik oordeel niet…'

'Het kan mij niet schelen of je dat doet of niet. Je wilt weten wat er gebeurd is, toch? Het was mijn eerste keer. Die kleine slet heeft me erin laten lopen.'

'Hoe?'

'Wat bedoel je met hoe?' zei ze snibbig. 'Wil je alle bijzonderheden horen: hoeveel drank ik op had, hoe eenzaam ik me voelde, hoe haar haar hand over mijn been omhoog kroop?'

'Laat maar.'

'Laat ik het kort houden: ze verleidde me. We hadden in het verleden wel eens onschuldig geflirt. Ze nodigde me uit naar de Glenpointe voor een borrel. Voor mij was het iets spannends; ik werd erdoor aangetrokken en het stond me tegelijkertijd tegen, ik was niet van plan ermee door te gaan. Maar van het een kwam het ander. We gingen naar boven. Einde samenvatting.'

'Dus je wilt zeggen dat Bonker wist dat jullie gefilmd werden?'

'Ja.'

'Hoe weet je dat? Zei ze iets in die trant?'

'Ze zei niets. Maar ik weet het.'

'Hoe?'

'Myron, hou nou toch op met al die stomme vragen, ik weet het gewoon, oké? Hoe wisten ze anders dat ze juist in die kamer een camera moesten installeren? Ze heeft me erin geluisd.'

Dat klonk logisch, dacht Myron. 'Maar waarom zou ze dat doen?'

Haar gezicht drukte onverbloemd haar ergernis uit. 'Jezus, Myron, ze is de teamhoer. Heeft ze jou nog niet genaaid? O nee, laat me raden. Je hebt geweigerd, niet?'

Emily liep naar de woonkamer en zakte neer op de bank. 'Pak wat aspirine voor me,' zei ze. 'Ze liggen in de badkamer. In het medicijnkastje.'

Myron schudde twee tabletten uit het flesje en liet een glas vollopen. Toen hij terugkwam, zei hij: 'Ik moet nog één ding van je weten.'

Ze zuchtte. 'Wat dan?'

'Ik heb begrepen dat je beschuldigingen jegens Greg hebt geuit,' zei hij.

'Mijn advocaat heeft beschuldigingen geuit.'

'Klopten die?'

Ze legde de aspirientjes op haar tong, nam een slok en slikte. 'Een aantal wel.'

'En hoe zat het met kindermisbruik?'

'Ik ben moe, Myron. Kunnen we later verder praten?'

'Klopten die?'

Emily keek Myron recht in de ogen en een vlaag koude deed zijn hart samentrekken. 'Greg wilde me mijn kinderen afpakken,' zei ze langzaam. 'Hij had het geld, de macht, het prestige. We hadden iets nodig.'

Myron verbrak het oogcontact. Hij liep naar de deur. 'Vernietig die jas niet.'

'Je hebt het recht niet om over me te oordelen.'

'Op dit moment,' zei hij, 'wil ik weg uit jouw nabijheid.'

33

Audrey leunde tegen zijn auto. 'Esperanza vertelde me dat je hier zou zijn.'

Myron knikte.

'Jezus, wat zie jij er belabberd uit,' zei ze. 'Wat is er gebeurd?'

'Dat is een lang verhaal.'

'Een verhaal dat jij mij binnenkort in geuren en kleuren gaat vertellen,' zei Audrey. 'Maar ik eerst. Fiona was inderdaad Miss September 1992, of zoals dat bepaalde blaadje het noemt, de September Babe-A-Rama.'

'Je meent het.'

'Ja. Ze raakt opgewonden van strandwandelingen in het maanlicht en een gezellige avond voor het haardvuur.'

Hij glimlachte in weerwil van zichzelf. 'Tjonge, wat origineel.'

'Haar afknappers zijn onder meer oppervlakkige mannen die alleen maar om uiterlijkheden geven. En mannen met haar op hun rug.'

'En zat er ook een lijstje bij met haar lievelingsfilms?'

'*Schindler's List*,' zei Audrey. 'En *Cannonball Run II*.'

Hij lachte. 'Dit verzin je maar.'

'Alles, met uitzondering van het feit dat ze de September Babe-A-Rama 1992 was.'

Myron schudde zijn hoofd. 'Greg Downing en de vrouw van zijn beste vriend,' zuchtte hij. Op de een of andere manier monterde het nieuws hem op. Myrons indiscretie van tien jaar geleden met Emily leek opeens wat minder erg. Hij wist dat het geen excuus was, maar een man pakt zijn troost toch waar hij hem tegenkomt.

Audrey gebaarde in de richting van het huis. 'Wat is er met de ex aan de hand?'

'Dat is een lang verhaal.'

'Dat heb je al gezegd. Ik heb de tijd.'

'Ik niet.'

Ze hief haar arm op als een verkeersagent die het verkeer tegenhoudt. 'Dat is niet eerlijk, Myron. Ik ben een heel braaf meisje geweest. Ik heb al je boodschappen gedaan en mijn grote mond stijf dicht gehouden. En dan heb ik ook nog eens niets voor mijn verjaardag van jou gekregen. Laat me alsjeblieft niet weer hoeven dreigen met een publicatie.'

Ze had gelijk. Myron praatte haar kort bij en liet slechts twee dingen achterwege: de Bonker-video (niemand hoefde daar iets van te weten) en het feit dat Carla de roemruchte Liz Gorman was (dat was gewoon te interessant: geen journalist kon dat laten lopen).

Audrey luisterde aandachtig. Haar pony was te lang en hing voor haar ogen. Ze stak haar onderlip steeds naar voren en blies dan de haartjes van haar voorhoofd weg. Myron had dit nog nooit gezien bij mensen boven de elf jaar. Het zag er lief uit.

'Geloof jij haar?' vroeg Audrey, met een armzwaai naar Emily's huis.

'Ik weet het niet,' antwoordde hij. 'Haar verhaal is zeker niet onwaarschijnlijk. Ze had geen motief om die vrouw te vermoorden, afgezien dan om Greg erin te luizen en dat is erg vergezocht.'

Audrey hield haar hoofd schuin alsof ze wilde zeggen: misschien wel, misschien ook niet.

'Wat is er?' vroeg hij.

'Nou,' begon ze, 'bekijken we dit misschien niet vanuit het verkeerde perspectief?'

'Wat bedoel je?'

'We nemen aan dat de afperser iets van Downing wist,' zei Audrey. 'Maar misschien wist ze iets van Emily.'

Myron zweeg, keek om naar het huis alsof dat hem de waarheid kon vertellen, en keek vervolgens weer naar Audrey.

'Volgens Emily,' vervolgde Audrey, 'heeft de afperser haar benaderd. Maar waarom? Greg en zij zijn niet langer samen.'

'Dat wist Carla niet,' zei Myron. 'Ze heeft gewoon aangenomen dat Emily nog steeds zijn vrouw was, en dat ze hem zou willen beschermen.'

'Dat is één mogelijkheid,' beaamde Audrey. 'Maar ik weet niet of dat de meest waarschijnlijke is.'

'Wil je zeggen dat ze háár chanteerde en niet Greg?'

Audrey draaide haar handpalmen naar de hemel. 'Het enige wat ik wil zeggen is dat het ook de andere kant op kan werken. De afperser had misschien iets om Emily mee te chanteren, iets wat Greg tegen haar in de voogdijzaak wilde inzetten.'

Myron sloeg zijn armen over elkaar en leunde tegen de wagen. 'Maar hoe zit het met Clip?' vroeg hij. 'Als ze iets had om Emily mee te chanteren, waarom zou hij daar dan in geïnteresseerd zijn?'

'Dat weet ik niet.' Audrey haalde haar schouders op. 'Misschien had ze iets waarmee ze hen allebei kon chanteren.'

'Allebei?'

'Natuurlijk. Iets wat hen allebei kon kapotmaken. Of misschien dacht Clip dat zelfs al was het iets wat Emily betrof, dat het toch nadelig voor Greg kon zijn.'

'Maar wat dan?'

'Geen flauw idee,' zei Audrey.

Myron dacht er even over na, maar ook hij kon niets verzinnen. 'Er is een kans,' zei hij, 'dat we er vanavond achter komen.'

'Hoe dan?'

'De afperser heeft gebeld. Hij wil mij de informatie verkopen.'

'Vanavond?'

'Ja.'

'Waar?'

'Dat weet ik nog niet. Hij gaat bellen. Ik heb mijn vaste lijn thuis doorgeschakeld naar mijn mobiel.'

Alsof het afgesproken was ging op dat moment zijn mobiel over. Myron haalde hem uit zijn jaszak.

Het was Win. 'Het rooster van die aardige professor hing op zijn deur,' zei hij. 'Hij geeft nog een uur college. Daarna heeft hij spreekuur voor kindertjes die over hun cijfers willen zeuren.'

'Waar zit je?'

'Op de campus van de Columbia,' antwoordde Win. 'Overigens zijn de vrouwen van Columbia best aantrekkelijk.'

'Ik ben blij dat je observatievermogen er intussen niet onder geleden heeft.'

'Wat je zegt,' zei Win. 'Ben je uitgepraat met ons meisje?'

Ons meisje was Emily. Win vertrouwde geen namen toe aan mobiele telefoons. 'Ja,' zei hij.

'Mooi zo. Hoe laat kan ik je dan verwachten?'

'Ik ben al onderweg.'

34

Win zat op een bankje vlak bij de poort van Columbia University aan 116th Street. Hij droeg een Eddie Bauer-broek, TopSiders zonder sokken, een blauw button-down overhemd en een dure das.

'Ik probeer niet op te vallen,' verklaarde Win.

'Als een orthodoxe jood bij een kerstdienst,' beaamde Myron. 'Geeft Bowman nog steeds college?'

Win knikte. 'Binnen tien minuten moet hij die deur uit komen.'

'Weet je hoe hij eruitziet?'

Win overhandigde hem een faculteitsgids. 'Pagina tweehonderdtien,' zei hij. 'Vertel me over Emily.'

Dat deed Myron. Een lange brunette in een zwart, nauwsluitend catsuit wandelde langs met haar boeken tegen haar borst gedrukt. Julie Newmar in *Batman*. Win en Myron bekeken haar aandachtig. Miauw.

Toen Myron uitgesproken was vond Win het niet nodig vragen te stellen. 'Ik heb een vergadering op kantoor,' zei hij terwijl hij opstond. 'Is dat een probleem?'

Myron schudde zijn hoofd en ging zitten. Win vertrok. Myron hield zijn ogen op de deur gevestigd. Na tien minuten liepen studenten in een rij door de deur naar buiten. Twee minuten daarna volgde professor Sidney Bowman. Hij had dezelfde onverzorgde academische baard als op de foto. Hij was kaal op een randje haar na, dat belachelijk lang was. Hij droeg een spijkerbroek, Timberlands en een rood, flanellen overhemd. Hij probeerde er als een arbeider uit te zien of als Jerry Brown op campagne.

Bowman duwde zijn bril omhoog en bleef doorlopen. Myron wachtte tot hij uit het zicht was verdwenen voor hij hem achternaging. Geen haast. De brave man liep in de richting van zijn kantoor. Hij stak het grasveld over en verdween in een bakstenen gebouw. Myron vond een bankje en ging zitten.

Er ging een uur voorbij. Myron keek naar de studenten en voelde zich erg oud. Had hij maar een krant meegenomen. Een uur ergens zitten zonder leesmateriaal betekende dat hij moest nadenken. Zijn brein bleef nieuwe theorieën opwerpen en weer verwerpen. Hij wist dat hij ergens iets miste, hij kon het in de verte zien drijven, maar elke keer dat hij het wilde pakken dook het weg onder het oppervlak.

Hij bedacht opeens dat hij die dag Gregs antwoordapparaat nog niet had afgeluisterd. Hij pakte zijn mobiel en toetste het nummer in. Toen hij Gregs stem hoorde, toetste hij 317 in, het codenummer dat Greg had ingeprogrammeerd. Er stond maar één bericht op de band, maar dat was dan ook wel bizar.

'Je moet ons niet proberen te naaien,' zei de elektronisch vervormde stem. 'Ik heb met Bolitar gesproken. Hij wil betalen. Heb je dat soms liever?'

Einde van het bericht.

Myron bleef doodstil zitten. Hij keek naar de kale bakstenen muur. Enkele secondes luisterde hij nog naar de pieptoon en deed niets. Wat in godsnaam...?

Hij wil betalen. Heb je dat soms liever?

Myron drukte op sterretje om het bericht nogmaals te beluisteren. Toen nog eens. Hij zou het waarschijnlijk nog een vierde keer hebben afgespeeld als professor Bowman niet plotseling in de deuropening was verschenen.

Bowman hield in om een praatje te maken met een paar studenten. Het gesprek verliep geanimeerd; alle drie praatten ze met hartstochtelijke academische ernst. Terwijl ze hun ongetwijfeld gewichtige gesprek voortzetten wandelden ze de campus af en Amsterdam Avenue op. Myron stopte zijn mobiel in zijn zak en hield afstand. Bij 112th Street ging de groep uiteen. De studenten liepen door in zuidelijke richting, Bowman stak de straat over in de richting van de kathedraal van St. John the Divine.

St. John the Divine heeft een massieve structuur en is, wonderlijk genoeg, de grootste kathedraal ter wereld in termen van kubieke meters (volgens deze statistiek wordt de Sint Pieter in Rome beschouwd als een basiliek, niet als een kathedraal). Het bouwwerk was net als de stad waarin het stond: ontzagwekkend maar versleten. Hoog oprijzende pilaren en prachtige glas-in-loodramen waren omringd met bordjes met HELM VERPLICHT (hoewel de bouw al in 1892 is begonnen, is St. John the Divine nooit afgemaakt) en DE KATHEDRAAL WORDT VOOR UW VEILIGHEID ELEKTRONISCH BEWAAKT. Planken dekten de gaten in de granieten gevel af. Aan de linkerkant van dit architectonisch wonder stonden twee prefab aluminium opslagloodsen. Aan de rechterkant lag de Kinderbeeldentuin met daarin de Vredesfontein, een enorm beeldhouwwerk dat inspireerde tot uiteenlopende stemmingen, maar geen van alle waren ze vredelievend. Beelden van afgehakte hoofden en ledematen, kreeftenscharen, handen die zich vanuit de modder uitstrekten als om aan de hel te ontsnappen, een man die de nek van een hert omdraaide waren door elkaar geplaatst om een sfeer te scheppen die meer weg had van 'Dante ontmoet Goya' dan van vredige gemoedsrust.

Bowman liep over de weg rechts van de kathedraal. Myron wist dat er even verderop een daklozenopvang was. Hij stak de straat over en probeerde afstand te houden. Bowman passeerde een groep van zo te zien dakloze mannen, allen gekleed in versleten polyester kleding met broeken met een laaghangend kruis. Sommigen zwaaiden en riepen hem wat toe. Bowman zwaaide terug. Toen verdween hij een deur in. Myron was in tweestrijd, maar had eigenlijk geen keus. Hij moest naar binnen, zelfs als het betekende dat hij zijn dekmantel moest opgeven.

Hij liep langs de mannen, knikte, glimlachte. Ze knikten en glimlachten terug. De ingang van het opvangtehuis was een dubbele zwarte deur met goedkope kanten gordijnen ervoor. Niet ver daarvandaan hingen twee borden; LANGZAAM RIJDEN SPELENDE KINDE-

REN stond op het ene en op het andere KATHEDRAALSCHOOL. Een daklozenopvang en een school naast elkaar; een interessante combinatie, maar het werkte. Dat kan alleen in New York.

Myron liep naar binnen. De ruimte lag vol met versleten matrassen en mannen. De geur als van een hele nacht doorgerookte pijp verschroeide zijn neusharen. Myron probeerde zijn gezicht in de plooi te houden. Hij zag Bowman in een hoek met een aantal mannen in gesprek. Geen van hen was Cole Whiteman alias Norman Lowenstein. Myron liet zijn blik langs de ongeschoren gezichten en de holle ogen dwalen.

Ze kregen elkaar op hetzelfde moment in het oog.

Dwars door het vertrek keken ze elkaar misschien een seconde aan, maar dat was lang genoeg. Cole Whiteman draaide zich om en rende weg. Myron moest zich een weg door de menigte banen om hem achterna te gaan. Professor Bowman merkte de onrust op. Met vlammende ogen versperde hij Myron de weg. Myron liet zijn schouder zakken en duwde hem zonder vaart te minderen opzij. Net als Jim Brown. Behalve dan dat Jim Brown het moest opnemen tegen Dick Butkus en Ray Nitschke en niet tegen een vijftigjarige hoogleraar die zelfs met zijn buikje waarschijnlijk nog geen tachtig kilo woog. Maar toch.

Cole Whiteman verdween door een achterdeur en sloeg die achter zich dicht. Myron volgde niet lang daarna. Nu waren ze buiten, maar niet lang. Whiteman stormde een metalen trap op en verdween in de kerk. Myron volgde hem. De binnenkant leek precies op de buitenkant: een mengeling van spectaculaire voorbeelden van beeldende kunst en architectuur en het haveloze en kitscherige. De kerkbanken bijvoorbeeld waren goedkope klapstoeltjes. Weelderige tapijten hingen zo op het hoog lukraak aan de granieten muren. Ladders gingen op in dikke pilaren.

Myron kreeg Cole in het vizier toen die weer naar buiten rende door een deur vlakbij. Hij sprintte achter hem aan, zijn voetstappen weerkaatsend tegen het gewelfde plafond. Toen waren ze weer buiten. Cole ging via een zware nooduitgang de onderste regionen van de kathedraal binnen. Beide mannen renden door een gang met aan weerszijden haveloze metalen kastjes. Cole sloeg rechts af en verdween achter een houten deur.

Toen Myron de deur openduwde, zag hij een donker trapgat voor zich. Beneden hoorde hij voetstappen. Hij liep de trap af terwijl het licht van boven met iedere tree afnam. Hij daalde af in de ondergrondse ruimten van de kathedraal. De muren waren van cement en voelden klam aan. Hij vroeg zich af of hij de crypte of grafkamer of iets dergelijks engs betrad, als er tenminste iets bestond wat net zo eng was. Hadden Amerikaanse kathedralen wel crypten of kwam dat alleen in Europa voor?

Tegen de tijd dat hij de onderste tree bereikte, was Myron in duisternis ondergedompeld. Het licht van boven was niet meer dan een vaag schijnsel in de verte. Geweldig. Hij stapte een kamer in, niet meer dan een zwart gat. Hij hield zijn hoofd schuin en spitste zijn oren als een hond op jacht. Niets. Hij tastte naar een lichtknopje. Weer niets. In de kamer heerste een ijskoude, roerloze kilte. Een klamme lucht hing om hem heen. Hij vond het hier beneden niet prettig. Helemaal niet prettig.

Blindelings schuifelde hij voort, zijn armen voor zich uit als het monster van Frankenstein. 'Cole,' riep hij. 'Ik wil alleen maar met je praten.'

Zijn woorden weergalmden voor ze wegstierven als een liedje op de radio.

Hij schuifelde voorzichtig verder. De ruimte was stil als… inderdaad, als het graf. Hij was misschien anderhalve meter gevorderd toen zijn uitgestrekte vingers iets raakten. Myron legde zijn hand op het gladde koude oppervlak. Net marmer, dacht hij. Zijn handen gleden erlangs naar beneden. Het was een standbeeld of zo. Hij voelde de arm, de schouder, op de rug een marmeren vleugel. Was het een grafdecoratie? Snel haalde hij zijn hand weg.

Hij bleef stokstijf staan en luisterde weer. Het enige geluid was geruis in zijn oren, alsof er zeeschelpen tegenaan werden gedrukt. Hij overwoog weer naar boven te gaan, maar dat kon natuurlijk niet. Cole wist nu dat zijn vermomming doorzien was. Hij zou weer onderduiken en zich niet meer laten zien. Dit was Myrons enige kans.

Hij deed weer een stap, verkende de weg met zijn voet. Zijn teen raakte iets wat niet meegaf. Weer marmer, nam hij aan. Hij cirkelde eromheen. Toen deed een geluid – een trippelend geluid – hem stokstijf stilstaan. Het kwam van de vloer. Niet een muis. Te groot voor een muis. Hij hield zijn hoofd weer schuin en wachtte. Zijn hart klopte in zijn keel. Zijn ogen begonnen aan de duisternis te wennen en hij kon een paar grote figuren ontwaren. Beelden. Gebogen hoofden. Hij stelde zich de serene uitdrukking van religieuze kunst op hun gezichten voor, hoe ze op hem neerkeken in de wetenschap dat zij aan een reis begonnen waren naar een betere plek dan die waarin ze verbleven hadden.

Hij deed nog een stap; koude vingers van vlees en bloed grepen hem bij zijn enkel.

Myron gilde.

De hand gaf een ruk en Myron knalde tegen het cement. Hij trapte en krabbelde naar achteren. Zijn rug stootte tegen nog meer marmer. Een man giechelde als een waanzinnige. Myron voelde dat zijn nekharen rechtop gingen staan. Weer giechelde er een man. Toen nog een. Alsof hij werd ingesloten door een groep hyena's.

Myron probeerde weer overeind te komen, maar halverwege vielen de mannen opeens aan. Hij wist niet hoeveel het er waren. Handen trokken hem naar de grond. Hij sloeg wild om zich heen en raakte iemand volop in zijn gezicht. Myron hoorde een krakend geluid en een man viel. Maar de anderen slaagden in hun opzet. Hij kwam languit op het vochtige cement terecht. Hij vocht in het wilde weg door. Hij hoorde gekreun. De stank van alcohol en zweet was verstikkend, onontkoombaar. De handen waren nu overal. Een trok zijn horloge van zijn pols. Een ander greep zijn portefeuille. Myron sloeg weer om zich heen. Hij voelde ribben. Weer een kreun en weer viel er een man.

Iemand knipte een zaklantaarn aan en scheen in zijn ogen. Het leek alsof een trein recht op hem af denderde.

'Oké,' zei een stem, 'ga maar van hem af.'

De handen gleden weg als natte slangen. Myron probeerde te gaan zitten.

'Voordat je allerlei leuke ideetjes krijgt,' zei de stem achter de zaklantaarn, 'moet je hier eens naar kijken.'

Er werd een pistool in de lichtbaan opgehouden.

Een andere stem zei: 'Zestig pop? Is dat alles? Verdomme.'

Myron voelde de portefeuille tegen zijn borst aan vliegen.

'Houd je handen op je rug.'

Hij deed wat hem opgedragen werd. Iemand greep zijn armen, trok ze naar elkaar toe, rukkend aan de schouderpezen. Een set handboeien werd om zijn polsen geklikt.

'Laat ons alleen,' zei de stem. Myron hoorde geritsel. De lucht klaarde op. Myron hoorde een deur opengaan, maar de lichtstraal in zijn ogen verhinderde dat hij iets kon zien. Daarna volgde stilte. Na enige tijd zei de stem: 'Het spijt me dat ik je dit moet aandoen, Myron. Ze laten je over een paar uur gaan.'

'Hoe lang blijf je nog op de vlucht, Cole?'

Cole Whiteman lachte. 'Ik ben al heel lang op de vlucht,' zei hij. 'Ik ben eraan gewend.'

'Ik ben hier niet om je tegen te houden.'

'Goh, een hele opluchting,' zei hij. 'Hoe ben je er eigenlijk achter gekomen wie ik ben?'

'Dat is niet belangrijk,' zei Myron.

'Voor mij wel.'

'Ik heb er geen enkel belang bij om je aan te geven,' zei Myron. 'Ik wil alleen wat informatie.'

Er volgde een korte stilte. Myron knipperde met zijn ogen tegen het licht. 'Hoe ben je hierbij betrokken geraakt?' vroeg Cole.

'Greg Downing is verdwenen. Ik ben ingehuurd om hem te vinden.'

'Jij?'

Cole Whiteman lachte diep en hartelijk. Het geluid stuiterde als tennisballen door de ruimte; het volume bereikte een haast beangstigend crescendo voordat het genadig wegstierf.

'Wat is daar zo grappig aan?' vroeg Myron.

'Een binnenpretje.' Cole stond op, de zaklantaarn ging met hem omhoog. 'Ik moet weg. Het spijt me.'

Weer stilte. Cole knipte de zaklantaarn uit, en dompelde Myron weer onder in totale duisternis. Hij hoorde voetstappen die zich verwijderden.

'Wil je niet weten wie Liz Gorman heeft vermoord?' riep Myron hem na.

De voetstappen gingen ongestoord door. Myron hoorde een klikje en het licht van een zwak peertje gloeide op. Misschien veertig watt. Lang niet genoeg om de hele ruimte te verlichten, maar het was een enorme verbetering. Myron knipperde de zwarte gaten voor zijn netvlies weg die hij had overgehouden aan de lichtbundel van de zaklantaarn en keek om zich heen. De ruimte was volgestouwd met marmeren beelden, lukraak naast en op elkaar gestapeld, sommige lagen op hun kant. Het was geen graftombe. Het was een bizarre opslagplaats van kerkelijke kunst.

Cole Whiteman liep naar hem terug. Hij ging met gekruiste benen tegenover Myron zitten. Zijn witte stoppelbaard zat er nog – op sommige plekken dik, op andere plekken zat er niets. Zijn haar stond rechtovereind en piekte alle kanten op. Hij liet het pistool langs zijn zij zakken.

'Ik wil weten hoe Liz is gestorven,' zei hij zachtjes.

'Ze is doodgeslagen met een honkbalknuppel,' zei Myron.

Cole sloot zijn ogen. 'Wie heeft het gedaan?'

'Dat probeer ik nu juist uit te zoeken. Tot op heden is Greg Downing de hoofdverdachte.'

Cole Whiteman schudde zijn hoofd. 'Daarvoor was hij niet lang genoeg binnen.'

Myron voelde een knoop in zijn maag. Hij probeerde zijn lippen te bevochtigen maar zijn mond was te droog. 'Jij was daar?'

'Aan de overkant van de straat achter een vuilnisbak. Als het Moppermonster van Sesamstraat.' Zijn lippen glimlachten maar dieper ging het niet. 'Als je wilt dat niemand je opmerkt, moet je net doen alsof je een dakloze bent.' Hij stond in een vloeiende beweging op, als een soort yogameester. 'Een honkbalknuppel,' zei hij. Hij drukte tegen de brug van zijn neus, draaide zich om en liet zijn kin op zijn borst zakken. Myron hoorde hem zachtjes snikken.

'Help me om de moordenaar te vinden, Cole.'

'Waarom zou ik jou in godsnaam vertrouwen?'

'Het is ik of de politie,' zei Myron. 'De keus is aan jou.'

Dat bracht hem tot bedaren. 'De politie doet geen reet. Die denken dat zij een moordenaar is.'

'Help mij dan,' zei Myron.

Hij ging weer op de grond zitten en schoof een beetje dichter naar Myron toe. 'We zijn geen moordenaars, weet je. Zo heeft de overheid ons bestempeld en nu gelooft iedereen het. Maar het is niet waar. Begrijp je dat?'

Myron knikte. 'Ik begrijp het.'

Cole keek hem strak aan. 'Lul je nou met me mee?'

'Nee.'

'Dat moet je ook niet doen,' zei Cole. 'Als je wilt dat ik hier blijf en met je praat, moet je het niet wagen met me mee te lullen. Als jij eerlijk bent... ben ik ook eerlijk.'

'Prima,' zei Myron. 'Maar geef mij dan niet het cliché van "we zijn geen moordenaars maar vrijheidsstrijders". Ik ben niet in een stemming voor de zoveelste versie van *Blowing in the Wind*.'

'Denk je dat ik dat bedoel?'

'Je wordt niet vervolgd door een corrupte overheid,' zei Myron. 'Je hebt een man ontvoerd en gedood, Cole. Dat kun je wel willen goedpraten, maar dat is wat je hebt gedaan.'

Cole glimlachte bijna. 'Geloof je dat echt?'

'Wacht even, zeg het me niet, laat me raden,' zei Myron. Hij deed net of hij diep in gedachten omhoogkeek. 'De overheid heeft me gehersenspoeld. Het hele gedoe is een CIA-opzetje om een handjevol studenten kapot te maken die dreigden de regering omver te werpen.'

'Nee,' zei hij. 'Maar we hebben Hunt niet gedood.'

'Wie hebben dat dan gedaan?'

Cole aarzelde. Hij keek op en knipperde enkele tranen weg. 'Hunt heeft zichzelf doodgeschoten.'

Hij keek Myron aan met rood aangelopen ogen. Myron bleef zwijgen.

'De ontvoering was nep,' vervolgde Cole. 'Het was allemaal een plannetje van Hunt. Hij wilde zijn oude heer kwetsen en hij bedacht dat zijn geld te pakken en hem daarna te kakken zetten daartoe de beste manier was. Maar toen overvielen die klootzakken ons en koos Hunt voor een andere wraak.' Coles ademhaling werd diep en onregelmatig. 'Hij liep naar buiten met het pistool. Hij gilde: "Krijg de tering, pa." Toen schoot hij zich voor zijn kop.'

Myron zei niets.

'Kijk eens naar onze geschiedenis.' Zijn stem klonk bijna smekend. 'We waren een onschadelijk groepje vreemde vogels. We liepen mee bij antioorlogsdemonstraties. We waren heel vaak stoned. We hebben nooit geweld gebruikt. Niemand van ons had een wapen, afgezien van Hunt. Hij was mijn kamergenoot en mijn beste vriend. Ik had hem nooit kwaad kunnen doen.'

Myron wist niet wat hij moest geloven; sterker nog, hij had geen tijd om zich het hoofd te breken over een twintig jaar oude moord. Hij wachtte tot Cole verder zou gaan over het verleden, maar Cole bleef zwijgen. Uiteindelijk probeerde Myron naar het heden terug te keren. 'Je hebt Greg Downing het flatgebouw van Liz Gorman binnen zien gaan?'

Cole knikte langzaam.

'Chanteerde ze hem?'

'Niet alleen zij,' corrigeerde hij. 'Het was mijn idee.'

'Wat hadden jullie om Greg mee te chanteren?'

Cole schudde zijn hoofd. 'Dat is niet belangrijk.'

'Daar is ze waarschijnlijk om vermoord.'

'Waarschijnlijk wel,' beaamde Cole. 'Maar jij hoeft de bijzonderheden niet te weten. Neem dat maar van me aan.'

Myron was niet in de positie om aan te dringen. 'Vertel me over de avond van de moord.'

Cole krabde stevig aan zijn stoppelbaard, als een kat aan een krabpaal. 'Zoals ik al vertelde,' begon hij, 'stond ik aan de overkant van de straat. Als je ondergedoken bent, dan leef je volgens bepaalde regels, regels die ons de afgelopen twintig jaar in leven en op vrije voeten hebben gehouden. Eén daarvan is dat als we een misdrijf plegen, we nooit bij elkaar blijven. De FBI zoekt naar ons als groep, niet als individuen. Sinds ik in de stad ben, hebben Liz en ik ervoor gezorgd nooit samen te zijn. We communiceren alleen per betaaltelefoon.'

'Hoe zit het met Gloria Katz en Susan Milano?' vroeg Myron. 'Waar zijn die?'

Cole lachte vreugdeloos. Myron zag de missende tanden en vroeg zich af of die deel uitmaakten van zijn vermomming of een akeliger oorzaak hadden. 'Daar zal ik je een andere keer wel over vertellen,' zei hij.

Myron knikte. 'Ga door.'

De groeven op Coles gezicht leken dieper en donkerder te worden in het harde licht. Hij nam de tijd voordat hij verderging. 'Liz was bepakt en bezakt om te vertrekken,' zei hij uiteindelijk. 'We stonden op het punt het geld te innen en de stad te verlaten, precies zoals ik dat gepland had. Ik wachtte aan de andere kant van de straat op haar teken.'

'Wat voor teken?'

'Als al het geld binnen was, zou ze drie keer met het licht knipperen. Dat sein betekende dat ze in tien minuten beneden zou zijn. We zouden elkaar dan in 106th Street treffen en met de metro de stad verlaten. Maar het teken kwam nooit, haar lichten knipperden helemaal niet. Ik was natuurlijk bang om te gaan kijken. Daar hadden we ook afspraken over.'

'Van wie zou Liz die avond geld incasseren?'

'Van drie mensen,' zei Cole en hij hield zijn wijsvinger, middelvinger en ringvinger op. 'Greg Downing' – hij liet de ringvinger zakken – 'zijn vrouw, hoe heet ze ook alweer…'

'Emily.'

'Precies, Emily.' De middelvinger ging naar beneden. 'En die ouwe kerel, de eigenaar van de Dragons.' Hij balde zijn hand tot een vuist.

Myrons hart trok samen. 'Wacht eens even,' zei hij. 'Zou Clip Arnstein ook langskomen?'

'Niet zou,' corrigeerde Cole. 'Hij is gekomen.'

Myron kreeg het ijskoud. 'Was Clip er ook?'

'Ja.'

'En de andere twee?'

'Ze zijn er alle drie geweest. Maar dat was niet volgens plan. Liz zou Downing in een bar in de stad ontmoeten. Daar zouden ze de transactie afhandelen.'

'Een tent die de Swiss Chalet heette?'

'Precies.'

'Maar Greg kwam ook naar de flat?'

'Later, ja. Maar Clip Arnstein was er het eerst.'

Wins waarschuwing betreffende Clip kwam weer naar boven. Je vindt hem te aardig. Je bent niet onbevooroordeeld. 'Hoeveel zou Clip moeten dokken?'

'Dertigduizend dollar.'

'De politie heeft niet meer dan tienduizend in haar flat gevonden,' zei Myron. 'En die biljetten waren afkomstig van de bankroof.'

Cole haalde zijn schouders op. 'Of die ouwe heeft haar niet betaald of de moordenaar heeft het geld meegenomen.' Toen, na even nadenken, voegde hij eraan toe: 'Of misschien heeft Clip Arnstein haar vermoord. Maar hij lijkt me daarvoor te oud, vind je niet?'

Myron antwoordde niet. 'Hoe lang was hij binnen?'

'Tien, vijftien minuten.'

'Wie ging er na hem naar binnen?'

'Greg Downing. Ik weet nog dat hij een tas bij zich had. Ik nam aan dat het geld erin zat. Hij was maar even binnen en kwam direct weer naar buiten; het kan niet meer dan een minuut geweest zijn. En hij had de tas nog steeds bij zich toen hij naar buiten kwam. Toen begon ik me ongerust te maken.'

'Greg kan haar vermoord hebben,' zei Myron. 'Zo lang duurt het niet om iemand met een honkbalknuppel dood te slaan.'

'Maar hij had geen knuppel bij zich,' zei Cole. 'De tas was daar niet groot genoeg voor. En Liz had een knuppel in haar flat. Ze had een hekel aan vuurwapens, dus had ze een honkbalknuppel om zich mee te verdedigen.'

Myron wist dat er geen knuppel in Gormans flat was gevonden. Dat betekende dat de moordenaar Liz' eigen knuppel had gebruikt. Kon Greg naar boven lopen, haar flat binnengaan, de knuppel vinden, haar ermee doodslaan en weglopen en dat alles in zo weinig tijd?

Het leek twijfelachtig.

'Hoe zit het met Emily?' vroeg Myron.

'Zij kwam als laatste,' zei Cole.

'Hoe lang is ze binnen geweest?'

'Vijf minuten. Ongeveer.'

Tijd genoeg om bewijsmateriaal te verzamelen. 'Heb je nog iemand anders het flatgebouw in en uit zien gaan?'

'Natuurlijk,' zei Cole. 'Er wonen veel studenten.'

'Maar we kunnen aannemen dat Liz al dood was toen Greg Downing arriveerde, toch?'

'Inderdaad.'

'Dus de vraag is: wie zijn er allemaal het gebouw in gegaan tussen de tijd dat Liz terugkwam van het Swiss Chalet en de tijd dat Greg arriveerde? Afgezien van Clip Arnstein.'

Cole dacht daarover na en haalde zijn schouders op. 'Vooral studenten, denk ik. Er was een echt lange kerel…'

'Hoe lang?'

'Ik weet het niet. Erg lang.'

'Ik ben een meter negentig. Langer dan ik?'

'Ik denk het wel.'

'Was hij zwart?'

'Dat weet ik niet. Ik stond aan de overkant van de straat en er was weinig licht. Zo goed heb ik niet gekeken. Het kan zijn dat hij zwart was. Maar ik denk niet dat hij onze man is.'

'Waarom niet?'

'Ik heb het gebouw tot de volgende morgen in de gaten gehouden. Hij is niet meer naar buiten gekomen. Hij moet daar gewoond hebben of in ieder geval bij iemand overnacht hebben. En ik kan me niet voorstellen dat een moordenaar daar al die tijd is blijven rondhangen.'

Daar viel weinig tegen in te brengen, dacht Myron. Hij probeerde alles wat hij hoorde op een afstandelijke manier te bewerken, als een computer, maar zijn werkgeheugen was niet groot genoeg. 'Wie kun je je nog meer herinneren? Sprong er nog iemand tussenuit?'

Cole dacht opnieuw na, zijn blik leeg. 'Niet lang voor Greg is er een vrouw naar binnen gegaan. Ze was trouwens ook al weer weg voordat hij er was.'

'Hoe zag ze eruit?'

'Weet ik niet meer.'

'Blond, donker?'

Cole schudde zijn hoofd. 'Ze is me alleen opgevallen omdat ze een lange jas aanhad. De studenten hebben allemaal jacks of sweatshirts en zo. Ik herinner me haar omdat ze er als een volwassene uitzag.'

'Had ze iets bij zich? Had ze...'

'Zeg, Myron, het spijt me, maar ik moet ervandoor.' Hij stond op en keek op Myron neer met holle ogen en een verloren blik. 'Veel sterkte bij het vinden van die klootzak,' zei hij. 'Liz deugde. Ze heeft nooit iemand een haar gekrenkt. Geen van ons allen heeft dat ooit gedaan.'

Voordat hij zich kon omdraaien, vroeg Myron: 'Waarom heb je me gisteravond gebeld? Wat wilde je me verkopen?'

Cole glimlachte triest en liep weg. Hij hield stil voordat hij bij de deur was en draaide zich om. 'Ik ben nu alleen,' zei hij. 'Gloria Katz is bij de eerste overval door een kogel geraakt. Drie maanden later is ze gestorven. Susan Milano is omgekomen bij een auto-ongeluk in 1982. Liz en ik hebben hun dood stilgehouden. We wilden dat de FBI naar ons vieren zocht, niet naar twee personen. We dachten dat het ons zou helpen verborgen te blijven. Dus nu is er nog maar één van ons over.'

Hij had de intrieste blik van een overlevende die niet zeker wist of de doden niet beter af waren. Hij liep terug naar Myron en maakte de handboeien los. 'Ga maar,' zei hij.

Myron stond op en wreef zijn polsen. 'Dank je,' zei hij.

Cole knikte alleen maar.

'Ik zal niemand vertellen waar je bent.'

'Ja,' zei Cole. 'Dat weet ik.'

35

Myron rende naar zijn auto en belde Clip. Clips secretaresse nam op en vertelde hem dat meneer Arnstein afwezig was. Hij vroeg haar om hem door te verbinden met Calvin Johnson. Ze zette hem in de wacht. Tien seconden later werd hij doorverbonden.

'Ha, Myron,' zei Calvin. 'Wat is er?'

'Waar is Clip?'

'Hij zal over een paar uur wel terug zijn. Voor de wedstrijd begint in ieder geval.'

'Waar is hij nu?'

'Dat weet ik niet.'

'Zoek hem,' zei Myron, 'en bel me als je hem gevonden hebt.'

'Wat is er aan de hand?' vroeg Calvin.

'Zoek hem nou maar.'

Myron brak het gesprek af. Hij liet het autoraampje zakken en haalde een paar keer diep adem. Het was een paar minuten over zes. De meeste jongens zouden al in het stadion zijn voor de warming-up. Hij reed Riverside Drive af en stak de George Washington Bridge over. Hij belde het nummer van Leon White. Een vrouw nam op.

'Hallo?'

Myron verdraaide zijn stem. 'Spreek ik met mevrouw Fiona White?'

'Ja, daar spreekt u mee.'

'Zou u een abonnement willen nemen op *Popular Mechanics*? We hebben tijdelijk een speciale aanbieding.'

'Nee, dank u.' Ze hing op.

Conclusie: Fiona White, de Sepbabe die nachtelijk genot bood, was thuis. Een mooi moment om haar met een bezoekje te vereren.

Hij nam Route 4 en verliet de snelweg bij Kindermack Road. Vijf minuten later was hij er. Het huis was in ranch-stijl opgetrokken: oranje baksteen met ruitvormige ramen. Deze architectonische stijl was misschien twee maanden in 1977 helemaal je van het geweest, en het verstrijken van de jaren had het er niet beter op gemaakt. Myron parkeerde op de oprit. Aan weerszijden van het betonnen pad stond een laag ijzeren hekje met plastic klimop erdoor gewonden. Chic.

Hij belde aan. Fiona White deed open. Ze droeg een groene blouse met een bloemetjespatroon, over een witte legging. Haar geblondeerde haar was opgebonden in een losse knot, een paar plukken hingen voor haar ogen en langs haar oren. Ze keek Myron aan en fronste haar wenkbrauwen. 'Ja?'

'Hoi, Fiona. Ik ben Myron Bolitar. We zijn op het feestje bij T.C. aan elkaar voorgesteld.'

De frons bleef. 'Leon is er niet.'

'Ik wilde met jou praten.'

Fiona zuchtte en sloeg haar armen onder haar gulle boezem over elkaar. 'Waarover?'

'Kan ik even binnenkomen?'

'Nee, ik heb het druk.'

'Ik denk dat we dit gesprekje beter onder vier ogen kunnen voeren.'

'Dit is onder vier ogen,' zei ze. Haar gezicht bleef strak. 'Wat wil je?'

Myron haalde zijn schouders op, toverde zijn innemendste lachje tevoorschijn en begreep toen dat hij daar niets mee bereikte. 'Ik wil weten wat er was tussen Greg Downing en jou.'

Fiona Whites armen vielen omlaag. Ze keek hem vol afgrijzen aan. 'Wat?'

'Ik weet van jouw mailtje aan hem. Sepbabe. Je zou hem afgelopen zaterdag ontmoeten voor' – Myron vormde aanhalingstekens met zijn vingers – 'de allerlekkerste nacht die je in je wildste dromen voor kunt stellen. Weet je nog?'

Fiona White wilde de deur dichtslaan. Myron stak zijn voet ertussen.

'Ik heb jou niets te vertellen,' zei ze.

'Ik wil je niet verraden.'

Ze duwde de deur tegen zijn voet. 'Ga weg.'

'Ik wil Greg Downing vinden, meer niet.'

'Ik weet niet waar hij is.'

'Had je een verhouding met hem?'

'Nee. Ga weg.'

'Ik heb die e-mail gezien, Fiona.'

'Je mag denken wat je wilt. Ik zeg niets.'

'Ook goed,' zei Myron. Hij deed een stap naar achteren en hief zijn handen. 'Dan praat ik wel met Leon.'

Ze werd rood. 'Doe wat je niet laten kunt,' zei ze. 'Ik had geen verhouding met hem. Ik had geen afspraakje met hem, afgelopen zaterdag. Ik weet niet waar hij is.'

Ze sloeg de deur dicht.

Jeetje, dat ging gesmeerd.

Myron liep terug naar zijn auto. Toen hij het portier wilde openen kwam een zwarte BMW met getinte ramen in volle vaart de straat in rijden. Piepend kwam hij op de oprit tot stilstand. Het portier aan de bestuurderskant ging open en Leon kwam eruit vliegen als een ontsnapte vogel uit een kooi.

'Wat doe jij verdomme hier?' grauwde hij.

'Rustig, Leon.'

'Rustig, m'n reet,' riep Leon. Hij rende naar Myron toe en hield zijn gezicht vlak voor dat van Myron. 'Wat doe jij verdomme hier? Nou?'

'Ik wilde jou spreken.'

'Wat een lulkoek.' Zijn speeksel spatte tegen Myrons wangen. 'We moeten over twintig minuten in het stadion zijn.' Hij duwde Myron tegen zijn borst. Myron wankelde en deed een pas naar achteren. 'Wat moet je hier? Nou?' Leon gaf hem weer een duw. 'Wat zoek je?'

'Niets.'

'Dacht je dat je mijn vrouw alleen zou treffen?'

'Zo zit het helemaal niet.'

Leon wilde weer een duw geven. Maar Myron was er klaar voor. Toen Leons handen hem raakten, schoot Myrons rechterarm voor zijn lichaam waarmee hij Leons handen hulpeloos tegen zijn borst klemde. Myron boog in zijn middel, waardoor Leons polsen naar achteren werden gebogen. Door de druk moest Leon zich op een knie laten vallen. Myrons rechterhand gleed over zijn borst tot hij de linkerhand van Leon te pakken had. Hij voerde snel een elleboogklem uit. Leons gezicht vertrok van pijn.

'Ben je nu weer een beetje rustig?' vroeg Myron.

'Klootzak.'

'Dat klinkt helemaal niet rustig, Leon.' Myron voerde wat druk uit op de elleboog. Bij zo'n klem kun je de pijn langzaam opvoeren. Het werkt door de gewrichten op een manier te buigen waarvoor ze niet ontworpen zijn. Hoe meer gebogen, hoe meer pijn. Maar als je te ver gaat, ontwricht je de boel of breek je een bot. Myron was voorzichtig.

'Greg wordt weer vermist,' zei Myron. 'Daarom zit ik bij het team. Ik moet hem opsporen.'

Leon zat stil op zijn knieën, zijn arm omhoog. 'Wat heb ik daarmee te maken?'

'Jullie tweeën hebben ruzie gehad,' zei Myron. 'Ik wil weten waarover.'

Leon keek naar hem op. 'Laat me los, Myron.'

'Als je me weer aanvalt…'

'Dat doe ik niet. Laat me nou maar los.'

Myron wachtte nog twee seconden en deed toen wat Leon gevraagd had. Leon wreef over zijn arm en kwam overeind. Myron keek hem aan.

Leon zei: 'Jij bent hier omdat je denkt dat Greg en Fiona het met elkaar deden.'

318

'En was dat zo?'

Hij schudde zijn hoofd. 'Niet dat-ie het niet geprobeerd heeft, trouwens.'

'Hoe bedoel je?'

'Hij is zogenaamd mijn beste vriend, maar dat is hij helemaal niet. Hij is gewoon zo'n klotesuperster die pakt wat hij hebben wil.'

'En dus ook Fiona.'

'Hij heeft het geprobeerd. Maar zo is ze niet.'

Myron zei niets. Het was niet aan hem om iets te zeggen.

'Alle kerels vallen op Fiona,' ging Leon verder. 'Vanwege haar uiterlijk. En het heeft ook met ras te maken. Dus toen ik jou hier zag terwijl je kon weten dat ik er niet was, toen…' Hij haalde zijn schouders op.

'Heb je Greg er ooit op aangesproken?' vroeg Myron.

'Ja,' zei Leon. 'Een paar weken geleden.'

'Wat heb je tegen hem gezegd?'

Leon kneep zijn ogen opeens samen. 'Wat heeft dit te maken met jouw zoektocht naar hem?' vroeg hij achterdochtig. 'Probeer je mij iets in de schoenen te schuiven?'

'Wat zou ik jou in de schoenen willen schuiven?'

'Je zei dat hij verdwenen is. Probeer je mij dat in de schoenen te schuiven?'

'Ik probeer er alleen maar achter te komen waar hij is.'

'Ik heb er niets mee te maken.'

'Dat zeg ik ook niet. Ik wil gewoon weten wat er gebeurde toen jij hem over Fiona aansprak.'

'Wat denk je zelf?' zei Leon. 'Die klootzak ontkende het natuurlijk. Hij bezwoer me dat hij nooit naar bed zou gaan met een getrouwde vrouw en vooral niet met de vrouw van zijn beste vriend.'

Myron moest even slikken. 'Maar je geloofde hem niet.'

'Hij is een superster, Myron.'

'Daarom is hij nog geen leugenaar.'

'Nee, maar het maakt hem anders. Jongens als Greg en Michael Jordan en T.C.: ze zijn anders dan de rest. Ze leven in hun eigen wereld. Iedereen is verdomme hun mindere. De hele planeet is erop ingericht om aan al hun grillen tegemoet te komen. Je kent het wel.'

Myron knikte. Toen hij studeerde was hij een van diegenen geweest die even hadden mogen ruiken aan het supersterrenbestaan. Hij dacht na over de band tussen supersterren. Greg en hij hadden nooit meer dan een paar woorden met elkaar gewisseld voordat Greg bij hem op bezoek kwam in het ziekenhuis, maar er was een band geweest. Dat wisten ze allebei. Supersterren delen hun wereldje maar met een handjevol andere mensen. Zoals T.C. al tegen hem had gezegd, raak je door je supersterrenstatus inderdaad geïsoleerd op een bizarre, vaak ongezonde manier.

En terwijl hij dit dacht, kreeg hij een soort openbaring. Myron deed een stap achteruit.

Hij had altijd gedacht dat als Greg in de moeilijkheden zat, hij zich tot zijn beste vriend om hulp zou wenden. Maar dat was niet zo. Als Greg inderdaad tegen een lijk aan was geblunderd en in paniek was geraakt, als tot hem doorgedrongen was hoeveel problemen hij had – de gokschulden, de dreiging dat dat in de openbaarheid zou worden gebracht, de scheiding, het gevecht om de voogdij over de kinderen, de afpersing, het feit dat hij waarschijnlijk verdachte was in een moordzaak – als hij voelde dat al die problemen hem insloten, tot wie zou hij zich dan om hulp wenden?

Hij zou naar de man gaan die hem het best begreep.

Hij zou naar de man gaan die het best wist hoe het zat met de unieke problemen van het supersterrenbestaan.

Hij zou naar de man gaan die ook in dat wereldje leefde.

36

Myron wist niet wat hem nu eerst te doen stond.

Het was tenslotte allemaal niet meer dan een vermoeden. Er was geen bewijs. Geen echt bewijs. Maar zijn theorie gaf antwoord op een hoop vragen. Waarom, bijvoorbeeld, had Bonker geholpen bij die compromitterende video van Emily? Ze was niet echt close met Greg, dat zei iedereen.

Maar wel met T.C.

Weer die band tussen supersterren. Greg was bang dat hij zijn kinderen in het gevecht om de voogdij kwijt zou raken. Meer zorgen kun je toch niet hebben. Dus, tot wie wendde hij zich?

T.C.

Toen Win Bonker de avond daarvoor onder druk had gezet, haar had laten weten dat hij op zoek was naar Greg, wie had ze toen gewaarschuwd?

T.C.

Hij kon dat natuurlijk niet bewijzen, maar het voelde aan alsof het klopte.

Een heleboel dingen pasten naadloos in het plaatje, dacht Myron. Greg stond onder ongelooflijk zware druk en dat is niet goed voor een man met een wankel psychisch evenwicht. Wat was er door zijn hoofd gegaan toen hij Liz Gorman dood op de vloer zag liggen? Hij moest geweten hebben dat hij de hoofdverdachte zou zijn voor de moord. Zoals Emily al gezegd had, had Greg het motief, de gelegenheid en was hij op de plaats delict geweest. Emily had het begrepen en daarom had ze hem erin geluisd. Greg moest het dus ook begrepen hebben.

En wat deed hij?

Hij nam de benen.

Dat hij Liz Gorman dood aantrof, was de druppel die de emmer deed overlopen. Maar Greg wist ook dat hij het niet alleen aankon. Mensen zouden dit keer naar hem op zoek gaan. Hij had hulp nodig. Hij had tijd nodig, en een plek.

Dus tot wie had Greg zich om hulp gewend?

Tot de man die hem het best begreep. Die de unieke problemen van de supersterrenstatus kende. Die ook in dat wereldje thuishoorde.

Myron stopte voor een stoplicht. Hij zat er dichtbij, verdomde dichtbij. T.C. hielp Greg zich verborgen te houden; dat wist hij zeker. Maar natuurlijk was T.C. niet meer dan een deel van de oplossing. De belangrijkste vraag in deze zaak werd hierdoor niet beantwoord: wie had Liz Gorman vermoord?

Hij zette zijn brein in de terugspoelstand en dacht opnieuw na over de avond van de moord. Hij dacht na over Clip die als eerste van de drie op de plaats delict was aangekomen. In vele opzichten was Clip de waarschijnlijkste dader. Maar Myron vond dat er aan dat scenario te veel haken en ogen zaten. Wat was bijvoorbeeld het motief van Clip? Inderdaad, de informatie waarover Liz Gorman beschikte kon schadelijk zijn voor het team. De informatie was misschien zelfs zo explosief dat Clip er de stemming door zou verliezen. Maar zou Clip om zoiets een honkbalknuppel oppakken en een vrouw vermoorden? Mensen doden voortdurend vanwege geld of macht. Maar zou Clip dat doen?

Maar er was een nog groter vraagteken, iets wat Myron maar niet kon oplossen, hoe hij ook nadacht. Emily was degene die het bloed en het moordwapen bij Greg thuis had achtergelaten. Dat was vastgesteld en het klopte ook in het plaatje. Oké, mooi, we weten wie het bewijsmateriaal geplant heeft…

… maar wie heeft het opgeruimd?

Er waren logischerwijze maar drie kandidaten: 1. Greg Downing. 2. Iemand die Greg wilde beschermen. 3. De moordenaar.

Maar Greg kon het niet geweest zijn. Zelfs als je uitging van het vrijwel onmogelijke scenario dat Greg terug is gegaan naar zijn huis nadat hij ondergedoken was, hoe had hij dan dat bloed gevonden? Ging hij toevallig naar beneden naar die speelkamer? Nee. Dat was te gek voor woorden. Greg zou daar alleen maar naartoe zijn gegaan als hij wist dat het bloed er was achtergelaten.

Myron stond opeens stokstijf stil.

Dat was het. Degene die het bloed had opgeruimd, had geweten wat Emily had gedaan. Hij was er niet toevallig tegenaan geblunderd. Dus, hoe was die persoon erachter gekomen? Via Emily. Nee, onmogelijk. Emily was de laatste om zoiets los te laten. Was het mogelijk dat ze op heterdaad betrapt was? Weer was het antwoord een luid en duidelijk nee. Als ze op heterdaad betrapt was, dan was de honkbalknuppel ook verwijderd. En trouwens, dan zou het bloed meteen opgeruimd zijn, voor Myron en Win het konden vinden. Het tijdstip waarop de boel was schoongemaakt was cruciaal: het was gebeurd nadat Win en Myron over hun ontdekking hadden verteld. Dat betekende dat Win en Myron het lek waren geweest.

En aan wie hadden ze het verteld?

Dat wees weer in de richting van Clip.

Hij nam Route 3 en reed het Meadowlands-complex binnen. Het stadion doemde voor hem op als een grote ufo op een witte landingsstrook. Had Clip Arnstein Liz Gorman vermoord en het bloed opgeruimd? Myron overwoog dat scenario, maar het stond hem niet aan. Hoe was Clip Gregs huis binnengekomen? Er waren geen sporen van braak. Had hij het slot gekraakt? Onwaarschijnlijk. Had hij een sleutel? Onwaarschijnlijk. Had hij een beroepscrimineel ingehuurd? Nog steeds onwaarschijnlijk. Clip had niet eens een privédetective ingehuurd voor een eenvoudig onderzoekje naar Gregs creditcardgegevens, uit angst dat het zou uitlekken. Wie kon hij vertrouwen om het bloed op te ruimen van iemand die hij vermoord had?

En er was nog iets anders wat Myron dwarszat: de vrouwenkleren in de slaapkamer. Die waren ook opgeruimd. Waarom zou Clip alle sporen die op een geheime vriendin wezen verwijderen? Waarom zou wie dan ook dat doen?

De verschillende scenario's tolden door Myrons hoofd als plastic eendjes in een whirlpool. Hij concentreerde zich weer op de geheimzinnige vriendin. Kon het Fiona White zijn geweest? Zij hield haar kiezen op elkaar, maar Myron was er vast van overtuigd dat zij het niet was. Het was toch onmogelijk dat Fiona regelmatig bij Greg had gelogeerd en dat verborgen had gehouden voor een echtgenoot die zo obsessief jaloers was als Leon? Misschien hadden Greg en Fiona samen iets gehad – een nummertje in een motelkamer of zo – maar zelfs dat geloofde Myron niet meer. Hoe meer hij erover nadacht, hoe meer de "allerlekkerste nacht in je wildste dromen" meer een toenaderingspoging leek dan een mailtje tussen twee mensen die een relatie met elkaar hadden. Het leek een stuk logischer dat Greg de waarheid had gesproken toen hij tegen Leon zei dat hij nooit met de vrouw van een ander naar bed zou gaan. De gedachte wekte Myrons oude schaamte weer tot leven.

Er was reclame op de radio. Een heel hippe man en een heel hippe vrouw genoten overdreven veel van een biertje. Ze praatten zachtjes en lachten om elkaars flauwe grappen. Myron zette de radio uit.

Hij had nog steeds meer vragen dan antwoorden. Maar toen hij zijn mobiel pakte om Gregs antwoordapparaat te checken, begonnen zijn vingers te trillen. Iets deed zijn borst samenknijpen, bemoeilijkte het hem adem te halen. Dit gevoel had echter niets weg van de voor-de-wedstrijd-zenuwen. Het leek er in de verste verte niet op.

37

M yron liep haastig langs Clips secretaresse.
'Hij is er niet,' riep ze.
Hij negeerde haar en opende de deur van Clips
kantoor. De lichten waren uit en er was niemand. Hij draaide zich
om naar de secretaresse. 'Waar is hij?'

De vrouw, een echte dragonder, die waarschijnlijk al sinds voor
de oorlog voor Clip werkte, zette haar handen op haar heupen. 'Ik
heb geen flauw idee,' zei ze verontwaardigd.

Calvin Johnson kwam uit de kamer ernaast. Myron liep op hem
toe. Hij wachtte tot ze in Calvins kantoor waren en de deur gesloten
was. 'Waar is hij?'

Calvin hield zijn handen op. 'Dat weet ik niet. Ik heb hem thuis
proberen te bellen, maar er werd niet opgenomen.'

'Heeft hij een autotelefoon?'

'Nee.'

Myron schudde zijn hoofd en begon te ijsberen. 'Hij heeft tegen
me gelogen,' zei hij. 'Die klootzak heeft gelogen.'

'Wat?'

'Hij heeft de afperser ontmoet.'

Calvin trok een wenkbrauw op. Hij liep naar de stoel achter zijn
bureau en ging zitten. 'Waar heb je over?'

'De nacht dat ze vermoord is,' zei Myron, 'is Clip naar haar flat
geweest.'

'Maar ze had pas een afspraak met ons op maandag,' zei Calvin.

'Heb je haar dat horen zeggen?'

Calvin plukte met zijn duim en wijsvinger aan zijn kin. De spotjes boven zijn bureau weerspiegelden in zijn kale voorhoofd. Zijn gezicht was als altijd kalm als een rimpelloze vijver. 'Nee,' zei hij. 'Dat heeft Clip gezegd.'

'Hij heeft tegen je gelogen.'

'Maar waarom?'

'Omdat hij iets verbergt.'

'Weet jij wat hij verbergt?'

'Nee,' zei Myron. 'Maar ik ben van plan daar vanavond achter te komen.'

'Hoe?'

'De afperser wil nog steeds verkopen,' zei Myron. 'Ik ben zijn nieuwe klant.'

Calvin hield zijn hoofd schuin. 'Ik dacht dat je zei dat de afperser dood was.'

'Ze had een partner.'

'O,' zei Calvin en hij knikte langzaam. 'En je hebt vanavond een afspraak?'

'Yep. Maar ik weet niet waar of wanneer. Hij gaat me bellen.'

'O,' zei Calvin weer. Hij maakte een keurige vuist van zijn hand en hoestte erin. 'Als het iets beschadigends is, ik bedoel, als het iets is wat het resultaat van de stemming morgen kan beïnvloeden…'

'Ik doe wat goed is, Calvin.'

'Uiteraard, ik wilde niet suggereren dat je niet het goede zou doen.'

Myron stond op. 'Laat me weten als hij op kantoor arriveert.'

'Natuurlijk.'

Myron liep de kleedkamer binnen. T.C. zat in zijn voor-de-wedstrijd-houding: met zijn benen wijd onderuitgezakt op een stoel in de hoek van het vertrek. De oordopjes van zijn walkman in zijn oren, voor zich uit starend, zonder op of om te kijken. Hij liet niet merken dat hij Myron gezien had. Leon was er ook. Ook hij vermeed Myrons blik. Logisch.

Audrey kwam aan lopen. 'Hoe ging het met…'

Myron schudde zijn hoofd om haar het zwijgen op te leggen. Ze knikte dat ze het begreep. 'Alles goed?' vroeg ze.

'Prima.'

'Denk je dat ze ons kunnen horen?'

'Ik neem geen enkel risico.'

Audrey keek naar links en toen naar rechts. 'Ben je nog nieuwe dingen te weten gekomen?'

'Een hele hoop,' zei Myron. 'Vanavond heb jij je verhaal. En nog wat extraatjes erbij.'

Haar ogen begonnen te glanzen. 'Weet je waar hij is?'

Myron knikte. De deur van de kleedkamer ging open. Calvin stak zijn hoofd om de hoek van de deur. Hij boog voorover en sprak even met Kipper. Het viel Myron op dat hij rechtsaf wegliep in plaats van linksaf, de gang die naar zijn kantoor leidde.

De mobiel in Myrons zak ging over. Hij keek op naar Audrey. Audrey keek naar hem. Hij draaide zich een eindje van haar af en nam op.

'Hallo?'

Een elektronisch versterkte stem zei: 'Heb je het geld?'

'Je timing is verschrikkelijk,' zei Myron.

'Geef antwoord.'

Leon trok zijn broekje op. T.C. kwam overeind en bewoog zijn hoofd op het ritme van de muziek op en neer.

'Ik heb het,' zei Myron. 'Maar ik heb vanavond ook een wedstrijd.'

'Die kun je vergeten. Ken je Overpeck Park?'

'In Leonia? Ja, dat ken ik.'

'Neem de rechterafslag van Route 95. Rij zo'n halve kilometer verder en sla dan nog eens rechts af. Dan zie je een doodlopende weg. Zet je auto neer en kijk uit naar een teken met een zaklantaarn. Kom dan met je handen omhoog naar me toe.'

'Moet ik ook een wachtwoord zeggen?' vroeg Myron. 'Ik ben gek op wachtwoorden.'

'Vijftien minuten. Zorg dat je op tijd bent. En voor de duidelijkheid, ik weet dat die superheld van een partner van je op zijn kantoor op Park Avenue zit. Ik heb daar een mannetje op de uitkijk staan. Als hij tussen nu en straks vertrekt, dan hebben we geen deal meer.'

Myron zette de telefoon uit. De zaak culmineerde nu. Over vijftien minuten zou het allemaal voorbij zijn – op wat voor manier dan ook. 'Heb je het kunnen volgen?' vroeg hij.

Audrey knikte. 'Grotendeels wel, ja.'

'Er staan rare dingen te gebeuren,' zei hij. 'Ik wil dat het vastgelegd wordt door een onbevooroordeelde journalist. Wil je meekomen?'

Ze glimlachte. 'Ik neem aan dat dat een retorische vraag is.'

'Je moet voor de achterbank op de vloer van de auto blijven liggen,' ging hij verder. 'We kunnen niet het risico lopen dat ze je zien.'

'Geen probleem,' zei ze. 'Het zal me aan mijn middelbareschoolafspraakjes doen denken.'

Myron liep naar de deur. Zijn zenuwen waren gespannen als stalen kabels. Hij probeerde er nonchalant uit te zien toen ze de kleedkamer uit liepen. Leon was zijn schoenen aan het dicht strikken. T.C. bleef stil zitten, maar dit keer volgde hij hen met zijn blik.

38

De regen stroomde naar beneden en kleurde het wegdek zwart. De auto's begonnen net in groten getale de parkeerplaats van het stadion op te rijden. Myron nam de achteruitgang via de New Jersey-tolweg naar de snelweg in noordelijke richting, net voorbij de laatste tolpost. Hij hield rechts, bleef op Route 95.

'Wat is er precies aan de hand?' vroeg Audrey.

'De man die ik straks ga ontmoeten,' zei hij, 'heeft Liz Gorman vermoord.'

'Wie is Liz Gorman?'

'De afperser die vermoord is.'

'Ik dacht dat ze Carla heette.'

'Dat was een schuilnaam.'

'Wacht eens even. Is Liz Gorman niet de naam van een lid van een radicale groepering uit de jaren zestig?'

Myron knikte. 'Het is een lang verhaal. Ik heb de tijd niet om het precies uit de doeken te doen. Het is voldoende dat je weet dat de man die we straks gaan ontmoeten meedeed aan de chantage. Er is iets misgegaan. Dat resulteerde in haar dood.'

'Heb je bewijzen?' vroeg Audrey.

'Niet echt. En daar heb ik jou voor nodig. Heb je dat kleine cassetterecordertje van je bij je?'

'Jawel.'

'Geef het aan mij.'

Audrey zocht in haar tas en gaf het hem.

'Ik ga proberen hem aan het praten te krijgen,' zei Myron.

'Hoe?'

'Door op de juiste knoppen te drukken.'

Ze fronste haar wenkbrauwen. 'Denk je dat hij daar intrapt?'

'Jazeker. Als ik maar op de juiste knoppen druk.' Hij pakte de autotelefoon. 'Ik heb hier twee telefoons. De autotelefoon en mijn mobiel in mijn zak. Ik ga de autotelefoon met mijn mobieltje bellen en ik houd de verbinding in stand. Op die manier kun jij meeluisteren. Ik wil dat je alles wat er gezegd wordt noteert. Als mij iets overkomt, moet je naar Win gaan. Die weet wel wat hij moet doen.'

Ze leunde naar voren en knikte. De ruitenwissers wierpen schaduwen op haar gezicht. Het ging harder regenen en de weg voor hen glinsterde van het vocht. Myron nam de volgende afrit. Een bord met de tekst Overpeck Park begroette hen zo'n vijfhonderd meter verderop.

'Duiken,' zei hij.

Ze verdween uit het zicht. Hij sloeg rechts af. Een nieuw bord liet weten dat het park gesloten was. Hij negeerde de mededeling en reed door. Het was te donker om iets te zien maar hij wist dat er aan zijn linkerhand bomen stonden en recht voor hem paardenstallen. Hij nam de eerste afslag naar rechts. Het schijnsel van de koplampen van de auto danste over een picknickplek en verlichtte tafels, banken, afvalbakken, een schommel en een glijbaan. Hij kwam bij het doodlopende weggetje en stopte de auto. Hij deed de lichten uit, zette de motor af en draaide het nummer van de autotelefoon op zijn mobiel. Hij nam op met de autotelefoon en zette hem op de speaker zodat Audrey kon meeluisteren. Toen wachtte hij.

Een aantal minuten gebeurde er niets. De regen kletterde als kiezelstenen neer op het autodak. Audrey hield zich stil achterin. Myron legde zijn handen weer op het stuur en voelde hoe zijn greep verstrakte. Hij kon zijn hart in zijn borst horen bonzen.

Toch nog onverwacht schoot er een lichtbaan als een zeis door het duister. Myron schermde zijn ogen met zijn hand af en tuurde in de verte. Hij opende langzaam het portier. De wind was inmiddels aangewakkerd en blies de regendruppels in zijn gezicht. Hij hees zich uit de auto.

De stem van een man, vervormd door de wind en de regen, riep: 'Handen omhoog.'

Myron hief ze boven zijn hoofd.

'Doe je jas open. Ik weet dat je een wapen in een schouderholster draagt. Haal het er met twee vingers uit en gooi het in je auto.'

Myron hield een hand in de lucht en knoopte met de andere zijn jas open. Hij was inmiddels al kletsnat van de regen en zijn haar zat tegen zijn voorhoofd geplakt. Hij nam zijn revolver uit de holster en legde hem op zijn autostoel.

'Doe het portier dicht.'

Weer gehoorzaamde Myron.

'Heb je het geld?'

'Ik wil eerst zien wat je meegebracht hebt,' zei Myron.

'Nee.'

'Hoor eens, je moet wel redelijk blijven. Ik weet niet eens wat ik ga kopen.'

Een korte aarzeling. 'Kom dichterbij.'

Myron stapte in de lichtcirkel, zonder acht te slaan op het symbolische ervan. 'Trouwens, wat je ook te koop aanbiedt,' zei hij, 'hoe kan ik weten dat je er geen kopieën van hebt gemaakt?'

'Dat kun je niet weten,' zei de stem. 'Je zult me moeten vertrouwen.'

'Wie weten hier nog meer van?'

'Ik ben de enige,' zei de stem, 'die nu nog in leven is.'

Myron liep wat sneller. Hij hield zijn handen nog steeds omhoog. De wind sloeg hem in zijn gezicht, zijn kleren waren doorweekt. 'Hoe weet ik dat je verder je mond houdt?'

'Nogmaals, dat kun je niet weten. Je koopt mijn zwijgen.'

'Tot iemand anders hoger biedt.'

'Nee. Hierna ga ik ervandoor. Je zult niets meer van me horen.' Het licht van de zaklantaarn bewoog even. 'Stilstaan.'

Drie meter voor hem stond een man met een bivakmuts. Hij hield een zaklantaarn in zijn ene hand en een doos in de andere. Hij knikte naar Myron en hief de doos op: 'Hier.'

'Wat is het?'

'Eerst het geld.'

'Maar straks is die doos leeg!'

'Mooi. Ga dan maar terug naar je auto en rij weg.' De man met de bivakmuts draaide zich om.

'Nee, wacht,' zei Myron. 'Ik pak het geld.'

De man draaide zich weer om naar Myron. 'Geen spelletjes.'

Myron liep terug naar de auto. Hij had ongeveer twintig stappen gedaan toen hij de pistoolschoten hoorde. Drie. Hij schrok niet van het geluid. Hij draaide zich langzaam om. De man met de bivakmuts lag op de grond. Audrey kwam op het stille lichaam af gerend. Ze had Myrons revolver in haar hand.

'Hij ging je vermoorden,' riep ze. 'Ik moest hem wel neerschieten.'

Audrey bleef rennen. Toen ze bij het stille lichaam was aangekomen keek ze er niet naar maar pakte de doos op. Myron liep langzaam naar haar toe.

'Maak open,' zei hij.

'Laten we eerst naar de auto gaan, uit de regen. De politie…'

'Maak open.'

Ze aarzelde. Er klonk geen donderslag. Er schoot geen bliksemschicht door de lucht.

'Je had gelijk,' zei Myron.

Audrey keek hem bevreemd aan. 'Waarmee?'

'Dat ik deze zaak op de verkeerde manier bekeek.'

'Waar heb je het over?'

Myron deed weer een stap in haar richting. 'Toen ik me afvroeg wie er allemaal van het bloed in het souterrain af wist,' begon hij, 'kon ik alleen op Clip en Calvin komen. Ik was vergeten dat ik het ook aan jou had verteld. Toen ik me afvroeg waarom Gregs vriendin haar identiteit geheim moest houden, dacht ik aan Fiona White en Liz Gorman. Opnieuw was ik jou helemaal vergeten. Het is al heel erg moeilijk voor een vrouw om als sportverslaggever respect af te dwingen. Je carrière zou kapot zijn als iemand erachter kwam dat je een relatie had met een van de spelers over wie je schreef. Je moest het stilhouden.'

Ze keek hem aan, haar gezicht was nat, wit en uitdrukkingsloos.

'Jij bent de enige die in het plaatje past, Audrey. Je wist van het bloed in het souterrain. Je moest je verhouding met Greg geheimhouden. Je had de sleutel van zijn huis, dus voor jou was het geen probleem er binnen te komen. En jij was degene die een motief had om het bloed op te ruimen om hem te beschermen. Per slot van rekening had je ook een moord gepleegd om hem te beschermen. Dan stelt het opruimen van wat bloed weinig meer voor.'

Ze veegde haar haren voor haar ogen weg en knipperde met haar wimpers in de regen. 'Je gelooft toch niet echt dat ik...'

'Die avond na het feestje bij T.C.,' onderbrak Myron haar, 'toen je me vertelde dat je het een en ander begon te begrijpen, toen had ik al vraagtekens moeten zetten. Natuurlijk, het was vreemd dat ik bij het team kwam. Maar alleen iemand met een persoonlijke band met het team – iemand die echt wist dat Greg verdwenen was en waarom dat was – kon zo snel zo'n theorie bedenken. Jij was de geheime minnares, Audrey. En ook jij weet niet waar Greg is. Je hebt met me meegewerkt, niet omdat je er een artikel over wilde schrijven, maar omdat je Greg wilde vinden. Je houdt van hem.'

'Belachelijk,' zei ze.

'De politie zal het huis uitkammen, Audrey. Ze zullen haren vinden.'

'Dat betekent helemaal niets,' zei ze. 'Ik heb hem een paar keer geïnterviewd...'

'In zijn slaapkamer? In zijn wc? In de douche?' Myron schudde zijn hoofd. 'Ze zullen bovendien de plaats delict uitkammen nu ze van jou weten. Ook daar zal bewijsmateriaal aangetroffen worden. Een haar of zo.' Hij deed weer een stap in haar richting. Audrey hief bibberend haar hand met de revolver.

'Pas op voor de iden van maart,' zei Myron.

'Wat?'

'Jij was degene die me erop wees. De iden van maart is de vijftiende. Jouw verjaardag valt op de zeventiende. De zeventiende maart. Drie een zeven. De code die Greg voor zijn antwoordapparaat had ingesteld.'

Ze richtte de revolver op zijn borst. 'Zet de cassetterecorder af,' zei ze, 'en je mobiel.'

Myron tastte in zijn zak en deed wat ze gevraagd had.

Tranen en regendruppels vermengden zich met elkaar en biggelden over haar wangen. 'Waarom kon je niet gewoon je kop houden?' jammerde ze. Ze wees naar het stille lichaam in het natte gras. 'Je hebt toch gehoord wat hij zei? Niemand anders weet ervan. Alle afpersers zijn dood. Ik zou dit' – ze hield de doos omhoog – 'vernietigd kunnen hebben, eens en voor altijd. Ik had je geen kwaad hoeven doen. En dan was het eindelijk allemaal voorbij geweest.'

'En Liz Gorman dan?'

Audrey lachte spottend. 'Die vrouw was gewoon een gemene afperster, meer niet,' zei ze. 'Volkomen onbetrouwbaar. Dat heb ik tegen Greg gezegd. Wat verhinderde haar om kopieën te maken en hem helemaal leeg te zuigen? Ik ben die avond naar haar huis gegaan en ik deed net of ik een ex-vriendin van hem was, die haar gram wilde halen. Ik zei tegen haar dat ik een kopie wilde kopen. Zij zei toen dat dat prima was. Begrijp je het nu? Het had geen enkele zin haar te betalen. Er was maar één manier om haar het zwijgen op te leggen.'

Hij knikte. 'Je moest haar vermoorden.'

'Ze was een ordinaire misdadigster, meer niet, Myron. Ze heeft nota bene een bank beroofd! Greg en ik… we zijn het perfecte stel. Je had gelijk over mijn carrière. Ik moest onze relatie geheimhouden. Maar niet lang meer. Ik mag een andere sport gaan verslaan: honkbal. De Mets of de Yankees. Dan kunnen we onze relatie openbaar maken. Het ging allemaal prima, Myron, maar toen kwam dat kutwijf langs…' Haar stem stierf weg en ze schudde haar hoofd. 'Ik moest aan onze toekomst denken,' zei ze. 'Niet alleen die van Greg. Niet alleen die van mij. Maar ook aan de toekomst van ons kind.'

Myron sloot verdrietig zijn ogen. 'Je bent zwanger,' zei hij zachtjes.

'Begrijp je het nu?' Ze was weer een en al enthousiasme, haar ogen groot, hoewel het er verwrongen uitzag. 'Ze wilde hem kapotmaken. Ze wilde ons kapotmaken. Ik had geen keus. Ik ben geen moordenares, maar het was zij of wij. En ik weet hoe het over-komt… Dat Greg de benen heeft genomen zonder het mij te vertel-len. Maar zo is hij nu eenmaal. We zijn al meer dan een half jaar sa-men. Ik weet dat hij van me houdt. Hij heeft gewoon wat tijd nodig.'

Myron slikte. 'Het is voorbij, Audrey.'

Ze schudde haar hoofd en hield de revolver met beide handen vast. 'Het spijt me, Myron, ik wil dit helemaal niet doen. Ik ga bijna nog liever dood.'

'Het maakt niet uit.' Myron deed nog een stap naar voren. Zij stapte naar achteren. De revolver trilde in haar handen. 'Het zijn losse flodders.'

Ze kneep haar ogen verward dicht. De man met de bivakmuts kwam overeind als Bela Lugosi in een oude Draculafilm. Hij trok de muts af en liet zijn pasje zien. 'Politie,' riep Dimonte. Win en Krinsky kwamen over de top van de heuvel gerend. Audreys mond vormde een volmaakte cirkel. Win was degene die het neptelefoon-tje van de afperser had gepleegd; Myron had opzettelijk het volume van zijn mobiel op de hoogste stand gezet zodat Audrey het gesprek zeker zou kunnen volgen. De rest was een eitje geweest.

Dimonte en Krinsky arresteerden haar. Myron keek toe, hij merk-te niet meer dat het regende. Nadat Audrey achter in de politiewagen was gezet, liepen Win en hij naar de auto.

'Mijn partner is een superheld…' zei Myron.

Win haalde bescheiden zijn schouders op.

39

Esperanza was nog op kantoor toen de fax begon te ratelen. Ze liep door het vertrek en keek toe terwijl de machine de papieren uitspuwde. De fax was ter attentie van haarzelf en kwam van de FBI.

Re: First City National Bank – te Tucson, Arizona
Onderwerp: Huurders van kluisjes

Hier zat ze al de hele dag op te wachten.

Esperanza's theorie aangaande de afpersing was ongeveer als volgt: de Raven Brigade had de bank beroofd. Ze hadden de kluisjes opgeblazen. Mensen bewaarden daar allerlei dingen in. Geld, sieraden, belangrijke papieren. Dat was de verbindende schakel. Eenvoudig gezegd: de Raven Brigade had in een van die kluisjes iets aangetroffen dat beschadigend was voor Greg Downing. Toen hadden ze hun chantageplan uitgewerkt.

De namen kwamen in alfabetische volgorde uit de fax. Esperanza nam de lijst al door terwijl het papier nog uit de fax kwam. De eerste bladzijde eindigde halverwege de L. Geen enkele naam zei haar iets. De tweede bladzijde eindigde met de T. Nog steeds zeiden de namen haar niets. Op de derde pagina, toen ze bij de W was, sloeg haar hart een slag over. Haar hand vloog naar haar mond en even was ze bang dat ze het uit zou gillen.

Het duurde enkele uren voor alles was uitgezocht. Er moesten verklaringen op schrift gesteld worden. Er moest het een en ander worden uitgelegd. Myron vertelde Dimonte praktisch het hele verhaal. Hij verzweeg de videotape van Bonker en Emily. Wederom vond hij dat dat niemand iets aanging. Hij verzweeg ook zijn ontmoeting met Cole Whiteman. Myron had op de een of andere manier het gevoel dat hij dat de man verschuldigd was. Audrey zei daarentegen geen woord, behalve toen ze om een advocaat vroeg.

'Weet jij waar Downing zit?' vroeg Dimonte aan Myron.

'Ik denk het wel.'

'Maar je wilt het mij niet vertellen.'

Myron schudde zijn hoofd. 'Die zaak gaat jou verder niet aan.'

'Daar heb je gelijk in,' zei Dimonte. 'Kom op, wegwezen.'

Ze waren in het centrum op het hoofdbureau van politie. Myron en Win stapten naar buiten, de nachtelijke stad in. Grote gemeentegebouwen overheersten de hele buurt. Moderne bureaucratie in zijn extreemste en intimiderendste gedaante. Zelfs zo laat op de avond kon je je nog voorstellen hoe rijen mensen de panden verlieten.

'Het was een goed plan,' zei Win.

'Audrey is zwanger.'

'Dat hoorde ik, ja.'

'Haar kind zal in de gevangenis geboren worden.'

'Dat is jouw schuld niet.'

'Ze dacht dat dit haar enige uitweg was,' zei Myron.

Win knikte. 'Ze zag een afperser die tussen haar en haar dromen stond. Ik weet niet zeker of ik anders gehandeld zou hebben.'

'Jij pleegt geen moord om de ongemakken van het leven uit de weg te gaan,' zei Myron.

Win sprak dat niet tegen, maar hij beaamde het ook niet. Ze liepen verder. Toen ze bij de auto waren, zei Win: 'Wat nu?'

'Clip Arnstein,' zei Myron. 'Hij heeft het een en ander uit te leggen.'

'Zal ik meekomen?'

'Nee, ik wil hem alleen spreken.'

40

Tegen de tijd dat Myron bij de arena arriveerde, was de wedstrijd afgelopen. Auto's stonden voor de uitgangen, en het was moeilijk om tegen de stroom in te rijden. Het lukte Myron zich een weg door de auto's te banen. Hij liet zijn identiteitsbewijs aan de bewaker zien en reed door naar de parkeerplaats voor de spelers.

Hij rende naar Clips kantoor. Iemand riep zijn naam. Hij negeerde het. Toen hij bij de deur van het kantoor was, greep hij de deurkruk beet en duwde hem naar beneden. De deur zat op slot. Hij kwam zwaar in de verleiding hem in te trappen.

'Yo, Myron.'

Het was een van de handdoekenjongens. Myron was vergeten hoe hij heette. 'Wat is er?' vroeg hij.

De jongen gaf Myron een bruine envelop.

'Wie heeft dit afgegeven?' vroeg Myron.

'Je oom.'

'Mijn oom?'

'Dat zei hij tenminste.'

Myron keek naar de envelop. Zijn naam stond in grote blokletters op de voorkant gekalkt. Hij scheurde de envelop open, hield hem met zijn rechterhand ondersteboven en hield zijn linkerhand eronder. Eerst gleed er een brief uit. Hij schudde nog een keer en toen viel er een zwart cassettebandje in zijn hand. Hij legde de cassette neer en vouwde de brief open.

Myron,

Ik had je dit in de kathedraal al moeten geven. Het spijt me dat ik dat niet gedaan heb, maar ik was te zeer in beslag genomen door de moord op Liz. Ik wilde dat je je concentreerde op het pakken van de moordenaar, niet op dit bandje. Ik was bang dat je erdoor afgeleid zou worden. Ik denk nog steeds dat het je zal afleiden, maar dat geeft mij niet het recht het jou te onthouden. Ik hoop maar dat je gefocust genoeg blijft om die klootzak die Liz heeft vermoord te grazen te nemen. Zij verdient gerechtigheid.

Ik wil je ook vertellen dat ik overweeg om mezelf aan te geven. Nu Liz er niet meer is, is er geen reden om nog langer onder te duiken. Ik heb er met een paar oude vrienden van mijn rechtenstudie over gesproken. Zij zijn inmiddels al bezig contact op te nemen met alle huurlingen van de vader van Hunt. Ze zijn er zeker van dat een van hen mijn verhaal zal bevestigen. We zien wel.

Ga niet in je eentje naar het bandje zitten luisteren, Myron. Doe dat samen met een vriend.

Cole

Myron vouwde de brief op. Hij wist niet wat hij ervan moest denken. Hij liep de gang door. Clip was in geen velden of wegen te bekennen. Hij holde naar de uitgang. De meeste spelers hadden het stadion al verlaten. T.C. natuurlijk ook. Laatst binnen, eerst naar buiten. Myron stapte in zijn auto en draaide het contactsleuteltje om. Toen stopte hij het bandje in de cassettespeler van de auto en wachtte.

Esperanza probeerde Myrons autotelefoon te bereiken. Er werd niet opgenomen. Toen belde ze zijn mobiel. Ook niks. Hij had zijn mobiel altijd bij zich. Als hij niet opnam, dan was dat omdat hij niet wilde opnemen. Ze toetste het nummer van Wins mobiel in. Hij nam bij de tweede keer overgaan op.

'Weet jij waar Myron is?' vroeg ze.

'Hij ging naar de arena.'

'Ga hem zoeken, Win.'

'Hoezo? Wat is er aan de hand?'

'De Raven Brigade hebben de kluisjes van die bank leeggehaald. Daar hebben ze de informatie vandaan waarmee ze Greg Downing chanteerden.'

'Wat hebben ze gevonden?'

'Dat weet ik niet, maar ik heb een lijst van de mensen die de kluisjes huurden.'

'Nou en?'

'Een van de kluisjes werd verhuurd aan meneer en mevrouw B. Wesson.'

Stilte.

Win zei: 'Weet je zeker dat dat de Wesson is die Myron heeft geblesseerd?'

'Dat heb ik al nagetrokken,' zei ze. 'De B staat voor Burt en op zijn aanvraagformulier staat dat hij een drieëndertigjarige basketbalcoach aan een middelbare school is. Het is hem, Win. Het is dezelfde Burt Wesson.'

41

Niets.

Myron draaide aan de volumeknop. Er klonk slechts geruis door de speakers van de auto. Hij draaide de volumeknop even naar links en toen weer omhoog. Hij hoorde verstikte geluiden, maar hij had geen idee wat het was. Toen verdwenen de geluiden weer.

Stilte.

Twee minuten blanco tape gingen voorbij voor Myron eindelijk stemmen hoorde. Hij spitste zijn oren, maar hij kon er niet veel van verstaan. Toen klonken de stemmen wat luider en een beetje duidelijker. Hij boog zich dichter naar de speaker toe en plotseling hoorde hij een barse stem beangstigend duidelijk zeggen: '*Heb je het geld bij je?*'

Een hand tastte in Myrons borstkas, greep zijn hart beet en kneep. Hij had die stem in geen tien jaar gehoord, maar hij herkende hem uit duizenden. Het was Burt Wesson. Wat had die verdomme...?

Toen trof een andere stem hem alsof hij een klap had gekregen: '*Ik heb de helft. Je krijgt nu duizend. Je krijgt de rest als hij inderdaad neergaat...*'

Myron huiverde over zijn hele lichaam. Een woede zoals hij die nooit eerder had meegemaakt flitste door hem heen. Zijn handen balden zich tot vuisten. Tranen drongen naar buiten. Hij bedacht hoe hij zich had afgevraagd waarom de afpersers met hem contact hadden opgenomen om vuiligheid over Greg te kopen. Hij moest eraan denken hoe Cole Whiteman gelachen had en hoe Marty Felder ironisch had geglimlacht toen ze hoorden dat hij was ingehuurd om Greg Downing te zoeken. Hij herinnerde zich de stem op Gregs antwoordapparaat die zei: 'Hij wil wel betalen. Wil je dat liever?' En vooral herinnerde hij zich het gepijnigde gezicht van Greg, al die jaren geleden in het ziekenhuis. Het was niet de band tussen hen beiden geweest die Greg naar zijn bed had gevoerd.

Het was schuldgevoel geweest.

'Je moet hem niet erg blesseren, Burt. Ik wil alleen dat Bolitar een paar wedstrijden uitgeschakeld is…'

Ergens knapte er iets in de diepten van Myrons geest, als een dorre tak. Zonder zich er bewust van te zijn zette Myron de auto in zijn achteruit.

'Hoor eens, ik heb dat geld echt nodig. Kun je me niet nog vijfhonderd geven? Ze gaan me er binnenkort uitgooien. Het is mijn laatste wedstrijd en daarna heb ik geen werk meer…'

Hij remde en zette de auto in drive. Zijn voet drukte op het gaspedaal. De naald op de snelheidsmeter klom omhoog. Myrons gezicht vertrok tot een masker van woede. De tranen stroomden over zijn wangen maar hij snikte niet. Hij reed door zonder echt iets te zien.

Toen hij bij de afslag Jones Road was, veegde Myron zijn gezicht met zijn mouw af. Hij draaide T.C.'s oprit op. De slagboom versperde hem de weg.

De bewaker kwam uit zijn kleine hokje stappen. Myron gebaarde dat hij naar de auto moest komen. Toen de man helemaal uit het wachthok was, liet Myron zijn revolver zien.

'Eén beweging en ik schiet je kop eraf.'

De handen van de bewaker vlogen omhoog. Myron stapte uit de auto en opende het hek. Hij beval de bewaker in de auto te gaan zitten. Met brullende motor reed hij de oprit op. Myron trapte vlak voor de voordeur op de rem. Hij sprong uit de auto en zonder aarzelen trapte hij T.C.'s voordeur in. Hij rende naar de studeerkamer.

De tv stond aan. T.C. keek geschrokken op. 'Wat is er godverdomme…?'

Myron sprong de kamer door, greep T.C. bij de arm, draaide hem achter zijn rug.

'Hé, wat...'

'Waar is hij?' vroeg Myron.

'Ik weet niet wat je...'

Myron trok T.C.'s arm omhoog. 'Dwing me niet hem te breken, T.C. Waar is hij?'

'Tering, waar heb je het over...?'

Myron legde hem het zwijgen op door zijn arm verder langs zijn rug omhoog te duwen. T.C. gilde het uit en boog zijn grote lichaam naar achteren om de druk te verminderen. 'Dit is de laatste keer dat ik het je vraag,' zei Myron. 'Waar is Greg?'

'Ik ben hier.'

Myron liet T.C.'s arm los en draaide zich om naar waar de stem vandaan kwam. Greg Downing stond in de deuropening. Myron aarzelde niet. Hij slaakte een schorre kreet en dook op hem af.

Greg hield zijn handen op, maar het was alsof je een vulkaan met een waterpistooltje wilde blussen. Myrons vuist kwam midden in Gregs gezicht terecht. Greg viel achterover door de impact. Myron stortte zich boven op hem, met zijn knie tussen Gregs ribben. Er kraakte iets. Hij ging schrijlings op Gregs borst zitten en deelde nog een dreun uit.

'Stop!' riep T.C. 'Je vermoordt hem nog.'

Myron hoorde hem amper.

Hij balde zijn andere vuist, maar T.C. was al bij hem voor hij opnieuw een stoot kon uitdelen. Myron rolde mee met de aanval en plantte zijn elleboog in T.C.'s plexus solaris. Toen ze tegen de muur knalden, stroomde de lucht uit T.C.'s longen. Zijn ogen puilden uit en hij snakte naar adem. Myron stond op. Greg kroop weg. Myron sprong over de bank heen. Hij greep Greg bij zijn been en trok hem naar zich toe.

'Je hebt mijn vrouw geneukt!' riep Greg. 'Dacht je dat ik dat niet wist? Je hebt mijn vrouw geneukt.'

De woorden maakten dat Myron wat langzamer bewoog, maar ze hielden hem niet tegen. Door zijn tranen heen haalde hij nog een keer uit. Gregs mond vulde zich met bloed. Myron balde zijn vuist weer. Een ijzeren hand greep zijn arm beet en hield hem vast.

'Genoeg,' zei Win.

Myron keek op, zijn gezicht vertrokken van woede en verwarring. 'Wat?'

'Hij heeft genoeg gehad.'

'Maar het is precies zoals jij zei,' zei Myron. 'Wesson heeft het opzettelijk gedaan. Greg heeft hem ingehuurd.'

'Dat weet ik,' zei Win. 'Maar hij heeft genoeg gehad.'

'Waar heb je het over? Als het jou was overkomen...'

'Dan had ik hem waarschijnlijk vermoord,' maakte Win de zin af. Hij keek naar beneden en er flikkerde iets in zijn ogen. 'Maar jij zal zoiets nooit doen.'

Myron slikte. Win knikte weer en liet Myrons pols los. Myron liet zijn arm slap langs zijn lichaam vallen. Hij ging van Greg Downing af.

Greg kwam overeind en hoestte bloed in zijn hand. 'Ik ben Emily die avond gevolgd,' bracht hij tussen het hoesten door uit. 'Ik zag jullie tweeën... ik wilde het je alleen betaald zetten. Het was niet de bedoeling dat je zo zwaar geblesseerd zou raken.'

Myron slikte en haalde diep adem. De stroom adrenaline zou straks wegebben, maar nu was hij er nog. 'Je hebt je hier vanaf het begin verborgen gehouden, hè?'

Greg raakte voorzichtig zijn gezicht aan en kromp ineen van de pijn. Toen knikte hij. 'Ik was bang dat ze zouden denken dat ik die vrouw vermoord had,' zei hij. 'En de maffia zat achter me aan en dan dat gevecht om de voogdij en mijn vriendin die zwanger is.' Hij keek op. 'Ik had even wat tijd en ruimte nodig.'

'Houd je van Audrey?'

Greg zei: 'Je weet het dus?'

'Ja.'

'Ja,' zei Greg. 'Ik houd erg veel van haar.'

'Dan moet je haar bellen,' zei Myron. 'Ze zit op het politiebureau.'

'Wat?'

344

Myron ging er verder niet op in. Hij had gehoopt dat het hem een prettig gevoel zou geven om dit Greg in zijn gezicht te zeggen, maar dat was niet het geval. Het herinnerde hem er alleen maar aan dat hij in deze hele zaak absoluut niet schuldeloos was.

Hij draaide zich om en liep weg.

Myron trof Clip in zijn eentje aan in de skybox waar hij hem had gesproken toen dit alles begon. Hij stond naar beneden te kijken, naar het lege veld, met zijn rug naar Myron toe. Hij bewoog niet toen Myron zijn keel schraapte.

'Je wist het al die tijd al,' zei Myron.

Clip zei niets.

'Je bent die avond naar de flat van Liz Gorman geweest,' ging Myron verder. 'Ze heeft het bandje voor je afgespeeld. Klopt dat?'

Clip sloeg zijn handen achter zijn rug ineen. Toen knikte hij.

'Daarom heb je mij ingeschakeld. Dit was helemaal geen toeval. Je wilde dat ik zelf achter de waarheid zou komen.'

'Ik wist geen andere manier om het je te laten weten.' Clip draaide zich eindelijk om en keek Myron aan. Zijn blik was onzeker. Alle kleur was uit zijn gezicht weggetrokken. 'Het was geen toneelspel, hoor. Al die emoties bij de persconferentie...' Hij boog zijn hoofd, vermande zich en hief het weer op. 'Na je blessure zijn jij en ik het contact met elkaar kwijtgeraakt. Ik heb je wel duizend keer willen bellen, maar ik begreep het wel. Jij wilde uit de buurt blijven. Zo'n blessure laat de echt groten nooit met rust, Myron. Ik wist dat het jou nooit met rust zou laten.'

Myron opende zijn mond maar er kwamen geen woorden uit. Hij had het gevoel dat zijn innerlijke wezen was blootgelegd als een rauwe wond. Clip kwam naar hem toe. 'Ik dacht dat dit een manier zou kunnen zijn waarop jij achter de waarheid kon komen,' zei hij. 'Ik hoopte ook dat het een soort catharsis voor je zou zijn. Niet een totale catharsis. Zoals ik al zei, een waarlijk groot sportman komt nooit van zoiets los.'

'U hebt tegen Walsh gezegd dat ik die avond moest spelen,' zei Myron.

'Ja.'

'Terwijl u wist dat ik het niet zou kunnen.'

Clip knikte langzaam.

Myron voelde dat de tranen hem weer in de ogen sprongen. Hij knipperde ze weg.

Clip klemde zijn kaken op elkaar. Er trilden wat spiertjes in zijn gezicht, maar hij stond kaarsrecht. 'Ik wilde je helpen,' zei hij, 'maar mijn redenen om je in te schakelen waren niet alleen altruïstisch. Ik wist bijvoorbeeld dat je altijd een teamspeler bent geweest. Van dat onderdeel van het basketbal hield je, Myron... om deel van het team uit te maken.'

'Dus?'

'Mijn plan behelsde ook je het gevoel te geven dat je een lid van het team was. Een echt lid. Zozeer dat je ons nooit schade zou berokkenen.'

Myron begreep het. 'U meende dat als ik een band met mijn teamgenoten zou hebben, ik niet uit de school zou klappen als ik achter de waarheid was gekomen.'

'Dat ligt niet in je aard,' zei Clip.

'Maar het zal toch uitkomen,' zei Myron. 'Dat is inmiddels onvermijdelijk.'

'Dat weet ik.'

'Dan zou u het team kunnen kwijtraken.'

Clip glimlachte en haalde zijn schouders op. 'Er zijn ergere dingen op de wereld,' zei hij. 'Net zoals jij weet dat er ergere dingen op de wereld zijn dan nooit meer te kunnen spelen.'

'Dat heb ik altijd al geweten,' zei Myron. 'Maar misschien moest ik er weer eventjes aan herinnerd worden.'

42

Jessica en hij zaten op de bank in haar loft. Hij vertelde haar alles. Jess had haar armen om haar knieën geslagen en wiegde naar voor en naar achteren. Haar ogen stonden verdrietig.

'Ze was mijn vriendin,' zei Jessica.

'Dat weet ik.'

'Ik vraag me af...'

'Wat?'

'Wat ik zou hebben gedaan in zo'n situatie. Om jou te beschermen, bedoel ik.'

'Jij zou niet iemand vermoord hebben.'

'Nee,' zei ze. 'Ik denk het niet, nee.'

Myron keek naar haar. Ze leek op het punt in tranen uit te barsten. Hij zei: 'Ik geloof dat ik iets over ons tweeën heb geleerd bij deze zaak.'

Ze wachtte tot hij het uit zou leggen.

'Win en Esperanza wilden niet dat ik weer zou spelen. Maar jij hebt geen moment geprobeerd me tegen te houden. Ik was bang dat jij me misschien niet zo goed begreep als zij. Maar dat was helemaal niet zo. Jij zag wat zij niet konden zien.'

Jessica bestudeerde zijn gezicht met een doordringende blik. Ze liet haar knieën los en liet haar voeten op de vloer glijden. 'We hebben het hier nooit echt over gehad,' zei ze.

Hij knikte.

'Waar het op neerkomt is dat jij nooit hebt gerouwd over het einde van je sportcarrière,' ging Jessica verder. 'Je hebt je nooit zwak getoond. Je hebt het allemaal weggestopt in een soort innerlijk koffertje en je bent verdergegaan. Je hebt alles wat zich verder in je leven voordeed met een verstikkende wanhoop aangepakt. Je nam de tijd niet. Je hebt alles wat er nog was gegrepen en tegen je aan gedrukt, bang dat je hele wereld net zo breekbaar was als die knie. Je hebt je op je studie rechten gestort. Je bent Win gaan helpen. Je hebt je wanhopig vastgeklampt aan alles waaraan je je maar vast kon klampen.' Ze zweeg.

'En ook aan jou,' maakte hij het voor haar af.

'Ja. Ook aan mij. Niet gewoon omdat je van me hield. Maar omdat je bang was dat je nog meer zou verliezen.'

'Ik hield wel van je,' zei hij. 'Ik hou nog steeds van je.'

'Dat weet ik. Ik wil ook niet zeggen dat het allemaal jouw schuld was. Ik heb me als een idioot gedragen. Het was grotendeels míjn schuld. Dat geef ik toe. Maar jouw liefde toentertijd grensde aan wanhoop. Je had je verdriet gekanaliseerd in een inhalige, hebberige behoefte. Ik had het gevoel dat ik stikte. Ik wil niet de amateurpsychiater uithangen, maar je had het nodig om te rouwen. Je moest het achter je kunnen laten, het niet onderdrukken. Maar je wilde er niet aan.'

'En jij dacht dat als ik weer zou spelen, dat ik er dan wel aan zou willen?' vroeg hij.

'Ja.'

'Niet dat ik nu helemaal genezen ben, hoor.'

'Dat weet ik,' zei ze. 'Maar ik denk dat het heeft geholpen dat jij het een beetje kon loslaten.'

'En daarom denk jij dat het nu een goed moment is dat ik bij jou intrek.'

Jessica slikte. 'Als jij dat wilt,' zei ze. 'Als jij er klaar voor bent.'

Hij keek omhoog en zei: 'Ik heb meer kastruimte nodig.'

'Die krijg je,' fluisterde ze. 'Wat je maar wilt.'

Ze kroop tegen hem aan. Hij sloeg zijn armen om haar heen, trok haar dicht tegen zich aan en voelde zich thuis.

Het was een smoorhete ochtend in Tucson, Arizona. Een grote man opende zijn voordeur.

'Bent u Burt Wesson?'

De grote man knikte. 'Kan ik iets voor u doen?'

Win glimlachte. 'Ja,' zei hij. 'Ik geloof van wel.'

Dankwoord

De schrijver wil graag de volgende personen bedanken voor hun hulp: Anne Armstrong-Coben, M.D.; James Bradbeer, Jr. van Lilly Pulitzer; David Gold, M.D.; Maggie Griffin; Jaco Hoye; Lindsay Koehler; David Pepe van Pro Agents, Inc.; Peter Roisman van Advantage International; en, uiteraard, Dave Bolt. Eventuele fouten, feitelijk of anderszins, zijn hun schuld. De auteur treft geen enkele blaam.